新时代文学批评丛书

吴义勤　主编

思想的形式
——当代诗歌批评的意义与位置

张桃洲　著

山东文艺出版社

图书在版编目（CIP）数据

思想的形式：当代诗歌批评的意义与位置 / 张桃洲著. -- 济南：山东文艺出版社，2024.3

（新时代文学批评丛书 / 吴义勤主编）

ISBN 978-7-5329-5806-1

Ⅰ.①思… Ⅱ.①张… Ⅲ.①中国文学－当代文学－文学评论－文集 Ⅳ.①I206.7-53

中国国家版本馆CIP数据核字（2023）第244694号

思想的形式：当代诗歌批评的意义与位置

SIXIANG DE XINGSHI: DANGDAI SHIGE PIPING DE YIYI YU WEIZHI

张桃洲 著

主管单位	山东出版传媒股份有限公司
出版发行	山东文艺出版社
社　　址	山东省济南市英雄山路189号
邮　　编	250002
网　　址	www.sdwypress.com
读者服务	0531-82098776（总编室） 0531-82098775（市场营销部）
电子邮箱	sdwy@sdpress.com.cn
印　　刷	山东华立印务有限公司
开　　本	710毫米×1000毫米　1/16
印　　张	17.75
字　　数	214千
版　　次	2024年3月第1版
印　　次	2024年3月第1次印刷
书　　号	ISBN 978-7-5329-5806-1
定　　价	72.00元

版权专有，侵权必究。如有图书质量问题，请与出版社联系调换。

开辟文学批评的新时代

——"新时代文学批评丛书"总序

吴义勤

党的十八大以来,中国特色社会主义进入新时代,中国文学也翻开了崭新的一页。置身新时代新征程,面对丰富的史诗性伟大实践,广大作家胸怀"国之大者",牢记初心使命,深入生活,扎根人民,与时代共振,与人民共情,用心用情用功书写新时代的中国故事,展现中国人民昂扬的精神风貌,谱写了新时代文学的辉煌篇章。

文学批评与文学创作是文学发展的车之两轮、鸟之两翼,一个时代的文学发展既需要广大作家的笔耕不辍、创新创造,也需要批评家的积极呼应、理论引领。在新时代文学不断攀登高峰的历史进程中,新时代文学批评也发挥了至关重要的作用,取得了丰硕的发展成果,形成了独特的新时代文学批评景观。习近平总书记高度重视文学批评工作,近年来就繁荣新时代文学批评发表了一系列重要讲话,做出了一系列重要指示批示。我们策划这套"新时代文学批评丛书",就是要全面学习贯彻落实总书记关于文学批评的讲话与指示批示精神,一方面旨在呈现新时代文学批评的基本样貌、发展成果,另一方面也希望从中获得推动文学批评发展的经验和启示,为推动新时代文学理论批评建设和新时代文学繁荣提供有益的镜鉴。

本丛书遴选的作者都是长期持续坚守在新时代文学批评现场并卓有成就的优秀批评家。从年龄结构上，他们涵盖了"60后""70后""80后"，这也是当下文学批评的主力军；从批评对象的文学门类上，覆盖了小说、诗歌、散文等多个当下最具影响力的艺术门类，可以说是对新时代文学的全面阐释和研究。通过这套批评丛书，读者一方面可以深入了解新时代文学批评的丰富实践，同时可以通过文学批评了解新时代文学发展的基本风貌和历史特征。

在内容上，本丛书侧重于遴选研究新时代文学的评论文章，以对新时代十年来具有代表性的作家作品、有广泛影响的新文学现象、引人关注的文学热点事件以及文学发展中存在的症候性问题为主要研究对象，是对围绕新时代文学展开的文学批评成果的一次全面梳理和集中展示。我们希望以出版批评丛书的方式，深入总结文学批评发展的历史经验，同时吸引更多研究力量来增强对新时代文学研究的力度和深度。

本丛书的出版要感谢山东出版传媒股份有限公司副总经理李运才、山东文艺出版社社长徐迪南，他们提供了非常多的支持和帮助，也提出了许多富有建设性的意见和建议。新世纪之初，我曾和山东文艺出版社共同策划出版了一套"e批评丛书"，在学术界产生了良好的反响。今年，又再次在山东文艺出版社出版这套"新时代文学批评丛书"，可谓是一种极为特殊也极为难得的缘分，也体现了山东文艺出版社多年来一直积极参与、支持中国当代文学批评事业发展的出版精神。在此，我代表丛书编委会向山东文艺出版社表示衷心的感谢并致以崇高的敬意。

两套丛书虽然出版时间不同，但在内容上又有着一种延续性和整体性。"e批评丛书"着力呈现的是二十世纪九十年代文学批评的发展成果，也是当时年轻的"60后"批评家的一次集体亮相。"新时代文学批评丛书"更侧重于展现新世纪尤其是新时代以来的文学批评成果，参与作者既包括了"e批评丛书"中的部分作者，又吸纳了"70后""80后"等新生批评力量。两套丛书虽然侧重点不同，但形成了一种巧妙的呼应，构成了一种互补关系，具有了批评史意义上的"整体性"，某种意义上，它们就是一种特殊形态的近三十年来中国文学批评的发展史。

当然，对于新时代文学批评成果的总结展示并不意味着我们回避当下文学批评存在的问题。新时代以来，随着时代语境和文学生态的不断变化，文学批评面临着更为复杂严峻的形势和挑战，文学批评如何更好地发挥作用，真正成为助推文学发展的"磨刀石"和"利器"？这是所有文学批评者面临的共同课题和任务。出版这套丛书，我们一方面意在梳理总结这一时段文学批评发展的成果和经验，同时也希望能够从中析出当下文学批评发展存在的一些问题，以史为镜，为未来更好地推动中国文学批评发展，更好地发挥文学批评引导创作、推出精品、提高审美、引领风尚的作用提供启示和帮助。

新征程是充满光荣与梦想的远征，新时代文学正在我们面前浩浩荡荡地展开，作为文学发展的重要一翼，中国文学批评也正在砥砺前行，积极开辟一个文学批评的新时代。

是为序。

思想的形式：
当代诗歌批评的意义与位置

目 录

第一辑　批评中的议题

002　从边缘出发：范式转换与视野重构
　　　　——20世纪90年代以来的新诗研究与批评

018　重思新诗的"标准"

024　现代美育视域下的诗教

029　诗歌史的功用

035　反思新诗史上的命名现象

041　诗歌批评的位置

046　由批评而学术：当代文学研究的重新确立

052　重审1990年代诗歌的意识与观念

第二辑　批评的场景

068　《诗探索》与中国当代诗歌理论批评的进展

079　"非诗意"的诗史及其书写
　　　　——《中国当代新诗史（修订版）》的问题与方法

090 走向哲学的诗性探询
　　　　——吴思敬诗歌批评的意义

099 语言 – 生命本体论的活力及限度
　　　　——陈超与中国当代诗歌批评

118 新诗史建构中的问题意识
　　　　——《现代汉诗的百年演变》的启示

124 诗歌生态的全景式观照
　　　　——《朦胧诗后先锋诗歌研究》的诗史价值

129 映照汉语诗歌的近景与远景
　　　　——由西渡《壮烈风景》说开去

137 当代诗歌的微观历史
　　　　——与《抒情的盆地》相关的话题

145 通往一种开放的社会 – 文本诗学
　　　　——姜涛诗歌批评的创造性贡献

151 思想的形式：断片书写的可能
　　　　——兼论李心释的诗歌批评

169 **第三辑　批评中的现象**

170 如何讲述百年新诗的故事

176 今天怎样研究穆旦？

185 论郑敏在中国新诗史上的位置

200 日常生活的沉思
　　——《菠菜》的内蕴及指向

208 "以千万道闪电在一个词语上纵深"
　　——朱朱诗歌的多重向度

216 新世纪诗歌的变与不变
　　——以冯晏、哑石、臧棣为例

227 诗意潮汐的宽阔与美丽
　　——第八届鲁迅文学奖诗歌作品述评

233 轻盈的形象和声音
　　——新锐诗人三题

243 极限中的迂缓
　　——"70后"诗人长诗写作一瞥

255　　附　录

255 拆解与还原：从隐喻后退
　　——苏珊·桑塔格的方法

262 文化研究的多重路径
　　——凡勃伦的启示

266 学者的絮语
　　——《易堂寻踪》的意绪与笔致

273　　后　记

思想的形式

第一辑

批评中的议题

从边缘出发：
范式转换与视野重构①
——20世纪90年代以来的新诗研究与批评

20世纪90年代被视为中国社会文化发生重大转型的关键时期。社会文化转向给人们的精神带来了巨大的震荡，同时导致了各种文化资源的分化与重组。人们如此描述进入20世纪90年代后的诗歌写作："诗歌写作的某个阶段已大致结束了。许多作品失效了"，于是在"已经写出和正在写的作品之间产生了一种深刻的中断"。②

新诗研究同样如此：在社会文化环境出现迁移的情形下，20世纪80年代确立的某些研究观念和范式，进入20世纪90年代后逐渐丧失了强大的话语优势，其历史势能有被耗尽之虞。对于20世纪90年代以降的新诗研究而言，"边缘化"似乎成了其难以挽回的命运趋势；这不仅是就新诗研究在社会文化总体格局中的处境，也是就其在整个中文学科中的位置来说的。不过，另一方面，"边缘"的位置也许恰好为新诗研究提供了难得的机遇，便于它进行某种蓄积、调整和转变，使自己的新的阶段同前一阶段区别开来。

---

① 本文曾作为谢冕总主编、笔者主编的《中国新诗总论·第5卷》（宁夏人民教育出版社2019年版）的导言。

② 欧阳江河：《后国内诗歌写作：本土气质、中年特征与知识分子身份》，见王家新、孙文波编：《中国诗歌九十年代备忘录》，人民文学出版社2000年版，第182页。

一、20世纪80年代余绪：现代主义研究

进入20世纪90年代以后，诗歌创作连同关于诗歌的研究，在社会文化中的功能与地位发生了很大变化。如果说，诗歌在20世纪80年代很大程度上参与了那个年代文化氛围的营造（那些充满激情的书写与当时的理想主义文化氛围和审美主义文化观念是合拍的），甚至一度处于社会文化瞩目的"中心"；那么在20世纪90年代的历史语境中，诗歌与社会文化的关系开始变得若即若离，直至全然退出后者关注的"视野"，诗歌一度受到"追捧"的"热闹"场面一去不返，其所谓"中心"位置也渐渐被其他文化力量（如影像）所取代。与此同时，商业主义、大众文化的消解和激发，也极大程度地重塑了诗歌的形态和总体面貌。① 这样的状况深刻地影响了新诗研究的取向，后者被迫（或主动）进行转型。

新诗研究在20世纪90年代所显示的最大转型，也许是研究者历史观的改变。在20世纪80年代的理想主义的思想氛围和诗学情境中，出于对政治化因素干扰的激烈反拨，追问历史"真实"、探寻诗歌"本体"，成为新诗研究的主要目标。同时，伴随着20世纪80年代以来的"语言学转向"，此际的新诗研究沾染了浓厚的"自律"色彩和审美主义气息。这些研究姿势背后，隐含着一个牢固的历史观念：新诗的历史是有着连续的延伸脉络、朝向进化之路迈进的历史。正是在如此观念的指引下，一些曾经遭受压抑的诗歌潮流（流派）和母题被释放出来，其中最为引人注目的是关于中国现代主义诗潮的梳理和辨析。

值得注意的是，与20世纪80年代诗歌的文化英雄姿态和精英意识相适应，当时的新诗研究一个明显的趋向是批评甚于学术建构。这就是为什么虽然20世纪80年代诗学已经表现出强烈的"语言学转向"（从所谓

---

① 关于20世纪80年代到90年代转型期诗歌的描述与分析，除前面引过的欧阳江河文章外，还有谢冕《中国循环——结束或开始》（《创世纪》诗刊1992年总90—91期）、朱大可《燃烧的迷津》（收入其同题论著，学林出版社1991年版）、陈超《从生命源始到天空的旅程》（收入陈超著《生命诗学论稿》，河北教育出版社1994年版）等文。

"诗到语言为止"等提法可见一斑），但有关新诗语言的真正探讨，要在20世纪90年代以后的研究中才得到体现[①]；而体系化的中国现代主义诗歌研究论著，也均出版于远离20世纪80年代诗学"氛围"的20世纪90年代中期以后[②]，如孙玉石《中国现代主义诗潮史论》（北京大学出版社1999年版）、王泽龙《中国现代主义诗潮论》（华中师范大学出版社1995年版）、张同道《探险的风旗——论20世纪中国现代主义诗潮》（安徽教育出版社1998年版）、罗振亚《中国现代主义诗歌流派史》（北方文艺出版社1993年版）、陈旭光《中西诗学的会通——20世纪中国现代主义诗学研究》（北京大学出版社2002年版）、吕周聚《中国现代主义诗学》（人民文学出版社2001年版）、王毅《中国现代主义诗歌史论》（西南师范大学出版社1998年版）等。这种现象是颇为耐人寻味的。

上述各具特色的现代主义诗歌研究，既体现了20世纪80年代重视"本体"研究、具有审美主义特征的氛围的延续，又构成了20世纪90年代新诗研究中势力强劲的景观，带动了新诗其他方面研究。以至于有论者总结说："以流派为基础，以现代主义诗潮为中心，以传统与现代融合为理想，集中于审美、观念层面的研究，已经成为新诗研究一个主要'范式'。"[③]这番总结堪称准确，其中不乏对新诗研究寻求突破的隐忧。

[①] 这方面较有影响的成果有：张颐武《二十世纪汉语文学的语言问题》（《文艺争鸣》1990年第4—6期）、朱晓进《从语言的角度谈新诗的评价问题》（《文学评论》1992年第3期）、郑敏《世纪末的回顾：汉语语言变革与中国新诗创作》（《文学评论》1993年第3期）、吴晓东《期待21世纪的现代汉语诗学》（《诗探索》1996年第1辑）等。亦可参阅拙作《现代汉语的诗性空间——论20世纪中国新诗语言问题》（《中国社会科学》2002年第5期）。

[②] 相比较而言，20世纪80年代关于中国现代主义诗歌的论述多为单篇文章，如王佐良《中国新诗中的现代主义：一个回顾》（《文艺研究》1983年第4期）、孙玉石《面对历史的沉思：关于中国现代主义诗歌源流的回顾与评析》（《文艺报》1987年2月14日—8月1日）、袁可嘉《中国与现代主义：十年新经验》（《文艺研究》1988年第4期）、郑敏《回顾中国现代主义新诗的发展，并谈当前先锋派新诗创作》（《国际诗坛》1989年第8期）等。

[③] 温儒敏等：《中国现当代文学学科概要》，北京大学出版社2005年版，第267页。

可以看到，构筑中国现代主义诗歌历史的完整的叙述框架，是这些论著孜孜以求的目的，不过它们各有侧重点。例如，孙玉石试图通过重新阐释由朱自清、李健吾等人创立的"现代解诗学"，将后者申述为一个较完备的理论形态，使之成为兼具问题深度和可操作性的研究方法，来完成他关于中国现代主义诗潮的史论建构；由此，他站在鲜明的"本体"论立场上，提出了以"融合论"创建"东方现代诗"的构想：

> 所谓融合点，即西方现代主义思潮与中国传统诗歌在美学范畴对话中呈现的相类似的审美坐标，也就是相互认同的嫁接点。在现代诗中这种寻求表现得最突出的是：意象的营造，含蓄与暗示的沟通，意境与"戏剧性处境"的尝试。①

事实上，寻求中西文化"融合"与诗学"会通"，也是其他大多数现代主义诗歌史著的基本理论出发点，成为众多研究者挥之不去的情结。②此外，强调中国现代主义诗歌的现实指向、本土特征及其"中国性"，也是这些研究的趋同之处。

相较之下，王泽龙更愿意从中国现代主义诗潮中抽取几个关键节点，将中西融合的思路转化为剖析中国现代主义诗歌民族化与现代化的"问题"意识："注重精神世界探索与突出心灵体验的内心化倾向""意象体系的现代化""结构的无序化与语言的陌生化"③。而王毅的论著在构架的个人化努力方面更进一步，该书"没有勾勒'现代'的进化线索，也无意设定中西融合的终极理想，而是从哲学思辨的角度切入，带着鲜明的理

---

① 孙玉石：《中国现代主义诗潮史论》，北京大学出版社1999年版，第467页。
② 比如张同道在其论著的导论中把中国现代主义诗歌的特质确定为"中西文化的宁馨儿"："中国现代主义诗是借鉴西方现代主义诗的产物。因此，它的许多品质是西方的；同时，它依旧归属于中国本体文化，是中国新诗的一支并且是中国古典诗的创造性延伸，尽管这种延伸是以叛逆的姿态完成的。"（见张同道：《探险的风旗——论20世纪中国现代主义诗潮》，安徽教育出版社1998年版，第9页）
③ 王泽龙：《中国现代主义诗潮论》，华中师范大学出版社1995年版，第11—13页。

论'先见'进入历史,在价值信仰缺失的层面,对不同时期现代诗歌的特点、内在差异及具体文本做出深入解读"①,其散点透视的论述方法给人留下了较深刻的印象。

中国现代主义诗歌研究无疑是20世纪90年代新诗研究中的强势话语,但它的理论依据植根于20世纪80年代的文化情境中。以今天的眼光来看,虽然有人在谈到这一"以'现代主义'为核心原则的经典性叙述"——"经徐志摩、闻一多等'新月'诸子之手,现代诗已日渐由五四的歧路,回归艺术的正途;而戴望舒、卞之琳……折衷于古今中外之间,斟酌损益,更已确立中国现代诗的特有面目,并终于在四十年代广泛的国际交流中迎来'西南联大诗歌'的高潮……"②——时不无揶揄的语气,却也道出了中国现代主义诗歌研究正遭遇的某种困境。正如有论者指出,关于中国现代主义诗歌的谈论因与"现实""传统""民族"的联系,而"得以容身于80年代的文化、权力秩序中","它的活力和有效性,也依托于80年代特殊的'抗辩'结构,鲜明体现了当时的历史逻辑";但是,随着历史语境的迁变和"抗辩"结构的消失,有关的谈论则逐渐"沉积为一系列教科书里的常识"。③或许,在经过了对于中国现代主义诗歌的发掘、整理和强化后,如下的担忧是有一定道理的:"无条件地强调写孤立自我和以语言阅读感受为关注中心的陌生化美学律令,在它完成了对中国现代主义和先锋派文学的辩护后,也致命地狭隘化了中国现代主义可能的发展天地。"④

尽管以现代主义诗歌研究为代表的新诗研究,在20世纪90年代后社会文化趋于纷繁复杂的现实中,日益显出语境错位和内在潜能缺失的不足,但毫无疑问,它曾经在抵制(对政治化的排斥)与收束(回到诗歌本体)

---

① 姜涛:《"中国式"的现代主义诗歌:该如何讲述自己的"身世"》,《新诗评论》2006年第1辑。

② 赵寻:《八十年代诗歌"场域自主性"重建》,见臧棣等编:《中国诗歌评论:激情与责任》,人民文学出版社2002年版,第338页。

③ 姜涛:《"中国式"的现代主义诗歌:该如何讲述自己的"身世"》,《新诗评论》2006年第1辑。

④ 贺照田:《时势抑或人事:简论当下文学困境的历史与观念成因》,《开放时代》2003年第3期。

的双向运动下形成的诗学自律观念，以及围绕语言（形式）进行的理论探索，具有深刻的美学意义——这，是不容抹杀的。

二、变动中的新诗史写作

上述有关中国现代主义诗歌的历史叙述，占据了20世纪90年代新诗研究中另一道令人瞩目的景观——新诗史写作——的很大份额。而20世纪90年代正是新诗史写作的勃兴期，新诗史著的数量远远多于以往任何年代①。随着20世纪80年代整体历史观的趋于破碎，20世纪90年代以后的新诗史写作呈现出多重的样态。不过，一直到20世纪90年代后期，那种带有理想化色彩的递进、整合的新诗史观和结构方式，仍然较为普遍地存在于新诗史著中②。

众所周知，一部新诗史著总是包含了一定的"新诗"观念。所谓"新诗"观念，就是指新诗历史的书写者如何看待新诗寻求"身份认同"（identity）

---

① 除中国现代主义诗歌史著外，尚有苏光文《抗战诗歌史稿》（四川教育出版社1991年版）、杨里昂《中国新诗史话》（湖南文艺出版社1992年版）、吴开晋《新时期诗潮论》（济南出版社1991年版）、谢冕《新世纪的太阳——二十世纪中国诗潮》（时代文艺出版社1993年版）、张德厚等《中国现代诗歌史论》（吉林教育出版社1995年版）、朱光灿《中国现代诗歌史》（山东大学出版社1997年版）、周晓风《新诗的历程》（重庆出版社2001年版）、龙泉明《中国新诗流变论》（人民文学出版社1999年版）、林焕标《中国现代新诗的流变与建构》（广西师范大学出版社2000年版）、刘扬烈《中国新诗发展史》（重庆出版社2000年版）、洪子诚和刘登翰《中国当代新诗史》（人民文学出版社1993年初版，北京大学出版社2005年修订版）、李新宇《中国当代诗歌艺术演变史》（浙江大学出版社2000年版）、程光炜《中国当代诗歌史》（中国人民大学出版社2003年版）、王光明《现代汉诗的百年演变》（河北人民出版社2003年版）、陆耀东《中国新诗史》（第一卷，长江文艺出版社2005年版）、潘颂德《中国现代新诗理论批评史》（学林出版社2002年版）、王荣《中国现代叙事诗史》（中国社会科学出版社2004年版）等。

② 例如龙泉明《中国新诗流变论》可算是一个典型，姜涛恰切地指出了其"历时性的线性发展眼光"和"对某种内在演进、辩证发展的逻辑的强调"。见姜涛：《"新诗集"与中国新诗的发生》，北京大学出版社2005年版，第5、14页。

的过程,把新诗对于"新"的探索纳入什么样的评价体系,其间无疑充满了书写者关于新诗的想象。观念和话语,实际上构成同一问题的两个方面,它们共同决定着新诗史著的材料选取、结构方式、分期依据乃至行文笔调等叙述要素。正如洪子诚指出:"'历史'的重建并非是各种复杂、矛盾因素的陈列,在这一'重建'中,如何确定'选择'与'评价'的位置,来显现叙述者在受意识到历史的拘囿和束缚时对于可能性的思考和争取?"[1]

应该说,经过整个20世纪90年代的累积和调整,新诗史写作在21世纪伊始方显出一些新的气象。倘若比照一下从20世纪90年代初期(仍受到20世纪80年代观念的强烈熏染)到2000年以后的新诗史著,便会发现其间的变化其实非常明显。

首先,原先看待新诗历史的"线性"思维,逐渐被一种问题式的、力图呈现新诗发展之交错情景的新诗史观和结构方式所取代。例如王光明《现代汉诗的百年演变》就为新诗史的构建提供了某种新鲜的史识,这便是作者在该著的导言里所表述的,"不是要'锁定'历史,把'尝试'的文本正典化,堵塞继续探索的可能,而是想开放探求的过程,观察解构与建构的矛盾,梳理凝聚的素质,反思存在的问题,呼唤艺术的自觉";作者还认为,"与其把一种未完成的探索历史化,不如从基本的问题出发,回到'尝试'的过程,梳理它与现代语境、现代语言的复杂纠缠"。[2] 这种鲜明的问题意识,解开了以往新诗史著过于看重厘定"座次"的纽结,将研究者思索的触角探入新诗在驳杂的现代性语境中不断寻求突破的过程本身,从而能够获得较多的新见和发现。

其次,在新诗史写作中引入新的视角和研究方法,重视新诗发展同历史因素的复杂联系。比如程光炜《中国当代诗歌史》开宗明义地提出:"如果把当代诗歌史同时也看做一部形象生动的当代思想文化史,似乎更能给人以某种启示。""如果离开了对当代中国这一政治、经济和文化现状的深入考察,就不能说真正'进入'了当代文学;如果忽略了对各种文艺运

---

[1] 洪子诚:《〈中国现代文学三十年〉的"现代文学"》,《文学评论》1999年第1期。

[2] 王光明:《现代汉诗的百年演变》,河北人民出版社2003年版,第20、4页。

动思想准则和价值观念的认识，很难说能够透彻了解这一时期诗歌的主题、题材、艺术形式和审美情趣，以及它的历史发展面貌。"①作者认为，"对当代中国诗歌发展概况的描述，需要有一个审视政治背景、经济状况的开阔眼光，需要辨析文艺与政治、诗人与社会风气、当代诗与外来影响、作者心态与读者伦理观念等之间的关系"②。基于这一认识，《中国当代诗歌史》将探询的笔触指向了当代诗歌生成和发展的复杂性，其论述重点是当代社会进程的某些关键"环节"，以及诗歌在这些"环节"的过滤、转述之中所发生的变形。

再次，对以往新诗历史叙述中的"诗意"标准及其所蕴含的整一的、理想主义的历史观进行了颠覆，重新辨析新诗历史的"非诗意"部分。在这方面，洪子诚、刘登翰《中国当代新诗史》（修订版）具有某种典范意义：其一，该著着眼于新诗的当代转折，譬如20世纪40年代新诗的多样化艺术风格、多种"现代化""方案"，如何在50年代关于"新诗发展道路"的论争和选择中趋于单一；当代诗歌的秩序的确立和新诗"当代形态"的塑造，是如何借助于对五四以来新诗的"历史清理"和诗歌"经典"的选定来完成的；不同区域的诗人怎样依照一定的"标准"或"规范"被分隔、改造和整合，从而获得不同的评价、身份与遭际（写作权利、风格的变化）等等。这种当代转折的考察，尤其包括新诗的某些"传统"如何在当代经过曲折的变异后，以形形色色的变体得以"延伸"和"极致化"，渗透到诗人的诗学理念和写作实践中而成为他们的"政治无意识"。

其二，该著十分重视当代诗歌的"生成"机制。从该著对诸如"'经典'的选定和确立""新诗道路的选择""诗人的类型""诗歌的形态"以及"发表方式""阅读方式"等命题的论述，不难看出作者对当代诗歌"生产"过程和"生成"环节的浓厚兴趣。其中最为重要的是制约当代诗歌"生成"的各种制度性因素——不仅指当代政治经济与社会文化等"外部"环境，更指上述因素作用下的诗歌的内部机制和秩序本身。该著探讨了制度性因素如何显在或潜在地规约了当代诗歌的形态和进程。

---

① 程光炜：《中国当代诗歌史》，中国人民大学出版社2003年版，第9、3页。
② 程光炜：《中国当代诗歌史》，中国人民大学出版社2003年版，第4页。

其三，该著并不是一部简单地为当代诗歌做辩护的史著（虽然当代诗歌乃至新诗的生存"合法性"一直遭受质疑），其立意也不在于昭示当代诗歌发展的某些"规律"；它更多地以对当代诗歌"生成"氛围与场景的呈现，让人触摸到历史的盘根错节的肌理，同时得以窥见当代社会文化斑驳图景的某些侧面。这种力求还原社会生活、历史场景的原始生态以及诗歌在其间的境遇，借此消除以往历史叙述中过多独断论的做法，体现的正是一种类似于福柯（M. Foucault）"知识考古学"的观念，对于新诗史写作具有深刻的方法论意义。因为，在相当长一段时间里，人们总是对新诗历史的"非诗意"部分（如20世纪50年代至70年代诗歌）采取严厉的贬斥态度，甚至试图在叙述中抹去它们的存在。可以说，在这部新诗史著之后，人们很难用一种永恒的"诗意"标准，期待、衡量、叙述和总结新诗历史了。

正是在具有问题意识的诗歌史观念的推动下，在20世纪90年代中后期，已有大量对20世纪90年代诗歌进行梳理和辨析的论著和文章，如程光炜的《90年代诗歌：另一意义的命名》等系列论文、唐晓渡的《90年代先锋诗的几个问题》、吴思敬的《90年代中国新诗走向摭谈》、萧开愚的《90年代诗歌：抱负、特征和资料》等，使得"90年代诗歌"本身成为一个议题，虽然其中包含了较多争议。围绕"90年代诗歌"这一议题，还引发了关于"叙事""口语""个人化""历史化""中国性"等话题的讨论。

此外，近些年还出现了数种特殊的诗歌史，如刘福春《新诗纪事》（学苑出版社2004年版）、《中国当代新诗编年史（1966—1976）》（河南大学出版社2006年版）等。之所以说这类诗歌史"特殊"，主要是因为它们采用了"编年史"形式，表面上只是一些史料的展示，实则有效地呈现了历史发展的轨迹。《新诗纪事》"说明"称："资料取舍的原则是既要忠实于历史又要有新的发现，尽可能地展现当时的历史的风貌和上一世纪新诗创作的成就，勾划出新诗演变的曲折轨迹，还原其原本的丰富与复杂。"[①]这同时也表明，那种"评价"式的、目的论的新诗史写作越来越

[①] 刘福春：《新诗纪事》，学苑出版社2004年版，第1页。

遭到摈弃，对历史"细节"和史料本身的看重，正成为人们努力的一个趋向。

三、范式的转换：从批评到学术

倘若说，20世纪80年代新诗研究出于"拨乱反正"的需要，实现的是为某种诗歌形态辩护的历史任务，因而批评的声音胜过建构的举动（由此涌现了谢冕、孙绍振、吴思敬、蓝棣之等老一代批评家和耿占春、唐晓渡、陈超、程光炜、王光明、陈仲义、徐敬亚等中青年批评家）的话，那么到了20世纪90年代，当种种鲜为人知的诗潮流派、极端的诗歌实验成为人们津津乐道的"常识"，与时代整体氛围的变迁——20世纪80年代激情主义的消散——相关，新诗研究中充满锐气的批评也逐渐让位于内敛稳健的学术探讨。不过，具有严格规范的学术是一把双刃剑，使得步入正常的学术轨道的新诗研究面临着双重的难题：是恪守某种僵化的程式，以认同的姿态构筑一种关于新诗历史与现象的连续性过程，还是对既有的知识化描述保持足够警惕，通过重新追溯、"还原"和辨析来呈现新诗发展的错杂图景？

无论如何，王光明《现代汉诗的百年演变》所提出的"不是要'锁定'历史"，"而是想开放探求的过程"，其"问题"式的思路会给研究者带来启示。从"问题"出发切入新诗的历史和现象的做法，多少透露了新诗研究观念和范式即将发生变化的一些消息。近些年出现的对新诗与文化（如宗教文化、都市文化、出版文化）关系的探讨，从历史语境、修辞策略、个体心理等方面对新诗文本的解读，虽然是尚待进一步开掘的议题，但已显出可喜的苗头[①]。人们意识到，如何在现有研究范式的基础上，提取新的提问角度和拓展更为开阔的研究视野，将成为新诗研究获得更大活

[①] 值得一提的有韩国学者吴允淑从宗教文化角度对中国现代诗人（冯至、穆旦等）所做的个案分析、谭桂林《论现代中国文学的都市诗》（《文学评论》1998年第5期）、鲍昌宝《都市文化语境中的中国现代诗歌反思》（《湛江师范学院学报》2004年第1期）、刘淑玲《〈大公报〉文艺副刊与现代主义诗潮中的京派诗歌》（《江汉大学学报（人文科学版）》2005年第1期）等。

力的关键所在。

例如,在目前众多讨论新诗"发生""起源"的著述中,姜涛《"新诗集"与中国新诗的发生》(北京大学出版社2005年版)可谓别具一格。该著通过对早期"新诗集"的出版、传播、编撰、自我定位、接受和历史评价等诸多环节的考察,来探讨"新诗的发生与成立"这一命题的社会文化内涵。作者在描述早期"新诗集"的出版、流布和阅读状态的基础上,讨论了新诗"发生空间"的建立,以及这一空间"自足性"追寻过程中的读者群召唤、诗坛分化、阅读程式的塑造等活动。该著给人印象深刻的是其在研究方法上的创新,正如温儒敏在为该著所作的序中指出:它"绕开那种从观念到观念、从文本到文本的套路,除了对新诗的历史与审美的研究,又特别引入所谓'文学经验研究'的讨论"以及"许多文学社会学的因素",以此"对以往所获得有关新诗发生'常识性'历史想象提出质询……这种质询不但丰富了对现代文学产生历史过程复杂性的认识,也可能会启发我们反思以往习以为常的研究范式,开启文学史写作的多种可能和新的思路"。①

的确,《"新诗集"与中国新诗的发生》所体现的其实是新诗史写作观念和方法的更新。在以往一些研究者那里,新诗历史是线性的思潮或文体的更迭史,总是按照一条既定的路径行进着,某一截也许会被定格和压缩,从中抽绎出一种诗学走向、一种理念或规则(如浪漫主义、现代主义或象征主义);与此相呼应,一些命题被抽象化,成为不证自明的新诗属性的一部分,如抒情与叙事、自由与格律、古典与现代等等,这些命题在新诗中的复杂来源和延续路径却未被顾及。《"新诗集"与中国新诗的发生》在呈现新诗"发生"的历史现场时,"引入一些对外部环节的讨论,譬如发表、出版、读者阅读、诗集编撰和文学史的建构等",这样,其"研究的客体不仅包括文本本身,而且包括文学体系中文学活动的角色,即文本的生产、销售、接受和处理"。②这一扩展不仅将新诗研究从一般"内部研究"转向了"外部研究",而且颠覆了习见的有关新诗演进——开端、奠基、裂变、反叛、深化、高潮等——的想象性描述。在范式转换的基础上,

---

① 姜涛:《"新诗集"与中国新诗的发生》,北京大学出版社2005年版,第1—2页。
② 姜涛:《"新诗集"与中国新诗的发生》,北京大学出版社2005年版,第6页。

某些针对新诗历史和现象提出的命题、做出的印象式评判或结论，均需要重新审视。

在各种关于新诗的评判中，最具蛊惑力的论断莫过于：新诗"天然"地比古典诗歌低劣，这是因为它未能"继承"古典诗歌而导致诗意流失和成就下滑；而对西方资源的误读和过分依赖，造成新诗本土资源的匮乏，以至堕入"非中国性"甚至被"殖民化"的绝境——因此，新诗必须经过古典诗学的滋养才能够实现对西方诗学资源的成功"转化"，否则就会"食洋不化"。有关这一论题的辨析，李怡《中国现代新诗与古典诗歌传统》（西南师范大学出版社1994年版）和金丝燕《文化接受与文化过滤》（中国人民大学出版社1994年版）很见学术功力。前者在详细厘定新诗的"物态化"特征和各种历史形态与传统文化、诗学联系的基础上，指出古典诗歌不只是皮相地作用于新诗，而是潜在地制约了新诗本文的深层结构；该著进入新诗内在的"本文结构"，就两方面（文法追求和音韵特色）剖析了新诗与旧诗的关联。后者不仅以大量翔实的材料梳理了中、法"两种不同文化背景的群体是以何种方式、在何种程度上达到交流或变形"的历史情形，而且通过对诗人作品的个案分析，考察了中国新诗人如何受法国象征派的促动，对后者进行了从诗体、主题、情调、语汇到音步、跨行、抛词法等技巧的借鉴和挪用；这种个案分析，采用的是由诗的"表皮"而深入"骨骼"的剖解法，堪称精彩和别致[①]。

而诗人郑敏在其名文《世纪末的回顾：汉语语言变革与中国新诗创作》（《文学评论》1993年第3期）中，将新诗与古典诗歌的上述对立推向了极端。她的论述在海内外研究界激起了不少回应，譬如臧棣就反问："为什么我们总能在对新诗进行总体评价的时候感觉到古典诗歌及其审美传统的阴影？或者说，用范式意义上的古典诗歌来衡估新诗，其学理依据何在？"他进而提出：

> 中国新诗的问题，从根本上说，并非是一个是继承还是反叛

[①] 当然，金著前半部分运用大量表格、数据，就中国文学及诗歌界对外国文学及法国象征主义诗歌的"期待视野"所做的分析，也是相当精彩的。

传统的问题，而是由于现代性的介入、世界历史的整体化发展趋向、多元文化的渗透、社会结构的大变动（包括旧制度的解体和新体制的建立），在传统之外出现了一个越来越开阔的新的审美空间。所以，从现代性的角度看，新诗的诞生不是反叛古典诗歌的必然结果，而是在中西文化冲突中不断拓展的一个新的审美空间自身发展的必然结果。①

当然，"现代性"维度的提出，并不能一劳永逸地解决新诗与古典诗歌的关系、新诗的评价等问题。其意义更多地体现为一种思路的调整，同时也提醒研究者要在研究中不断寻求超越，跳出随时可能陷入的思维板结状态，最大限度地开拓自己的研究空间。

四、新的议题与新的可能

1999年4月16至18日，"世纪之交：中国诗歌创作态势与理论建设研讨会"在北京郊区的盘峰宾馆举行，这次召开于20世纪90年代末期和世纪末的会议，对中国当代诗歌进行回顾与展望的意图是明显的。在那次研讨会上，后来被划分为"知识分子写作"和"民间写作"的两派诗人、理论家发生了激烈的争论。随后各大报刊上发表了大量围绕相关议题展开讨论的文章。这场被认为是争夺"话语权"、重建诗歌秩序的论争，其背后隐含着20世纪80年代至90年代诗歌发展过程中的一些深层问题，表明这二十年间一直存在的诗学分野趋于公开化，曾经有过的诗学共识已不复存在，共享诗歌秩序也不再可能，尽管论争之后诗人和研究者们分享着一个越来越单一、平面化（而非多样化）的社会现实和诗歌现实。

所谓"盘峰论争"是一个不大不小的分水岭，标志着20世纪90年代诗学探索的结束和新的诗歌时代的开启。可以看到，进入21世纪以后，诗歌界的分化日益严重：一面是那些严肃的诗歌遭到了冷落或嘲弄，一面

---

① 臧棣：《现代性与新诗的评价》，见现代汉语百年演变课题组编：《现代汉诗：反思与求索》，作家出版社1998年版，第89页。

是种种诗歌事件、活动激起了喝彩或口水，纷纭喧哗的事件、频繁的活动掩盖了真正的诗学探索。如果说"盘峰论争"前诗歌发展的线索、路径大致还是相对明晰的，不同的诗学立场、取向、风格等等不难辨别，那么在此之后，所有的诗歌场景开始趋于暧昧、模糊不清，一切既定的准则都已失效，诗学立场及分歧变得含混、隐蔽，看不清诗学的焦点、支点和前景，各种欲念、诉求、声音在相互渗透，难分彼此。在此情形下，谈论诗歌面临着异乎寻常的困难，甚至到了无法言说的地步。

此际的新诗研究相较于20世纪90年代的新诗研究，虽说并未发生重大的飞跃和根本性转变，却也出现了一些值得留意和梳理的新趋向。比如，随着中国社会文化更为急剧的变化，以及诗歌在社会文化中位置的进一步迁变和"边缘化"，一种蓦然高涨的抵制诗歌"技术主义"、要求诗歌关注当下现实的呼声，和一种"为诗辩护"、维护诗歌"特殊性"与独立性的表述的冲突形成了。这一冲突构成了新世纪新诗评论的一条重要议题性线索。在新的历史语境下，这一延续了传统写实主义观念与先锋文学之对垒格局的冲突，加入了不少看似新鲜的元素和议题，如"底层写作""打工诗歌"及"草根性""新乡土"等。这引发了关于诗歌与伦理或诗歌自身伦理的讨论，其间涉及诗歌与社会、历史、现实、政治等新老话题，进而引起了将新诗研究朝向一种综合研究的倡导和期待。

关于"底层写作"的倡导自有其社会的和诗学的来由。不过，在一种激昂的写实呼声中，值得珍视的是另一种看待诗歌与现实、诗歌"底层"化倾向的视角："作为诗歌，面向底层的写作不应只是一种生存的吁求，它首先还应该是诗。也就是说，它应遵循诗的美学原则，用诗的方式去把握世界、去言说世界。我们在肯定诗人的良知回归的同时，更要警惕'题材决定论'的回潮。伟大的诗歌植根于博大的爱和强烈的同情心，但同情的泪水不等于诗。诗人要将这种对底层的深切关怀，在心中潜沉、发酵，通过炼意、取象、结构、完形等一系列环节，调动一切艺术手段，用美的规律去造型，达到美与善的高度协调与统一。也许这才是面向底层的诗人所面临的远为艰巨得多的任务。"[①] 这种辩证的富于反思性的论断，也许

[①] 吴思敬：《面向底层：世纪初诗歌的一种走向》，《南方文坛》2006年第5期。

更能够彰显处于复杂历史语境中的诗歌的职责。

与那些强调诗歌之伦理担当的呼吁形成对照的是，一些论者秉持着布罗茨基的"美学是伦理学之母"的观点，更加重视诗歌自身的"伦理"："当现实或苦难呼唤自己的形式，呼唤对自己进行命名与言说时，他要遵循的仍然也只能是诗歌自身的伦理法则，一种审美的角度。"① 也有论者关注"诗歌与伦理的诠释关系"②，或者如一行在其《新诗与伦理：对三种理解模式的考察》一文中所做的那样，通过学理性地考察三种理解模式（分别突出"诗是感通"的共同体伦理、"诗是批判"的知识分子道德和"诗是认识"的认知主义伦理）的历史起源、基本内涵和蜕变形态，同时指明这三种模式各自的有效性范围及其限度，提出以对"理解的精神"的阐发而将这三种模式所追求的善贯通，构建一种更具包容性的、基于诗歌内在本性的伦理原则。③ 按照这一理路，有关诗歌与历史、诗歌与社会乃至诗歌与政治等议题，就有重新检讨的必要。在这些方面，陈超的《重铸诗歌的"历史想象力"》（《文艺研究》2006 年第 3 期）、张大为的《当下诗歌：文化意识与文化政治》（《山花》2009 年第 15 期）、张伟栋的《当代诗中的"历史对位法"问题》（《江汉学术》2015 年第 1 期）、王东东的《1940 年代的诗歌与民主》（北京大学 2014 年博士论文）等，对上述议题进行了颇具深度的探究，某种拓展研究视域的企盼即蕴含于如下追问中：

> 在新的世纪，我们的诗歌写作如何在获得自由轻松的同时，保持住它揭示历史生存的分量感？如何在赢得更多读者的同时，又不输掉精神品位？如何既置身于当下世俗的"生活流"中，又不至于琐屑低伏地"流"下去？如何在对个人经验的关注和表现中，能恰当地容留先锋艺术更开阔的批判向度、超越精神和审美的高傲？如何最终实现诗歌话语和精英知识界整体的话语实践之

---

① 钱文亮：《伦理与诗歌伦理》，《新诗评论》2005 年第 2 辑。
② 余旸：《诗歌与伦理之间的诠释性关系》，《新诗评论》2012 年第 1 辑。
③ 一行：《新诗与伦理：对三种理解模式的考察》，《新诗评论》2011 年第 2 辑。

间彼此的应和、对话或协同？①

这无疑是一种"当代性"视域的凸显，势必促成对新诗研究本身从论题到方法的整体性反思，使之在寻求活力中走向开阔："保持着'写作'与'研究'的话语张力，'感受'与'认知'之间的非确定性的平衡，创造出'批评文体'的修辞探索与学术规则之间对抗性的活力，即使在较少受到关注的情形下，这或许仍然是当代诗歌批评最富有魅力的事情。"②

毋庸讳言，当前的新诗研究与诗歌创作陷入了同样的困境：在整个社会文化的创造力和诗人人格衰弱之际，诗歌（以及研究）的文化活力和创造力也呈现出逐渐衰退的趋势，诗歌（以及研究）同社会文化的互动关系日趋松散，诗歌（以及研究）对社会文化的参与意识和能力也渐渐丧失，诗歌（以及研究）的格局、空间趋于萎缩和窄小。近年来，一些新诗研究者开始了重新清理的工作，如重返历史现场、重理理论概念、重拾文本分析、重提本体研究等等。不过，重返历史现场，不是要还原一个静态的所谓客观的过去场景，而是寻索可能被忽略的历史细节；重理理论概念，不是简单地弄清某个概念的来龙去脉，而是以"考古学"的态度，重新辨析概念生成的深层源头和概念与概念之间的错杂关联；重拾文本分析，不是止步于它的自律性和自足性，而是要留意历史氛围、制度策略、文化心理等"外部因素"，渗入新诗文本的复杂印迹及其对新诗文本样态与体式之形成过程的塑造和影响；重返本体研究，不是重新回到某个局部或总体的本体观念，而是要重新找到本体研究得以生根的语境及二者的新的紧张关系。

诚如洪子诚指出："'边缘'并不完全是有关诗歌地位的负面判断。对于认识这个时代的问题和认识这个时代的诗歌问题的诗人来说，'边缘'是需要身心（包括语言）的'抵抗'才能实现的位置，是有成效的诗歌实践的出发点。"③ 这也正是新诗研究者应该具有的意识。无疑，对于未来的新诗研究而言，上述论断同样适用。

---

① 陈超：《重铸诗歌的"历史想象力"》，《文艺研究》2006年第3期。
② 耿占春：《当代诗歌批评——一种别样的写作》，《文艺研究》2013年第4期。
③ 洪子诚：《当代诗歌的"边缘化"问题》，《文艺研究》2007年第5期。

重思新诗的"标准"①

新诗的"标准"是一个看似陈旧不堪的话题。早在近四十年前,学者商伟就呼吁"新诗的批评应允许有多种美学标准","不能把自己对诗的认识当作诗歌批评的唯一的标准"。②那是针对彼时刚刚兴起的"朦胧诗"所招致的批评而进行的辨析。事实上,任何标准,作为具有一定强制性的、对事物之间最大限度的共性特征做出概括后的准则或规约,其本身就是协商、妥协甚至习惯的产物,久之难免出现以偏概全和滞后的情形,"唯一"则更容易显出其局限性。20世纪30年代,朱自清先生受美国学者勃朗耐尔(W. C. Brownell)的启发,对"标准"和"尺度"进行了区分,认为"标准"是那些代代相传、毋庸置疑的固定准则,而"尺度"只有"得到公认而流传"之后,才"成为又一种标准"。③这一区分突出了标准在历史长河中作用于观念和趣味的持久性、"顽固性",其目的大概是要以"尺度"的"弹性"纾缓"标准"可能陷入的"僵化"吧。

相较于其他文类而言,诗歌似乎是更能引发标准争议的一种文体,新诗历史上关于标准的争论可谓经久不衰。仅在进入21世纪之后的头十年,诗界和学界就出现了三次较大规模的新诗标准讨论,分别是:2002年《诗刊》下半月刊推出的系列"征文"④、2004年《江汉大学学报(人文

---

① 刊于《文艺争鸣》2021年第2期。
② 商伟:《新诗的批评应允许有多种美学标准》,《诗探索》1981年第4辑。
③ 朱自清:《文学的标准与尺度》,见《标准与尺度》,三联书店1984年版,第21页。
④ 该刊从第3期至第11期,其间有六期刊发了关于新诗标准的征文,分别来自"高校学人""青年诗人""诗歌编辑""诗界同仁"等。

科学版)》第5期的专栏文章、2008年《海南师范大学学报(社会科学版)》全年六期的专题论文及同年《诗潮》《当代作家评论》等刊物的相关文章。这些讨论,除2004年《江汉大学学报(人文科学版)》第5期的专栏文章外,大多偏重于从创作层面探讨诗歌标准的必要性,或指斥标准缺失造成的混乱。

在相当长一段时间里,人们总是力图为诗歌创作制定某种稳定的、有具体"指标"便于把握的标准,并煞费苦心地提供了很多"方案",诸如"四动""三趣三象""三维""九条"等等,不一而足。诚然,这些"方案"的提出经过了审慎的考量和反复的论证,它们的内涵和外延也多少能够应对如下疑虑:"如果当真存在或者可能存在这样一个中国新诗标准,它必得拥有相当程度和相当范围的公认性,倘若你立一个标准,我立一个标准,寻求权威性的建设性意图只是意图而已。"① 不过,在更多讨论中,一些诗人和批评家逐渐倾向于认为:"现代诗写作的标准,像一条不断后移的地平线,它不是一个具体的'地址',也没有一个技艺上的稳定衡估指标。"② 或者:"不是把标准作为某种本质主义的公式进行看待,而是把新诗标准牵涉的诸多理论问题既还原到历史现场之中,又回到诗歌的文类成规内部,在开放的历史视界和内指的诗歌美学形式问题之间,构设一种充满张力的诗之评判指标。"③ 这显然是一种相对开放、灵活的新诗标准观。

当然,新诗标准的固化趋向首先会引起讨论者的警惕与质疑:一方面,"在新诗的理论建设中,弥漫着一种一元论的诗学神话。它试图从诗歌历史的发展中归纳出一个普遍而永恒的诗歌理念,并把它看成是放之四海而皆准的诗歌标准"④,那被认为是一种偏执的"妄念";另一方面,"坚

---

① 刘纳:《新诗的评价尺度与新诗欣赏》,《粤海风》2004年第5期。

② 陈超:《对有效性和活力的追寻》,见《打开诗的漂流瓶——现代诗研究论集》,河北教育出版社2003年版,第70页。

③ 赖彧煌:《在现代经验和美学形式的张力场中——新诗标准的探讨》,《海南师范大学学报(社会科学版)》2008年第2期。

④ 鲍昌宝:《错位的新诗评价标准——对新诗合法性的文化反思》,《江汉大学学报(人文科学版)》2004年第5期。

持新诗标准不可怕，可怕的是简单化地、虚假地、永恒化地、粗暴地理解诗的标准"①，对诗歌标准的认识的本质化，同确立诗歌标准的意念与方式一样，在很多人的头脑里可谓根深蒂固。于是有论者提出："建构标准其实是寻找标准的方向，是我们在喧嚣中寻找一个诗歌的路标。"②"路标"的说法及其带有"方向"性的指意，较大地稀释了诗歌标准"一元论"的板结性质。这有点类似于创办了《标准》杂志的英国诗人T. S.艾略特将维吉尔确认为"整个欧洲的经典作家"的论断，在他看来："维吉尔在文学上的价值是为我们提供了一种标准……维护经典作品的标准，并用它来测度所有具体的文学作品，就等于认识到我们的文学作为整体可能包含一切……如果没有我所说的那种标准，即一种单靠我们自己的文学始终无法看清楚的标准，那么我们首先会出于错误的原因而崇拜天才的作品。"③他所说的标准并非指导实践的准则，而是一种"方向"性的标杆，他想要把经典作品（特别是源于异质文化）树立为某种标杆，以之"测度"已有的作品并提升自己的判别能力和写作水平。

从更内在层面来说，有关新诗标准的争议关乎对"新诗"这一概念和文体本身的认识。由于"不断的试验"（胡适）所导致的"不断后移的地平线"（陈超），新诗一直不无尴尬地遭受着"没有定型"的责难。"作为激进的形式、语言革命的产物，新诗始终处在'未完成'的状态中，一种被普遍接受的、经典化的诗歌方式，并没有被建立起来"，因而"对'标准'的期待，也只能存在于不断的追溯与想象，不断的推倒与重设之中，不可能被一劳永逸地落实"；然而，从另一角度来看，"对'标准'的挑衅、拆解冲动，也是新诗史另一种颇为强劲的话语"，这使得"新诗"变成了一个不断被定义的动态的概念和过程："新诗的发展方向，不一定是趋向某种稳定的'文类规范'，而是一个不断扩张的可能性空间。""'新诗'

---

① 陈太胜：《多元的中国新诗标准》，《诗刊（下半月刊）》2002年第6期。
② 李润霞：《在喧嚣中寻找诗歌的路标》，《江汉大学学报（人文社科版）》2004年第5期。
③ 艾略特：《什么是经典作品》，见王恩衷编译：《艾略特诗学文集》，国际文化出版公司1989年版，第203页。

不再是一门服务于公共情调的愉悦的艺术,而更多地变成一门致力于探索现代生活丰富性与复杂性的艺术,它的展开是发生与自我与世界之间关系的不断辨认中。"①虽然"可能性"也许仍然需要反思,但从这一角度做出的阐述不再拘泥于新诗标准本身,而是超越了标准争议中非此即彼的二元思维,探掘"新诗"文体发展的多层次空间。

不过,当前诗歌对"标准"的期待所激起的焦虑并未完全祛除,焦虑之一便是"共识"的彻底消退。曾几何时,"共识"被认为是指引诗歌创作和批评的一盏"明灯",慢慢地,这盏"明灯"变得飘忽不定直至黯淡无光。这里有必要辩证地看待缺乏"共识"的处境:一方面,在当下趋于原子化、支离破碎的诗歌语境里,"共识"的确已经不复存在,诗人之间、诗人与读者(批评家)之间似乎很难达成"共识";但另一方面,在写作者、批评者的意识深处,仍然会隐约"残存"某种不言而喻的需求——对一些基本的"共识"(诗学、认知"共同体"或必须共同遵守的准则)的潜在渴盼和坚持,这种不那么明晰,却如底座一般托起诗歌创作和批评的"共识",也许依旧可以称之为"标准"。

以此为立足点重新思考新诗的"标准",或许能拓宽观照当下诗歌的视野:其一,所谓"共识"缺失,映现的正是当下诗歌的真实境遇,即其在社会文化之中的位置。正如有论者指出的,当下诗歌需要的不是"另一个或者另一些诗歌标准,而是标准本身存在和生效的具有'文化政治'(cultural politics)意义上的现实性和正当性的文化中介和文化场域"②。20世纪90年代以来,诗歌渐渐退出世人关注的中心,丧失有效与社会文化互动的能力,这提醒人们反观、检讨诗歌自身的不足。最近几年出现的长诗写作潮流,可被看作诗人们通过回应重大(历史、现实)主题以重新寻求诗歌在社会文化中的位置,从而破解诗歌困局的努力,可惜并不成

---

① 姜涛:《"标准"的争议与新诗内涵的歧义》,《江汉大学学报(人文科学版)》2004年第5期。

② 张大为:《新诗标准重建:从江湖化到政治化》,《海南师范大学学报(社会科学版)》2008年第4期。

功。①问题在于，在历史认知、诗学观念、写作意识尚未更新的状态下，写作者迫切地借助对某些宏大题材（取自历史或面向现实）的大篇幅书写，能否增强诗歌对历史、现实的参与度，强化诗歌与社会文化的对话能力？一些急于求成的长诗在文本效果的不尽如人意，反而暴露了当下诗歌的虚弱和某些软肋。

其二，以一种更宏阔的眼光，考量当下诗歌写作和以往诗歌的关系，重新构建正在进行的诗歌尝试与诗学传统、诗歌累积的关联。T. S. 艾略特在他的名文《传统与个人才能》中，提出要透过共时的视角审视过去时代的文学，在后世文学和前代文学之间建立联系，这就是一种"历史的意识"："历史的意识又含有一种领悟，不但要理解过去的过去性，而且还要理解过去的现存性，历史的意识不但使人写作时有他自己那一代的背景，而且还要感到从荷马以来欧洲整个的文学及其本国整个的文学有一个同时的存在，组成一个同时的局面。"②在中国当代诗人中，骆一禾较早具有如此宏阔的眼光，他曾提出"伟大诗歌共时体"③的设想，认为人类文明和诗歌史上那些产生过重要影响的个体，可以汇聚成为一种诗学、精神的遗产和资源。在当下诗歌里，能否如艾略特、骆一禾所说，建立起与过去年代诗歌及文化传统的联系，或在不同年代诗歌之间构筑一种共时的视野？有人认为，当下诗歌的境况与新诗诞生之初的文化决裂姿态有关。实则并不完全如此。与其说当下诗歌承受着新诗从一开始与文化传统割裂带来的苦果，不如说它自身逐渐落入了一种孤立、碎片化的格局中。倘若能够改变这种孤立、碎片化的格局，未来诗歌的面貌应该会有所不同。

笔者参与2002年《诗刊》的新诗标准讨论时曾指出："诗人的写作行为及其诗歌文本的构成，在很大程度上受到他们置身其间的、每时每刻

---

① 对近年来长诗写作的批评，可参阅颜炼军《"大国写作"或向往大是大非——以四个文本为例谈当代汉语长诗的写作困境》、李海英《白昼燃明灯，大河尽枯流——论当下作为"症候"的知名诗人长诗写作》，均见《江汉学术》2015年第2期。

② 王恩衷编译：《艾略特诗学文集》，国际文化出版公司1989年版，第2页。

③ 骆一禾：《美神》，见《骆一禾诗全编》，上海三联书店1997年版。

不断生成的语言特性和每天必须面对的现实语境与言说空间的制约。"①这意味着,诗人在写作过程中要始终保持对其困境的觉识。无可否认,"任何极具个性与创造力的作品,总是呈现出摆脱或逸出标准框范与规训的倾向",而"新诗标准的讨论之所以必需,并非为了掩盖、抹杀,而恰恰是为了释放那些特立独行的作品的'异己'的、'抗议'的声音与力量,以激发批评家去继续思考和探索"。②在此意义上,重提新诗"标准"的议题,其实质是呼唤诗歌的创新能力。对于诗歌写作者而言,创新在任何时候都是必需的,因为"传统和习惯力量的强大和固执,是无法估计的。它强大得使那些固执地抱着成见和现存的诗的概念的人不觉得自己是在坚持偏见,相反,是在坚持真理——诗国的唯一的真理(假如诗国里也有唯一的真理的话)"③。当然,这个创新的"新"显然不是"追新"的"新",也不必过分强调"新",而应该把重心落在"创"即"创造"上。如果说我们对未来汉语诗歌的"可能性"还抱有期待,那么这个可能性应该寄寓在一种创造能力上,即有赖于诗歌具备一种与时代社会文化发生关联、进行对话的能力,以独有的话语方式和声音与时代社会文化产生共振。

---

① 张桃洲:《重新设置写作的"难度"》,《诗刊(下半月刊)》2002年第3期。
② 魏天无:《新诗标准:在创作与阐释之间》,《海南师范大学学报(社会科学版)》2008年第3期。
③ 商伟:《新诗的批评应允许有多种美学标准》,《诗探索》1981年第4辑。

现代美育视域下的诗教①

诗教在中国有着悠久的传统,经过漫长的衍化与实践,逐渐形成了一套成熟的既有严密理论又具可操作性的体系。正是在诸如"不学诗,无以言""诗,可以兴,可以观,可以群,可以怨"及"诗言志""思无邪"等为人熟知的表述的促动下,诗歌的影响遍及从国家社稷、社会风尚到日常礼仪、个人修为的不同层面,使得诗歌在中国古代远不止于一种文类,即不仅仅是个人表情达意的方式,而且成为整个社会生活的重要部分,与政治、伦理、风俗、文化等保持着密切的联系。这体现的正是诗教的目的和功能:一些重要思想乃至制度理念被以诗歌的独特形式进行传布与渗透,用来规训人们的言行举止,引导社会文化的路向,即所谓"兴于诗,立于礼,成于乐"(《论语·泰伯》)。虽然有"乐"作为与诗相伴而生的手段,但中国古代诗教总体上偏于教化。

而在西方,诗歌也有着特殊的地位。尽管柏拉图将诗人逐出了"理想国",极力排斥诗歌,但他如此做的原因之一是诗歌充满了魅惑,具有令人迷狂的感染力。亚里士多德的《诗学》则从正面肯定了诗歌的重要性,认为"诗是一种比历史更富哲学性、更严肃的艺术"②,亚氏还特别强调了诗歌的"净化"作用。那些反驳柏拉图、"为诗辩护"的西方理论家如锡德尼(Philip sidney,1554—1586,其重要身份还包括政治家和军人)等人,更是将诗人指认为立法者和文明的创造者。黑格尔在《美学》中也给予诗歌极高的评价,指出,"诗,语言的艺术……是把造形艺术和音乐这两个

---

① 本文以《现代美育诗教何为》为题,刊于《光明日报》2019年10月9日。
② 亚里士多德:《诗学》,陈中梅译注,商务印书馆1996年版,第81页。

极端,在一个更高的阶段上,在精神内在领域本身里,结合于它本身所形成的统一整体",这是因为"语言的艺术在内容上和在表现形式上比起其他艺术都远较广阔",且"比任何其他艺术的创作方式都要更涉及艺术的普遍原则",因而"诗过去是,现在仍是,人类的最普遍最博大的教师"。①这些论断,无疑赋予了诗歌无比崇高的地位。基于此,相较于中国古代诗教看重人伦和德行,西方诗教重视的是秩序与智慧。

进入现代以后,中国诗歌在主题向度、语言形态和构造体式等方面均出现了很大变化,诗教的社会文化语境及施行方式也发生了根本性改变。特别是,对于新的历史条件下的诗教,教育观念的革新与迁移深刻地影响了其理论内涵和实践指向。近代以来由王国维、蔡元培、梁启超等人开创,由鲁迅、宗白华、朱光潜等人丰富完善的美育,通过引入康德、席勒等西方理论家的美学思想,确立了以情感为核心、倡导"审美无功利"、以"立人"为旨归的理论构架,提出"美育者,应用美学之理论于教育,以陶养感情为目的者也"②,"独美之为物,使人忘一己之利害而入高尚纯洁之域,此最纯粹之快乐也"③,"理想的教育是让天性中所有的潜蓄力量都得尽量发挥,所有的本能都得平均调和发展,以造成一个全人"④等主张。这些美育观念从多方面推动了中国诗教从传统向现代的转变,促使诗教直面现代乃至当代的处境。

依照朱光潜的"诗教就是美育"这一说法,诗教显然是现代艺术、审美教育的重要组成部分。正如林语堂所说:"诗歌在中国已经代替了宗教的作用。"⑤(似乎应和了蔡元培的"美育代宗教"说。)虽然他所讲的"中国的诗"是指古典诗歌,并且中国诗歌经过现代性的洗礼之后,其样

---

① 黑格尔:《美学》(第三卷下册),朱光潜译,商务印书馆1980年版,第4、10、11、14、20页。

② 此为蔡元培为1930年商务印书馆出版的《教育大辞书》撰写的《美育》条目。

③ 王国维:《论教育之宗旨》,《教育世界》1906年第56卷。

④ 朱光潜:《谈美感教育》,见《朱光潜全集》(第四卷),安徽教育出版社1988年版,第145页。

⑤ 林语堂:《吾国与吾民》,郝志东、沈溢洪译,学林出版社1994年版,第240页。

态及其在社会文化中的地位已经发生巨变,仅有百年历史的现代诗歌被认为失去了古典诗歌的辉煌和魅力,但是诗歌本身仍然具有相当的感召力,对人类的精神生活发挥着无可替代的作用。由此,处于现代境遇中的诗教,或者说在现代美育观念影响下的诗教,实际上包含两个问题向度:一是传统诗教的适应性,即传统诗教通过调整、转换,寻求合乎现代人生存状态、审美趣味和心理需求的路径;一是根据现代诗歌的特性,找到诗歌与社会文化的连接点,探索诗教的现代意义和方式。

诚然,现代美育所倡导的以情感为核心的观念,有助于引导诗教施行过程中凸显诗歌的抒情性本质,并将诗歌理解的重心转移到对基于诗歌本体的审美能力的培育。不过,在诗教中突出诗歌的情感因素和抒情性一面,不宜忽略诗歌所应具有的智性、理趣和思辨等其他特质;而回归诗歌本体,或许一定程度上能去除传统诗教过分教化之弊,但并非要将诗歌拉回到"内部",拘泥于单纯的语言、形式等构件,切断其与外部世界的联系,在"故步自封"中慢慢失去活力,直至萎缩。有目共睹的是,在整体性逐步丧失的现代社会,知识体系一度趋于专门化、精细化,社会文化和日常生活也日益碎片化、单子化,这对诗歌(从创作到接受与传播)提出了莫大的挑战。因此,对于现代诗教来说,除了"情"这一维度外,更应该强调诗歌面对和处理纷繁变幻的社会生活的综合能力,在诗歌与社会文化之间构建一种"循环往复性"(吉登斯语)和"能动的振荡"(伊瑟尔语)的审美维度,即一种良性的互动关系,以保持诗歌自身的活力。

至于现代美育主张的"审美无功利",显然直接因袭了康德的理论,考虑到现代美育诞生的时代背景,不难体察这一主张隐含的具体针对性。当蔡元培提出"纯粹之美育……使有高尚纯洁之习惯,而使人我之见,利己损人之思念,以渐消沮者也"[1]时,他期待的是以"无功利"之审美的"纯粹"性,消除当时"大多数之人皆汲汲于近功近利"的积患,涤荡弥漫于国人胸中的污浊之气。就此而言,不应表面地看待现代美育所倡导的"审美无功利",而是要深入洞悉其观念指引下的实践及其效应。同样,

---

[1] 蔡元培:《以美育代宗教说》,见《蔡元培美学文选》,北京大学出版社1983年版,第70页。

现代诗教也曾表达过强烈的"无功利"的诉求，提倡"纯诗"，极度强调形式、技艺的自足性，以抵制长期加负于诗歌之上的种种"外在"要求。一味追求诗歌"无功利"所具有的片面性显而易见，它会导致写作者狭隘地理解维柯（Giovanni Battista Vico）所说"诗性思维"的含义和价值，皮相地趋附海德格尔（Martin Heidegger）大力阐释的荷尔德林（Friedrich Hölderlin）之"诗意地栖居"。为人所津津乐道的"诗性""诗意"，都不是诗歌"无功利"的浅表的代名词，也不是用于装饰（甚至粉饰）生活的缀物。实际上，"诗性"显示了一种独特的创造能力，是人类与自然万物建立联系的方式；"诗意地栖居"并不表明某种独善其身、超然于尘世之外的态度，也不应被当作遁入"世外桃源"的托词。按照海德格尔的解释，"诗意是人的栖居必备的基本能力。但人之具有诗的能力，始终只需遵循如下尺度：其存在要与那本身就喜爱人，并因此需要人出场的东西相契合"①。而抵达这一"尺度"的重要前提就是荷尔德林在诗中咏唱的"善"，故而"诗意地栖居"体现的是美与善的协调。在据说是荷尔德林与黑格尔、谢林（Friedrich Schelling）共同起草的《德国唯心主义的最初的体系纲领》一文中，就有如此论断："理性的最高方式是审美的方式，它涵盖所有的理念。只有在美之中，真与善才会亲如姐妹。"②显然受到这一观点影响的朱光潜也认为："善与美不但不相冲突，而且到最高境界，根本是一回事，它们的必有条件同是和谐与秩序。从伦理观点看，美是一种善；从美感观点看，善也是一种美。"③这正是看似"无功利"的审美的辩证属性，在现代诗歌"冲击极限"式的技艺锤炼中，也许隐含着诗学自身的伦理，通向的是一种与母语、民族记忆相关的社会文化担当。

现代美育以"立人"即塑造"完人"为最终目标，这与现代诗教的基

---

① 海德格尔：《"……人诗意地栖居……"》，见《海德格尔诗学文集》，成穷等译，华中师范大学出版社1992年版，第206页。译文略有改动。

② 刘小枫主编：《现代性中的审美精神——经典美学文选》，学林出版社1997年版，第166页。

③ 朱光潜：《谈美感教育》，见《朱光潜全集》（第四卷），安徽教育出版社1988年版，第145页。

本理念是一致的，当然也对中国传统诗教的理论资源有所承续。传统诗教非常重视通过诗歌养成完美人格，所谓"修身齐家治国平天下"，个人的"修身"是后面所有事功的基础，其中还包括"格物""致知""诚意""正心"等方面，它们又是"修身"的必由之路。确如王夫之所言："圣人以诗教以荡涤其浊心，震其暮气，纳之于豪杰而后期之以圣贤，此救人道于乱世之大权也。"[1]在中国古代，诗歌之于"修身"绝非一般意义的怡情养性，而是全方位完善自我（从内在修养学识到外在礼仪气度）的绝佳途径。不过，古今诗教对"完人"有着很不一样的期许和取向，现代诗教已不可能像古代诗教那样，仅仅视以"仁"为内核、具有德行的君子为"完人"，而是对之倾注更丰厚内涵，更富于现时代特征，以回应急剧变化的历史语境。至少应该在马克思预期的"人的解放"的意义上理解现代社会的"完人"，即一种具有"建立在个人全面发展和他们共同的、社会的生产能力成为从属于他们的社会财富这一基础上的自由个性"[2]的人格形象。依此目标，现代诗教对人的诲示就不限于心智上，而更在于一种将其置于"社会关系"之中所产生的创造力。

在社会文化日渐多元化的当下，倘若不是孤立、抽象、静态地领悟诞生于20世纪初的现代美育所关涉的美、审美、美感等命题，它的某些观念对诗教的拓展仍然具有启示价值。未来诗教关于诗歌的界说中，诗歌之美不再是单一的，而是立体的；不只提供赏鉴、实现"净化"，更具有海德格尔所说的超越性的"拯救的力量"；不仅能够弥合"人心"，而且将重塑人在技术时代的命运和位置。

---

[1] 王夫之：《俟解》，见《思问录·俟解》，中华书局1956年版。
[2] 马克思：《1857—1858年经济学手稿》，见《马克思恩格斯全集》（第46卷上），人民出版社1979年版，第104页。

诗歌史的功用[①]

在很大程度上，法国哲学家利奥塔（J-F. Lyotard）断言的"历史的分期属于现代性所特有的强迫症。分期是把时间置于历时性之中的方法，而历时性是由革命的原则支配的"[②]，揭示的不仅是一种历史分期的潜在规则，而且是整个现代文学（特别是诗歌）历史叙述的普遍特征，即它大抵以某种线性的时间观为基准展开。分期当然是其中一个显著的表征，新诗出现仅十余年，便有了朱自清《中国新文学研究纲要》、草川未雨《中国新诗坛的昨日今日和明日》（1929）、沈从文《我们怎样读新诗》（1930）等就新诗进程做出划分的尝试。这些著作与其说总结了新诗取得的成就，不如说按照某种期许筹划着新诗的未来。

更重要的是，一部新诗史著总是包含了一定的"新诗"观念。这里所说的观念，就是指新诗历史的书写者如何看待新诗寻求"身份认同"（identity）的过程，把新诗对于"新"的探索纳入什么样的评价体系，其间无疑充满了书写者关于新诗的想象。观念和话语，实际上构成同一问题的两个方面，它们共同决定着新诗史著的材料选取、结构方式、分期依据乃至行文笔调等叙述要素。综观现有的新诗史著（断代史或分类史），不难发现，大多数未能逸出两种基本的观念的缠绕：一种是强调诗学自律，着眼于探索新诗自身的艺术嬗变轨迹；一种是重视新诗生存的外部条件，力图从社会环境的角度寻求新诗更迭的规律。这两种观念其实也见于一般

[①] 刊于《文艺争鸣》2020年第10期。

[②] 谈瀛洲译：《后现代性与公正游戏——利奥塔访谈、书信录》，上海人民出版社1997年版，第154页。

文学史著,产生了两种常常被提及的研究类型——"内部研究"和"外部研究"。这使得关于新诗的历史叙述充满了张力。

如果说具有历史总结性质的胡适《谈新诗》,还较多地立足于诗艺本身为新诗进行辩护的话,那么从 20 世纪 20 年代中期起,伴随新诗内部的自我反思(穆木天、王独清、闻一多、徐志摩等),一种对新诗与社会生活及政治、经济之关系的探究也开始了(这无疑与社会语境的变迁有关),并逐渐成为新诗史建构的依据。早期的新诗史著《中国新诗坛的昨日今日和明日》正是如此,该著采用的社会——人生视点,其理论前提便是诗歌对社会生活的亦步亦趋(与此相应的则是"形式"对"内容"的依附),这成了作者据以衡量诗歌优劣、表达一己好恶的视角,因此他讥讽徐志摩、闻一多的新格律诗是"戴着脚镣跳舞的妖怪",是"死的幽灵的再现"。[①]蒲风的《五四到现在的中国诗坛鸟瞰》(1934)更加鲜明地体现了这种观念,蒲风借鉴泰纳(Taine)的"三要素"("人种""环境""时代")说和日本学者的"Ideology"(意识形态)理论,将新诗与"政治经济社会背景"联系起来,认为"文学反映了社会……作家都难能逸出时代潮流的范围的";这一理念左右了蒲风关于新诗的分期,"为什么第三期不因新月派的《诗刊》的出现而名为'完成期',更称而为'中落期'呢?这个解答,一方在新诗歌走新月派的路不见得确当,一方在有意识的诗歌难能公开出版,甚至差不多的文学杂志竟拒登新诗";也决定了他评价诗人的维度,譬如:郭沫若"在《女神》里,真正反映了中国新兴资本主义向上势力的突飞猛进","朱湘代表了贵族地主的必然的命运"。[②]这种诗歌与社会(阶级)一一对应的思维和论述方式,是一种典型的社会(阶级)决定论,显示了那个时代的文学反映论的粗浅、生硬的特点。事实上,一直到今天,这种论述的影响并未消除,而是变相地出现在各种文学理论和文学史表述中。

[①] 草川未雨:《中国新诗坛的昨日今日和明日》,海音书局 1929 年版,第 142、235 页。

[②] 蒲风:《五四到现在的中国诗坛鸟瞰》,见《蒲风选集》,海峡文艺出版社 1986 年版,第 781、783、790、808 页。

显然，在蒲风等人那里，新诗与社会环境的关系被绝对化和本质化了，致使诗歌被视为社会运动的一个部件。这尤其体现在 20 世纪 50 年代关于新诗的"权威"评价中。20 世纪 80 年代以降，在强烈的"去政治化""回到诗歌本体"的诗学努力下，上述的对新诗与社会环境关系的本质化理解和表述得到了"纠偏"，某些一度处于抑制状态的诗歌母题和新诗潮流（如现代主义）、流派（如"九叶诗派"）也渐次被挖掘和论述。在此情境下，对新诗的历史观照获得了一种由文学自律观念引导的、具有审美主义特点的、"以'现代主义'为核心原则的经典性叙述"①。在整个 20 世纪 80 年代，"自律"的确构成了一种强势的观念和话语，对新诗历史的想象正是在这一观念的渗透下展开的，极大地影响了新诗史研究的格局和面目，这种影响甚至持续到 20 世纪 90 年代的一些新诗史著。

不过，进入 20 世纪 90 年代以后，在社会、文化均出现重大迁移的情形下，20 世纪 80 年代审美主义的诗学自律观念渐渐捉襟见肘，其"历史势能"有被耗尽之虞。在 20 世纪 90 年代众声喧哗的驳杂语境中，不仅新诗创作和研究受制于政治、经济、文化等各种因素，而且新诗历史的书写也面临着这些制约。正是面对历史语境的转换，研究者开始考虑历史语境之于新诗史研究的重要性及其可能影响，并探索新的研究路径。就当代新诗史写作而言，洪子诚、刘登翰的《中国当代新诗史》（人民文学出版社 1993 年初版）显示了出某些值得留意的迹象。著者虽然"无意对在社会思潮作用下的诗歌潮流，作过多宏阔的理论阐发"，但也表现出了一种颇为显明的意图，即是探讨不同年代的诗人"受囿于诗歌环境及诗人自身精神结构而难以回避的不足"、进而"勾勒出它（指新诗——引者）在时代（政治、经济、文化，乃至社会心理）的推动与制约下整体的发展状况与态势"。②

对"受囿""制约"的充分觉察，是《中国当代新诗史》给人印象深刻之处。因此，其价值不仅在于论者指出的"首次对中国当代新诗发展的

---

① 赵寻：《八十年代诗歌"场域自主性"重建》，见臧棣等编：《中国诗歌评论：激情与责任》，人民文学出版社 2002 年版，第 338 页。

② 洪子诚、刘登翰：《中国当代新诗史》，人民文学出版社 1993 年版，第 2 页。

丰富实践作出了某种理论形态和知识体系的概括，从而提供了一个认识和反思中国当代新诗发展历史的初步框架"①，而且更在于该著作者在处理或建构当代新诗历史时的某种意识，即："'历史'的重建并非是各种复杂、矛盾因素的陈列，在这一'重建'中，如何确立'选择'与'评价'的位置，来显现叙述者在受意识到历史的拘囿和束缚时对于可能性的思考和争取？"②作为当代文学史家，洪子诚的重要贡献是将一种审慎的态度带入了新诗史研究，他所主张的建立概念与"语境"的多重联系，力求还原社会生活、历史场景的原始生态及诗歌在其中的境遇，借此消除以往历史叙述中的独断论，体现的正是一种类似于福柯（M. Foucault）"知识考古学"的观念，对于新诗史写作具有深刻的方法论意义。

从表面上看，《中国当代新诗史》看重新诗发展过程的语境因素，似乎重又回到了强调以社会环境的角度观察新诗的路数。其实不然。尽管一个无法避讳的事实是，当代新诗的生成与发展，不仅始终隐含着对新诗生存权利和价值的重新评价，而且留有当代社会生活的深重的刻痕，但在看待这一现象时存在着不同观察者之间视角的差异：是让新诗依附于社会生活、政治、经济等因素乃至被后者所淹没（例如蒲风等人的论述），还是以一种历史呈现穿越新诗同所有这些因素的关系？显然，立足点、视角的不同显示了想象和评价新诗方式的不同。在此，另一部书写当代新诗历史的论著——程光炜的《中国当代诗歌史》（中国人民大学出版社2003年初版）——进一步提供了如何处理上述问题的例证。在这部著作及20世纪90年代以来的系列论文里，程光炜颠覆性地重新诠释并运用了"意识形态"理论（全然有别于蒲风等人的方式），打开了进入新诗历史的新的视界。

程光炜在《中国当代诗歌史》中开宗明义地提出："如果离开了对当代中国这一政治、经济和文化现状的深入考察，就不能说真正'进入'了当代文学；如果忽略了对各种文艺运动思想准则和价值观念的认识，很难

---

① 周晓风：《当代诗歌史：观念与构架》，《诗探索》1995年第3辑。
② 洪子诚：《〈中国现代文学三十年〉的"现代文学"》，《文学评论》1999年第1期。

说能够透彻了解这一时期诗歌的主题、题材、艺术形式和审美情趣,以及它的历史发展面貌"(第3页)。因此,"对当代中国诗歌发展概况的描述,需要有一个审视政治背景、经济状况的开阔眼光,需要辨析文艺与政治、诗人与社会风气、当代诗与外来影响、作者心态与读者伦理观念等之间的关系"(第4页);"一首诗的'诞生'实际已进入这么一个阶段:它不仅要受到作者创作能力的影响,同时也受到其他因素——如社会变迁、价值观念调整,读者、文本和新的阅读关系等的制约"(第350页)。基于这样的认识,《中国当代诗歌史》将探询的笔触指向了当代诗歌生成和发展的复杂性,其论述重点是当代社会进程的某些关键"环节",以及诗歌在这些"环节"的过滤、转述之中所发生的变形。这些见解有一个理论方法的基点,用他自己的表述就是"新意识形态批评":"在方法上,它构成对以往诗歌史的阐释性阅读,把后者还原为一个不断被阅读的历史过程……它是可商量的、平等的、上下文的、成长中的和反映现代民主悄悄进程的一种话语式样。"① "新意识形态批评"超越了旧有的意识形态理论,试图对新诗与历史语境的关系进行重置。

对于研究者而言,"新意识形态批评"所带来的最重要的改变,是使其获得了对于历史细节和复杂性的敏感。在一篇"重读"李瑛作品的文章中,程光炜借助于对李瑛在不同历史叙述中的形象的分析,意识到:"'历史'不是一个连续的故事形式,而是一个又一个不断更新着的认识层面。历史也不仅仅是文学的'背景'或'反映对象',而多半是二者之间一种相互影响、相互塑造的关系。"② 在历史叙述的两个本文(即可见的第一本文和不可见的第二本文)之间,有一条相互紧张、摩擦的接缝地带,其中关联着"新的意识形态"。这也正是马舍雷(P. Macherey)所指出的,"一部作品之与意识形态有关,不是看它说出了什么,而是看它没有说出什么。正是在一部作品的意味深长的沉默中,在它的间隙和空白中,最能确凿地

---

① 程光炜:《误读的时代——90年代诗坛的意识形态阅读之一》,《诗探索》1996年第1辑。

② 程光炜:《在历史话语的转换之间》,《诗探索》1994年第3辑。

感到意识形态的存在"①。这样，所有可能发生作用或者产生意义的"节点"，都应被纳入"新意识形态批评"之中予以观照。

作为一种研究方法，"新意识形态批评"提供了不一样的想象新诗历史、展现新诗图景的模式。它引入历史语境的维度，以鲜明的分寸感和问题意识，质疑了审美主义和本体研究在新的历史情境中的有效性，重新引发了如下思考：新诗究竟是什么？新诗的历史是怎样的？一种新的"新诗"是可能的吗？这些思考应和着近些年研究界关于"文学性"的反思：何谓文学本身？文学的定义或意义是依靠"文学性"还是某种边界支撑的？纯粹的文学研究存在吗？

在对自律观念和社会决定论进行双重超越之后，是否还会有一种"新诗史"？在半个多世纪以前，法国学者埃斯卡皮（R. Escarpit）曾乐观地预言：

> 文学史也不能因此而死亡。它只是应该同意提出新的问题就行。摆脱掉叙述事件的枷锁，更加关注由自己造出来的语言和文本组成的现实，文学史应该找到比传统（所有的人都一致看到了这一传统已被超越了）遗留给它的方法更灵活也更严谨的陈述事实的方法。②

也许，他表达的只是一个人人都明了却难于实现的愿望。

---

① 伊格尔顿：《马克思主义与文学批评》，文宝译，人民文学出版社1980年版，第39页。

② 罗贝尔·埃斯卡皮：《文学社会学》，于沛选编，浙江人民出版社1987年版，第245页。

反思新诗史上的命名现象[1]

中国新诗历史上涌现出了种类繁多、针对诗人群体和流派的命名,由此构成了一个引人瞩目、值得探讨的理论话题。它们至少引发了如下几方面的思考:各种命名的起因、来源和基础如何?其有效性、合法性何在?它们的传播、接受乃至流变的路径又是怎样的?新诗史上令人眼花缭乱的命名现象,在某种程度上反映了一种较为活跃的创作生态,其中有一些"名号"得到了认可,从而留存了下来,但也有一些受到了质疑,比如近年来大家谈论较多的"70后""80后"以及"90后"诗人,便被指责为依赖年代的命名,体现的是命名的无能和贫乏。不过,尽管如此,这些命名却在一定范围内传播开了,并被堂而皇之地使用着。在笔者看来,新诗史上的诸多命名有的具有诗学乃至文学史价值,有的则不过是便于叙述、总结的一种权宜之计罢了,它们的出现包含了许多偶然因素,其间隐藏着种种真真假假、曲折缠绕的动机或意指。

以"朦胧诗"为例。众所周知,它最初出现时其实是一个贬义词,直接源于一位评论者的文章《令人气闷的"朦胧"》[2],该文主要表达了作者对杜运燮《秋》等几首难以索解的诗作的不满,认为他们"把诗写得晦涩、怪僻,叫人读了几遍也得不到一个明确的印象,似懂非懂,半懂不懂,甚至完全不懂,百思不得一解";于是他干脆说:"我对上述一类的诗不用别的形容词,只用'朦胧'二字;这种诗体,也就姑且名之为'朦胧体'吧。""朦胧"之名得以流传开来,"朦胧诗"渐渐变成了一个专有名词,

---

[1] 刊于《文艺争鸣》2019年第5期。
[2] 章明:《令人气闷的"朦胧"》,《诗刊》1980年第8期。

专门用来指认北岛、顾城、舒婷等人的那些被视为"看不懂"的诗歌。与之同时使用的用以指认那些诗歌的名称，还有带贬义的"古怪诗"和偏于褒扬的"新潮诗"（以及"探索诗""先锋诗"等），但最终"朦胧诗"一名流布最为广泛，进入了文学史的叙述里，得到普遍接受和使用。显然，在使用过程中，这个名称原来所附加的贬义和不满情绪已逐渐消失了，而成了一个"中性"的概念。有必要指明，当我们提到"朦胧诗"一词时，应意识到该名称首先指向的是当代诗歌历史中的某个具体群体和现象（因为吊诡的是，后来也有人把所有"看不懂"的诗歌笼统地称为"朦胧诗"，使之成为泛化的概念），及其作为一种诗潮曾经引起的美学纷争。

有些命名带有明显的追认性质，比如同时出现在20世纪80年代初的"九叶派"和"七月派"。这两个名称分别与1981年出版的两部诗选《九叶集》（江苏人民出版社）、《白色花》（人民文学出版社）有关，这两部诗选所收录的均为他们发表于20世纪40年代的作品，这意味着他们的诗歌创作湮没在历史烟尘里三十余年后才得以"重见天日"。"九叶派"诗人之一郑敏曾回忆这个群体重新聚合的情景："经过一些七嘴八舌的讨论后，终于由辛笛拍板定名为他所想到的'九叶集'。这是一个多解的名字，辛笛说我们似乎不能以花自居……还是算几张叶儿来衬红花吧。"① 这是20世纪40年代那些以《诗创造》《中国新诗》等为阵地集结在一起的诗人们的自我定位（因着他们发表作品的刊物，这个群体还有另一个称呼"中国新诗派"），也是他们获得命名的来由。不过，这一被追加的命名虽然在新诗研究中得到广泛使用，并被写入了一些诗歌史著，但也有相当多的人对之持审慎态度甚至进行质疑：较早是老诗人吴奔星在其主编的《中国新诗鉴赏大辞典》（江苏文艺出版社1988年版）序言《中国新诗的流派与流向》中认为："他们的风格各不相同，只是以感情相结合的诗人群体，不算新诗流派。今天有些论者以为四十年代就出现过'九叶'诗派，实为误传。"随后，同样毕业于西南联大的诗人、翻译家赵瑞蕻在回忆穆旦时提出："我一直认为，把穆旦归入一个本来不存在而勉强凑合的所谓'九

---

① 郑敏：《辛之与〈九叶集〉》，见《诗歌与哲学是近邻》，北京大学出版社1999年版，第401—402页。

叶诗派'，或称他为'九叶诗人'是极不合适的。"① 后来张同道在其论著中并未采用"九叶派"的称呼，而是以"西南联大诗人群"和"上海诗人群"分而述之；王毅则以命名"滞后"、"九叶派"诗人的内在差异等为由，认为分属"西南联大诗人群"和"上海诗人群"的两部分诗人不能看作以"统一性"为前提的诗歌流派。② 此外，"九叶派"这个名称的具体所指似乎还有讨论的余地，另一位"九叶派"诗人唐湜就提出："当年环绕着《诗创造》，尤其是流派色彩较浓的《中国新诗》的诗人并不只是九个人。"③ 他大概是在暗示"九叶派"或可被视为一个泛称。不过，无论认同还是质疑，"九叶派"这个群体里的诗人确实需要摆脱流派、命名的拘囿展开新的研究。相比之下，"七月派"这一名称在来源上更直接些，也更少争议，取自20世纪40年代以《七月》为主的一系列同人刊物和出版物。有必要强调的是，应该把此命名与这个群体曾经遭遇的历史命运联系起来，否则该命名的意蕴的沉重感和复杂性就会失去很多。

还有一些命名则是姿态大于实质，如20世纪80年代现代主义诗群大展中亮出的种种"旗号"——"撒娇派""日常主义""男性独白""病房意识""超低空飞行主义""离心原则"，等等。其中最有影响的诗群之一"非非主义"，其理论宣言与创作实践之间的错位或"脱节"，揭示了某种类于"非非"这个名称自身的悖谬。作为一个内部艺术取向并不一致的诗歌群体，"非非主义"的影响力无疑更多地来自诗人们的自我表述。这个诗派的理论代言人周伦佑、蓝马相继推出《反价值》《变构：当代艺术启示录》《前文化导言》《非非主义诗歌方法》等颇具体系的长篇论文，提出了三大"还原"（即感觉还原、意识还原、语言还原），语言的非两值定向化、非抽象化、非确定化，以及"前文化""超语义""反价值"和"语晕"等概念。周伦佑后来在回顾"非非主义"的理论倡议时曾说：

---

① 赵瑞蕻：《南岳山中，蒙自湖畔——怀念穆旦、并忆西南联大（下）》，《新文学史料》1997年第4期。
② 参阅张同道：《探险的风旗——论20世纪中国现代主义诗潮》，安徽教育出版社1998年版；王毅：《中国现代主义诗歌史论》，西南师范大学出版社1998年版。
③ 唐湜：《九叶在闪光》，《新文学史料》1989年第4期。

"我们受固于转述成风和'寻根'初热的理论氛围中,立志创立中国本土的,独立于世界文化思潮的当代诗学和价值理论。"①但他的这番自我判定没能得到普遍认同,恰如有论者指出的:"'非非'的构想基本上只能停留在理论假想这一层面,'非非'诗人实际上没有也不可能提供出名实相符的作品,他们的诗作往往与'非非'理论相去甚远。"②这个诗歌群体确实可以算作一个"名"(命名、名声)、"实"分离的典型例证。当然,"非非主义"的理论价值及其呈现出的诗学问题仍然是值得重视的。

也许很多时候我们不必对某些命名过于较真,因为那些命名的主要目的就是"吸引眼球",带有毫不掩饰的策略性。那些命名的提出者往往以惊世骇俗的口吻和十分极端的姿态,亮出他们极具破坏性和颠覆性的"口号"。在很大程度上,他们看重的不是命名本身而是其"效应":倘若那些夸张的名号、众声喧哗的宣言、相互矛盾或模糊不清的表述,能激起人们的震惊或愤怒、反对或追捧、困惑或诋毁,那恰恰是他们所需要的。在那些似是而非的命名背后,甚至包含了参与构造历史的冲动。

然而,对于另一些具有建设性的命名,我们应该郑重对待并详细剖析它们在认识新诗历史和现象方面可能提供的新的视角。例如前几年由《江汉大学学报》提出的"中生代"。"中生代"本来是一个地质学概念,但该刊经过重新阐释后,将之确认为一个内涵丰富的诗学命名:"这个我们命名为'中生代'的诗人群体,以1960年代出生的诗人为主,他们的写作大多开始于1986年诗歌大展前后,1990年代中期引起关注。相对于朦胧诗、第三代诗歌运动的横空出世,这代诗人的理论主张与诗歌文本更内在、驳杂,缺乏鲜明、易于概括的特点,是当代新诗潮'后革命'期的产物;其精神背景是1980年代末和1990年代初的社会转型,与朦胧诗的'文革'背景、第三代的改革开放背景迥然有别。由于这批诗人艺术观念、美学风格、修辞手段等等的各不相同,在诗歌技艺上更综合化,文本呈现上又更个人化,因而,中生代研究必须建立在具体的具有代表性诗人及其作品的深入研究、梳理与把握之上,否则难以获得有价值的指认与确立。中

---

① 周伦佑:《异端之美的呈现》,《诗探索》1994年第2辑。
② 李振声:《季节轮换》,学林出版社1996年版,第72页。

生代诗歌具有'非代性'这种悖论性特征。"①这样的界说显然有别于"中间代"之类的命名,比后者更能彰显一个群体的写作处境与特征,因而引发了积极的回应和讨论,如吴思敬先生就提出:"我的意见是可以把'中生代'这个概念引入当下诗坛,但其内涵可在《江汉大学学报》编者按提法的基础上做适当的调整与扩展。我觉得'中生代'的含义应该单一化,即不把它看成是流派概念、诗群概念,而仅仅是作为一个断代的时间概念,在目前可定位于20世纪50—60年代出生的诗人。这样'中生代'就成了文学史时间序列叙述的一个概念。"②他还把"中生代"与"老生代"和"新生代"并置,且同"中年写作"等诗歌现象及其内蕴勾连起来,在让三者形成一种连续概念群,以之描述当代诗歌代际更迭情形的同时,赋予了这一命名以独特的含义。这样的见解无疑是能给人带来启发的。

再如台湾学者郑慧如教授基于台湾当代诗歌历史与现状剖析过的"超现实"这个概念。在她看来,"即使一开始,'超现实'便以先发性的命名为台湾当代诗的辟开蹊径,诗人对于这一时流仍各自心领神会、各自表述,其千姿百态尤使得'超现实'的演绎生机无限",而"一词三转,台湾诗界对'超现实主义诗作'的理解,已在'晦涩''脱离现实'与'更现实''最真实'的两端,远非阐释者的常态定义"③。事实上,这里存在一种诗史与诗学的差别:在一般人印象中,大陆当代诗歌史在谈到洛夫那批台湾诗人时,大多还是冠以社团的名称,这就是人们常说的20世纪五六十年代台湾现代主义诗歌的"三驾马车":纪弦等创办的"现代诗社",洛夫、痖弦、张默创办的"创世纪"诗社和覃子豪等创办的"蓝星诗社"。它们同现代诗歌史上的"新月诗派"等一样,属于诗人群体性的命名,是从诗歌史的角度对一个群体写作的认可和定位。至于"超现实"之类名号,则属于诗学范畴,应该考察其在诗学内部的源流与变迁。诚然,对于汉语

---

① 引自该刊"关于'中生代'诗人"专栏的《编者按》,《江汉大学学报(人文科学版)》2005年第5期。
② 吴思敬:《当下诗歌的代际划分与"中生代"命名》,《文学评论》2007年第4期。
③ 郑慧如:《台湾当代诗的命名效力与诠释样态:以"超现实"在台湾诗歌中的流变为例》,《江汉学术》2014年第3期。

诗歌来说,"超现实"的概念是移植过来的,这中间经过翻译的转换或过滤可能会出现一些"变形",其含义、用法和范围在不同语境和运用者那里不尽相同;可是,如果它能够对诗歌观念和意识产生正面的影响,那么它在创作实践中的运用(哪怕是误用)就应该得到鼓励,并可在命名的框架内予以阐释。

诚如郑慧如教授所言:"命名关乎对文学现象内涵与外延的界定,用恰当的语词替诗作的各种元素命名,以建构诗史的诠释体系,则关系到诗体的认知选择与美学倾向。"[①] 毫无疑问,历史上的任何一个命名都不可能享有"唯我独尊"的特权。我们在观察各种诗歌现象时,其实不必拘泥于命名本身,而应该思索其中隐含的可能的问题向度。假设将各种命名汇合在一起就会看到,不同的命名之间形成了一种互动、交错的关系,这种关系将增进对某一个诗学问题、某一种诗歌现象或某一段历史的理解。

---

① 郑慧如:《台湾当代诗的命名效力与诠释样态:以"超现实"在台湾诗歌中的流变为例》,《江汉学术》2014年第3期。

诗歌批评的位置①

一段时间以来，对诗歌批评的责难之声不绝于耳。这种责难很大程度上来自诗人们：在他们看来，当前诗歌批评太不尽如人意，因为它远远滞后于诗歌创作，因为它未能很好地阐释很多诗人的"呕心沥血"之作，因为它没有全面关注一些"有影响""有分量"的诗人，更谈不上总结他们的"成就"……总之，诗歌批评在活跃的诗歌创作面前完全失职了。这样的责难，连同诗歌批评"捧杀"与"棒杀"的困局及其被指认的"依附性"特质，将当前诗歌批评置于十分不堪的境地。

可是，当前诗歌批评果真如此不堪吗？诗歌批评究竟应该担负什么样的功能？应该如何确定自己的位置？这些其实是有必要深入辨析的。

诚然，当前诗歌批评有许多不尽如人意之处：平庸、重复、四平八稳、无创见、鱼龙混杂、颠倒是非……诗歌批评的乱象实在需要好好反省。不过，我不能不说，很多时候人们（包括指责诗歌批评和参与诗歌批评者）是误解诗歌批评了。一些人以为，批评就是发表意见，说好与坏，答是与否。人们常常过高地寄望于批评，期盼批评能够充任"巡逻兵"整肃诗坛；或者错误地将批评混同于道德判断，怂恿一些批评家占据道德制高点摇旗呐喊，让他们兼具诗坛立法者和布道者的角色。

事实上，批评——尤其是诗歌批评——的内涵和具体实践要复杂得多。李长之七十年前的一番话说得好："批评是一门专门之学，它需要各种辅助的知识，它有它特有的课题。如果不承认这种学术性，以为'入门'，

---

① 本文曾作为笔者主编的《新世纪诗歌批评文选》（中国社会科学出版社2016年版）的"代序"。

'讲话'的智识已足,再时时刻刻拿文学以外的标语口号来作为尺度硬填硬量的话,文学批评也不会产生。"①显然,批评不是率性、简单的评判,不是用于吹捧或攻讦的手段。人们期待在批评中可能出现的洞见,不产生于义正词严的表态、理直气壮的宣讲和信口开河的说辞。批评应是对历史、文本的细致入微的体察和发现,需要学识、修养、判断力、趣味的综合。诗歌批评更是如此。

不少人抱有某种偏见,认为批评寄附于创作或仅是创作的附庸,是寄生性的和次一级的,因而其创造性和重要性低于创作本身。持这种看法的人未能意识到,真正的批评同样是一种独具匠心的创造,正如美国批评家苏珊·桑塔格所说,"批评的写作,业已证明是一个摆脱智力重荷的过程,也同样是一个智力自我表达的过程"②。说批评无须创造力一方面是低估乃至否认了批评的独立属性,另一方面恰好替批评中的惰性思维免了责。在西方当代批评家中,本雅明、罗兰·巴特、布朗肖、T. S. 艾略特、布罗茨基、西默斯·希尼等以富于创造性的批评彰显了批评的独立性,为批评赢得了尊严。

还有一种偏见认为,所谓批评就是要一劳永逸地解决某个问题,对其做出盖棺论定式的解释,为它找到某种"终极"答案。殊不知,批评的任务并不在于某个具体问题的"一次性"解决,而是通过不断地重新提出和梳理某个问题,使之得到越来越清晰的呈现。比利时批评家乔治·布莱关于批评的一番论断很有道理:"批评是一种思想行为的模仿性重复。它不依赖于一种心血来潮的冲动。在自我的内心深处重新开始一位作家或一位哲学家的我思,就是重新发现他的感觉和思维的方式,看一看这种方式如何产生、如何形成、碰到何种障碍。"③毋宁说,批评是一种不断接近问题核心、使问题逐渐明晰化的行为,批评的价值应该由是否具有重新设问的能力,是否提供了新的切入问题的路径来衡量。批评更多是一种过程,

---

① 李长之:《产生批评文学的条件》,见《李长之批评文集》,珠海出版社1998年版,第377页。

② 桑塔格:《反对阐释》,程巍译,上海译文出版社2003年版,第3页。

③ 乔治·布莱:《批评意识》,郭宏安译,百花洲文艺出版社1993年版,第280页。

是一段助他人一臂之力、供他人继续前行的阶梯,应该是启发式而非结论式的。

既然批评有其独立品格,既然批评自身也是一种创造性的写作,那么批评就应该像写作一样具有探索性。不过,这种探索性不同于另一种偏见所希冀的那样,批评必须为创作预测前景,甚至为创作指明或规划一条"康庄大道"。诚如瑞士文学批评家让·斯塔罗宾斯基所言:批评之美"来源于布置、勾画清楚的道路、次第展开的远景、论据的丰富与可靠,有时也来源于猜测的大胆"①。但批评所应具备的预见性和前瞻性,不能与那种"跳大神"式的对创作的指手画脚混为一谈。批评确实在一定意义上担负着为创作出谋划策的职责,但并非所有从事批评的人都能对此保持足够的审慎与清醒。

在中国新诗历史上,不乏做出重要贡献的批评家,如朱自清、李健吾、叶公超、沈从文、袁可嘉、唐湜等。李健吾坦陈,"批评的成就是自我的发现和价值的决定……一个批评家是学者和艺术家的化合,有颗创造的心灵运用死的知识。他的野心在扩大他的人格,增深他的认识,提高他的鉴赏,完成他的理论",批评"本身也正是一种艺术"。②这些批评家各自有着独特的建树,如朱自清、李健吾以印象式批评开启了一种"现代解诗学"的范式,袁可嘉、唐湜借助英美"新批评"的理论与方法,推进了20世纪40年代"新诗现代化"和"综合"诗学的全新路向。他们的批评无不具有示范意义。

20世纪80年代曾被视为一个批评的时代,辈出的批评家如同耀眼的明星,各种思潮、学说也纷纷涌现,互相碰撞,与那个时代的氛围形成相互激发、振荡的态势。20世纪80年代的诗歌批评凝结着那个时代独有的气质和个性,与那个时代的诗歌有着相似的精神面貌:敏感,充满激情和锐气,饱含探索意识。批评家们和诗人们一起高谈阔论,指点江山,激烈的语势中混杂着创造性与破坏性,可谓泥沙俱下。20世纪80年代的诗歌

---

① 郭宏安:《让·斯塔罗宾斯基:目光的隐喻》,《外国文学评论》2005年第4期。
② 李健吾:《〈咀华集〉跋》,见《李健吾批评文集》,珠海出版社1998年版,第310页。

批评受制于当时的审美主义和自律诗学观念，注重"内部"批评和本体探讨，将基于语言的形式分析发挥到了极致。直到20世纪90年代，随着时代语境的变迁和诗歌风尚的转换，20世纪80年代诗歌批评的某些局限性得以显现出来，于是有了呼唤批评穿透力、将"内部"与"外部"批评进行融合的倡导。

毋庸讳言，与十多年前相比，当下的诗歌批评（连同创作）面临着一种更为艰难、错杂的处境，某种整齐划一的强加于诗歌之上的指令被撤除，许多流行一时的规则失效了，有关诗歌的认识也变得波动不宁。诗歌被纳入了一个更加阔大的关联域之中：无休止的娱乐化，更惨烈的荒诞，更空洞的愁苦，更深的黑暗和无助。这正是当前人们的生存处境，也是诗歌创作和批评的境遇。诗歌创作和批评均已不再仅是诗体、形式等内部问题，而变成了与时代生活、个人遭际等多种因素的多方位的摩擦。

在这样的情形下，应该如何重新厘定诗歌批评的位置？如何建立诗歌批评的价值？在我看来，应从以下几方面着手改造现有的诗歌批评。

其一，在坚持批评独立的前提下，形成诗歌批评与创作互相砥砺、互相促进的格局。这意味着要消除诗歌批评与创作在彼此割裂状态下累积而成的种种偏见甚至"敌意"，将二者置于平等对话的平台，使真正的诗歌批评不再游离于创作之外，而是成为诗歌创作的建构性力量。不仅如此，诗歌批评还要与创作一道，重新找回与社会文化的深刻关联，寻求向社会文化发声的渠道。

其二，尝试诗歌批评方法的创新。这就要打破所谓"内部"和"外部"批评的壁垒，在原有"内部"（形式、本体）分析中重新引入历史语境、制度策略、文化心理等"外部"因素，并将新诗文本与这些"外部"因素的关系，从一种依附、对峙或反抗的格局，调整为穿越、渗透乃至包容的情势，讨论种种"外部因素"渗入新诗文本中的复杂印迹，及其对新诗文本样态与体式形成过程的塑造和影响。

其三，推行一种良性的诗歌阅读方式。诗歌阅读的问题，连接着整个现代诗的接受问题，是诗歌批评的重要内容和构件。应该说，一直到今天，我们仍然未能培育很好的诗歌阅读的环境，也未能培养阅读者积极的阅读习惯；阅读者留意的往往是一些过于笼统的宏大问题，对文本局部和细节之洞察能力的锻造并不在意,诗歌的内在细微之处被有意无意地忽略掉了。当然,没有一条能够根本性地改善诗歌阅读的通途,也不存在可以恪守的关于诗歌阅读的成规,只有不断地阅读、不断地感受、不断地与文本碰撞,才能不断地激发对于诗的想象力和创造力。

就我多年的诗歌批评实践来看,完成一篇批评文章的难度绝不亚于完成一首诗。诗人朱朱所表述的"为一首诗的完成我像鼹鼠一样藏匿在书房里,或者是在周围的头颅已经深垂在胸前的夜行火车上,我焦灼于'欲有所言,却又永远找不到相应的词语'的苦境"[①],我在写批评文章时也经常遇到。一个致命的症结是,很多时候人们写得过于轻率,不管写诗还是写评论,因为他们写得太快了——正如德国汉学家顾彬所说的那样。这无疑是难的:写批评文章用心经营,力求准确、缜密而与所研究、批评的对象"相称",不仅在内涵上,而且在文字上。

---

① 汪继芳:《"断裂":世纪末的文学事故》,江苏文艺出版社2000年版,第148页。

由批评而学术：
当代文学研究的重新确立[①]

前不久笔者参加了一个刊物的座谈会，会上有几位先生不约而同地谈到，相当长一段时间以来，他们所读到的一些当代文学研究论文实在不太尽如人意，与日渐成熟的现代文学研究论文相比，还有着不小的差距。事实的确如此，他们的观感正折射了目前现代文学研究和当代文学研究的总体状况与格局，体现的也是中国现当代文学学科内部研究路向的分野。按照一般设想，发展时长已经双倍于现代文学的当代文学，与当下社会文化的互动更为便利，可用的各种理论、方法资源十分丰富，可供讨论的议题应该更加多样、更具深度和广度，但为何相关的研究难以达到预期呢？

可以看到，近年来的现代文学研究已经取得了较大进展，其进展不只体现在文献、资料的收集整理上，还在于研究观念、方法和视角的更新。笔者印象深刻的成果有：解志熙先生从他提出的"从文献学的校注到批评性的校读"主张出发，先后在其《考文叙事录》（中华书局2009年版）、《文学史的"诗与真"——中国现代文学文献校读论集》（北京大学出版社2013年版）、《文本的隐与显——中国现代文学文献校读论稿》（北京大学出版社2016年版）等论著中，基于翔实史料对一些作家的"文学行为"进行了辨析，其研究兼具文献价值和方法论意义。段从学继其颇见功力的论著《"文协"与抗战时期文艺运动》（北京大学出版社2012年版）之后，又推出《穆旦的精神结构与现代性问题》（人民出版社2014年版）一书，从思想层面和精神意识切入穆旦的创作，较之以往的研究有了较大拓展。姜涛的新著《公寓里的塔——1920年代中国的文学与青年》（北

[①] 刊于《文艺争鸣》2018年第6期。

京大学出版社2015年版）借用文学社会学方法，着眼于社会文化思潮与文学运动的互动，勾画了更为开阔、立体的文学研究空间。程凯在其《革命的张力——"大革命"前后新文学知识分子的历史处境与思想探求》（北京大学出版社2014年版）一书中，构建了"文化实践与政治实践""相互交织"的框架，以此考察"中国革命进程中文化与政治的辩证展开逻辑"，对"革命文学"的诸多议题做了富于启发性的诠释。这些研究特别是姜涛、程凯的论著，彰显了这两年被谈论较多的中国现当代文学研究的"社会史视野"，其间不仅涉及研究方法之"内""外"黏合问题，而且有助于松动学科内部某些观念认知、范畴表述的固化样态。

那么，当代文学研究的症结在哪里？笔者以为其中一个重要方面就是"批评化"。

早先时候，程光炜先生曾在多个场合下表述过对当代文学研究偏于"批评化"的忧虑。在他看来，当代文学研究（作为一门学科）难以确立的症结之一即在于过度"批评化"。而他提出的一个解决方案，就是将自身和研究对象"历史化"，只有经过了"历史化"，才能够"在占有材料，充分理解现象背后所潜藏的各种问题的纠缠、矛盾和歧义之后"，"针对这些现象"做出"谨慎、稳妥和力求准确的论述"。①洪子诚先生的《中国当代文学史》（北京大学出版社1999年初版）被认为是当代文学研究"历史化"的典范之作，出版后引发讨论的议题之一就是"历史化"的可能性与方法问题。程光炜先生本人近些年所进行的关于20世纪80年代文学的系列研究，也可被视为对这一方案的践行。根据程先生的解释，"历史化"可以促进当代文学研究获得现代文学研究乃至古典文学研究所具有的深厚底蕴和功力——那是当代文学研究得到认可的前提。这令人想到解志熙先生多年前倡导的："现代文学研究要想成为真正的学术，必须遵循严格的古典学术规范。"② 如今该对当代文学研究提出这样的要求了。

与此相似，朱寿桐先生也认为，在现有的学科格局里，文学的学术研究长期置身于其与文学批评特征混淆的窘境，而这带来了双重不良后果：

---

① 程光炜：《文学史研究的兴起》，福建教育出版社2008年版，第7页。
② 解志熙：《美的偏至》，上海文艺出版社1997年版，扉页。

"导致文学的学术研究失去了相对于文学批评的规范性,文学的学术研究成果呈现出批评化、评论化的趋向,同时也导致文学批评和文学评论在学术化、经院化的做作处理中失去自身的活力和灵性。"①因此有必要厘清学术研究和批评之间的界线。当然,批评本身没有过错,只要看看本雅明、布朗肖、德曼、桑塔格等西方批评大家和中国现代时期的李健吾、李长之、梁宗岱、叶公超等批评家的文字,便可知晓批评的魅力和分量。20世纪三四十年代,李健吾对文学批评有着清醒的觉识:"一个批评家是学者和艺术家的化合,有颗创造的心灵运用死的知识。"②由此可见,批评本身的重要性不容忽视,好的批评同样需要独特的条件与能力——才情、学理和发现的眼光。

不过,毋庸讳言,除极少数优异者,当下的文学批评大多与理想的批评相去甚远。当代文学研究偏于批评的那部分,恰好沾染了低劣批评的种种陋习:或者将批评"时评"化、媒体化,以浅表的"印象式"思维替代深入探究,行文空疏、浮泛;或者极大地受制于舆论与批评对象,不具批评的"自立性"(陈超语)和创新意识,做出的论断常常是跟风式的、似是而非的;或者罔顾已有的研究成果,缺乏必要的学术史意识,以一种"盲视"的状态展开批评,这样的批评往往带有很强的随意性,其过程和结论都经不住推敲。而显出学术面目的那些研究,则有不少拘泥于表面的"套路"与程式,一派驾轻就熟的八股文风不说,思路、观点乃至论题本身还陈旧不堪,陷入了自我重复、自我衍生的恶性循环。这两类所谓"研究"显然都算不上真正的学术。

套用解志熙先生的说法,当代文学研究要想确立,就必须以真正的学术为鹄的和标准,遵循其严格的规范。虽然谈及"规范"难免遭到诟病,但讲求规范无疑应被看作对学术传统中良性成分的敬畏。这里所说的良性成分,至少包括如下两个方面——这两方面或许仍然是老生常谈,却是学术研究应当具有的最基本的层面,再怎么强调都不过分:

其一,对历史材料的重视。史料之于研究的重要性和必要性人所共知,

---

① 朱寿桐:《文学研究:批评与学术的乖谬》,《探索与争鸣》2009年第2期。
② 刘西渭(李健吾):《〈咀华集〉跋》,《大公报》1936年7月19日。

但不同研究方向、不同研究阶段对于史料需求和运用的侧重点不尽相同。史料是克服当代文学研究"批评化"弊端的利器，可喜的是，近几年当代文学研究界像前些年的现代文学研究界一样，开始重视起了史料的建设；前述程光炜先生提出的"历史化"，也是意在突出史料的优先地位。当下研究对史料的观念、态度和择取向度上发生了较大转变。诚如谢泳先生所说，当代文学研究的"研究者较多注意使用公开报刊的史料，而很少有意识深入拓展公开史料背后的材料"①。不过，包括谢泳先生在内的一些学者已经有意识地拓展当代文学研究史料，比如谢先生提出："有一个重要的史料方向，目前还不为研究者注意，这就是意识形态部门的内部材料，包括政治运动中的揭发材料或者本人的检讨，还有相关机构的秘密报告，这些材料共同构成了中国当代文学史料来源中一个特殊的方面。"②可以看到，这些学者的史料视野不再限于一般报刊和公开出版的日记、书信等，而是更多地留意到了一些具有"档案"性质的材料（方志、掌故、通讯录、检讨书乃至法律文书）。

而且，在看待史料的方式上，一些研究者也力图做出调整。关于史料的功用，人们早已熟悉"重返历史现场""还原事实细节"之类的说法，其目的大多是建立一种历史叙述的连续性，通过拼接历史进程中的关键节点而最大限度地逼近历史"真实"。经过调整之后，今后的当代文学研究中对史料所进行的甄辨，恰恰是为了洞察历史叙述的非连续性，如福柯指出："重新找到那些从内部赋予人们所听到的声音以活力的、无声的、悄悄的和无止息的话语；重建细小的和看不到的本文，这种本文贯穿着字里行间，有时还会把它们搅乱。"③也许正是在历史的暗哑之际、在各个节点之间的缝隙或晦暗不明的交叉地带，才可能更切实地触摸历史的"本真"。

---

① 谢泳：《思想利器——当代中国研究的史料问题》，新星出版社2013年版，第116页。

② 谢泳：《思想利器——当代中国研究的史料问题》，新星出版社2013年版，第116页。

③ 福柯：《知识考古学》，谢强、马月译，三联书店1998年版，第33页。

其二，对问题意识的强化。尽管学术研究需要提出问题，也是一个几乎无须多说的常识，但当代文学研究因受过度"批评化"的影响，要么根本提不出问题，只是就事论事地对作家作品进行一番品评，其言路是对象式的、封闭于所谈内容；要么讨论的是没什么价值的"伪问题"，已经丧失活力的重复性话题，或未经省思和考量的细枝末节的小问题。当研究者以真正学术态度、以问题化方式去面对和处理当代文学的现象及作家作品时，某种开阔的视域、议题的纵深感和论述的丰厚与饱满，就有可能呈现出来。譬如，在最近的研究中，何吉贤就将张承志作为"问题"甚至"难题"予以探究，从"当代""中国"的视角敞开了纠缠在张承志身上的相关"问题"纽结并逐一阐释，其研究显出很强的立体感和深度。[1] 从一些熟视无睹的文学现象或习焉不察的作家作品个案延展开去，重新提问或设置议题框架，虽然不免遭遇"提问之难"（李河语），但研究者会发现，当代文学研究领地已从贫瘠变得富饶。

问题意识的自觉葆有提醒着研究者：当代文学的发展及研究并不是孤立的，而是在政治、经济、历史、文化的环绕之中。曾几何时，文学与这些因素相互激荡并从中生发出诸多主题。然而，随着社会语境转换和文学与上述因素关系的日益松散，目下的文学面临着难以排遣的焦虑与困惑：没有产生与急遽变迁的思想文化相对称、进行对话的有力作品。文学研究同样如此。因此，在研究中如何探寻蕴含于文学现象及作家作品之内的思想文化线索，重新找回文学与上述因素的错综复杂的关联，应成为激发当代文学研究问题意识的动力。当然，这样的问题意识不是要将文学研究拉回至狭隘的主题学研究和庸俗的文化研究，文学发展与上述因素特别是思想文化进展的关系，也并非各自处于板滞状态的整体性关系。正如姜涛在为程凯的《革命的张力》撰写评论，谈到文学研究引入人类学家格尔茨阐发的"深描"理论方法时提出："研究者不能外在、抽象地考察，必须深入到特定群落生活世界的'稠密'之处，把握各种关系，进行有想象力的

---

[1] 何吉贤：《一位"当代"中国作家的"中国观"——理解张承志的一个视角》，《民族文学研究》2016年第2期。

解读。"①而"稠密"之处就是文学与周边各种因素的波动不宁的交错关系，这也是文学研究需要着力关注的。

尽管朱寿桐先生告诫在文学的学术研究和文学批评之间应进行必要的区分，但那种既能保持批评的鲜活与敏锐，又具有坚实的学术底蕴的当代文学研究，难道不令人期待吗？

---

① 姜涛：《"重新研究"的方法和意义》，《读书》2015年第8期。

重审1990年代诗歌的意识与观念①

一

在20世纪80年代文学经过"历史化"研究②之后，20世纪90年代文学的"历史化"研究也方兴未艾。这种做法无疑有其合理性，毕竟物理时间意义的20世纪90年代已经过去二十多年，无论何种方式和层面的"历史化"研究都值得展开。尽管关于当代文学的"历史化"研究本身在学者们的认知中还存在分歧③，但一个基本共识是：应该将文学史料及文献的搜集整理作为"历史化"研究的基础——大概没有人会否认，这也是进行20世纪90年代文学"历史化"研究的必要的基础。

事实上，就20世纪90年代诗歌而言，一定程度的"历史化"研究早就开始了，比如在20世纪90年代尚未结束时，一些冠以"90年代诗歌"的具有资料性质的作品集、文论集，以及进行专门探讨的论文和著作便已出现，引人瞩目的有：洪子诚主编的"90年代中国诗歌丛书"（收诗集6种，文化艺术出版社1997年版），程光炜编选的"90年代文学书系·诗歌卷"《岁月的遗照》（社会科学文献出版社1998年版），刘士杰综论20世纪

---

① 刊于《当代文坛》2022年第5期。
② 这方面的成果主要见于多部"八十年代访谈录"和北京大学出版社的"八十年代研究丛书"。
③ 郜元宝：《"中国现当代文学研究"的"史学化"趋势》，《中国现代文学研究丛刊》2017年第2期；钱文亮：《"史学化"还是"历史化"：也谈中国现当代文学研究的新趋势》，《中国现代文学研究丛刊》2018年第2期；李建立：《当代文学研究的"历史化"与"史学化"》，《文艺争鸣》2019年第12期。

90年代诗歌的专著《走向边缘的诗神》（山西教育出版社1999年版），吴思敬《九十年代中国新诗走向摭谈》（《文学评论》1997年第4期），唐晓渡《90年代先锋诗的几个问题》①（《山花》1998年第8期），王家新、孙文波编选的《中国诗歌：九十年代备忘录》（人民文学出版社2000年版）等。这些资料集和论著有着显明的即时性和现场感，在今天看来，其可用于"历史化"研究的"存档"功能是不言而喻的。

可以看到，已有的20世纪90年代诗歌研究主要体现在三个层面：其一，诗人即20世纪90年代诗歌的参与者和亲历者的"现身说法"或自我陈述，如王家新《阐释之外：当代诗学的一种话语分析》（《文学评论》1997年第2期），张曙光《90年代诗歌及我的诗学立场》（《诗探索》1999年第3辑），孙文波《我理解的90年代：个人写作、叙事及其他》（《诗探索》1999年第2辑），萧开愚《九十年代诗歌：抱负、特征和资料》（《学术思想评论》1997年第1辑）等，这些出于各种动机和缘由的个人申说散发出强烈的论辩气息，如今也将成为被重新检视的材料；其二，几乎与20世纪90年代诗歌发展同步的总结和评述，除前面提到的论文和著作外，还有《天涯》《北京文学》《诗探索》等刊物分别推出的"90年代诗歌精选""笔谈90年代中国诗歌""90年代诗歌纵横谈"等专题展示与探讨，以及程光炜的系列文章②，黄灿然《90年代：诗歌的新方向》（《倾向》1996年秋季卷），胡续冬《在"亡灵"与"出卖黑暗的人"之间：90年代中国知识分子个人诗歌写作》（《北京大学研究生学刊》1997年第1期），老杰《反思与拯救：90年代新诗写作》（《诗探索》1997年第2辑），西渡《历史意识与90年代诗歌》（《诗探索》1998年第2辑），周瓒《"知识实践"中的诗歌"写作"》（北京大学1999年博士论文之一章），敬

---

① 该文是唐晓渡编选的《90年代文学潮流书系·先锋诗歌》（北京师范大学出版社1999年版）的序言。

② 包括：《误读的时代——90年代诗坛的意识形态阅读之一》，《诗探索》1996年第1辑；《90年代诗歌：另一意义的命名》，《学术思想评论》1997年第1辑；《90年代诗歌：叙事策略及其他》，《大家》1997年第3期；《不知所踪的旅行——90年代诗歌综论》，《山花》1997年第11期；《我以为的九十年代诗歌》，《诗歌报月刊》1998年第3期。

文东《诗歌中的90年代》(《读书》1999年第6期)等,这些切近的观察和论析仍是今天的研究可与对话的对象;其三,隔开一定时间距离后的"知识化"和"问题化"阐述,如王光明《在非诗的时代展开诗歌——论90年代的中国诗歌》(《中国社会科学》2002年第2期),钱文亮《1990年代诗歌中的叙事性问题》(《文艺争鸣》2002年第6期),王昌忠《90年代诗歌的"非个人化"特质》(《文艺争鸣》2007年第10期),杨献锋《炫技与饶舌的背后——论20世纪90年代诗歌"技艺"的价值取向》(《当代文坛》2010年第4期),余旸《历史意识的可能性及其限度——"90年代诗歌"现象再检讨》(《文艺研究》2016年第11期),魏天无《新诗现代性追求的矛盾与演进——九十年代诗论研究》(湖北教育出版社2006年版),曾方荣《反思与重构——20世纪90年代诗歌的批评》(湖北人民出版社2007年版)等,以及不少以20世纪90年代诗歌为选题的硕博论文——这些探讨已经论及了20世纪90年代诗歌的诸多面向。

笔者较早以《论新诗在40年代和90年代的对应性特征》(《中国现代文学研究丛刊》2000年第4期)一文参与了关于20世纪90年代诗歌的讨论,通过对20世纪90年代诗歌和20世纪40年代诗歌的某些共有命题(如"中年写作""戏剧化""反讽"等)的阐述,展现了前者对后者的呼应和深化;后来又在《1990年代诗歌"遗产"》(《理论与创作》2010年第4期)中简要梳理和剖析了20世纪90年代诗歌"遗产"的几个方面,这篇六千余字的短文随后扩展为一篇近四万字的综论文章①,从对"90年代诗歌"这一概念的辨析谈起,较为全面地论述了20世纪90年代诗歌生成的语境、资源、形态和特征,勾画了其纷繁的诗人格局和驳杂的诗学线索,并特别对"叙事""口语"等议题进行了辨析。笔者将20世纪90年代诗歌视为一种"杂语共生"(即数代诗人共同参与)的创作,强调其理论和创作的"未完成性"和过渡性,认为它在很多问题和向度上

---

① 该文题为《杂语共生与未竟的转型:90年代诗歌》,是《中国新诗总系(1989—2000)》(人民文学出版社2010年版)的导言;几年前,笔者应邀编选《中国新诗总论(1990—2015)》(宁夏人民教育出版社2019年版),撰写了题为《从边缘出发:范式转换与视野重构》的导言,其中主要论述的是20世纪90年代诗歌研究的趋向。

并未得到充分的展开。

虽然研究者已经提炼并探讨了20世纪90年代诗歌中的一些关键概念和议题，如"知识分子写作""民间写作""个人写作""中年写作""中国话语场""历史意识""反讽意识""戏剧化""跨文体写作""互文性""叙事""口语"等①，但这些并非处于同一层面的概念和议题，有些由于时过境迁已彻底失效，有些成为不回到具体语境就没有意义的"历史"词汇，有些则在得到反复阐释后仍有重新剖解的必要。迄今为止，"90年代诗歌"这一概念本身经历了从年代指称到具有特定诗学含义的"专词"，再到带着时期标记的范畴的演变过程。这样的转变为对之进行"历史化"研究提供了某种前提。②不过，很多人将"历史化"理解为一种静态化对待20世纪90年代诗歌的方式，把"90年代诗歌"看作一个封闭自足、过去时的对象，对之进行条分缕析和价值评判；或者在谈论其中的某些议题时忽略了它们得以生成的语境，将之作为自明的普遍性话题进行阐述。这难免会造成对于20世纪90年代诗歌的理解和判定上的错位，同时也无法准确把握上述议题的诗学内涵与效力。

在笔者看来，在重新探究20世纪90年代诗歌的过程中，那种"回到历史现场"的资料发掘整理工作固然重要，但更重要的是突破那种孤立地看待20世纪90年代诗歌的思维和方式，而以一种开阔的视野，将之同时放在中国当代乃至20世纪诗歌发展脉络和历史社会文化语境，尤其是二者的交错关系中。林庚先生在谈到古代诗歌体式迁变时往往着眼于数百年的跨度，比如他认为从楚辞到七言诗"只要去掉'兮'字，似乎就可以一越而过。可是这一'越过'在历史上又竟是好几百年漫长的时间"③，其所显示的纵览"全局"的宏阔眼光是值得借鉴的。这种视角有点类似于匈

---

① 陈均：《90年代部分诗学词语梳理》，见《中国诗歌：九十年代备忘录》（王家新、孙文波编），人民文学出版社2000年版，第395—404页。

② 近期出版的《九十年代诗歌研究资料》（张涛编，百花洲文艺出版社2018年版）中，收入了上文提到的诸多文章，其"文学史资料"（也是该书所在的丛书名称）属性得到了凸显。

③ 林庚：《新诗格律与语言的诗化》，经济日报出版社2000年版，第102页。

牙利文论家卢卡奇所说的"总体性"。依照卢卡奇的表述,"总体性"是对单个的、局部的、碎片化的事实和因素的克服,"只有在这种把社会生活中的孤立事实作为历史发展的环节并把它们归结为一个总体的情况下,对事实的认识才能成为对现实的认识"①。任何事实要是没有获得明确身份,不被置于具体的历史语境中,就终归是抽象的,不会成为可以把握的现实,也正是"总体性"赋予了事物与事物之间"多方面"的变动不居的联系。

因此,一方面,须将20世纪90年代诗歌纳入中国诗歌进入"当代"之后的种种努力趋向和诗学冲动中,并在与"现代"诗歌的比照中彰显其成就与不足;另一方面,有必要把20世纪90年代诗歌与这时期逐渐"祛魅"的历史氛围和进程勾连起来,寻索其所受到的影响以及后者在诗人内心和诗歌文本中留下的印迹。显然,如果脱离了某个时刻的历史情境,对一些诗人及文本的理解就有可能出现偏差或流于表面,比如,倘若对于时代剧烈变动带给诗人戈麦的心理冲击缺乏了解,就难以体察他诗歌中隐秘的痛感。②这应当是"历史化"研究的更内在或更进一步的含义。同时,还要从当下的诗学视野和问题意识出发,考量20世纪90年代诗歌之于近二十余年诗歌发展的意义。

二

正如姜涛多年前指出:"当代诗歌写作的历史进程是一直伴随着对其自身的叙述和命名展开的……诗歌批评者与诗歌实践者们不断彼此抛掷着花样繁多的诗学词汇,以期廓清自身、指明方向、获取写作的合法性身份。"③这种通过自我命名和理论申辩而占据诗歌场域的位置,自然是新

---

① 卢卡奇:《历史与阶级意识》,杜章智等译,商务印书馆1992年版,第56页。
② 参阅西渡:《以死亡突破悖论——戈麦生命诗学的贡献及其限度》,《首都师范大学学报(社会科学版)》2022年第2期。
③ 姜涛:《叙述中的当代诗歌》,《诗探索》1998年第2辑。

诗的一个"传统"。①不过，相较于其他时期的诗歌，20世纪90年代诗歌似乎表现出了更明显和峻急的"身份""焦虑"。人们常常将20世纪90年代诗歌与20世纪80年代诗歌对举，探讨两个年代诗歌之间的承续与变化（大多认为二者的差异甚于相通），在谈论中一般会指出：20世纪80年代诗歌与同时期的社会文化保持着紧密而充满张力的联系，并"深度"参与了当时社会文化的构建，其诗学场景虽然未免喧嚣、芜杂甚至夸饰，却不乏活力；相比之下，受到年代转型的震荡之后的20世纪90年代诗歌则游离于社会文化之外，无力与后者形成"共振"或对话。这使得20世纪90年代的诗人们挺身而出，发出了急切的自我诠释和辩护之声——与20世纪80年代那些花样翻新、极具煽动性的宣言（见"现代主义诗群大展"）多少带有戏谑色彩不同，20世纪90年代诗人们的发声在整体上趋于庄重、严肃，显出经受"切肤之痛"后的沉凝与迫切，尽管很多"风行90年代的若干诗学词汇，只是诗人在处理自身写作困境时的'应手之物'、权宜之策"②。

20世纪90年代诗人们的自诠和自辩面临的困境在于：一方面，某些针对即时的实践而做出的"权宜"表述，招致了固化与简化或"刻舟求剑"式的指认与误解；另一方面，某些貌似论述详备、自成一体的言说，其"名"与"实"、预期与结果之间存在着不小的罅隙，譬如当诗人们"信誓旦旦"，试图通过加强对历史的关注、以"介入性"修复诗歌与历史、现实的关联，借助"个人化"重申个体的独异和诗歌的特殊时，易于将诗学主张立场化，忽略了历史、现实的内在参差和个体自身的差异，从而削弱其理论和实践的有效性。

就拿20世纪90年代和之后被提及较多的"历史意识"来说，进入20世纪90年代之际，不管是"历史强行进入"还是"向历史的幸运跌落"，亦即无论被动抑或主动，诗歌中"历史意识"的提出和"历史"作为话题被反复申明，至少包含了三个方面的动因：一是在写作上出于对20世

---

① 张桃洲：《导引、偏移与形塑：理论的效应及其局限》，《社会科学研究》2006年第4期。

② 姜涛：《叙述中的当代诗歌》，《诗探索》1998年第2辑。

80年代中期以后诗歌"非历史""不及物"趋向予以纠偏的考虑，因为后者被普遍认为已经陷入了远离历史、凌空虚蹈的"纯诗"死胡同；二是诗人们在面对时代氛围倏然转变和诗歌地位急遽跌落时做出的反应，他们不甘于做处在"边缘"的历史"旁观者"，希望通过书写历史重返社会文化场域的核心；三是借此提升诗歌的能力，按照西渡的说法，"诗歌对历史的处理能力被当作检验诗歌质量的一个重要标志，也成为评价诗人创造力的一个尺度"[①]。这三个方面其实并不是截然分开、互不相关的，而是在诗人们的设想和实践中相互指涉，慢慢构成某种叙述中的因果链条。

不过，反观20世纪90年代诗歌中的"历史意识"，不仅关于"历史"内涵的理解、对诗歌与历史关系的认识以及诗歌书写历史的方式，在不同诗人和评论者那里出现了明显分歧，而且某些着意书写历史、凸显"历史意识"的诗歌文本的效力几乎丧失殆尽，以至于"历史意识""这一从具体的历史有效性中构建出来的诗学概念，逐渐抽象为一种取消内在张力的自明性表述，不仅诗人间的内在差异被抹杀，且历史意识中可能促进历史与诗歌领域相互深入的建设性内涵也没有得到深入探讨"[②]。必须指明，一些诗人和评论者言说或预期的"历史意识"带有很强的自我构造或塑造的成分，要么与具体的历史处境脱节，要么在热烈空泛的吁请（让诗歌"承受""担当"历史）中滋生了20世纪80年代"文化英雄"般的幻觉。而在另一些诗人和评论者看来，"诗歌包括诗人不再是历史的全部，而只是历史活动的一个话语场；诗歌包括诗人的工作可以隐喻历史的活动，比如悲伤、欢乐，存在的复杂和集体的愚不可及，然而它与历史是一种磨擦的、互文的关系，它希望表达的是难以想象，且又在想象之中的诗意；诗歌既不是站在历史的对立面，也不应当站在历史的背面"[③]，这种基于诗歌本体而构想的诗歌与历史的"自在"关系，也许会导致诗歌中历史的神秘化和文本化。

---

① 西渡：《历史意识与90年代诗歌写作》，《诗探索》1998年第2辑。
② 余旸：《历史意识的可能性及其限度——"90年代诗歌"现象再检讨》，《文艺研究》2016年第11期。
③ 程光炜：《90年代诗歌：另一意义的命名》，《学术思想评论》1997年第1辑。

诚如冷霜敏锐地觉察到的:"写作的'历史意识'并不必然指向写作与历史之间的文本关联,它首先应被理解为由写作的推进所带来的对写作自身的'历史感',而当这种'历史感'开始与对历史语境的强烈关注结合起来,它最有价值之处或许并不在于它常常被诉诸的'合法性',而在于它体现出文学实验意识的某种纵深开拓。"① 也就是说,所谓"历史意识"并非诗歌从书写历史中自动获得意义,而是某种"历史感"促使诗歌主动探求其与历史互动的可能。另一方面,任何历史并非简单地作为素材或主题进入诗歌文本中,而是伴随着诗人相对成熟的历史观去拓展诗歌的视域、激活诗歌向"纵深"掘进的潜质,因为"历史中的问题与张力,显然向诗人的历史知识储备、进入历史的角度乃至认知与洞察力提出了更高的挑战"②。显然,诗歌对历史的处理与书写应该包含了诗人对历史本身的透彻理解和在此基础上形成的洞见。遗憾的是,20世纪90年代不少书写历史的诗作(主要是长诗),由于"仅仅理解到长诗的量的扩张,而没有理解到长诗的质的探索"③,故未能彰显真正的"历史意识"。其间充斥的关于历史的"常识化的认识痂壳"(姜涛语)和思维惯性,制约了21世纪之后的一批"写史"长诗。

这方面的典型例子是诗人西川的写作,他分别完成于20世纪90年代和21世纪的两部长诗《致敬》《万寿》,在显示其意识和诗艺双双寻求突破的努力的同时,也体现了20世纪90年代及当下诗歌某些方面(尤其是"历史意识")的症候。两部长诗的共同显著特点是"混杂",符合20世纪90年代诗歌对综合性意识和文本的期待,其中《致敬》融汇现实与梦幻、对时代氛围的感知和驳杂的阅读经验,《万寿》容纳了晚清以降的种种人物、事件和风俗,均显出了极具包容性的气势。不过如今看来,这两部长诗各有值得重新检讨之处。正如余旸在评述姜涛对《致敬》的分析时认为:《致敬》中"在'历史'得到呈现、包容的同时,承担、包容

---

① 冷霜:《90年代"诗人批评"》,北京大学2000年硕士学位论文。
② 余旸:《历史意识的可能性及其限度——"90年代诗歌"现象再检讨》,《文艺研究》2016年第11期。
③ 痖弦:《现代诗的省思》,见《中国新诗研究》,洪范书店1981年版,第19页。

这一复杂'历史'的,仍然只是'那个博学的、牢骚满腹的,又对神秘事物保持敬畏'的伪哲学家,一个被抽空了道德立场的'知识人格'化身"①,"历史意识"(假如有的话)被吸附到"箴言体"句式中而变得风格化了。而《万寿》将大量历史文献直接植入诗行间,那些未经消化和转换的历史材料的无序堆砌,不仅造成了全诗体格的庞大和外形的臃肿,而且挤压了本应渗入诗里的历史观。

在20世纪90年代诗歌中,与"历史意识"密切相关的是"个人意识"——连着"个人写作"这个概念。应该说,新诗中的"个人"及"个人写作"并不是一个新鲜议题,其含义与问题指向随着近代以后"个人"观念的复杂嬗变而不断变化,从鲁迅《摩罗诗力说》呼唤的"己"直至朦胧诗的"自我表现","个人"在新诗中的倡导与表达起起伏伏。20世纪90年代诗歌再次把"个人写作"作为一个话题郑重提出,无疑有其特定的针对性。比如,一些诗人和评论者将"个人写作"看作抵制汹涌的商业主义和大众化浪潮的"利器",认为"个人写作"必须是一种朝向历史和现实、有所承担的"历史诗学"。而谢冕如此断言:"90年代最大的完成是诗的个人化。这在中国诗史的总体上看,可以说是对近代以来诗超负荷的社会承诺的大的匡正,也可以说是在日益严重的非诗的意识形态化进程的一个最为彻底的纠正。"②他的观点代表了20世纪90年代相当部分诗人和评论者对"个人写作"的认知,即"个人写作"是把诗歌从各种外部的"非诗"的"重负"中解脱出来的良策,它针对的是某种宏大的、集体的写作律令,强调诗歌写作的"个人性"。这一点其实可被视为20世纪80年代"第三代诗"凸显纯然"个人"的延续,与前述的"历史诗学"存在一定差别。

无论如何,"个人写作"在20世纪90年代诗歌中被赋予了取向不一的价值和某种独特的品质。其中格外引人注目的是诗人臧棣提出的,"90年代的诗歌主题实际只有两个:历史的个人化和语言的欢乐"③。这似乎

---

① 余旸:《"挥手"之前——姜涛诗评述评》,《评诗》2014年第2期。
② 谢冕:《诗歌理想的转化》,《郑州大学学报(哲学社会科学版)》1998年第1期。
③ 臧棣:《90年代诗歌:从情感转向意识》,《郑州大学学报(哲学社会科学版)》1998年第1期。

能够缓解历史与个人、伦理与审美之间的龃龉；在他看来，"历史对一个人来说可以是一件乐器，而语言就像紧绷绷的丝弦那样。而假如我斗胆去拨弄那丝弦的话，我将听到历史发出的犹如躯体般的回声……我也许会发明一种方法，把历史变成一个绝对的客体，从而不再对一个人的存在构成巨大而无形的压抑"①。"历史的个人化"大概不失为一个积极的方案，它令人想到德国学者阿多尔诺的一个论断："抒情诗深陷于个性之中，但正是由此而获得普遍性……抒情诗本身也热望从彻底的个性化赢得普遍性，但它特有的弱点在于，义务和真实的产物没有成为它的个性化原则。"②不过，在20世纪90年代诗歌的语境中，有必要进一步思虑："在'历史'与'语言'交汇的暧昧处，需要追问的是，'历史的个人化'是否意味着不去追问历史维度的可辨识程度，只让'历史'自在地、神秘地隐没于风格之中？"③"历史的个人化"铸就的历史与个人间的平衡木，也许会滑入惯性驱动的"空转"。

实际上，包括20世纪90年代诗歌在内的整个新诗历史上，"个人写作"难以摆脱诗人骆一禾批评过的"原子式的个人主义"倾向。骆一禾认为，"原子式的个人主义、狭隘的审美主义、文人趣味，以及一般线性的文学史观念……都导致了当代精神生活的封闭和僵化，这构成了种种有形或无形的'围栏'"，且那"不是一种局部的现象"，而是"与文化现代性相伴生的一系列结构性问题，诗歌的局促只是整体文化困境的显现"。④而要冲破种种"围栏"，或许需要借助美国社会学家米尔斯所说的"社会学想象力"，通过"理解历史和个人的生活历程，以及在社会中二者间的联系"，

---

① 臧棣：《假如我们真的不知道我们在写些什么……——答诗人西渡的书面采访》，《山花》2001年第8期。

② 阿多尔诺：《谈谈抒情诗与社会的关系》，见刘小枫选编：《德语诗学文选·下卷》，华东师范大学出版社2006年版，第423页。

③ 姜涛：《"混杂"的语言：诗歌批评的社会学可能——以西川〈致敬〉为个案分析》，《上海文学》2004年第9期。

④ 姜涛：《在山巅上万物尽收眼底——重读骆一禾的诗论》，《新诗评论》2009年第2辑。

"探究个人在社会中,在他存在并具有自身特质的一定时代,他的社会与历史意义何在"[①],不断重置个人与社会、时代的关系。

三

在关于20世纪90年代诗歌的叙述中,对于诗人郑敏,一般只会论及她的重要组诗《诗人与死》等诗作,却少有人将她的诗歌理论放在前面提到的诸多议题中进行讨论,虽然她在此际先后发表了《世纪末的回顾:汉语语言变革与中国新诗创作》《汉字与解构阅读》《中国诗歌的古典与现代》《语言观念必须革新》《解构思维与文化传统》等多篇论文,并产生过较大反响。作为跨越现代、当代两个时段的诗人,郑敏不同时期的诗歌写作各有特点。值得留意的是,她于20世纪80年代中后期接受德里达解构主义理论和美国"后现代"诗启发后,进入20世纪90年代后的诗歌写作出现了明显变化,同时以大量理论著述表达她对新诗、汉语、古典诗歌等的见解。在一定意义上,郑敏20世纪90年代的诗作和诗论,堪称映照这一时期诗歌状态的一面"镜子",引出了一些以往研究关注不够的话题。

比如,郑敏发表于1993年的长文《世纪末的回顾:汉语语言变革与中国新诗创作》,其着眼点是新诗及语言,但所依傍的理论资源是德里达的解构主义和西方现代语言学,采用的话语方式也没有与当时的新诗理论界产生交叉,因而所获得的回应主要来自当时的思想文化界。有论者认为该文对五四"文化激进主义"的批评并不公允[②],她本人也被归于20世纪90年代中国大陆"新保守主义"之列[③]。由此形成了颇显错位的情形:一篇未能汇入当时诗学话题讨论的新诗理论文章,在诗界之外激起的反响甚于诗界之内,这也从某个侧面折射出20世纪90年代诗歌(特别是理论

---

① 米尔斯:《社会学的想象力》,陈强、张永强译,三联书店2005年版,第6、8页。

② 许明:《文化激进主义历史维度——从郑敏、范钦林的争论说开去》,《文学评论》1994年第4期。

③ 赵毅衡:《"后学"与中国新保守主义》,《二十一世纪》1995年2月号。

探讨）的封闭性。与此相似的是郑敏提出的新诗"汉语性"问题，她大声疾呼"诗人们在下一个世纪需要做的是如何从几千年的母语中寻求现代汉语的生长素，促使我们早日有一种当代汉语诗歌语言，它必须能够承受高度浓缩和高强度的诗歌内容"①，却应者寥寥。原因主要在于她的呼吁缺乏与 20 世纪 90 年代诗歌情境的共振，也没有与当时一些理论表述构成对话。在同样的所谓"语言学转向"的背景下，当她坚持鲜明的语言本位立场，将汉语作为一种文化载体发掘其深邃内蕴时，20 世纪 90 年代诗歌的语言论者主张的则是"语言的欢乐"。另一方面，她的倡议也不能对当时的诗歌写作产生实质性影响，她谈论的"汉语性"到了 21 世纪，才在宋琳、张枣等诗人的作品和言述中有所涉及。此外，郑敏围绕新诗的传统、新诗借鉴古典诗歌等议题做出的评析，也是很久以后才得到回应。

这些错位缘于 20 世纪 90 年代诗歌理论旨趣的内部分野，当时的理论重心很大程度上受到了前述"身份""焦虑"的牵扯，提出并讨论的话题多少具有建构的性质，这造成的自我盲视和对其他话题的遮蔽是不难想见的，故而也无可避免地致使这时期诗歌在某些方面趋于狭隘。倘若将 20 世纪 90 年代诗歌置于新诗诞生之初直至当下的历史进程中进行观察，就会发现其诸种狭隘性也许不是"局部"的，而是植根于进入"当代"以后的诗歌脉络中：

> 从新诗百年历程来看，中国当代诗歌（特别是最近四十年的诗歌）已经显示了与现代时期诗歌有别的主题意向、形式特征乃至写作意识。简而言之就是，不同于后者对"现代性"的探寻和展现，当代诗歌立足于当代的历史语境，呈现出某些可称之为"当代性"的质素。这种"当代性"有其自身的问题阈和书写逻辑，也许较之现代诗歌更为复杂，但也背负着"当代性"特有的焦虑与压力。从诗学方面来说，当代诗歌发展了现代诗歌的部分路向，却在开辟当代诸多命题、凸显其"当代性"的过程中，抽空了问

---

① 郑敏：《试论汉诗的传统艺术特点》，《文艺研究》1998 年第 4 期。

题得以生发、延展的路径,过于强化某些单一的层面,从而窄化了自身的可能性的向度,因此难掩其局限与危机。①

相对于已经"被美学化、经典化"(姜涛语)的现代诗歌,当代诗歌因看起来语言愈发娴熟、技巧愈发繁复,而在普遍的叙述中呈现出某种"进步的幻象"。但细究起来,当代诗歌实则走上了一条逐渐"窄化"的道路,那些娴熟的语言、繁复的技巧慢慢从与历史、现实的张力关系中抽离出来,在变得更加光滑、自如的同时也失去了可以附着之物,陷入了"美学上的空转"。毋庸讳言,当代诗歌出现了英国文论家考德威尔在20世纪30年代描述过的那种"把技术才能同社会功用对立起来"的情形,"在'技艺'的门槛与堡垒中,自我固化,妨碍诗歌与社会生活之间建立密切而可靠的关联"②。

以20世纪90年代诗歌理论与实践中均被神话化的"叙事"和"口语"为例(笔者在《杂语共生与未竟的转型:90年代诗歌》一文中详加剖析),这两个概念既延续了20世纪80年代诗歌的某些习性,体现的是诗歌在时代处境变化之际寻求新的表达方式的两个侧面,但又极大地受制于20世纪90年代的总体诗学情境及其背后趋于破碎的语言观和显得含混的历史观。事实上,20世纪90年代诗歌中的"叙事"和"口语"在诗艺理路上是趋近的,因为二者都试图通过吸纳世俗化和日常性而更新词与物的联系,其中"叙事"是要从物中提炼抒情,"口语"则突出书写的即物性或直接性。然而,这些努力一旦蜕变为一种风格意义上的"标识",诗歌中的词语变成了漂浮在现实上空的缀饰,它们各自的可能优势反过来会成为某种写作创新的羁绊和束缚诗艺拓展的套路。

就20世纪90年代诗歌的文本构造而言,其中最有价值的部分其实并非"叙事"和"口语",也不是"互文"和"反讽",而是承接20世纪40年代袁可嘉等人的观念和方法而来的"戏剧化"。同20世纪40年代

---

① 引自笔者执笔、笔者与王东东主编的"隐匿的汉语之光·中国当代诗人研究集"(华文出版社2019年版)的"编选说明"。

② 余旸:《"九十年代诗歌"的内在分歧》,人民出版社2016年版,第258页。

诗歌力求"将人生和艺术综合交错起来"（陈敬容语）一样，20世纪90年代诗歌也在探寻着与驳杂时代相称的综合性和包容性，实现袁可嘉所说的"恰当而有效地传达最大量的经验活动"，而"戏剧化"是把"历史，记忆，智慧，宗教，对于现实的感觉思维，众生苦乐，个人爱憎"①"综合"起来的有益方式。虽然这种涵纳各种经验的书写方式容易走向芜杂拖沓的"叙事"和浮光掠影的"混杂"，但"戏剧化"并非要在文类上改变诗歌（使之成为诗剧），而是运用其所包含的戏剧元素拓展诗的表现力。例如，于坚的长诗《０档案》在发表的当年（1994年）就被改编成戏剧在多地演出，一方面是源自其本身所蕴含的戏剧元素，另一方面则是由于"实验剧所追求的'动作'和'身体解放'，与《０档案》所追求的词语解放的不谋而合。他们共同抵制了传统的表演、导演、升华、抒情、整体性、生命的不在场等等形而上的怪物"②。西渡创作于1997年的《一个钟表匠人的记忆》，围绕"个人与历史之间的速度冲突"③，展现了一幕幕交织着社会历史、情感记忆和个人命运的戏剧性场景，因恰切地借用了"叙事"而显出"写史"的穿透力。

"戏剧化"也许能够重塑对于诗的认识，重新锻造被种种凌空蹈虚所消耗的活力。在20世纪90年代，经过层出的"口号式"观念冲刷的诗歌，在时代的重压下开始变得破碎、琐屑，丧失了某种完整性；同时，随着整个社会文化创造力的减弱，诗歌的活力和创新能力也现出衰退之势，诗歌与社会文化的互动关系日趋松散，诗歌对于社会文化的参与意识和能力逐渐消退，诗歌的格局与空间慢慢地萎缩和变窄……这些"后遗症"被带到了21世纪的诗歌中，成为其积重难返的症结。

---

① 袁可嘉：《新诗戏剧化》，见袁可嘉：《论新诗现代化》，三联书店1988年版，第23、24页。
② 张柠：《〈０档案〉：词语集中营》，《作家》1999年第9期。亦可参阅奚密：《诗与戏剧的互动：于坚〈０档案〉探微》，《诗探索》1998年第3辑。
③ 臧棣：《记忆的诗歌叙事学》，《诗探索》2002年第1—2辑。

思想的形式

第二辑

批评的场景

《诗探索》与中国当代诗歌理论批评的进展①

作为应思想解放之运而生的当代首家诗歌理论刊物，创办于1980年末的《诗探索》在中国当代诗歌理论乃至当代诗歌发展过程中占据了一个特殊的位置。应该将这份刊物置放到中国当代诗歌潮流更迭的错杂背景下，对其四十年间的独特贡献进行论析和总结，并合理地评价其历史功绩和意义。②

可以看到，自创刊伊始，《诗探索》就发起或参与了中国当代诗歌一些重要的理论议题，在引导或推动相关话题逐渐深化过程中发挥了巨大的作用。这些理论议题包括：20世纪80年代初的"朦胧诗"论争，贯穿20世纪80年代至90年代的诗歌语言研究（90年代更是推出多个专辑），20世纪90年代以后的"后朦胧诗"（"后新诗潮"）讨论、诗歌中的"后现代"问题辨析、"女性诗歌"溯源、"字思维"论辩，世纪之交的"盘峰论争"（"知识分子写作"与"民间写作"之争），新世纪之后的网络（及"新媒体"）诗歌研究、"诗与歌词"关系考察、"中生代诗歌"探讨、"80后诗歌"观照等。实际上，这些议题也是中国当代诗歌理论批评在过去四十年间的主要议题，而《诗探索》几乎以一种"跟踪"的方式，密切关注当代诗歌理论批评的进展，深度介入当代诗歌发展的诸种话题，

---

① 刊于《粤港澳大湾区文学评论》2021年第1期。
② 有必要指出，多年来关于《诗探索》的研究成果并不多，仅有零星的几篇文章，如程光炜《〈诗探索〉：寂寞中的坚执》（《山花》1995年第7期）、沈奇《纯正的、科学的、敬业的——评复刊后的〈诗探索〉》（《诗潮》1995年第11—12期）等。笔者指导的硕士研究生林琳于几年前完成的硕士学位论文《〈诗探索〉与中国当代诗潮》，以十余万字的篇幅对这份刊物进行了综合研究，该论文经过修订后即将出版。

甚至在当代诗歌理论批评的一些节点上引领着潮流，并在相当长一段时间里保持着与当代诗歌创作界的密切互动。因此，将该刊称为中国当代诗歌的"见证者"和"当事人"，是并不为过的。

一

《诗探索》的创刊可谓适逢其时。20世纪70年代末期，中国当代诗歌的变革之潮开始涌动，涌现出了一大批突破以往审美规范的"新潮诗""古怪诗"，亟待评论界对之做出评价和解释。当时即有诗人敏锐地注意到："诗歌评论远远落后于诗歌创作的实际，诗歌评论的队伍也很小。这个状况已到了非改变不可的时候了。因为它影响了中国新诗走向繁荣的速度，也影响了诗歌质量提高的速度。不重视诗歌评论的看法是不妥当的。"[①] 经过充分酝酿和筹备，这份当代首家诗歌理论刊物诞生了。

大概由于受创刊之际的革新风潮所推动，《诗探索》从一开始就彰显了明确的自我定位与发展取向，标举一种如其刊名所提示的"探索"理念。正如刊物主编谢冕在其执笔的发刊词《我们需要探索》中所说的："我们需要探索，不仅过去，不仅现在，而且更着眼于将来。我们愿意生活更加美好，我们才需要探索，我们愿意诗更加美好，我们才需要探索。墨守成规永不会有创造。诗人在用诗探索人生和人的心灵。我们，则探索诗，探索诗人从事这一精神生产所达到的和未曾达到的思想与艺术的境界。探索的精神，就是一种思想解放的精神。不满才有改变，改变乃是一种催促前进的动力……我们深愿《诗探索》是一个始终充满了首创精神的充满了青春与朝气的探索者。"[②] 显然，他所期待的"探索"首先体现为一种积极进取的诗学意识和原生性的内驱力，是对鼓励"创新"的时代精神的回应，同时也呼唤着诗歌创作和批评的自主与独立。该刊毫不犹豫地亮出"探索"的名号，甘为勇于奋进的诗人及其创作充任摇旗呐喊者。

---

① 沙鸥：《当前新诗的几个问题》，见全国当代诗歌讨论会编：《新诗的现状与展望》，广西人民出版社1981年版，第49页。

② 本刊编辑部：《我们需要探索》，《诗探索》1980年第1期。

不过，发刊词《我们需要探索》也提出："我们将在《诗探索》上体现各种不同观点的交锋……我们希望经常保持一种不同意见自由论战的热烈局面。我们想让大家都习惯于生活在这样一种艺术自由民主的空气中，从而确认这是一种正常的秩序。"[①]这种兼容并包的开放态度，其实与对"探索"的倡导并不相悖，可以说正是某种开放性维护了"探索"的施行及其葆有的活力。譬如，《诗探索》介入那场声势浩大的"朦胧诗"论争时，一方面为年轻的"探索"者们提供了展示自我、表达意见的平台，另一方面也发表了对"朦胧诗"持异议的文章。该刊创刊号上发表了一组《请听听我们的声音——青年诗人笔谈》，堪称一份难得的历史文献，作者分别为张学梦、高伐林、徐敬亚、顾城、王小妮、梁小斌、舒婷、江河。他们是参加了1980年8月由《诗刊》组织的"改稿会"（即首届"青春诗会"）的部分诗人，《诗刊》当年10月号以专辑形式发表了这些诗人的诗作。"改稿会"期间，他们还参加了《诗探索》创刊前举办的青年诗歌会议，上述的笔谈显然是为呼应"青春诗会"、助力青年诗人的集中亮相而特意推出的。创刊之初的《诗探索》在第一时间为青年诗人的发声提供了一个通道，其办刊宗旨由此可见一斑。

然而，《诗探索》并不排斥对"朦胧诗"提出批评的观点（或维护"朦胧诗"的理论），而是愿意给出版面，促进讨论氛围的形成。同样是在创刊号上，该刊特地设置了一个"新诗发展问题探讨"栏目，转载1980年5月7日《光明日报》发表的谢冕《在新的崛起面前》一文的同时，紧随其后刊发了两篇与之进行商榷的文章：丁慨然的《"新的崛起"及其他——与谢冕同志商榷》和单占生的《新诗的道路越走越窄吗？》。其中不乏对谢文的尖锐批评。就这样，《诗探索》始终留意"朦胧诗"论争的态势，及时推出对"朦胧诗"进行学理探讨和深入分析的文章。正如研究者所总结的：

> 在"朦胧诗"论争中，它（《诗探索》）以先锋的姿态出场，

[①] 本刊编辑部：《我们需要探索》，《诗探索》1980年第1期。

开辟相对独立的批评空间。努力保持自身立场，为"朦胧诗"论争提供发表各方意见的平台，不受主流意识形态的影响，为多种"声音"提供发声的平台。并在论争高潮阶段，竭力保持自身的理论倾向，避免陷入感性争论和话语权力之争的泥淖。在"朦胧诗"以及相关诗论受到普遍批判的时候，《诗探索》依然坚持自身倾向性，倡导相对宽容的诗坛生态环境。即便是在"朦胧诗"论争演变为非诗艺探讨的政治批判时，也没有随声附和地发表批判文章，而是从变味的论争中及时抽身，转向对多层次、多方位的诗歌理论建设，拓展诗歌理论研究的深度与广度，维护批评空间的独立性。①

这种开放甚至保持"中立"的做法，在《诗探索》对当代诗歌理论话题的参与过程中是一以贯之的。另一个显著的例子是，1999 年，当一场影响较大的诗学论争——"盘峰论争"②爆发后，《诗探索》给参与论争的双方提供了同等的发言机会和论文版面，先后编发了于坚《真相——关于"知识分子写作"和新潮诗歌批评》、邹建军《中国"第三代"诗歌纵横论——从杨克主编〈1998 中国新诗年鉴〉谈起》、孙文波《我理解的 90 年代：个人写作、叙事及其他》、王家新《知识分子写作，或曰"献给无限的少数人"》等各自偏向的文章和更具学理性的陈仲义《日常主义诗歌——论 90 年代先锋诗歌走势》、王光明《个体承担的诗歌》等论文。多年后的 2012 年，《诗探索中国新诗会所会刊》编纂了《盘峰诗会资料汇编》，以一种留存历史资料的态度回顾了那场论争。实际上，力求客观、葆有历史意识是《诗探索》在诸多诗歌"事件"、问题上的"原则"。

当然，也许有人认为，这种看似"不偏不倚"的做法大概显示了刊物"守成"的一面。其实，这与《诗探索》最初确定的办刊思路有关。该刊

---

① 林琳：《〈诗探索〉与中国当代诗潮》，首都师范大学 2017 年硕士学位论文。
② 1999 年 4 月 16—18 日，由《诗探索》等单位主办的"世纪之交：中国诗歌创作态势与理论建设研讨会"在北京郊区的盘峰宾馆举行。在会上，后来被划分为"知识分子写作"和"民间写作"的两派诗人、评论家发生了激烈的争论。

虽取名为"探索",也宣示了"探索",但其对一些诗学问题的诗歌史透视,对一些被淹没的诗歌群落、资料的挖掘与整理,对新诗发展态势的持续跟踪与剖析,无不贯彻着论者所概括的"'后顾式'编辑思路",而非一味地保持某种前驱姿态。

二

在其自我定位的引导下,《诗探索》的栏目构成与选稿方式也显示出某些独具匠心之处。在四十年里,该刊的栏目相对稳定而不失灵活,各个版块的创制和布局有着很强的"设计感"。比如,"诗人论"是《诗探索》版块的重要组成部分,它不是一个单一的栏目,而是一个栏目群,其中涵盖了不同的层面及编稿宗旨:冠以"××研究"("郑敏研究""牛汉研究""邵燕祥研究""昌耀研究"等)的是对老诗人进行研究的专辑,在"关于××"("关于食指""关于北岛""关于多多"等)标题之下是对一些成名的中年诗人展开论述的专辑,"结识一个诗人"专栏则是对崭露头角的青年诗人的推介——这种布局体现了代际更迭的诗歌生态和历史延续的轨迹;每个专辑由3—4篇文章组成:篇幅较长的诗人综论、诗歌文本的细读和诗人自述。此外,"姿态与尺度"里有对新的诗人现象和作品的评述,"诗歌群落"聚集当代诗歌史上产生影响的社团流派("他们""非非主义""莽汉"等),21世纪之后又增加了"中生代诗人研究""驻校诗人研究"等。无疑,这些不同层面的"诗人论"包含了各自的诗学问题指向。

值得留意的是,《诗探索》的栏目在保持一定连续性的同时也进行过适当的调整,这些出于主动或被动的调整,从一个侧面暗示了中国当代诗歌理论批评的走向。比如,该刊早期阶段用较多版面刊发了诸多致力于诗学原理探究的论文,一般安排在比较靠前的位置或栏目,其倡导和鼓励的意图颇为明显。总的来说,这些论文中,从形式、本体角度剖析诗歌的所占比例最大,其中又以探讨诗歌语言者居多,其余的则涉及意象、结构、格律、意境、节奏、建行、语体、风格、文字及手法(比喻、象征、转喻)等方面;另外,关于诗的思维、想象、精神、创造等,也得到了不同程度的阐述。这些文章的字里行间洋溢着理论创新的热情（与彼时的诗歌创作空气相呼应）。不过，整体上细察《诗探索》四十年间的篇目，不难发现，探讨诗学原理、诗歌美学的论文主要集中在20世纪80年代及90年代前期，90年代中期后逐渐减少，2002年之后直至最近几年几乎一篇也没有了。这其实在一定意义上反映了20世纪80年代以来新诗研究的某种趋势：由对诗学原理的探讨渐渐转向了对诗歌现象的描述和评析。对此做出的解释可能是：有关"诗是什么"、诗歌的构成要素以及诗的功能、价值、创作规律等原理的探讨，是一个相对静态乃至封闭的论域，经过若干年反复、深入的探究后，有些问题基本上获得了解决或者不再具有新的学术价值，因而也不再能够引起研究者的兴趣；研究者也许更愿意回到具体的历史场景，或者针对某些实际的创作现象，而非孤立地就诗歌的原理问题进行探讨。《诗探索》在编刊思路上进行相应调整，是难以避免的。

对接着不同的栏目要求和预期，《诗探索》运用了多样的选稿方式，其中一个重要方式便是组织学术会议，或参与某些诗学活动。20世纪90年代以后，以1993年9月18日《诗探索》与北大新诗研究中心在北京文采阁举办的"93中国现代诗学研讨会"（在会上宣告了《诗探索》的复刊）为起点，该刊复刊之后先后独立（或合作）举办了近三十场专题研讨会（不包括为老中青各代诗人或作品单独召开的研讨会），如"中国当代诗史写作暨《诗探索》新刊座谈会""当代女性诗歌：态势与展望""世纪之交：中国诗歌创作态势与理论建设研讨会"（即"盘峰会议"）、"中国新诗理论国际研讨会""'字思维'与中国现代诗学""新媒体与当代诗歌创作研讨会""中国新诗一百年国际学术研讨会"等。每次会议拟定了不同的议题，会议举行过程中自然收纳了不少参会论文，那些就成为该刊一些专题栏目的重要稿源。即便处于休刊期间的1986年10月，《诗探索》也与《诗刊》联合举办了主题为"诗歌观念的变革和诗的反思"的学术研讨会。

在这些会议中，《诗探索》对主题的设置、人员的安排乃至成果的预期等均显出明确的主导性，这一方面推进了相关理论话题的有序展开，另一方面以刊物和研讨会培养了一代代诗歌批评家：老一辈不消说，后来十分活跃的中青年批评家如陈仲义、王光明、耿占春、程光炜、陈超、唐晓渡、孙基林、沈奇、张清华、罗振亚、陈旭光、李震、姜涛等，以及诗人批评家于坚、西川、王家新、孙文波、臧棣、西渡等，他们诗歌理论批评成就的相当部分是与这份刊物联系在一起的，并且他们相当一部分曾经引起反响或有分量的论文均首发于《诗探索》。这很大程度上兑现了《诗探索》创办之初许下的以团结和培养诗歌研究和评论队伍为己任的诺言，同时也表明：《诗探索》集合各路理论精英，为他们提供了诗学理论的试验田，由此见证了一代又一代诗论家的成长历程。

兹举两例。其一，现在不大为人熟知的诗评家钟文，在参加著名的"定福庄会议"①时与谢冕、吴思敬等相识之后就成为《诗探索》的重要作者，频频露面于《诗探索》的他格外引人注目；他充满理论锐气，在《诗探索》上先后发表了《发展中的"诗美"内涵》《传达出自己声音的诗》《诗辨》《诗歌的美学语言》等长篇文章，极大地释放了自己的诗学热情。其二，当下分量很重的诗论家耿占春，正是在《诗探索》上初现其理论的锋芒，他在该刊发表《论想象的形式》（1982年第2期）一文时应该尚未大学毕业。这篇论文讨论诗歌想象的问题，提出可以"从新诗的想象形式中概括出这样三种：象征、意象和超现实形象"，然后分别对之进行了阐释；他断定"使诗歌遭受危机的原因是艺术理论的僵化，形式的贫乏在于想象的退化"，认为"艺术如不能赋予现象的真实内容以精神的现实性，它不免只有一瞬间的意义"。这是一篇有深度的论文，该文切入问题的方式、具有思辨性的行文风格和对理论资源的处理态度，在耿占春后来的诸多诗学文章中得到了延续。

有必要指出，《诗探索》还吸纳了不少非专门研究诗歌的学者和评论家的文章，将不同代际、文体、领域的研究者汇集在一起，以跨界视野和别样的视角切入某些理论议题，其间不乏真知灼见。比如，赵毅衡发表在1981年第4期上的《诗歌语言研究中的几个基本概念》一文，是新时期之后较早探讨诗歌语言的专论，他写作此文时尚在诗人卞之琳的门下攻读硕士研究生。该文对诗歌中意象和语象的区分、对比喻的老化和活化的剖解以及对象征类型的辨析，较多地借用了英美新批评和符号学理论的资

---

① 即1980年10月在北京东郊定福庄煤炭管理干部学院召开的"诗歌理论座谈会"，赞成和反对"朦胧诗"的诗论家在会上展开了激烈的论争。

源，而后者恰好是赵毅衡本人后来着力开掘的研究领域，相关向度已在该文中显出端倪。赵毅衡并非专门研究新诗的学者，他早年的这篇诗学论文至今仍是富于启发性的。其他一些颇具特色的"跨界"文章还有：何凯歌（何其芳之子，曾任职于中国社会科学院文学所民间文学室）的《音乐·诗歌·格律》（1982年第3期）、南帆（主要从事小说批评和文学理论研究）的《诗歌语言的"意思"与"情感"》（1983年总第11期）、范一直（主要从事杂文创作和艺术评论）的《论诗的内在节奏》（1983年总第11期）、方竞（主要从事文艺理论研究）的《汉语诗歌的节奏型理论》（1983年总第11期）等。从今天的眼光看，这些文章依然有其参考价值，因而显得弥足珍贵。

三

一个显见的事实是：无论是介入当代诗歌理论话题的讨论，还是通过组织会议进行专题研讨，《诗探索》都与同时期其他报刊、机构进行着良性的互动，从而在彼此应和与互补中构筑了一个将论文发表和诗学言述逐渐敞开的公共"空间"，而不仅仅拘泥于纸面，封闭在诗歌内部。其回应20世纪80年代初的"朦胧诗"论争是这样，在推动20世纪90年代末期的"盘峰论争"有序发展时也是这样：针对既包含美学歧见，又隐含政治观念壁垒的"朦胧诗"论争，《诗探索》在组织文章回应报刊上的"崛起"说（1980年5月7日《光明日报》上的谢冕《在新的崛起面前》、《诗刊》1981年3月号上的孙绍振《新的美学原则在崛起》）的过程中，充分展现了"朦胧诗"的美学追求与20世纪80年代社会文化征候之间的关联；"盘峰论争"爆发后，《诗探索》与《北京文学》《读者报》《科学时报·今日生活》《太原日报·双塔文学周报》等报刊密切配合，刊发的文章在当时激烈甚至充满火药味的论争中负起了纠偏、平衡各方的责任，并有意将相关讨论引向纵深，探究诗学分歧背后的历史渊源和文化价值观冲突。这种"联动"机制构建了一种特殊的诗学场域和文化场域。

《诗探索》在新世纪以后增设的重要栏目"中生代诗人研究"同样是"联动"的产物，此栏目源于该刊对"中生代"这一命名所引发的话题的持续关注。"中生代"作为诗学概念较早由《江汉大学学报（人文科学版）》以《编者按》形式提出并予以阐释："这个我们命名为'中生代'的诗人群体，以 1960 年代出生的诗人为主，他们的写作大多开始于 1986 年诗歌大展前后，1990 年代中期引起关注。相对于朦胧诗、第三代诗歌运动的横空出世，这代诗人的理论主张与诗歌文本更内在、驳杂，缺乏鲜明、易于概括的特点，是当代新诗潮'后革命'期的产物；其精神背景是 1980 年代末和 1990 年代初的社会转型，与朦胧诗的'文革'背景、第三代的改革开放背景迥然有别。由于这批诗人艺术观念、美学风格、修辞手段等等的各不相同，在诗歌技艺上更综合化，文本呈现上又更个人化，因而，中生代研究必须建立在具体的具有代表性诗人及其作品的深入研究、梳理与把握之上，否则难以获得有价值的指认与确立。中生代诗歌具有'非代性'这种悖论性特征。"[①]

这一概念的提出得到了《诗探索》主编吴思敬的积极响应："我的意见是可以把'中生代'这个概念引入当下诗坛，但其内涵可在《江汉大学学报》编者按提法的基础上做适当的调整与扩展。我觉得'中生代'的含义应该单一化，即不把它看成是流派概念、诗群概念，而仅仅是作为一个断代的时间概念，在目前可定位于 20 世纪 50—60 年代出生的诗人。这样'中生代'就成了文学史时间序列叙述的一个概念。"[②] 在他的倡议下，《诗探索》先后推出了几组探讨"中生代"的文章，以呼应同时期的《南方文坛》《西南大学学报（社会科学版）》等刊物上的相关讨论，并于 2008 年创设了"中生代诗人研究"这一固定栏目。在阐述"中生代"命名的意义时，吴思敬还将其与 20 世纪 90 年代的"中年写作"联系起来，认为囊括在"中生代"群体中的"那些出生于五六十年代的中年诗人"，"经历了政治风浪与艺术革新风暴的洗礼，经历了改革开放与全球化，青春期的躁动与狂热已转化为中年的沉静与坚实。在学习西方与继承传统之间，在个人化抒

[①] 引自该刊"关于'中生代'诗人"专栏的《编者按》，《江汉大学学报（人文科学版）》2005 年第 5 期。

[②] 吴思敬：《当下诗歌的代际划分与"中生代"命名》，《文学评论》2007 年第 4 期。

写与社会承担之间，在情绪的勃发与艺术的节制之间，在发散性的幻想与意象的凝定之间……正一步一步地寻找自己的定位"，"这一代诗人起着承上启下的作用，任重而道远。用'中生代'的称号把他们在诗坛的位置突显出来，以引起评论界及读者对他们的重视，既可以对这一代诗人进行整体考察，又可以对他们中的代表性诗人进行个体解剖"。①此应当可被视为《诗探索》创设"中生代诗人研究"栏目的动因与宗旨，这番对"中生代"代际特征更为透彻的阐发，深化了这一概念的内涵。

《诗探索》所构筑的诗学"空间"的公共性，还体现在该刊与一些诗歌群体和诗人个体的互动上。前一方面格外值得一提的是，1994年5月6日至9日，《诗探索》组织二十余位诗人、评论家前往河北白洋淀进行了"白洋淀诗歌群落"寻访活动，并在当年第四期刊发了关于该诗群的专辑文章。对"白洋淀诗歌群落"的认定及文献挖掘与整理，可谓《诗探索》的一个重要贡献，丰富了人们对于20世纪60年代至70年代诗歌历史的认知。参加活动的老诗人牛汉指出，"白洋淀诗歌群落"这个名称"很有诗意，群落一词给人一种苍茫、荒蛮、不屈不挠、顽强生存的感觉，与当时诗人们的处境与写作状态相符"②。身为"白洋淀诗歌群落"成员的诗人宋海泉认为："白洋淀诗歌群落的产生，同它本身的文化传统没有必然的血缘联系，也许正是由于它的这种非文化的环境，由于它对文化的疏远和漠不关心，因而造成一个相对宽松、相对封闭的小生态龛，借助这个小生态龛，诗群得以产生和发展。"③对这一诗歌群体及其周边的社会文化资料的梳理与研究，是一个方兴未艾的课题。

在《诗探索》与诗人的互动方面，莫过于其同老诗人郑敏、牛汉、张志民、邵燕祥等的近距离交往了，该刊通过走访、祝寿、开研讨会（对应着刊物的"××研究"栏目）等形式，从老诗人那里抢救性地获取了一批一手资料，

---

① 吴思敬：《当下诗歌的代际划分与"中生代"命名》，《文学评论》2007年第4期。

② 林莽：《关于"白洋淀诗歌群落"》，《淮北煤炭师范学院学报（哲学社会科学版）》2004年第3期。

③ 宋海泉：《白洋淀琐忆》，《诗探索》1994年第4辑。

并促进了对相关诗人的研究。以郑敏为例,她从20世纪80年代初开始,即在《诗探索》《文艺研究》《文学评论》《世界文学》等平台上展现了她作为诗论家的风采。身为英美文学教授的她,在其产生了巨大反响的长文《世纪末的回顾:汉语语言变革与中国新诗创作》(1993)问世之前,便在《诗探索》上发表了多篇重要诗论,如《诗的高层建筑》《英美诗创作中的物我关系》等;《诗探索》于1994年复刊后,更与她结下了不解之缘,不仅刊载了她更多有分量的诗论,还跟她进行了多种形式的交流。其中最可贵的是1995年6月17日,《诗探索》邀请数位诗人、诗评家(刘福春、林莽、王家新、臧棣、沈奇、林祁、李华等)前往郑敏家里,与她本人共同解读其后期最重要的长诗《诗人与死》[①]。这堪称《诗探索》办刊过程中令人动容的一幕,而该刊四十年的历史包含了大量如此生动的细节……

不妨说,《诗探索》正是映现中国当代诗歌理论批评及当代诗歌发展进程的一面镜子。研究者翻开这厚厚一摞的书刊,从中不仅可以一窥当代诗歌理论风云变幻和诗歌流派更迭的魅影,而且能够把捉当代诗歌历史脉动的声息和诗人们文字间的气韵。

---

① 此次共同解读的文字稿全文刊发于《诗探索》1996年第3辑。

"非诗意"的诗史及其书写①
——《中国当代新诗史(修订版)》②的问题与方法

对于很多人来说,中国当代诗歌的现状和境遇让他们获得了一种强烈的印象:当代诗歌的"诗意"正在渐渐丧失。甚或可以说,中国当代诗歌的进程就是一个"去诗意化"的过程,至少表面上如此:一波接一波的运动(与社会运动、政治运动紧密相关的诗歌运动),不断涌现的"打倒"和"决裂"的口号,喋喋不休的争论乃至争吵,日益加剧的世俗化写作潮流……人们在检视半个世纪以来的诗歌时,似乎不难依据这些现象给出自己的判断。

为什么会如此?提出这样的疑问包含了两层意思:一是,历史为什么如此——诗的历史成了"非诗意"的历史?一是,人们为什么如此看待当代诗歌的历史?无疑,当历史的"非诗意"被凸显出来时,其背后隐藏着某种理想的"诗意",并被用作评判一切的标准(由此得出的一个结论是,种种"非诗意"因素导致了当代诗歌成就的下滑)。可是,"非诗意"的历史(或历史的"非诗意"的一面)是否必须像有人主张的那样,在叙述

---

① 刊于《现代中国》第8辑,北京大学出版社2007年版。

② 该著"引言"说:"毫无疑问的是,中国大陆诗歌和港台等地的诗歌应该看作是一个'整体'。不过,1949年以后政权的更迭和变迁,社会政治、经济、文化发展上存在的重要差异,又使不同地域的诗歌呈现出有所分别的形态和进程。这为'整合'不同地域诗歌的当代诗歌史写作带来困难。'整合'的可能性相信已经存在,只是本书作者目前眼界、能力有限,尚未获得有效的'整合'内在线索。"鉴于此,本文也只好将"整合"的问题悬搁,评述仅限于洪子诚执笔的该著上卷"中国大陆当代新诗"。

中被压缩、抽空乃至一笔勾销？是否需要从"非诗意"的历史中抽绎出"诗意"的碎屑后，使之经典化？如何真正有效地进入、呈现当代诗歌的历史？我以为，在上述方面，刚刚出版的洪子诚、刘登翰著《中国当代新诗史（修订版）》（北京大学出版社2005年4月版）将会给予我们多重启示。这部旨在"勾勒新诗在当代政治、经济、文化、社会心理等诸种因素推动、制约下的整体演化轨迹"的著作，正是对当代诗歌历史的一次"非诗意"书写。在此，"非诗意"书写显示的是一种直面历史之纷繁、芜杂的勇气和态度，它颠覆了种种流俗意义的关于当代诗歌"非诗意"的印象式评判；更重要的是，"非诗意"书写意味着，历史叙述的"诗意"标准及其所蕴含的整一的、理想主义的历史观遭到了摈弃，自兹以后，我们很难用一种永恒的"诗意"期待、衡量、叙述和总结当代诗歌的历史了。

"转折"的观念

可以看到，《中国当代新诗史（修订版）》首要的醒目之处，在于它的内在理路渗透了洪子诚近年来从事当代文学史研究的一个重要观念——"转折"。该著第一章就采用了"新诗道路的转折"这样的标题，这显然是承续他的《中国当代文学史》（1999）第一章"文学的'转折'"而来的。"转折"的确是洪子诚所关注的焦点问题之一，这一问题在他看来是如此重要，以至在不同场合下被反复提及而成为他研究中的"关键词"之一。那么，何谓"转折"？对它的关注究竟会给当代文学史研究带来什么？洪子诚解释道：

> "转折"在这里，指的主要是40年代文学格局中各种倾向、流派、力量的关系的重组。……文学写作的题材、主题、风格等，形成了应予遵循的体系性"规范"；而作家的存在方式，写作方式，作品的出版、阅读和批评等文学活动方式也都出现了重大变化。[①]

[①] 洪子诚：《中国当代文学史》，北京大学出版社1999年版，第3页。

在随后出版的《问题与方法：中国当代文学史研究讲稿》里，他进一步辨析说：

> "转折"并不是指现代文学和当代文学之间出现两个完全不同的时期，这种"转折"在很大的程度上，应该看成是文学的构成成分重组的过程，发生了格局上的变化。当然，在这种重组的过程中，必然会出现新的因素，或者带有新质的文学形态。①

显然，在洪子诚这里，"转折"并非指历史"中断"后一种全新路向的开辟，而是各种旧有文学关系的分化与重组及其产生新质的过程；他运用这个词，与其说是为了揭示文学在新的历史时期的"新质"，不如说意在通过把结论式的历史叙述还原到复杂、鲜活的原生态场景，并对一些重要的现象进行"考古学"般的探掘，来彰显文学在变动过程中的具体事实、细节乃至鲜为人知或不为人所觉察的印痕。正是基于这样的"转折"观念，《中国当代新诗史（修订版）》从考察"40年代后期的诗界"（第一章第一节）入手展开了全书的论述。这表明，中国当代诗歌尽管实现了新诗的一次重大"转折"，但它不是凭空出现和焕然一新的（早在十年前洪子诚就质疑了新诗中固有的"从头开始的'情结'"②），而是经过了40年代各种诗歌力量和社会文化情势的交错纷争后形成的，且留有较多过去年代诗歌的因子。其间包括：40年代新诗的多样化艺术风格、多种"现代化""方案"，如何在50年代关于"新诗发展道路"的讨论和选择中趋于单一；如何借助于对五四以来的新诗进行"历史清理"，和新诗及外国诗歌"经典"的选定，来确立当代诗歌的秩序并塑造新诗的"当代形态"；不同区域的诗人怎样依照一定的"标准"或"规范"被分隔、改造和整合，

---

① 洪子诚：《问题与方法：中国当代文学史研究讲稿》，三联书店2002年版，第134页。

② 见洪子诚：《"重写诗歌史"？》，《诗探索》1996年第1辑。

从而获得不同的评价、身份与遭际（如写作权利、风格的变化）；等等。

中国当代诗歌在最初的形态上，确实较多地来自40年代主流诗学。由于作者更看重新诗"转折"得以发生的过程和细节，因此，当代诗歌与40年代主流诗学之间的渊源关系，以及一些重要的诗学现象和问题的"谱系"，在《中国当代新诗史（修订版）》中得到了较为详细的梳理和探究。譬如，作为当代诗歌艺术"核心问题"之一的"个体、自我与公众生活、集体意识的关系"，那种"突破诗歌的个人化和内在化，朝着倾向以'叙事'等方式来表现'公众'生活和斗争的方向发展"的努力，其实在40年代以前就开始了，50年代将"社会生活和政治伦理"当作"诗的美学伦理"，只不过是这一努力的极端体现和结果而已（第8—9页）。再如，50年代对"叙事"的重视和提倡，一方面是受了时代风气和外在要求的推动，另一方面则直接源于30—40年代叙事诗的勃兴和繁盛；由此，"在当代不仅有了叙事诗写作的热潮，而且出现了一种后来被有的诗论家称为'生活诗'的短诗体式"（第21—22页）。而50—60年代的"政治抒情诗"，"从艺术渊源上看"，"承接了中国二三十年代的革命诗歌，以及抗战时期的鼓动性作品"；构成其"部分艺术资源"的，是"艾青三四十年代的自由体诗的某些艺术因素"（第97—98页）；其对80年代江河、杨炼等的诗歌写作，又造成了一定的影响（第192页）。这种内在承续的情形，也发生在一些诗人个体身上，比如郭沫若"在五六十年代写了大量配合现实政治和社会运动的诗"也是渊源有自，与其艺术观念演化不无联系（第31—32页）。

这些论述始终贯穿着洪子诚的"转折"观念：对当代诗歌出现的新的形态和趋向的观照固然相当必要，但更为要紧的是，考察新诗的某些"传统"如何在当代经过曲折的变异后，以形形色色的变体得以"延伸"和"极致化"，渗透到诗人的诗学理念和写作实践中而成为他们的"政治无意识"。实际上，不只是40年代诗歌在向50年代"转折"过程中出现多种诗歌力量和社会文化情势交错的情景。不难发现，在任何一个历史"转折"的关头（如70年代向80年代、80年代前期向80年代后期、80年代向90年代），各种诗内诗外关系的重组和潜在变化都会深刻地影响一个时期诗歌的面目。一个显著的例子是，随着一度处于被压抑状态的60—70年代"地下诗歌"的"浮出地表",它们所具有的"忧郁、痛苦等'悲剧'色彩,对封闭、整饬的当代诗体结构的破坏,诗歌语言的革新"等特点,也被带入了 80 年代诗歌中并构成后者的"新的质素"(第 110 页)。

也许正因为该著作者对于各个年代诗歌之间延续、转换与互渗关系的充分觉识,《中国当代新诗史(修订版)》的章节安排没有刻意突出"历史分期"的重要性,从而一定程度上避免了利奥塔所说的"现代性所特有的强迫症"①。虽然该著在表层有一个"年代"的线索(如果这算是"分期"的话,也仅此而已),但其基于"转折"观念对当代诗歌繁复进程的全景式呈现,击碎了人们关于当代诗歌不断"革命"、递进的想象。

对制度性因素的探讨

《中国当代新诗史(修订版)》十分重视各个年代诗歌之间千丝万缕的关联,尤其注重对某一时期的诗学特征进行追根溯源,这让人领悟到该著的一个基本出发点:探讨当代诗歌究竟是怎样"生成"的——不仅作为当代诗歌发生期的 50 年代诗歌,而且每个年代的诗歌都面临着如此追问。由该著对诸如"'经典'的选定和确立""新诗道路的选择""诗人的类型""诗歌的形态"以及"发表方式""阅读方式"等命题的论述,不难看出作者对当代诗歌"生产"过程和"生成"环节的浓厚兴趣。当然,不同年代诗歌(包括诗人自身)之间的内在承传与互渗关系,还仅是某个年代诗歌"生成"的因素(诗学方面)之一,并不足以展示当代诗歌历史的复杂性,尚须进一步寻索这些关系得以形成的深层机制,即制度性因素。对此,《中国当代新诗史(修订版)》表现出精湛的分析能力。

毋庸讳言,中国当代诗歌的发展历程,深刻地受制于当代政治经济与社会文化所造就的环境。这在 50 年代诗歌"生成"过程中体现得格外明显:由于受当时政治意识形态的干预,一种"强调政治、生活行动与诗、艺术统一"的诗歌观念占据主流位置,致使 40 年代后期已经初具规模的多元

---

① 谈瀛洲译:《后现代性与公正游戏——利奥塔访谈、书信录》,上海人民出版社 1997 年版,第 154 页。

探索遭到遏止;在这一观念指导下所进行的偏狭的新诗道路"选择"和"经典"确认,带来了严重的后果——"阻塞了'异质性'艺术渗透、比较、冲突的通道,也切断了新诗已经积累的部分经验,使不同形态的文化因素的参照、撞击,在大多数情况下失去其可能性"(第11页)。50—70年代诗歌境遇的总体情况是:"由于当代文学与政治的紧密关系,和诗在社会生活和政治运动中可能发挥的作用,新诗在当代仍受到相当重视。在政治运动高涨的年代,诗也表现了活跃的形势,尤其是那种与鼓动、表演和群众活动能取得联系的诗歌类型。"(第9页)正是这样的境遇,造成了这一时期诗歌趋于单一的路向和某些特殊现象,如重要诗歌流派的隐失、诗人陷入创作"危机"、全民诗歌运动("新民歌")的倡导、"政治抒情诗"的兴起、诗界的"分裂"等。

不过,当代诗歌与其生存环境显然不具有一一对应的联系,而是呈现出一种趋近中相互缠绕、拒斥乃至偏离的迹象。例如,《中国当代新诗史(修订版)》注意到,卞之琳50年代的诗歌"离开了较为得心应手的取材天地,面对他很难有所发现的领域,靠尽心费力的淘洗雕琢,无法弥补其根本性缺陷"(第35页);袁水拍的"讽刺"艺术在新的时代情势下"束手无策",及其因"政坛"与"诗坛"双重身份而面临创作枯竭(第36—37页);何其芳在汹涌的"新民歌"浪潮中,令人惊讶地始终坚持"民歌体有限制"的主张(第88页)……从而暴露了当代诗歌在走向单一化过程中,出现的难以溶入、整合和不时逸出、裂变的情形。另一方面,当代政治经济与社会文化等并不构成当代诗歌"生成"的制度性因素的全部,在洪子诚看来,更值得探讨的是,上述因素作用下的当代诗歌内部机制和秩序本身如何显在或潜在地规约了当代诗歌的形态和进程。

首先是当代诗歌"发表方式"和存在方式的变迁引起的征候。《中国当代新诗史(修订版)》在讨论50—70年代诗歌和80年代、90年代诗歌的总体状况时,都辟专节介绍诗歌的刊物、出版和阅读的情形。在50年代,作为大陆权威诗歌刊物的《诗刊》"大部分时间里推重着诗歌艺术'政治化'的趋向",密切配合着当时的政治运动和事件;更多时候,诗歌是通过赛诗会、大字报、小字报、朗诵等方式传播的,"诗歌的写作和发表,常突破个人书写和阅读的常规,而带有更多的集体参与性质,并与表演等形式结合"（第 24 页）。在"文革"时期，一部分"地下诗歌"以手抄本、"沙龙"等途径存在和流传，映现了当时政治权力和社会结构分裂下的"较少控制的社会空间"（第 107—108 页）。80 年代以后，除"正式"的诗歌出版物以外，"'自印'诗报、诗刊和诗集，成为相当普遍的现象"（第 123 页），这多少促成了 80 年代中后期和 90 年代诗歌社团蜂起、派别林立的情景。

其次是各种诗歌运动、理论倡导所显示的"构造"特征和功用。正如《中国当代新诗史（修订版）》指出，"预设某一目标，运作上的群体性质，以及其过程与动员、引导、组织的手段相联系，是文学（诗歌）运动的若干特征"。与其他文类相比，当代诗歌运动似乎频繁得多、"热闹"得多。相对于 50—70 年代诗歌运动"大多与政治运动密切相连"，80 年代之后的诗歌运动主要集中在诗歌内部，然而"在对'运动'的热衷和诗歌运动的操作方式上，继承的正是'当代诗歌'的重要'遗产'"；诗人们采用"组织社团，建立流派，发表宣言"等方式，其"构造"意图和作用是明显的，力求借此"来引起对其主张和作品的关注，改善其受压抑的处境，在狭窄的诗歌空间中谋求一席，或占据更有利的位置"（第 118 页）。与此相应的是，某一时期的理论倡导和叙述也参与了那个年代诗歌的建构，且不说 50 年代诗歌借助于权威理论与批评来确立"范式"，即便如 80 年代对新诗历史的"重叙"、90 年代关于"文革""地下诗歌"的"追忆"，也都构成当时诗歌自我想象的一部分。这也就是为何该著在论述朦胧诗时，没有过多地正面剖析其美学特征，而是着眼于对《今天》、三个"崛起论"、代表诗人"秩序"的确立、后来者的阐释等层面进行辨析，其目的显然在于通过追溯朦胧诗形成过程中的制度性因素和条件，而展示其鲜明的"构造"特征。

再次是诗人的类型、身份带来的诗歌风习和地位的变化。诗人类型、群落的划分和聚合在每个年代都会出现，年龄、"代际"、社团、民族、地域等都成为划分和聚合的依据。其中，"身份"的认定往往显得非常重要。譬如，在当代诗歌"转折"的 50 年代，来自不同区域（"国统区""解放区"）的诗人所背负的区域称谓，"虽然很难说具有创作'群体'的形态，不是诗人在当时诗界地位和价值的绝对标志，但这也并非可有可无的'身份'"（第17页）；这种"身份"的不同，对于此后各自诗歌命运的意义是不言而喻的。而作为一种"文化战略"的"工农兵诗人"，"只是一种出身的身份，还是构成了一种诗歌特征（或艺术范式），这在当代诗界表现得暧昧不明。某些时候，对他们中有的人做出的极高评价，往往出于这种身份上的考虑；因而，维持基于此种理由上的评价，在时间上相对要短暂得多"（第20—21页）。在80年代特别是90年代以后，诗歌的"'圈子'和'割据'，其界限趋向含糊、不稳定的、更加错综复杂的状态"（第208页），而"诗人的身份、职业、经济来源等也发生了微妙变化"（第249页），正与这一时期诗艺的混杂和诗歌位置的更趋"边缘"相一致。

抑制的笔法

对制度性因素的探讨，敞露了当代诗歌历史及其书写的"非诗意"性质。在相当长一段时间里，人们总是站在某种"纯诗"立场，对当代诗歌历史的"非诗意"部分（如50—70年代诗歌）采取严厉的贬斥态度，甚至试图在叙述中抹去它们的存在。《中国当代新诗史（修订版）》的"非诗意"书写所囊括的纷繁、芜杂和原生态，表明该著并不是一部简单地为当代诗歌做辩护的史著（虽然当代诗歌乃至新诗的生存"合法性"一直遭受质疑），其立意也不在于昭示当代诗歌发展的某些"规律"；它更多地以对当代诗歌"生成"氛围与场景的呈现，让人触摸到历史的盘根错节的肌理，同时得以窥见当代社会文化斑驳图景的某些侧面。"非诗意"书写的实现在很大程度上得助于洪子诚的别致的笔法。

该著"引言"的末段写道：

> 在评述这半个多世纪的中国新诗时，本书作者承认有各种不同的诗，各种不同的艺术追求，承认不同的美学风格各有其价值。虽然并不赞赏诗成为社会政治、伦理道德、文化观念的简单、粗糙的图解"工具"，却肯定社会政治和现实社会对诗，对诗人有无法回避的影响、制约，诗同样可以表现现实人生中所包含的社会政治内容。也重视诗人把人与社会，人与自然，以及人自身生

命的各种因素综合把握、体验的追求。本书肯定一些诗人加强诗的知性深度的努力，但并不认为因此诗就必须"放逐抒情"。在尊重诗的艺术特质的范畴内，繁复矛盾与单纯和谐是可以并存的美学风格。向社会性方面倾斜与向人的心理、意识层面的开放，可以构成互补的关系。日常生活语言的选择、吸收，应当成为抵抗语言僵化的重要手段，但也不应发展为对日常口语的崇拜。而新诗史上已经积累的多种艺术方法，都可以成为丰富、拓展诗人对世界体验、认知的资源。（"引言"，第2—3页，重点为引者所加）

　　这段表述展现了一种典型的洪子诚的句式和笔法，语调迂回、婉转，语气谦和、审慎，特别其中的"并存""互补"等语词，显示了他作为文学史家的"兼容"的气度。正是这种气度使得全书始终保持一种抑制的"不动声色"的语速，极少激烈的臧否或结论式的言辞，即使在描述历史的"非诗意"部分（50年代诗人的处境、"危机"，"新民歌运动"的过程与论争，"政治抒情诗"的特征，"文革"时期诗界的"分裂"）时。

　　另一能够充分体现洪子诚笔法的，是他在评述具体的诗歌现象和诗人时，大量信手拈来地征引或转述他人的评价、判断，且将数种观点并置。这些征引文字有不少被置放在注释里。这样，《中国当代新诗史（修订版）》的注释"激增"（与初版本相较），有时注释的容量甚至与正文篇幅相当。浩繁的注释不仅用于诗人生平、著述的介绍，而且涵括了有关的背景资料、诗人的自我陈述、他人的不同观点、作品举例等；该著注释的丰富性令人叹为观止，它们与正文构成了相互交错、补充、对话与商谈的多重关系，这是值得从历史与文本、形式与意义的角度予以探究的。无疑，这种广泛征引他人观点和相关材料的做法，强化了作者在对各种诗歌现象进行历史定位、对诗人成就做出诗学判断时特有的审慎与"客观"。

　　当然，正如洪子诚自己所说："'兼容'的艺术立场，并不意味着应该放弃对诗进行基本的价值判断。"关键是做出价值判断的条件和方式。实际上，在该著冷静的笔调的潜层，处处隐含着作者的价值判断甚至个人意绪。譬如，他在分析60—70年代"地下诗歌"的"异端"性质时认为："'地下诗歌'相对于'公开'的诗界，在当时特定情境下具有'异端'的性质，它们之间也构成潜在的对立状态。当然，对于这种'异端'性质的判定，需要放在一定的历史语境中去衡量。"（第107页）他在谈及80年代初的"真实性"标准时指出："在中国当代诗歌语境中，这一看来似乎是理所当然的命题，又存在着不确定的复杂方面；在诗的'真实'更多地被归结为诗人的'道德'问题的时候，更是如此。"（第116页）在这里，"语境"的多次被提到，表明了给出价值判断的清醒与谨慎。对于洪子诚而言，做出一定的价值判断是必要的，而适时、适度地提出批评更是必要的："受囿于日见显露的思想、艺术方法的限制，艾青的抱负其实没有得到落实。一个主要的问题是，50年代形成的视境，和由此形成的论断、宣谕式的语句，常拘束着感觉、思考的开放。"（第132页）这样的批评虽然委婉却一语中的。有些看似不经意的批评，虽然是一笔带过，却并非可有可无："（《第五十七个黎明》）所以得到好评，大概是由于在当代的抒情诗中，有限地引入'普通人'的'日常生活'细节；这一微小'革新'的意义，在当时显然被过分放大。"（第139页）"诗人向另外的文类'转向'，毕竟是聪明的选择。"（第144页）甚至，批评中暗含着某种轻微的揶揄的语气："（莽汉主义）余波绵延不绝；既然存在足够多的需要'反叛'的人、事、物、语词、诗歌、情感、观念，为'破坏欲'所驱使的宣泄和抗争，便总是无师自通。只是，它的90年代的后继者落入了缺乏内在、一贯的精神支撑的境地，而一味地以比赛'粗俗'程度作为炫耀的本钱。"（第214页）这种"微讽"似乎不太合乎洪子诚的平和性格，但笔法堪称精妙。

有时，洪子诚也会表现出对某一问题的看法的"固执"，比如他始终坚持对"地下诗歌"的写作年代表示疑虑："至少在当前，对写作时间和作品具体细节的认定，就不是可以忽略不计的事情。"（第124页）"诗歌活动和作品的'真实'面貌，在历史研究中始终是个问题。"（第111页）而洪子诚在谈论"新民歌运动"中，何其芳"为护卫他心目中的新诗'传统'的可怜的生存空间"而受到批评（第36页）时，指出90年代"宣称诗歌写作完全是'个人'的事情"，"持这样看法的，大概是那些不畏惧'时间'的、自信但寂寞的写作者"（第119页）时，其间所蕴含着的深沉、复杂的思绪，是不难体会到的。大概是某种难以抑制的意绪，令洪子诚在评述昌耀时做出了情不自禁的定位式论断："在当代，甚至在新诗历史上，昌耀都是一位重要的，但其价值很难说已被充分认识的诗人。"（第140页）此处的"重要"及后面引文中的"杰出"等词，在他所有关于诗人的"定性"中是不多见的；稍后的段落，他引述昌耀的诗观后进行点评："这是千真万确的。"他还认为，"如果说有什么'西部诗歌'的话，'代表性'诗人当推昌耀。但昌耀一贯特立独行，从不与他人结成或名义、或事实上的'流派'；况且，他在当代诗歌上的杰出成就，也不应以所谓'西部诗歌'来概括"（第143页）。应该说，这在洪子诚是极其少有的不由分说的判定。

值得注意的是，尽管《中国当代新诗史（修订版）》有一个明晰的梳理诗潮变迁、诗歌秩序"构造"过程的结构，但并没有因此湮没该著对单个诗人、作品的具体分析。可以说，对诗人个体与文本的节制、简洁、准确的评析（包括一些被普遍认为晦涩的诗人及其作品），正是这部著作的一大特色。恰恰在探讨诗歌制度性因素的框架中，单个诗人的特点以及问题获得了充分讨论，其作品的深层意蕴也得到了彰显。例如作者如此评析多多的诗歌："对于处境的怨恨锐利的突入，对生命痛苦的感知，想象、语言上的激烈、桀骜不驯，这些趋向，构成他的诗的基本素质，并在后来不断延续、伸展，挑战着当代读者对中国新诗语言可能性的设定。"（第186页）这可谓对多多诗歌特征的敏锐的把捉，凝练而精确的表述涌动着一种内在的"诗性"——剔除了浮泛"诗意"的质地和品性。

走向哲学的诗性探询①
——吴思敬诗歌批评的意义

20世纪70年代末以来,中国当代诗歌批评呈现出较为活跃的态势。在迄今为止的批评格局中,吴思敬的诗歌批评有其特殊的位置。从年龄、代际来说,出生于20世纪40年代的他,介于谢冕、孙绍振等30年代出生的批评家和陈超、唐晓渡、程光炜等50年代出生的批评家之间。这些出生于不同年代的批评家,各有自己熟悉的批评领地和擅长的批评方法。有时,代际划分会为辨识一个时期诗歌现象及批评的总体格局和走向提供一定方便。不过,吴思敬的诗歌批评突破了通常意义的代际界线,在批评的视域、时段、对象等方面均显示出相当大的跨度。

早在朦胧诗兴起之初,吴思敬就以充满理论思辨的文字,加入当时十分激烈的诗学论争之中,他同谢冕、孙绍振等一道站在支持、声援朦胧诗的行列。在写于此际的《时代的进步与现代诗》《说"朦胧"》《诗歌的批评标准》《"把心灵的波动铭记在物体上"》等论文中,他试图用一些新的理论或原理解释当时新兴的诗潮,他热切地呼唤"诗歌现代化"的到来,认为"现代诗是诗歌现代化的产物""诗歌现代化的提法反映了诗歌要随时代的进步而不断变化的规律"②。这种将诗歌发展与时代进步联系

---

① 刊于《文艺争鸣》2012年第5期。
② 吴思敬:《时代的进步与现代诗》,《诗探索》1981年第2辑。程光炜认为,吴思敬"是较早从'诗歌现代化'的角度鼓吹新诗艺术探索的批评家之一,这种认识超出了当时传统意识形态的框架,力图把诗歌创作置于更广阔的文化空间之中"。见程光炜著:《中国当代诗歌史》,中国人民大学出版社2003年版,第281页。

起来的角度，以及从原理出发去剖析诗歌现象和潮流的论述方式，成为吴思敬诗歌批评的一以贯之的特点。他敏于捕捉最新的诗歌动向。随着"新生代诗"（"第三代诗"）、"90年代诗歌""网络诗歌""新世纪诗歌"等命名下的诗歌现象和潮流的不断涌现，吴思敬始终保持着积极的姿态，跟踪并力求把握某一时期诗歌的发展脉络与特点。

一般来说，对诗歌现象和潮流进行跟踪式研究与批评，其本身要面对一定的考验和某种难以避免的"危险性"：一方面，这种批评所依据的观念之一——"现代性"，其背后部分地隐含着对诗歌"进化论"之"时间神话"的信奉，而作为观念助推器的"时间神话"正越来越受到批评者的质疑；另一方面，这种批评需要批评者具有足够的细心、耐心和高度的警惕性，能够拨开诗歌现象的种种迷雾，厘清问题的实质和被遮蔽的线索。中国现代诗歌史上的重要批评家如朱自清、李健吾、李广田、袁可嘉、唐湜等都进行过很好的跟踪式批评，成为推动诗歌发展的良性力量。如何有效地避开跟踪式批评中的误区或陷阱？吴思敬三十余年的诗歌批评实践应该会提供可予借鉴的启示。

在吴思敬多年的诗歌批评中，对新鲜事物的关注几乎成了他的一种习性。他总是以开放的眼光和宽容的态度，看待乃至接纳一些新起的诗歌创作苗头；在他看来，"诗歌就是创造，就是要给读者提供点儿新的东西，而不打破定型的习惯的思维模式，就断难有新的创造"[①]，因此他极为赞赏那些敢为天下先、勇于打破陈规的尝试者。实际上，趋新、求变是中国新诗的显著特征之一，特别是新时期以来，诗歌潮流更迭的节奏明显加快，诗界的"颠覆"之声此起彼伏。其间自有需要检讨之处，不过对于吴思敬来说，"新"就是创造的动力。可以说，对于自朦胧诗以降近三十年间出现的很多诗歌现象，吴思敬大都进行过思考并立于较前沿的位势予以评说，其相关见解体现在《"新生代"诗人：印象与思考》《中国女性诗歌：调整与转型》《从黑夜走向白昼——21世纪初的中国女性诗歌》《世纪之交的先锋诗坛：裂变与分化》《中国新诗：世纪初观察》《面向底层：

[①] 吴思敬：《诗的发现》，见《诗学沉思录》，辽海出版社2001年版，第32页。

世纪初诗歌的一种走向》《新媒体与当代诗歌创作》《当下诗歌的代际划分与"中生代"命名》等论文中。

其中,格外值得留意的是吴思敬对20世纪90年代诗歌从不同层面所进行的讨论,以及由此产生的一系列成果。大家知道,"90年代诗歌"曾经作为一个聚讼纷纭的议题,引起过褒贬不一的评价甚至论争。在一些"悲观"的评论者那里,90年代是一个"丰富而又贫乏的年代",在这一阶段诗歌因其影响力的不复存在而被迫滑到了社会生活的"边缘",失去了向公众发言的能力。其实,人们对90年代诗歌的指责不少只是源于一种印象式的评判,对其实际情形的复杂性并未深究。那么,这一时期诗歌的状貌究竟是怎样的?基于对90年代诗歌的观察和判断,吴思敬以大量具体而切实的例证分析,勾画了一幅幅关于90年代诗歌的图谱。譬如,在《九十年代中国新诗走向撷谈》这篇综论性的长文中,他缕析出90年代诗歌的几种走向:"寂寞中的坚执""个人化写作的涨潮""先锋情结的淡化""对传统的重新审视""将半空悬浮的事物请回大地"。①并从中总结出属于90年代诗歌的某些特质。《精神的逃亡与心灵的漂泊——90年代中国新诗的一种走向》一文剖解的是90年代诗歌的精神向度,这一议题涉及诗人的境遇、诗歌与时代的关系、90年代语境中的诸多文化现象等方面。《转型期的中国社会与当代诗歌主潮》一文着重分析了90年代诗歌的平民化倾向,指出这一倾向的出现"体现了诗人在经历了80年代封闭的、高蹈云端式的实验后,对现实的一种回归,是诗人面对现实生存的一种新的探险","一种不同于80年代的新的感觉、新的情绪、新的格调在诗中呈现出来"。②《当今诗歌:圣化写作与俗化写作》一文在论及90年代诗歌的两极——圣化写作与俗化写作时,着意避免了"非此即彼的两极思维模式",将二者视为诗歌中的"两种互相矛盾、互相作用、互相补充的运动方式"。③《中国女性诗歌:调整与转型》《90年代大学

---

① 吴思敬:《九十年代中国新诗走向撷谈》,《文学评论》1997年第4期。
② 吴思敬:《转型期的中国社会与当代诗歌主潮》,《江苏行政学院学报》2001年第2期。
③ 吴思敬:《当今诗歌:圣化写作与俗化写作》,《星星诗刊》2000年第12期。

生诗歌：拯救与超越》两篇文章则分别评述了90年代女性诗歌和大学生诗歌的新进展与新变化，前者淡化性别、趋于日常的写作，和后者为"拯救与超越"所做的努力，均构成90年代诗歌寻求新变的一些侧面。吴思敬的这些讨论颇为集中且相互呼应，有别于一些批评家从某个单一角度对90年代诗歌做出的论断与评判，无疑将有助于拓展人们对90年代诗歌的认识。

给人深刻印象的是，吴思敬在对中国当代诗歌潮流进行梳理与评述时，偏好采用总体性的视角，致力于对某一时段诗歌特征和规律的概括。他的不少相关题旨的论文从标题到行文方式，都有一种站在宏阔的视点上总揽全局的架构，在诸如"走向""转型""整合""主潮""从……到……""……与……"等语句的统摄和带动下，颇具秩序感的诗歌面貌从芜杂的背景中被凸现出来。这样的视角与行文方式，也体现在吴思敬对一些理论现象和问题的探讨之中，如《启蒙·失语·回归——新时期诗歌理论发展的一道轨迹》一文中所暗含的"轨迹"思路、《中国新诗理论：在现代化进程中的诗学形态》一文对中国新诗理论之"焦点问题"的提炼、《〈磁场与魔方〉编选者序》中对新潮诗论所做的阶段划分，与他全景式地扫描、总结当代诗歌现象的做法一脉相承，由此也显出其建构一种历史连续性的冲动，同时不乏对诗歌未来发展充满憧憬的乐观意绪：

> 90年代的中国新诗，沉静中酝酿着突破，躁动中蕴含着生机，失望中寄寓着希望。但愿我们的新诗能像火中凤凰一样，在新的世纪再生。①

> 我有充足的理由相信，尽管当前商品经济与大众文化的潮流使诗人处于空前的窘境，尽管当代诗歌还有许多不尽如人意之处，但中国诗人在寂寞中坚执着，中国诗坛的圣火并没有熄灭，正在

---

① 吴思敬：《九十年代中国新诗走向撷谈》，《文学评论》1997年第4期。

一步步向我们贴近,但愿我们也能主动去拥抱诗。①

当然,这种全局性批评的优势自不待言,却也难免有删剪枝蔓、略去细节后的空疏之嫌。或许是意识到了其中可能的不足,吴思敬同样重视对诗人、作品的个案批评,不仅在综论性的文中穿插较多的作品评点,而且写了不少关于诗人个体的专论,这些是对其关于诗歌潮流的总体论述的一种补充。与他对朦胧诗的评析相呼应,吴思敬先后为朦胧诗的代表诗人舒婷、顾城(两篇)、江河(两篇)及其先驱食指写出专论(为此他也与其中的一些诗人建立了友谊);为配合他对"新生代诗"的论评,他特地写了《叶硬经霜绿,花肥映雪红——〈他们〉述评》等文,探析其核心人物韩东、于坚等的诗学主张和创作;此外,他还对中国现当代诗歌史上的重要诗人如郭沫若、李金发、邵燕祥等进行了专门论析。在吴思敬对当代诗歌现象与潮流进行宏观把握的过程中,众多的诗人作为例证进入他观照的视野而被他述诸笔端。他对被他纳入总体论述的诗人、作品没有表现出明显的偏袒,而是以兼容并蓄的态度对待各种风格、流派的诗歌——这确乎也符合他"求异"的心理,即使在发生了声势浩大的所谓"知识分子写作"与"民间写作"对峙的论争之后,也依然如此。

虽然吴思敬在进行个案批评时,也常常会采取总括性的思路(如《男子汉的诗——青年诗人江河作品试析》一文是从"阳刚之气和历史感的表现""英雄气质与集团意识""结构手法的特色与不足"②三个方面论析江河的),但其中仍然包含了某种细密的洞察。比如,他从梁小斌写于1985年的长诗《断裂》所显示的变化,感受到了梁小斌前后诗歌中的"断裂"与延续:"《断裂》表面上是在写生活,他所涉及的生活现象都是从生活中捕捉的而不是出于虚构,但它的本质上仍是一种梦幻,它表现了人在现实世界中被侵蚀的感受和人不甘心被侵蚀的一种挣扎。"他还提醒梁

---

① 吴思敬:《转型期的中国社会与当代诗歌主潮》,《江苏行政学院学报》2001年第2期。

② 吴思敬:《男子汉的诗——青年诗人江河作品试析》,香港《中报月刊》1985年1月号。

小斌"要注意诗的历史感""注意诗的净化与提纯"①。正是在吴思敬对诗人个体的辨察中，才更见出其为文的性情之处：

> 在顾城的内心世界中，这魔鬼与天使的冲突表现得尤为激烈。顾城在他的诗歌中向我们展示的是一个寻找纯净的美的天使形象，在《英儿》这部忏悔录中则坦诚向读者揭示了他内心魔鬼的一面……当他向谢烨扬起斧头的时候，他内心的魔鬼一面无疑占了上风，为一个富有才华的诗人的一生涂下了极难令人索解的一笔。②

这使得他的个案批评具有感同身受的特点：他与批评对象之间不是保持着距离，而是形成了一种强烈的亲和与趋近的关系。

从步入诗歌批评领域伊始，吴思敬就表现出对诗歌理论的浓厚兴趣，曾出版《诗歌基本原理》《诗歌鉴赏心理》等探讨"原理"的论著。论文集《诗学沉思录》中的部分篇章也是从原理的角度谈论诗歌创作（性质、功能、形态等）的，其中如《诗的发现》讨论"发现"之于诗歌创作的意义及种种表现，《诗歌内形式之我见》提出了一种较新颖的"内形式"观，《诗与梦》谈到了诗与梦之间多层面的关联。值得一提的是，吴思敬的这些原理性探讨大多辅以具体作品的分析，并有很强的现实针对性，有些理论探究的动力大概出自他对诗歌现象、问题解析的需求，如"象征主义""字思维""语言诗学""诗歌鉴赏"等。实际上，在他全部的批评实践中，对诗歌现象的即时品评和对诗学原理的系统探讨构成了他诗歌批评的"双翼"，前者部分地成为后者的问题出发点或"原材料"，后者则为前者增添了不少理论的底色或基质。可以说，理论的介入不仅有助于修正他的现象批评中的可能失误，而且能够为他的批评注入一丝其所期待的哲学内涵。在他看来："一位诗人，当他把喷发于生命之泉的想象

---

① 吴思敬：《痛苦使人超越——读梁小斌的〈断裂〉》，《星星诗刊》1986年第9期。

② 吴思敬：《〈英儿〉与顾城之死》，《文艺争鸣》1994年第1期。

力指向世界的秩序，放射出人类智慧之光的时候，他也就同时具有了哲学家的气质……诗，不仅是情感的抒发，也是灵魂的冒险。诗人是人类心灵的探险家，这种探险，只有借助哲学的光亮才得以进行。"①吴思敬的不少批评文章即围绕一些具有哲学意味的理论命题展开讨论，显示了较鲜明的理论意识，这从他文章标题中出现频率较高的一些词语便可看出："精神""悟性""生命""奥秘""拯救""超越"（此词出现尤多，如《90年代大学生诗歌：拯救与超越》《超越现实　超越自我》《痛苦使人超越》《从强化到超越》）等。不难看到，他强调诗歌中的"生命"激情，重视写作的"悟性"，呼唤全方位的"超越"——这或许是他诗歌批评中蕴含的"哲学"。

在吴思敬探讨诗学原理的论著中，《心理诗学》是一部曾引起较大反响、今天读来仍然不失价值的著作。该著从"内驱力""心理场""信息的内化""信息的再生""信息的外化""诗人的创作心态""诗人的个性气质"等诸方面，讨论了诗歌创作所需的心理要素和必经的心理过程，以及诗人的创作心态与个性气质。这部"用心理学的方法追踪诗的精灵"的著作，其初稿完成于20世纪80年代中后期，可以说是彼时方兴未艾的方法论热的产物，也顺应了时兴的学科交叉风潮。当然，该著的产生的最直接动因，应当还是当时风起云涌的诗歌新潮：

> 近几年一大批青年诗人潮水般地涌现，为我们单色的诗歌画廊涂上了光怪陆离的色彩：向微观的内心与宏观的宇宙的同时掘进，面向世界的横向扫描与对传统文化的纵向寻根，当代性与历史感的交错，饱满的张力与三维空间立体感的追求……这一切表明诗歌美学的多元时代的来临。
>
> 在迅疾运动的诗的精灵面前，寻常的理智失去了制驭的力量，传统的方法论也处处显示了它的僵硬与局限。……
>
> 很明显，诗歌研究方法论的更新已经提到日程上来了。从近

---

① 吴思敬：《走向哲学的诗》，学苑出版社2002年版，第382页。

年来的发展趋势看，由自然科学和其他社会科学引进的多种研究方法，诸如系统科学方法、逻辑学方法、现象学方法、符号学方法、结构学方法……都已经或将要在诗歌理论研究中找到用武之地。①

而吴思敬之所以对心理学方法情有独钟，是因为它的引入"有助于建立新的研究参照系"，"反映了当前诗歌研究从外部规律向内部规律、从客体向主体的一种发展趋势，有助于对诗人特殊的心理结构及诗歌创作的艺术思维做出较为科学的解释"②；这与他向来注重"精神""心灵"及诗人的主体意识是一致的。

从理论背景来看，《心理诗学》显然受到了20世纪80年代高扬主体、崇尚理论的氛围的感染。该著旁征博引，征引了数百种中外理论文献及诗歌作品，许多新鲜的西方理论、观念在著中留下了印迹。比如，该著第五章论及"诗歌语言和实用语言"的差异，其理论来源之一就是对20世纪80年代中国诗界产生了广泛影响的欧美形式主义理论；而紧接着的"诗歌语言符号的三个层面"，其立论依据则直接来自当时刚刚传入的符号学。再如，第六章讨论"虚静"时，将德国哲学家海德格尔对"静息状态"的阐述与现代美学家宗白华所说的"静照"相互参照，并引述了大量中国古代思想家和文学家的观点，以说明"虚静心态"之于诗歌创作的重要性。如今，诗歌批评过分倚重方法论的时代渐渐远去，人们试图开创某个理论的热忱也已消退，在一定程度上映现了当代诗歌这一心路历程的《心理诗学》仍留有这种热忱的余温。

众所周知，作为批评家，吴思敬的诗歌批评同他的诗歌活动组织者身份紧密联系在一起。如果说进行跟踪式批评使他成为当代诗歌进程和一些重大事件的亲历者、目击者和记录人，那么，长期主持诗歌理论刊物《诗探索》以及组织各种诗歌活动，则令他担负起了保存诗学文献、促进诗歌

---

① 吴思敬：《用心理学的方法追踪诗的精灵》，《诗刊》1985年11月号。此文作为"代跋"收入《心理诗学》（首都师范大学出版社1996年版）。

② 吴思敬：《用心理学的方法追踪诗的精灵》，《诗刊》1985年11月号。

交流的职责。其意义无须赘言。总的来说，吴思敬的诗歌批评更多地显示出对诗歌中平民化、世俗层面的看重，具有温厚、中和的文风，这与他的温和性格（他是诗界公认的老好人，施惠于包括笔者在内的很多人）是分不开的。无疑，他的包含了这些特点的诗歌批评参与了当代诗歌秩序的建构，并以某种方式提醒我们这些后来者，对于这一秩序我们所要做的不是使之趋于僵化，而是努力改变它。

语言-生命本体论的活力及限度[①]
——陈超与中国当代诗歌批评

作为卓有建树的批评家,陈超堪称近三十年中国诗歌的一位重要见证者。无疑,应该将陈超的诗歌批评放到20世纪80年代以来中国诗歌发展和诗歌批评进展的脉络中予以考量。这里,强调陈超之于当代诗歌的见证人或亲历者的身份,是有必要的。当然,诚如洪子诚先生辩证指出的:"'亲历者'为历史过程提供具有'见证'性质的叙述,无疑具有其他人所不能提供的陈述……作为'亲历者'在意识到自己的经验的重要性的同时,也要时刻警惕自己的经验、情感和认知的局限。"[②] 对同一段历史或同一时期文学的研究,亲历者和非亲历者会表现出不大一样的切入角度和方式,这自不待言。此处强调陈超之于当代诗歌的亲历者身份,并不在于凸显其诗歌批评的"优先性",而是为了指明其诗歌批评的一个基本特质:敏于对历史情境中的细节和气息的捕捉。他的诗歌批评以对同代诗人的观察和分析起步,在后来的推进中显示出与那些诗人成长及当代诗歌发展的极强的"同步性"[③]。可以说,陈超的诗歌批评伴随着其理论见解的层

[①] 刊于《新诗评论》第20辑,北京大学出版社2016年版。

[②] 李杨、洪子诚:《当代文学史写作及相关问题的通信》,《文学评论》2002年第3期。

[③] 陈超在回答记者提问时坦承:"我确实觉得一代人的事只能同代人来做,否则就是老死荒野。如果同代人不做的话,那些真正的杰出的诗人就冤大啦,我对同代人有点使命感。"见《华语文学传媒大奖年度文学评论家奖得主陈超访谈录》,《南方都市报》2008年4月13日。

层深化和拓展，融入了中国当代诗歌的历史进程中，成为其中重要的组成部分。

一

陈超开始从事诗歌批评之际，正遇上风起云涌的中国当代诗歌的潮流更迭："朦胧诗"在激烈的论争中进入巅峰时期并逐渐获得"经典"地位，却也面临着"盛极而衰"的窘境；与此同时，一股更新的夹杂着"叛逆"气息的"第三代"诗潮（在多篇文章里，陈超称之为"实验诗"，后来则直接使用"先锋诗歌"），已经不可遏制地浮出地表。在一篇为"朦胧诗"辩护的文章[①]里，陈超审慎地提出，应从"朦胧诗"中发掘出批评者所忽视的"现实主义因素"，他认为"朦胧诗人""并非要脱离生活，而是要以更深刻的方式重新理解和评判生存以感知它的底蕴。他们从探求人的内心世界最深处入手，将内外现实看作处于同一变化中的两个潜在成分，并且能用一种整体上的逻辑和理智来控制诗思"。[②]这种关切"生存"、注重"内心"、着眼"诗思"的言说路径，为陈超的诗歌批评奠定了某种基调。

与同代一些批评家——耿占春、唐晓渡、程光炜、王光明以及稍长的陈仲义——相似，陈超最初的诗歌批评具有明确的诗歌本体意识，对诗歌进行文本分析显出强烈的兴趣。他的首部论著《中国探索诗鉴赏辞典》（河北人民出版社1989年版）和《生命诗学论稿》（为其20世纪80年代和90年代初诗学论文及部分诗作的结集）中的大多数篇章，即充分体现了这点。这固然受到20世纪80年代文学批评反拨历史－社会方式、追求审美自律的整体风尚的促动，但更多地源于他所接受的西方文化、哲学、诗学思潮的影响。在步入诗歌批评领域之初，陈超与同代批评家共享着来

---

① 即《朦胧诗中的"现实主义"因素》，该文写于1984年6月，为收入陈超《生命诗学论稿》中写作时间最早的一篇，虽不是他的第一篇文章，但似可看作其进入当代诗歌批评的起点。

② 陈超：《生命诗学论稿》，河北教育出版社1994年版，第202页。

自异域的各种新潮思想资源:"就整个80年代而言……无论是诗评家还是小说评论家,有两套书起了关键作用。一套是三联出的四五十本的'现代西方学术文库'……还有一套是上海译文的'20世纪西方哲学译丛'……受这些书的影响,我们这代人的知识系谱说得好听一点比较有活力,什么好用就用了,说得难听一点就是有点儿精神资源紊乱。"①这种"紊乱"的西方资源连同当时活跃的诗歌创作的激发,所催生的本体意识和语言形式意趣,以及或多或少为诗歌寻求哲学依据或根基的冲动,使得这代批评家获得了某种显豁的"代际"特征,在批评观念与实践上同前代批评家区别开来。在一定程度上可以说,从今天的角度回望20世纪70年代末以来的中国诗歌批评版图,似乎只有这代批评家从群体的意义呈现出相对清晰的面目。在整个20世纪80年代,这代批评家在致力于廓清新诗历史面貌②的同时(与前代批评家一道),超越了那种简单化的诗歌历史–社会批评,建立起一种鲜明的本体论诗学——这应当是他们共同的贡献。

不过,这代批评家虽然分享着相同的思想资源,感受着近似的创作氛围,但个人性情的差异特别是汲取资源时着眼点的不同,令他们发展出各

---

① 李建周:《回望80年代:诗歌精神的来处和去向——陈超访谈录》,《新诗评论》2009年第1辑。程光炜也提到,"现代西方学术文库""在当时知识界影响很大,是一套'热门读本'。可以说,80年代从事学术研究和文学批评的很多人的观念、知识结构都是通过它逐步形成的";这种影响在当时产生的后果之一便是"语言的发现","以我个人为例,1988年前后,由于受新批评和结构主义语言学理论的影响,我写过不少以'语言'为角度分析、阐释当代诗人作品的文章,后来结集为《朦胧诗实验诗艺术论》出版"。见程光炜:《文学讲稿:"八十年代"作为方法》,北京大学出版社2009年版,第105、114页。作为该"文库"主要策划者之一的甘阳,多年后在一次访谈中指出了"文库"形成及其发生影响过程中所包含的"诗化"成分。见查建英:《八十年代访谈录》,三联书店2006年版,第198—199页。相关讨论亦可参看贺桂梅:《"新启蒙"知识档案:80年代中国文化研究》,北京大学出版社2010年版,第222—223页及第334页。

② 陈超的《中国探索诗鉴赏辞典》可看作一种个人化的中国现代主义诗歌谱系建构的努力,加入了当时研究界已经开展的对中国现代主义诗歌的发掘与梳理中。

具个性的批评路径（当然他们后来各自都有不小的变化）。比如，陈超自己就总结过他与耿占春的差别："对我影响更大的还是属于现代人本哲学的，比如海德格尔、尼采、萨特、本雅明、胡塞尔、伽达默尔，以及'西马'诸人的著作。科学哲学里面对我本人影响很大的，到现在依然起作用的是波普尔的著作，《历史决定论的贫困》它整个改变了我的世界观，从方法论上是《猜想与反驳》。……耿占春一开始就受神话诗学、文化诗学，主要是受卡西尔的影响。《人论》我也读过多遍，但是它从语言的产生开始谈人，人是符号的动物，最后谈到了艺术和诗歌；这对于我来说感觉太遥远，我要解决最迫切的东西，想谈当下中国的先锋诗是怎么回事。"①的确，耿占春的早期代表性论著《隐喻》（东方出版社1993年版）尽管也十分关注诗歌语言，但它偏重于从神话学、文化学甚至人类学的维度，从普遍诗学的视角进行探讨，其看重的不是现象分析而是理论归纳。②而陈超诗歌批评的重心，一开始就落在当代诗歌现象和问题的剖析与评判上，其方法则是基于大量的文本细读。

对于陈超而言，之所以要大力倡导和实践文本细读，除了上述影响（尤其是同时引入的英美"新批评"理论③）的因素外，还由于其内在理论需求的紧迫性："对诗歌评论者而言，其个人方式只能是对文本的深入"，"从价值论上看，细读法是唯一能抵进最高限值的努力"④；"细读是我

---

① 李建周：《回望80年代：诗歌精神的来处和去向——陈超访谈录》，《新诗评论》2009年第1辑。

② 顺便说一句，耿占春的近著《失去象征的世界》（北京大学出版社2008年版）相较于他以往的诗歌批评，在关注点和论述方式上有了很大变化，但仍保留了神话学资源的些许印痕。

③ 陈超自陈，"当时赵毅衡的《新批评——一种形式主义文论》和他编的《新批评文集》也出版了，这两本书对我的影响也很大"，且"新批评和我以前读到的两套文库发生了纠葛"。见李建周：《回望80年代：诗歌精神的来处和去向——陈超访谈录》，《新诗评论》2009年第1辑。

④ 陈超：《谈诗论方法的颠倒》，见《生命诗学论稿》，河北教育出版社1994年版，第118页。

们从事批评活动的起点，我们应有能力吸收转化其优长"，"批评家可以采用任何有效的理论进行批评运作。但有没有对文本的'细读'这个起点是不一样的"①。由此，文本细读和以细读为核心方法论之一的新批评，就成为陈超诗歌批评的真正起点和理论基石，并对他后来的诗歌批评（虽经深化和拓展）产生了持续的影响。在当时的陈超看来，"'新批评'是一种变格的形式主义文论，与其他形式主义相比，它又是最关心对文本意义及生成的诠释。对当时的我来说，理解它正合适。诸如文学的本体依据和自足品质，语境理论，文本内部矛盾意向的包容与平衡，反讽，张力，玄学性，含混，'意图迷误'与'感受迷误'……特别是文本分析'细读'法，都深得我心"②。于是，从1985年秋到1987年末，他"每天必做的功课是解读一首有难度的现代诗"——那些"功课"的成果，便是一部《中国探索诗鉴赏辞典》。尽管后来他的视野转向了"文化观念、价值向度"，但仍旧在"讨论写作本身"，这显然受到了新批评的"潜在支配"。因此陈超一再强调："至今我仍未放弃新批评有价值的地方。比如文本细读，它永远是有效的乃至必须的。"③

值得注意的是，陈超对新批评的理解富于辩证性，对于当时急速涌起且被引介到国内、一般被视为具有消解或"破坏"性的解构理论，及其与新批评的关系，他的看法明确而清晰："西方解构批评并不是'新批评'简单的天敌，从基本意识上，它是新批评最近的'亲戚'。解构主义之'解构'，也是建立在对文本的细微构成，尤其是语言修辞特性的关注上。他们不满意新批评的'细读'，是意在更进一步的'超级细读'。这是很关键的地方。他们将细读、含混、复义、悖谬、歧义、反讽等因素强调

---

① 陈超、许仁：《"愚人志"或"偏见书"——诗论家陈超访谈录》，《山花》1998年第9期。

② 陈超、许仁：《"愚人志"或"偏见书"——诗论家陈超访谈录》，《山花》1998年第9期。

③ 陈超、许仁：《"愚人志"或"偏见书"——诗论家陈超访谈录》，《山花》1998年第9期。

到极点,必然导致'文本有机自足'的失效。在文本意义的自由争辩中,解构批评家的确揭示了只能经由他们揭示的重要方面,文本具有了新的活力和开放性。但这种活力和开放性,都是批评家在细读文本中的每个字词、句群间的隐秘关系时,延伸、接引出来的。"① 无疑,这是一种相当"超前"的意识,可谓抓住了解构理论的要害,即便从当下的眼光看也依然合理。

一方面或许是得益于解构理论的启发,另一方面更多地源自他本人的理论探索的内驱力,陈超在自身的诗歌批评实践中,在坚持新批评及其细读法的同时,又对之进行了改造。按照陈超的说法,他"汲取的是新批评文本分析的态度,但是在分析文本时不会把一首诗的历史语境封闭住"②,他认为"在具体运作中,我们应放开眼量,读出更多的东西,而不是拘囿于一隅"③。可以看到,无论是集中于《中国探索诗鉴赏辞典》(及后来的《当代外国诗歌佳作导读》)里的文本细读,还是《中国先锋诗歌论》中"建立在细读的基础上"的诗人论,大都没有孤立地对文本、诗人进行分析或讨论,而是引入历史、文化等因素,试图探掘诗歌中超出语言、形式的意涵和价值。综观陈超各类著述里的文本细读,其中似乎鲜有单纯从形式(行句、音韵、节奏)角度分析诗歌的文字,它们总是把对形式的勘察滑向其他层面,如关于多多诗作《我读着》的解读:"从开始的'十一月的麦地'到结尾的'伦敦雾中',像一条历经沧桑的溜索两端的扣结,坚实而完整地抻起了这首诗的时空喻指;而在弯曲柔韧的溜索中间,有多少心灵的细节,可能的语象撞击速度,感觉的迂回升沉。还有,在溜索之

---

① 陈超、许仁:《"愚人志"或"偏见书"——诗论家陈超访谈录》,《山花》1998 年第 9 期。

② 李建周:《回望 80 年代:诗歌精神的来处和去向——陈超访谈录》,《新诗评论》2009 年第 1 辑。

③ 陈超、许仁:《"愚人志"或"偏见书"——诗论家陈超访谈录》,《山花》1998 年第 9 期。

下又有多少逝水的温暖召唤和凶险的漩涡！"①在此，"喻指"朝向了"时空"主题，"语象""速度"连接着"心灵的细节""感觉的迂回升沉"，本已具有形式象征意味的"溜索"隐含的则是"温暖召唤和凶险的漩涡"。他大概将那种孜孜于字句、行节的形式分析，归为他所说的"美文意义上的修辞分析"了。

二

由此看来，虽然陈超秉持鲜明的本体论立场，但他的诗歌批评自始至终就不属于纯然的"形式诗学"范畴，它们不仅与同新批评一并传入的俄国形式主义理论相去甚远，而且也偏离了他为之倾心的新批评理论。他在对诗歌语言、形式的理解和阐释中，带进了较多的历史、文化成分；更重要的是，他为他的语言本体加入了一重格外醒目的维度——"生命"，从而使其诗学观念建基于"语言 - 生命"本体，形成了一种独特的"生命诗学"——其中，语言与生命（生存）是紧密联结在一起、不可分开须臾的。陈超曾总结其诗歌批评的"两项任务"："其一，立足文本细读和形式感，并经由对诗历史语境的剖析，揭示现代人的生命／话语体验。""其二，稍稍逸出诗学的个别问题，将之放置到更广阔的哲学人类学语境中，在坚持诗歌本体依据的前提下，探究其审美功能。"而贯穿其中的"一条

---

① 陈超：《游荡者说》，山东文艺出版社2007年版，第173—174页。倘若比较一下陈超《当代外国诗歌佳作导读》中对美国诗人毕晓普诗作的解读，和爱尔兰诗人希尼、美国学者斯图尔特分别对毕晓普诗歌的分析，也许更能说明问题：陈超注重毕晓普诗作中"由个体生命经历中碎细的、闪烁的痛楚，折射出无边的生命和历史悲情"（《当代外国诗歌佳作导读》上册，河北教育出版社2002年版，第16页），希尼则留意毕晓普诗歌中的"口语化的调子""具有绝对说服力的内在节奏"（《希尼诗文集》，作家出版社2001年版，第248—250页），而斯图尔特的分析凸显了毕晓普诗歌的"韵律结构"、声音与意义的关系（《诗与感觉的命运》，上海外语教育出版社2013年版，第108—111页）。这里的比较不会得出孰优孰劣的评判，只是彰显各自不同的理论偏好。

线索"，是"研究个体生命－生存－语言之间的复杂关系"。①他的一番夫子自道，既表明了自己的理论目标，又呈现了他的批评进路："坚持诗歌的本体依据，面对文本并进而揭示出现代人的生存与语言间的复杂关系……探询人与生存之间那种真正临界点和真正困境的语言。"②与其说他的本体论立场推崇诗歌的语言（形式），不如说更看重语言（形式）背后的与生命相连的自由、心性、存在、担当等精神性内质："构成诗歌的材料是语言、字词，本身具有一种精神指向。所以我从来就没有相信过纯艺术的神话……越不纯就越纯。"③"作为中国诗人，我们大家缺乏的现代形式感已经通过艰苦的阅读和摹仿而拥有，但一个基本意识却从一开始就忽略了。它是什么呢？是我们精神运行的向度！"为此他甚至宣称："如何保持汉语诗歌的锐利和纯洁，正义和尊严，在局部的形式上的努力只能是第二义的问题。"④当然，他的这一表述，有别于那种把形式视为附庸甚至要取消形式的教条式主张。

以陈超的生命诗学观之，在现代诗中语言和生命（生存）是一而二、二而一的混合体，不存在与生命无关的语言，也不存在不依傍语言表达的生命呈现，二者相互渗透、互为表里："现代诗从意味上最主要的特征是对生存的领悟（apprehend）。""从内在精神上永远不会也不能放弃这种标度：它是一种词语的存在形式对生存／生命存在形式的揭示和对称。它以坚卓连贯的自足运动，和词语间不懈的推进，显示了人对其宿命的永恒反抗。""对诗人的有限生命来说，只有从事关个人的具体处境出发，加入广博的对人类生存或命运的关怀不断深入，才能从根本上保证个我精

---

① 陈超：《生命诗学论稿》"写在前面"，河北教育出版社1994年版。
② 陈超、许仁：《"愚人志"或"偏见书"——诗论家陈超访谈录》，《山花》1998年第9期。
③ 李建周：《回望80年代：诗歌精神的来处和去向——陈超访谈录》，《新诗评论》2009年第1辑。
④ 陈超：《从生命源始到天空的旅程》，见《生命诗学论稿》，河北教育出版社1994年版，第5页。

神的不被取消。"①在他为某辞典撰写的"现代诗"词条里,更有如是论断:

> (现代诗)是源自生命底渊的欣悦和疼痛,是语言与生命尖锐的相互发现与洞彻,是回击死亡的圣物,是背负十字架又在天上行走的心路历程。正是在这种剧烈而充满快感的惨烈摩擦中,在纯粹灵异的形式感体验中,他发现活着是值得的……因此,现代诗与现代人的生命是同构的。

> 生命意志对历史决定论的逾越,原始冲动对理性教条的逾越,精神自由对物利欲求的逾越,个我生命对生存压力的逾越,人在死亡之前与死亡的对峙和人对自我局限的逾越,这一切——构成了现代诗最噬心最了不起的基本命题。

> 决定诗之为诗的重要依据是诗歌素质上的浓度与力度,诗歌对生命深层另一世界揭示和呈现的能量之强弱……直观、错觉和幻觉,白日梦和种族记忆,通感和移情,象征和语音漂流,生存结构和个体生命结构,复杂经验和深度文本……这一切,均在现代诗的形式中得到深度综合处理。②

这种"对生存和语言的双重关注"和"对本体和功能"的"同时关切",使陈超"进入对生存、历史、文化、语言的综合思考……它牵动了美学和其他人文学科的连接域,使诗歌形式本体趋向与之相应的具体生存语境中的生命本体"③。这也使得陈超的不少批评文章(如《从生命源始到天空的旅程》《深入当代》《诗歌信仰与个人乌托邦》等),具有了"性质含

---

① 陈超:《精神大势》,见《生命诗学论稿》,河北教育出版社1994年版,第77、79、80页。

② 陈超:《生命诗学论稿》,河北教育出版社1994年版,第93、94、96页。

③ 陈超、许仁:《"愚人志"或"偏见书"——诗论家陈超访谈录》,《山花》1998年第9期。

混的泛文化语言批评"特征。

不过，正如陈超自我辨析的，其生命诗学"不是纯然探究生命问题，而是探究生命体验在语言中的转换关系，它是一个写作问题"，"不是要在生命冲动和历史写作的冲突中简单'站队'，而应把握这种冲突，并就在这种冲突中寻求异质扭结的现代诗性"；而且"不是单考虑'生命本原'问题，还要考虑其在历史、文化、生存、语言中的变异。因此，我试图在'生命诗学'中综合处理生命冲动、生命意志、无意识、主体移心、症状阅读、交往理性、语义学、修辞分析，特别是历史话语和历史写作理论"；在此基础上他还提出："诗人应为噬心的生存情境命名。在自觉于诗歌的本体依据、保持个人乌托邦自由幻想的同时，完成其对当代题材的处理，如此等等。"[1]陈超在关于其生命诗学的阐述中，始终将语言与生命并置，并强调二者的相互依存与诗歌创造的能动关系："汉语先锋诗歌存在的最基本模式之首项，我认为应是对当代经验的命名和理解。这种命名和理解，是在现实生存-个人-语言构成的关系中体现的"，"先锋诗歌对当代话语的占有，我不是指那种表面意义上的'时代感''主旋律'，而是指生命哲学意义上的个人与当代核心问题在语言上发生的冲突、互审、亲和等关系"[2]；"真正的诗性正来源于对个体生命与语言遭逢的深刻理解"，"在今天，诗不再是一种风度，而是诗人烛照生命和语言深处的一炬烽火"[3]。概而言之，现代诗在本质上即是一种生命诗学，是通过处于胶着状态的"语言-生命"而完成的诗性书写。在相当长一段时间里，生命诗学所包含的种种理念成为陈超诗歌批评极为关键的立足点。

不难看出，作为陈超诗歌批评核心观念的生命诗学，既有他观察和思

---

[1] 陈超、许仁：《"愚人志"或"偏见书"——诗论家陈超访谈录》，《山花》1998年第9期。

[2] 陈超：《深入当代》，见《生命诗学论稿》，河北教育出版社1994年版，第20、22页。

[3] 陈超：《现代诗：个体生命的瞬间展开》，见《生命诗学论稿》，河北教育出版社1994年版，第25、27页。

考的中国当代诗歌①的促动，又与前述他所接受的西方思想影响不无关联，那些西方思想具体来说就是包括生命哲学、生命意志论、存在主义等在内的现代人本主义哲学，他在吸收的同时也溶入了自己的发挥："80年代我接受生命哲学中对'生命'一词的给定。比如狄尔泰认为生命是混茫的意志，是非理性的神奇体验；柏格森认为生命像一系列难以遏止的洪流，只能靠直觉来领悟；由此发展到叔本华、尼采的生命意志理论。今天，我仍认为它们是有效的。但我更'完整'的想法是，在诗学写作中，'生命'在吸收此前已存内涵外，应自觉摄入更广阔的东西。'生命'有自在的成分，也有'自为'的成分。它受到生物的、心理的、历史的、文化的、语言的牵制，呈现复杂结缔状态。因此，在现代条件下讨论'生命'，厘清其基本结构，就离不开对这一切的同时关注。"②这些不同流派、本有着历史演化过程的思想资源，被陈超"共时"地接受后，又与其他他所认同的诗学和文学资源（瑞恰兹、艾略特、罗兰·巴特等）"融汇"在一起，共同"铸就"了他所理解的"生命诗学"。与他的文本细读对新批评之封闭、内化的"扬弃"相似，陈超的生命诗学在借鉴生命哲学的"生命"内涵之余，又吸纳了"历史的、文化的"等"更广阔"因素。

陈超对所有这些资源进行的共时性转化带来了两方面后果，其实也是他的生命诗学面临的两个难题。其一，生命诗学本应具有的理论景深和层次受到了削弱。比如，新批评的关键概念之一"张力"，在变成陈超所期待的一种精神性"张力"——"先锋诗歌是对被遮蔽了的存在的敞开和揭示，它内部的张力构成了生存/生命中矛盾性、差异性、衍生性、边缘性，与终极关怀、本源、核心的平等竞争/搏斗。这一切彼此冲突纠葛，运行在诗歌结构深处，唯一不变的是诗人揭示生存/生命这一基本立场"③——

---

① 特别是20世纪80年代"第三代诗"运动（包括女性诗歌兴起）所表现出的生命意识。

② 陈超、许仁：《"愚人志"或"偏见书"——诗论家陈超访谈录》，《山花》1998年第9期。

③ 陈超：《火焰或升阶书》，见《生命诗学论稿》，河北教育出版社1994年版，第161—162页。

之后，参与诗性书写的语言的具体规定性（即其所蕴含的历史、文化属性以及自身构造特点等信息）反而被过滤掉了，仅剩下"唯一不变的""揭示生存/生命"的诉求。最终，它通向的是"精神高迈的圣洁天空"，即"人类有史以来一直脉动不息的伟大诗歌共同体。在这种共时体中，交流着不同时代和民族诗人的血液——在苦难和斗争中轮回的不灭的向上信念"；而"伟大诗歌共时体的存在，就是我们的精神得以进入时间的最大根源。它始终不可被消解的原因，乃在于我们对生命和生存临界点上语言复杂可能性的渴求、展露"[1]。

有必要指出，"诗歌共时体"是诗人骆一禾早先阐发过的一个重要命题。骆一禾基于"对线性的'古典—现代—后现代'史观链条的扬弃"，提出"建立一种创造力型态的共时性诗学"，他认为"诗人归根结底，是置身于具有不同创造力型态的，世世代代合唱的诗歌共时体之中的，他的写作不是，从来也不是单一地处在某一时代某一诗歌时尚之中的……所谓'走向世界'并不是一种平行的移动，从一个国度的现实境况走向另一个国度，而是确切地意识着置身于世代合唱的伟大诗歌共时体之中，生长着他的精神大势和辽阔胸怀"；依照骆一禾的表述，"世代合唱的伟大诗歌共时体不仅是一个诗学的范畴，它意味着创作活动所具有的一个更为丰富和渊广的潜在的精神层面……从这个精神层面，生命的放射席卷着来自幽深的声音，有另外的黑暗之中的手臂将它的语言交响于本于我的语言之中"[2]。诗人西渡在评述骆一禾的"诗歌共时体"时，认为其"不仅具有批评和诗学的意义，而且在创作学的层面，联系着其生命集合的概念，而对诗学有丰富启迪"[3]。

事实上，作为骆一禾宏阔诗学构想之一部分的"诗歌共时体"，其意

---

[1] 陈超：《从生命源始到天空的旅程》，见《生命诗学论稿》，河北教育出版社1994年版，第7、17页。

[2] 骆一禾：《火光》，见《骆一禾诗全编》，上海三联书店1997年版，第850—851页。

[3] 西渡：《壮烈风景：骆一禾论、骆一禾海子比较论》，中国社会出版社2012年版，第25页。

义主要在诗歌创作层面,即一种理想的诗写状态应当超越单一时空的囿限,成为人类文明视野下各种语言经验和生命体验的贯通交融——这一构想回荡着 20 世纪 80 年代关于诗性创造的激情与抱负①。当陈超援引骆一禾的"诗歌共时体"阐述他的生命诗学时,他的批评文字难免更近似一位诗人的创作或关于诗歌创作的创作论(如他本人所言的"性质含混的泛文化语言批评"),兼有诗学认知的个人化色彩(乃至风格)和"元理论"般的普遍性与有效性。不过,当它作为一种诗学尺度,被用于具体的批评实践(针对变化着的当代诗歌现象与诗人)时,某种两难就有可能出现。这正是陈超生命诗学面临的另一难题。

例如,陈超在讨论北岛时便陷入了纠结与含混。为了摒除北岛所遭受的"严重误读",陈超首先认定"诗人的着力点主要是对'人的存在'的探询,对语言困境的揭示,和在形式上的现代性创新",并概括北岛诗歌的特点:"其话语修辞形式属于象征主义 – 意象主义 – 超现实主义系谱,其诗歌意蕴,则始终围绕着人的存在,人的自由,人的现实、历史和文化境遇,人的宿命,人对有限生命的超越,以及诗人与语言艺术的复杂关系等方面展开。"这种切入诗歌的着眼点显然得自他的"语言 – 生命"一体的生命诗学。沿此思路,陈超逐步拨去缠绕在北岛身上的种种"误读"性符号:"即使是在赞美的意义上,以往诗歌理论界仅将北岛定义为启蒙主义'总体话语'发布者式的诗人,也是不准确的。""(《回答》修改稿)为诗人赢得了巨大的名声,同时读者也将诗人仅仅定格为社会性的'道义战士'……其实,北岛一直在警惕着单一的'承担者'视点。""诗歌永远只是诗歌,即使它涉及政治,也不是意识形态'站队',它的视点只是艺术视点,人性的视点……北岛早期诗歌即使是涉及政治性的个别篇什,其言说基点也是个体主体性的人道、人性内涵。然而,更值得指出的是,个别作品的政治性代表不了北岛早期作品的基本状貌。""他出国后的诗

---

① 更早一些时候,诗人海子就在他的《诗学:一份提纲》中表达了类似想法(他的"预感"):"当代诗学中的元素倾向与艺术家集团行动集体创造的倾向和人类早期的集体回忆或造型相吻合——人类经历了个人巨匠的创造之手后,是否又会在二十世纪以后重回集体创造?!"见《海子诗全编》,上海三联书店 1997 年版,第 901 页。

作，不但极力淡化政治性，而且继续朝向对'纯粹的诗'的努力。纯诗，在北岛这里不是指向风花雪月的素材洁癖，而是指向对语言奥秘的探询。经由不可为散文语言所转述的诗歌肌质，更内在地揭示生存，追忆历史，更深入地挖掘人性，吟述心灵……这些其实也是北岛80年代以来就确立的写作向度。"……所有这些辨析，都意在"确认作为'纯粹的诗人'的北岛"。[1]应该说，这种"矫正"的努力有其合理性。陈超曾专文论析过他向往的"纯粹"："我所说的'纯粹'不想关涉诗歌语言的具体构成，因为，离开结构谈语言，至少对现代诗是讲不通的。而结构……主要是诗人精神和生命的构成状态。"[2]在此意义上，专注于人的存在、人性之书写的北岛（姑且这么看待）确乎是一个"纯粹的诗人"。然而，陈超论述里关于北岛的"纯粹"另有所指，即虽非"素材洁癖"，但"极力淡化政治性"而"指向对语言奥秘的探询"，这样的论断不仅与一般论者对北岛所做的"去政治化"认定无异[3]（其前提是"政治性"与"纯诗"的非此即彼），而且易于坠入陈超本人所反感的诗歌"'美文'态度"——只有"写作技术的'超越'""语言在修辞方式上的'变化'"，而无"灵魂的跃迁"。[4]

三

上述关于北岛诗歌所作的论断的偏误，可看作陈超生命诗学应用于批评实践的一个瑕疵——毕竟，他过于看重诗人对生命（生存）的噬心感。在逸出其观念框架的情形下，陈超对在"反诗"与"返诗"交错中的于坚

---

[1] 以上引文见陈超：《中国先锋诗歌论》，人民文学出版社2007年版，第161—185页。

[2] 陈超：《生命：另一种纯粹》，见《生命诗学论稿》，河北教育出版社1994年版，第33—34页。

[3] 对此的详细讨论请参阅拙文《去国诗人的中国经验与政治书写——以北岛、多多为例》，《江汉大学学报（人文科学版）》2011年第6期。

[4] 陈超：《生命：另一种纯粹》，见《生命诗学论稿》，河北教育出版社1994年版，第35、37页。

所进行的评析，对西川诗歌"从'纯于一'到'杂于一'"的梳理与概括，以及对"第三代诗"若干特征的感悟式把握，无不精准而透彻。陈超的生命诗学遭遇的困境，可能也是他的诗歌批评本身遭遇的窘境：他往往"先知先觉"地、敏锐地洞悉并提出了一些诗学议题和概念，在时代语境发生变化后，他不愿调整自己的观念[①]，或者未能实行其所预期的"对诗历史语境的剖析"，而难以避免地导致了局部的错位。或许，这也是中国当代诗歌批评遇到的困境。

比如，陈超很早提出了诗歌中的"历史想象力"的问题，该语后来成为贯穿他诗歌批评的核心概念之一，得到他的持续关注和反复探讨。早在20世纪90年代中期的一篇诗学对谈里，陈超就花了较多篇幅阐述他对"历史想象力"的见解；随后的一次访谈中，他提到了"扩大诗歌文体的包容力""由美文修辞想象力发展到历史想象力"；在较近的一篇综论文章里，他更是从想象力的角度考察先锋诗歌的流变历程，认为"20年来先锋诗歌的想象力是沿着'深入生命、灵魂和历史生存'这条历时线索展开的"，其重点是20世纪90年代以后"个人化的'历史想象力'"的出现。这些带有一定系统性的讨论勾连着其生命诗学的相关理念，二者互相呼应、生发，强化了陈超诗学观念和诗歌批评的某些特点。

按照陈超的说法，诗歌中的"'历史想象力'既包括所谓灵魂的超越，也包括日常生活，也包括历史记忆，就把它综合处理"[②]。这一命题之下

[①] 在回答一位来访者提问"从您进入自觉阶段以后，诗学探索的基本原点就一直没有发生过根本的变化？"时，陈超如此回答："可能有增补，但是我基本上没有太多的变化。我还是坚持诗歌是艺术，但又不仅仅是艺术。"他还说："（80年代和90年代）对我个人没有明显断裂，但是有增补。90年代我更强化了历史的文本性和文本的历史性。当然我有一个前提，就是通过个人来折射整体的历史征候。……我的整个诗论的根基本上有增补但没变，基本是现代人本主义特别是存在主义那条线。在修辞学研究上也借鉴了一些新批评、新历史，但没有明显的从一种诗学向另外一种诗学的转移。"见李建周：《回望80年代：诗歌精神的来处和去向——陈超访谈录》，《新诗评论》2009年第1辑。

[②] 见《华语文学传媒大奖年度文学评论家奖得主陈超访谈录》，《南方都市报》2008年4月13日。

至少具有三个方面的指向。

一，现代诗对生命（生存）的深入思考与书写："它要求诗人具有历史意识和有组织力的思想，对生存-文化-个体生命之间真正临界点和真正困境的语言，有足够认识；能够将自由幻想和具体生存的真实性作扭结一体的游走，处理时代生活血肉之躯上的噬心主题"；"对生存和文本的双重关注，使'诗与思'共同展示，是诗人历史想象力的旨归"[①]；它"应是有组织力的思想和持久的生存体验深刻融合后的产物，是指意向度集中而敏锐的想象力，它既深入当代又具有开阔的历史感，既捍卫了诗歌的本体依据又恰当地发展了它的实验写作可能性"，"它不仅指向文学的狭小社区，更进入广大的有机知识分子群，成为影响当代人精神的力量"[②]。这一点无疑生发于陈超的生命诗学。

二，现代诗所表现出的"历史的个人化"：这是"指诗人从个体主体性出发，以独立的精神姿态和话语方式，去处理我们的生存、历史和个体生命中的问题"[③]；"诗歌在构成性和叙述性话语中涉入分析因素，在'讲说'中要有对生存情境的穿透和'命名'；由个我经验的展示发展到将其对象化的'自我研究'；从个体生命出发包容人类生存情境。这是历史想象力要做的事"[④]。"历史的个人化"被视为20世纪90年代诗歌的一个显著特征而成为重要议题，由此陈超进行了回应和辩护："将历史的沉痛化为内在的个体生命经历，它烛照了个体生命存在中最幽微、最晦涩的角落，以本真的个性化体验，折射出具体的历史症候，把读者引向更广阔的

[①] 李志清：《现代诗：作为生存、历史、个体生命话语的特殊"知识"——陈超先生访谈录》，《学术思想评论》（第二辑），辽宁大学出版社1997年版。

[②] 陈超：《深入生命、灵魂和历史的想象力之光——先锋诗歌20年，一份个人的回顾与展望》，见《游荡者说》，山东文艺出版社2007年版，第20页。另参阅陈超：《重铸诗歌的"历史想象力"》，《文艺研究》2006年第3期。

[③] 陈超：《深入生命、灵魂和历史的想象力之光——先锋诗歌20年，一份个人的回顾与展望》，见《游荡者说》，山东文艺出版社2007年版，第11页。

[④] 李志清：《现代诗：作为生存、历史、个体生命话语的特殊"知识"——陈超先生访谈录》，《学术思想评论》（第二辑），辽宁大学出版社1997年版。

暗示性空间。"①

三,现代诗的包容力与综合性:在陈超看来,"现代诗的活力,不仅是一个写作技艺的问题,它涉及诗人对材料的敏识,对求真意志的坚持,对诗歌包容力的自觉"。而实现诗的包容力有三种方式:其一,"处理'非诗'材料,尽可能摆脱'素材洁癖'的诱惑,扩大语境的载力,使文本成为时代生活血肉之躯上的活体组织"②,"在诗中,想象力的'不洁'常是有活力的、迷人的,它捍卫了人对生命的提问"③;其二,"由简单的抒情性转入深层经验的叙述性,由单向度的审美'升华'转入怀疑和反讽,由不容分说的'启蒙'变为平等的沟通和对话"④;或者,"生命和话语历险中彼此冲撞、摩擦、盘诘的不同义项,在一个结构中对抗共生,同时存在,多音齐鸣地争辩,小心翼翼地变奏,以求摆脱独断论立场"⑤;其三,"扩大诗的词汇量和语型,包括吸收和接引俗语、理语、叙述和人际对话,设置多声部的盘诘,使结构具有变奏感等"⑥。

这几个方面,正对应着陈超一贯的诗学理念:"现代诗中的'知识'是'特殊知识'。用特殊来限制和修正'知识',意在陈明它是一种与矛盾修辞、多音争辩、互否、悖论、反讽、历史想象力对生存现状的复合

---

① 陈超:《如此指斥是否性急?》,见《打开诗的漂流瓶——现代诗研究论集》,河北教育出版社 2003 年版,第 213—214 页。

② 陈超:《对有效性和活力的追寻》,见《打开诗的漂流瓶——现代诗研究论集》,河北教育出版社 2003 年版,第 70 页。

③ 陈超:《塑料骑士如是说》,见《打开诗的漂流瓶——现代诗研究论集》,河北教育出版社 2003 年版,第 76 页。

④ 陈超:《深入生命、灵魂和历史的想象力之光——先锋诗歌 20 年,一份个人的回顾与展望》,见《游荡者说》,山东文艺出版社 2007 年版,第 20 页。

⑤ 陈超:《我看当下诗歌争论中的四个问题》,见《打开诗的漂流瓶——现代诗研究论集》,河北教育出版社 2003 年版,第 217 页。

⑥ 陈超、许仁:《"愚人志"或"偏见书"——诗论家陈超访谈录》,《山花》1998 年第 9 期。

感受有关的'知识'。"① 在很大程度上，这一仍然从"创作学"出发提出和进行阐述的"历史想象力"，深化了陈超的包括生命诗学在内的诗歌观念与批评。实际上，综合性也是陈超所期待的诗歌批评的一种质素，用他的表述就是"历史—修辞学的综合批评"，它"要求批评家保持对具体历史语境和诗歌语言/文体问题的双重关注，使诗论写作兼容具体历史语境的真实性和诗学问题的专业性，从而对历史生存、文化、生命、文体、语言（包括宏观和微观的修辞技艺）进行扭结一体的处理。它既不是一味地借文本解读来传释诗歌母题与理念，只做社会主题学分析，也不是单纯从本体修辞学的角度探寻诗歌话语的审美特性，把诗歌文本从历史语境中抽离，使之美文化、风格技艺化；而是自觉地将历史文化批评和修辞学批评加以融会"②。显然，对于陈超而言，诗歌批评本身也是一种生命诗学，要在历史—文本的双重视野下向生命突进。

有着丰富理论内涵的"历史想象力"这个概念，无疑将对当代诗歌批评产生方法论上的启示意义，应成为后来批评者的一个重要参照点。不过，未来的诗歌批评还不能仅止于包容力或异质性、抽象的历史意识或宽泛的文化情怀等层面。如年轻的批评家姜涛所言："沿了这条富于启发性的线索，或许还可以进一步追问的是：在近20年的思想及文学的谱系中，上述人文立场存在的前提和条件是什么？在当下情境中，这种立场在自我说明之外，是否还具有充沛的活力？同样，为它所哺育的个人化'历史想象力'是否自明？为了回应新的思想及生存问题，'历史想象力'有否存在内在的限制，又该怎样突破限制？这一突破又将伴随了怎样的困境？"③对这些追问的反思性解答以及循此线索的继续追问，将是今后诗歌批评保持有效性的路径之一。

毋庸讳言，当前中国诗歌批评已陷入过度媒体化的格局，无论批评者

---

① 陈超：《我看当下诗歌争论中的四个问题》，见《打开诗的漂流瓶——现代诗研究论集》，河北教育出版社2003年版，第219页。

② 陈超：《近年诗歌批评的处境与可能前景》，见《诗与真新论》，花山文艺出版社2013年版，第75页。

③ 姜涛：《"历史想象力"如何可能？》，《文艺研究》2013年第4期。

的姿态还是其思维、话语方式，都受制于媒体舆论的牵引。在此情境下，陈超的诗歌批评格外值得珍视。他努力寻求诗歌批评与诗歌创作的对称，即诗歌批评的"自立性"（不只是"独立性"）①，探索着一种个人化的批评文体——它是跨界的、综合的，摆渡于理论与创作、理性的辨析与激荡的诗性絮语之间，已臻于极致。在总体上，陈超的诗歌批评偏向于比利时学者乔治·布莱所说的"我思"②的批评，亦是批评家耿占春描述的"别样的写作"③。倘若耿占春的说法是确实的，"诗歌批评意味着与一个时代最深刻的感知力与想象力之间所进行一场持续着的对话"，那么，未来中国诗歌批评将承接更艰难的挑战：不断重建批评与诗歌文本的关系，始终考量批评自身在社会、文化中的处境，等等。陈超对诗歌批评的命运早有觉识：

> 真正的诗歌批评并不能妄想获取一种永恒的价值。它只是一种近乎价值的可能，一种启示：它索求的东西不在它之外，而它却仅是一种姿势或一种不断培育起来又不断主动放弃的动作本身。④

---

① 见《华语文学传媒大奖年度文学评论家奖得主陈超访谈录》，《南方都市报》2008年4月13日。

② 乔治·布莱认为："批评是一种思想行为的模仿性重复……在自我的内心深处重新开始一位作家或哲学家的我思，就是重新发现他的感觉和思维的方式，看一看这种方式如何产生、如何形成、碰到何种障碍；就是重新发现一个从自我意识开始而组织起来的生命所具有的意义。"见乔治·布莱：《批评意识》，百花洲文艺出版社1993年版，第280页。

③ 在耿占春看来，"诗歌批评实践在最富有创造性的情况下正在成为一种别样的'写作'……当代诗歌批评失去的客观知识面具，不仅使得批评自身成为一种独具文体意义的写作，也提供了诗歌批评建构自身话语的契机，一种依赖文献的知识话语的消亡敞开了建构一种理论话语的可能性"。见《当代诗歌批评：一种别样的写作》，《文艺研究》2013年4期。

④ 陈超：《论诗与思》，见《生命诗学论稿》，河北教育出版社1994年版，第143页。

新诗史建构中的问题意识[①]
——《现代汉诗的百年演变》的启示

任何文类史的写作总会面临这样的难题：如何在最大限度地逼近历史"真实"的基础上，既从"本体"角度透彻地解析该文类的诸种特征，又合理而准确地阐释该文类发展过程中的成就和缺陷，亦即如何在客观描述与主观评判之间取得平衡。新诗史的写作似乎尤其如此。迄今为止的新诗史写作，大致沿着如下思路展开：将新诗的历史看作已然完成和固定的对象，通过梳理其流变脉络来给各个时期的诗歌现象和诗人个体进行定位，并得出某种终极结论。现有的各类新诗断代史（现代或者当代）写作大多采用这种理路。这些新诗史写作尽管各具特色，但其明显的不足之处在于，要么无法从整合现代、当代界分的高度去观照新诗历程的全景，要么沉陷于历史的线性描述而难以找到一种恰当的诗学统摄，以对新诗的内质和结构的变迁做出应有的理论观视。

在我看来，王光明教授的论著《现代汉诗的百年演变》（河北人民出版社 2003 年 10 月版，以下简称《演变》），正是一部力图超越上述新诗史写作拘囿、重新阐释新诗理论与实践的力作。这部论著以史家的眼光对百年新诗做出了全景式观照，它在时间向度上贯通了近代、现代和当代，在空间上将大陆、台湾、香港的诗歌纳入论述范围（据我所知，这是新诗史写作中首次凸显了香港诗歌的地位），显示了开阔的理论视野和恢宏的建构气魄；它以详备的史料、明晰的架构和细密的剖析，汇入到近几年的

[①] 刊于《文学评论》2004 年第 3 期。

新诗史写作中,体现了这一研究领域可予期待的前景。重要的是,该著为新诗史的构建提供了崭新的史识与观念,这就是王光明在导言里表述的:"作者的出发点,不是要'锁定'历史,把'尝试'的文本正典化,堵塞继续探索的可能,而是想开放探求的过程,观察解构与建构的矛盾,梳理凝聚的素质,反思存在的问题,呼唤艺术的自觉。""与其把一种未完成的探索历史化,不如从基本的问题出发,回到'尝试'的过程,梳理它与现代语境、现代语言的复杂纠缠。"这种鲜明的问题意识,解开了以往某些新诗史写作过于看重厘定"座次"的纽结,将研究者思索的触角探入新诗在驳杂的现代性语境中不断寻求突破的过程本身,从而能够获得较多的新见和发现。无疑,"这是一个重新创造它的作者与读者的历史过程,一串迂回探寻的脚印,一个在实践中寻求认同和修改的梦想"。

然而,提出真正有价值的问题殊为不易,有时一个问题的提出即体现了研究的意义所在。这里可以借用一位论者的说法:"关注问题,才能保持学术的理想和学者的敏感,不致把我们的研究降低为一种职业惯性。"① 将新诗看作一串问题链(或"方案")而不是现成的研究对象,这是王光明的富有建设性的创意。由于具备充分的问题意识,《演变》一书在论述时一方面保持着清醒的反思,另一方面高度重视并尊重历史本身的复杂性。反思体现为作者在明确了史实或史料之于新诗史建构的重要性的同时,更注意对史实或各种关于史实的"叙述"及其暗含的观念予以辨析。作者不是让自己的论述依附于史料的展示和已有的定论,而是用论述带动或重新设置史料的逻辑秩序。因而,全著在体例和架构上别出心裁,既顺应了现代汉诗百年演变的历史流程,又在对历史的动态观察中,捕捉到不同时期新诗变换呈现出的问题及应对策略。譬如"形式秩序的寻求"一章,涉及的史实是 20 世纪 20—40 年代诗歌对于格律的理论探讨与实践,而潜隐于那些史实背后的则是诗人们对于"形式"(Form)建设的焦虑;同样,紧随其后的一章"现代'诗质'的探寻",没有线性地延续前面的脉络向后推进,而是将话题引向了同一时期几乎与格律探讨同步的现代汉诗建设

---

① 李河:《提问之难》,《学术思想评论》(第三辑),辽宁大学出版社 1998 年 3 月版,第 6 页。

的另一面——"诗质"的追寻,从而与上一章形成了相互参照的两个问题、两个侧面。又如,在谈到20世纪80年代初以后的诗歌探索时,作者将之命名为"诗歌话语空间的重建",在这一标题的统摄之下显然包含了丰富的命意,如主体意识、个人话语等。此外,《演变》专辟"散文诗的历程"一章,足以显示这一论题所蕴含的"问题"分量。这种体例的安排是以问题为单元的,不同于有些新诗史的单一的线性结构,表明作者试图用问题来穿越历史、洞察历史。

尊重历史本身的复杂性,实际上是一种认定新诗的未完成性、追寻新诗多种向度和可能性的求真态度。众所周知,新诗自诞生之日直至今天,因其特殊的命运而一直承受来自各方的评说,恐怕没有哪一种新文学品类像新诗这样,在接受整体估价时会出现极端的分歧。这除了有文类自身和历史的原因以外,其实还关乎进行评判的标准和角度。但是,通过考量不难发现,很多关于新诗的谈论(特别是对新诗的指责),其立论建基于某种浮光掠影的印象,对一种现象的内部细节及其得以形成的驳杂背景与过程,缺乏必要的体察和领悟,因而其所得出的结论未免有失偏颇或简单化。《演变》由于葆有谨慎的反思态度,故而在论述中不时闪现出对历史细节的惊人敏感,以及由此产生的别致的阐释。正如孙玉石先生为该著作序时赞赏的,"对于一些过去被遗忘或淡漠已久的史料作了系统的挖掘、梳理与论析,如40年代活跃于北京诗坛的诗人吴兴华的诗歌创作及其对于现代格律诗的探索,穆旦提倡的'新的抒情'的意义关注等,都是值得注意的例子"。这里还可进一步指出《演变》在分析20世纪50—70年代处于矛盾分裂状态下的诗歌时,对一些不易为人所觉察的历史印痕的透彻悟察,如郭小川摇摆于归顺、犹豫与抗争之间的心路历程,以及郭路生诗歌的意象和时空方式不可避免地受到政治抒情诗的影响,等等。无疑,对细节的珍视和独特阐释不仅避免了人云亦云或一种表面的想当然,而且有力地揭示了历史进程中的可能的间隙和不规则,保证了各相关问题所应激发的诗学想象。

不过,对历史复杂性的重视和发掘,与其说令论者有足够的勇气避开盲视的礁石,不如说将会修正乃至改变对于一种事物或现象的观念。正是借助对历史细节的把捉与探究,正是秉着以问题穿越历史、重新估价一切价值的精神，王光明在论述中表现出对新诗已有和仍在持续的探索的超越性理解，贯穿于《演变》一书的是关于新诗本体的整体反思。当一些研究者将新诗的症结，皮相地归结为诗人对中外诗学传统的背离或趋附时，王光明从内在于新诗的诸多问题中，窥见了新诗的"唯新情结"，从而将质疑的笔触直指"新诗"这一概念本身，提出了作为一种型态概念的"现代汉诗"，认为："现代汉诗作为一种区别于古典诗歌的文学型态，意味着正视中国现代经验与现代汉语互相吸收、互相纠缠、互相生成诗歌语境，反思'白话诗'运动、'新诗'运动的成就与局限，从自发走向自觉的诗歌建构活动。"我以为，这一命题的提出具有重要的意义，在于王光明并没有遵从一般谈论诗歌时所做的形式–内容二分法，而是将新诗的演化历程表述为一代一代诗写者孜孜于铸造现代诗形与诗质的过程，亦即现代经验与现代语言相互交融的过程，这一表述具有浓厚的本体论意味。这不仅是观察视角的转变，而且标识着诗学观念的革新，"有利于我们面对经验与语言的真实，纠正'新诗'发展中的历史偏颇，以诗的本体自觉和语言自觉，走向成熟的现代诗歌美学和形式美学建设"。在诗歌本体观念的烛照下，《演变》如是解释胡适之所以把译诗《关不住了》当作其"'新诗'成立的纪元"："《关不住了》则通过在现实中流动的'白话'和自由诗的形式解决了""语言形式的僵化与非常自由、个性化的情感"之间的"矛盾和对立"，"使诗歌变得与现代感情经验可以和平共处了"。这一解释可谓言之凿凿，令人信服。

　　百年新诗在演进过程中有一个明显的特征就是，诗人的理论倡议与实践摸索相互倚重，诗潮的整体（动态）流向与局部（静态）现象相互交织，构成了纷繁错杂的景观。《演变》采取理论辨析与现象剖解、宏观评述与个案分析相结合的论述方式，充分体现了新诗演进的这一特征。在总体上，《演变》不大注重现象的描述和呈现，也不看重轻而易举的结论，而是本着穷根究底的原则和耐性，条分缕析地追溯新诗历史上一些重大理论问题的源流，检讨各时期创作实践的得失。举凡语言与形式、白话与欧化、格律与自由、文法与诗法、书面语与口语、抒情与叙事、都市记忆与乡村情结、现代与古典、个人与群体、经验与语境等新诗的理论命题，以及新诗的发生、新诗的情感与形式、新诗的传统、新诗的资源、新诗的本土化、新诗的话语空间等创作实践的关键环节和核心语汇，均得到了合理的辨析和清理。作者不仅道出了某一理论问题的"所是"，而且指明了该问题的"应然"；对一些理论倡议的探讨也不限于复述或转述，而是从问题的关涉性和各个问题间的相互勾连出发，加以引申与发挥。以关于"自由诗"的阐述为例，围绕着自由诗"基本理念"的彰显，《演变》无论就作为诗体的自由诗进行论析，还是检视自由诗的浪漫化倾向，抑或对以胡适、冯文炳、艾青为代表的自由诗理论做出全面反思，均穿梭于相关的中西理论资源之中，游刃有余，环环相扣，使得论述极为缜密；其重点不在展示关于自由诗理论倡议的史实，而是辨析中西自由诗在双重误读中出现的悖论逻辑，即"自由与诗的龃龉"——"重视自由而忽略诗"，从而透彻地阐释了新诗之"必然"为自由诗的语言境遇和美学不足。

值得称道的是，作为一部偏于理论思辨的史论著作，《演变》没有陷入空泛的理论议论和观点罗列，在阐述重要的理论命题和实践现象时，较多地佐以诗人个案和诗歌文本的例证，使行文显得张弛有度、活泼灵动。因而，从细处来说，具有代表性意义的个案分析和精细的文本研读，是《演变》的一大特色。作者讲究个案的典型性和文本的典范性或经典性，总是选择一些最能体现某一时期诗歌成就的诗人或文本进行剖析，并善于以诗意的笔法抚触那些文本的内在肌理。比如，昌耀本来是一位从20世纪50年代就开始创作的诗人，数十年笔耕不辍，每一时期都成就斐然，作者却把他放在90年代这一时段论述，显然别具深意和匠心。作者写道："昌耀90年代的诗歌主题就是现代梦魇，充满现代经验的恐怖与渴望，充满奇特的意象和怪诞的美。它们被强烈的感情所推动，但游离了通常的诗歌表达形式而只传达个人内心参差的韵律。它们似乎要向人们宣示，当代诗歌直线运行的抒情模式，已经容纳不了诗人矛盾复杂的内心世界。"显然，透过历经了"现代时间之伤和精神之痛"的昌耀这个个案，20世纪90年代诗歌语境发生的重大转变，便以"象喻"的方式呈现出来。

通观《演变》可以见出，渗透在全书字里行间的有一种强烈的主体情思，在一种包容的气度下，王光明推崇的是那种具有纯正、独立品质和审美主义趋向的诗歌。当然，也正如孙玉石先生在序中指出的，"各种诗歌现象历史中出演角色的轻重的酌定，诗人与流派现象的忽略与侧重，诗作评骘的高低与使用文字的多寡，自然显出作者'选择意图'的诗性所决定的某种主观性和论述的偏激性来"。倘若说，这部以高屋建瓴的理论建构见长的著作，尚有值得商议之处的话，那么这或许可视为一点瑕疵。因为，在摆脱了"政治正确"的观念的纠缠之后，则可能踏入以"纯诗"理念贬抑其他诗歌现象的屡辙。但瑕不掩瑜，《演变》所展示的富于洞见的开拓性，及其对历史的强大的整合能力和对问题的清晰的思辨精神，无疑会给人以深刻的启迪。

诗歌生态的全景式观照[①]
——《朦胧诗后先锋诗歌研究》的诗史价值

20世纪80年代中期以后，中国诗歌显现出炫目的发展态势：社团林立，派别纷呈，一派众声喧哗的景象；尽管八九十年代之交有过短暂的"停滞"和沉寂，但稍事调整特别是近些年在网络的促动下，诗界又恢复了某种意义的"热闹"局面。究竟应该怎样看待这二十余年中国诗歌喧嚣与冷寂并存、"边缘"与多元交错的情形？应该如何评价几代诗人进行各种诗学实验所取得的成绩及其为此所付出的代价？就我的阅读所及，我认为罗振亚教授的近著《朦胧诗后先锋诗歌研究》（中国社会科学出版社2005年6月版），对上述问题进行了翔实而有深度的探究。该著着眼于朦胧诗后先锋诗歌流变过程的全方位扫描，对每一时段的演进特征、历史意义做出了准确的概括与独到的解释，既有粗线条的脉络勾勒，又有细致的文本与个案分析，其中颇多富于启示性的论述。

关于朦胧诗后先锋诗歌的阶段性描述，已有"第三代""后朦胧诗""九十年代诗歌""70后"等多种命名，不过，相关的论述大多集中在某一时段或仅限于一种静态的观察。罗著的可贵之处，在于充分意识到各个历史阶段诗歌现象之间的相互关联，力图"还原朦胧诗后先锋诗歌饱含体温和呼吸的原初壮阔面貌的全景图，从贯通研究对象二十年流变、律动、全程的内部规律视点，提取论证朦胧诗后先锋诗歌的反叛性、原创实验性和边缘性亚文化等本体特征"（第39页）。这样，该著把不同的

[①] 刊于《中国文学研究》2006年第3期。

诗歌形态置于动态的历史格局中，从而获得了一种宏阔的全局视野。虽然作者将海子看作八九十年代诗歌转型的承上启下的人物，认为其是"第三代"诗歌的终结者和90年代"个人化写作"的开启人，这一点可能会引起争议，但作者提出的"海子及其死亡是先锋诗歌命运的隐喻"这一总体视点，及以此为线索对八九十年代诗歌转型的过程与内在机制所做的条分缕析，却令人信服。该著的论述表明，重要的不在于判定谁促成了当代诗歌的历史性转变，而在于透过一个诗人的写作，昭示转型时期各种诗歌关系变动和新的诗歌品质与趋向生成的历史细节。

罗著将朦胧诗后先锋诗歌的特征指认为"反叛性""原创实验性"和"边缘性亚文化"，可谓十分确当。不错，"反叛"与"实验"这一20世纪中国诗歌的强大传统，构成了朦胧诗后先锋诗歌的一个醒目标志，甚至一定程度上成为其自我更迭的动力。然而，正如作者指出的，先锋诗歌的"反叛"是"'破坏'大于建设，疏离多于超越"（第13页）的。"反叛"其实是一柄双刃剑：一方面，"反叛"体现了"文化存在着多种维度、声音和价值体系，这是文化弹性和活力的保证"；另一方面，"反叛"的"破坏恶果也令人触目惊心"，它导致深度模式和诗意结构的拆解乃至诗性的丧失。所以，作者就此所做出的堪称中允的论断——"朦胧诗后先锋诗歌十几年来一心思变，使活水流转的诗坛为历史输送了源源不断的实验文本，但注定了拼命追新逐奇的诗人们必然心浮气躁，忽视艺术的相对恒定性"（第14页）——显然是不无警示意义的。可以看到，作者在对任何一种诗歌现象进行判断时，都保持了一种清醒而辩证的态度，即既不轻言否定，也不表示盲目的认同。这是贯穿全著的一个基调。当然，辩证的态度并非意味着一种不偏不倚，恰恰相反，该著处处显示出作者充满忧思的价值批判，不管是关于"第三代"诗歌"精神贫血：内在生命的孱弱"和"无根的漂泊：误入形式迷津"的反思，还是对"70后"诗歌"肉体诗学"和游戏化写作之误区的指明，抑或就女性主义诗歌激情同技术遇合新向度的得与失所做的辨析，均体现了这一点。

不可否认，在整个先锋诗歌的嬗变过程中，始终存在着两极发展的趋势：一是追求诗歌本体的高度自主（譬如"诗到语言为止""不及物"等主张），一是热衷于制造运动、"热点"以达到引人注目的效果（譬如层出不穷的诗歌事件、花样翻新的口号和论争）。这两股并行不悖（更多时候是前者被后者所淹没）的趋势，构成了朦胧诗后先锋诗歌的内在张力。罗著敏锐地抓住这一张力，揭示出了朦胧诗后先锋诗歌所具有的鲜明的"亚文化"特征，也就是先锋诗歌的探索往往溢出了诗歌本身，而成为躁动不宁的当代文化的一部分。其中一个非常突出的现象，便是民刊的大量出现及其特殊的生存策略。在作者看来，"民刊策略已经构成中国新时期先锋诗歌的基本生存与传播方式"，而这种策略的选择很大程度上与先锋诗歌的处境和诗人的立场有关："和边缘立场密切相关，民间报刊培育的独立自由本性，使民间的先锋诗人普遍蔑视、对抗主流和中心话语，抵触烙印着官方意识形态色彩的报刊，有时为了维护独立立场甚至走极端，宁可作品不发表也不愿迎合大众趣味而在主流报刊露面，以自居民间和边缘而骄傲荣耀。"（第32页）另一方面，民刊的特殊境遇又与先锋诗歌的"强烈的前卫和实验色彩"相一致："检索一下朦胧诗后新诗的艺术历史，扑面而来的清新陌生气息大多来自民间刊物的诗歌，每一次艺术技巧的变构也大多来自民间刊物的诗歌。"（第33页）因此，民刊的大量出现不仅意味着诗歌传播方式（载体）的迁变，而且在一定意义上体现了先锋诗歌上述两极趋势的相互纠结。

从"亚文化"特征入手，罗著全面地剖析了当代先锋诗歌的"事态结构""个人化写作""互文性""肉体乌托邦"等关键范畴。作者认为，"从意象到事态"是"第三代"诗抒情策略发生迁移的表征，"随着抒情主体、观照视角的变异，诗的小说戏剧化、述实大于抒志的叙事态势已经形成。它依靠内世界与想象的铺展，表现心灵与外世界的流动变幻，而非浅层次的客观描述性再现，这样使诗的空间意象迷晕从眼前飘散，时间知觉中延绵的事态悠然走来；使诗时时弥漫着或浓或淡的生活趣味与生气，有了稳定又通脱的真实亲切感，情绪氛围的宣泄获得了沉实的依托；并且诗境疏淡清净，多得大音稀声、大象无形之妙"（第58页）。这一精细的解说，有助于理解20世纪80年代中期诗学空气的整体转向及其成因。而进入90年代以后，"个人化写作"成为一种标志性的指向，其"以不可模仿的匠心经验的个性化创造，在解放诗人精神情感、扩展读者阅读观念的同时，保证诗歌完成了由'第三代'诗的自发文体语言行为向深思熟虑的自觉操作、由意识形态的制约角色向严肃独立的艺术门类的转移,标志着先锋诗歌的意识和艺术双双开始往成熟的路向迈进"(第170页)。这种于宏观中见微观、以微观充实和带动宏观的透辟分析,有效地阐释了当代先锋诗歌不断变异的"先锋"的内涵。

当代先锋诗歌不断生成的现象和概念,其实包含了相当广泛的文化学、语言学、心理学、宗教学、精神分析学等学科的信息,对这些现象和概念的解析体现了作者相应的学识。当然,这并非说对先锋诗歌仅止于某种外在的把捉。事实上,对一些代表性诗人的深入剖解和不时嵌入行文中的文本解读,构成了罗著的一大特色。在单个诗人论述方面,令人感兴趣的比如该著对翟永明所做的判定:"作为女性主义诗歌潮流的缩影,翟永明诗中那种从女性的身体、生命、命运出发,最终指向生死、欲望和爱等人类共同命题的'女性立场'及超越路线,那种契合女性生命结构的'自白话语'方式,与其他的女性主义诗人有着惊人的相似之处;但翟永明诗歌骨子里蛰伏的不受前人经验和法则条规制约的原创性特质……正如诗人所钟情的可以飞翔的蝙蝠一样,生活在黑夜之中,复杂、神秘而幽暗。"(第311页)给人以耳目一新之感。而文中随处可见的文本读解,实在是该著的一道惹人眼目的"风景线":"读着这样的诗(桑克《公共场所》),我们感到就是在读世俗的世界,医院、长廊的女人、阳光、广场的相爱者,一个个分镜头的流转,组构成了琐屑平淡又真真切切的生活交响曲,'现时'的当下反应和写作里,渗透着一缕似淡实浓的苍凉阴郁的人生况味。"(第166—167页)"(王小妮《和爸爸说话》)节制感情的意象和情境转化使诗歌进入了更深广的心灵境域,不经意中把人生的窘境和困境表达得十分恰切十分到位,面对生死离别的从容姿态,带来的是一种凄美的死亡感悟,完全个人化的不可复制的意念、语言、想象和表达方式,和90年代几乎所有的先锋诗歌那种难以模仿的带自传色彩的精神、艺术个性有着内在的相通。"(第163页)……这些闪现着个人感悟的文本解读,深化了关于某一年代诗歌特征的总体论述,同时使行文显得活泼、灵动;有的文本解读虽然只是点到即止,但也颇见功力。

不过,作为一名同样对当代先锋诗歌抱有兴趣的观察者,笔者读过罗著后,在倍感受益的同时又心生几点疑惑,冒昧提出来就教于罗振亚教授和方家。

一则,在凸显某类诗歌形态的价值时,是否必须以贬抑以往的诗歌形态为前提从而构成一种二元对立?譬如,该著所持的如下观点——"朦胧诗在还诗以生命的同时,又把诗推入了贵族性的泥潭,显然这种选择背离了诗的人类性根本特质",以及"随着英雄到平民、'高大全'到小人物、天上到人间位置的转换与觉醒,'第三代'诗理所当然地向朦胧诗的贵族化倾向发难,使几年前还供奉在艺术殿堂里的诗歌美神,顷刻间被一群不安分的新潮'小子们''推倒'并'践踏'在脚下;所罗门的魔瓶一旦打开,一群俗美的精灵便纷纷涌出,跳起了惊世骇俗的'霹雳舞'。从白天鹅到灰麻雀的境遇变迁,使缪斯毫不迟疑地走向民间,走向凡人。诗美又有了世俗的新注释,诗美终于逃离了优雅的怪圈"(第65页),就有进一步探讨的余地。

再则,在呈现某种新的诗歌现象时,应该采用什么样的方式、角度和语气?比如该著在谈到"70后"诗歌的"肉体诗学"时,虽然对其历史定位有所保留,但对其"诗意的放逐"后"原创的'文本快乐'"下的"在场的叙述""词语的原生性和暴力化倾向""'段子'式的书写方式"等,几乎是不加辨析地逐一展示,进而将其确认为"中外诗歌传统双重启迪的结晶",未免欠妥。此外,该著对征用某些充满歧义、未经严格厘定的概念(如"知识分子写作""民间写作")可能带来的负面后果(忽略了这些概念内涵和来源的复杂性),似乎并没有给予足够的重视。

不过,尽管如此,这部论著在当前的先锋诗歌研究中,仍然显出其作为一部专题性的诗歌史的独特价值。

映照汉语诗歌的近景与远景[①]

——由西渡《壮烈风景》说开去

最近三十年里，汉语诗歌可谓风云变幻、潮流迭出：从 20 世纪 70 年代末期声势浩大的"朦胧诗"论争到 80 年代中期众声喧哗的"第三代诗"（"后朦胧诗"）运动，再到 90 年代受商业主义、大众文化冲击的诗坛"裂变"，直至新世纪以后在网络等新媒体影响下"各自为政"格局的形成，汉语诗歌进行着自身的美学更替及其与社会文化关系的调整。透过诗界那些迷乱的烟尘和喧嚣的话语，我们曾经瞥见一个孑然远去的身影，听到过一两声嘹亮的歌唱；那个身影几乎要淹没在岁月的雾霭里，他的思想和言行几乎要被遗忘——尽管他离开这个世界不算太久。他就是诗人骆一禾（1961—1989）。

在当代汉语诗歌中，骆一禾是一个相当独特的存在。他的诗歌创作和诗学思想源自 20 世纪 80 年代的精神氛围，且与之相互激荡，却又远远超越了那个年代诗歌的总体框架。不过遗憾的是，长期以来，骆一禾的诗歌与诗学的独特价值一直未被广泛地觉识，更谈不上深入细致的梳理与研究。相较于他的"同道"海子所受的神话般的追捧与谈论，骆一禾是寂寞的，他的大量已出版和没出版的文字如掩隐在时间之河下的丰饶矿藏，静静地等待知音到来后的勘探和再创造。虽然近年关于骆一禾也有一些零星的论述，但直到西渡的《壮烈风景——骆一禾论、骆一禾海子比较论》（中国社会出版社 2012 年版，以下所引该著文字只注明页码）问世，这种沉

[①] 刊于《中国现代文学研究丛刊》2014 年第 3 期。

寂寥落的情形才得以彻底改变。

显然，西渡的这部论著绝非应景的缅怀之作，也不是为了简单地追寻一个渐渐被遮蔽的身影。倘若说骆一禾是当代汉语新诗中少有的原创性诗人，那么《壮烈风景》堪称一部与骆一禾成就相称，并与之形成呼应关系的原创性论著，这在当代诗学研究著作中也是不多见的。可以说，西渡通过展现、阐释骆一禾诗歌与诗学的"壮烈风景"，力图映照当代汉语诗歌的近景与远景；西渡自己作为诗人和诗评家的双重身份，令他在该论著中的思考和论述越过其研究对象本身，指向了当代汉语诗歌的某些深层问题。在文献相对匮乏的情形下，此著所做的研究已颇具深度和力度，相信随着骆一禾的大量未及整理的手稿（书信、文章）在今后的陆续出版，此著的奠基性意义将被凸显出来。

《壮烈风景》最为醒目之处在于，它没有遵循一般个案研究所偏好的系统性、整体性（即从生平到创作的方方面面）的思路与构架，而是直接切入骆一禾的诗论、诗歌主题、长诗等关键议题，借助于具体的文本分析，呈现骆一禾诗歌、诗学的独特性及其与中西文化传统和当代汉语诗歌总体的联系。格外值得留意的是，那些分析并不拘泥于文本的诸种内部要素，也就是："不仅是去发现文本的审美价值并给予评判，而且是或主要是试图透过文本去发现或还原诗人的心理真实，揭示其独特的精神特质，并尽可能地在文本、心理与环境的互动关系中还原、清理这一真实和精神特质与环境、时代的关系。"（第383页）这成为该著构架的基本理路和一大特色。基于对骆一禾的文本、精神与时代之互动关系的辨析，西渡想要探讨的问题包括：一，骆一禾诗学的宏阔构想及其来源；二，骆一禾诗学思想的实质和独特贡献；三，骆一禾的诗歌与诗学对当下和未来汉语诗歌的启示。

如前所述，骆一禾的诗歌与诗学植根于重启思想、文化启蒙后的20世纪80年代的深远背景，他的某些表述的确留有彼时的诗学本体论、生命哲学和审美主义等的烙印。不过，骆一禾的宏大抱负使他的诗学构想溢出了那个年代诗歌的单向格局，其见解明显有别于同时期的诗人：虽然他也强调诗歌的相对自主性，重视诗歌语言的独立性，但他对诗歌本身抱有很高的期待，将之提升到文明的源始性和原发性位置；他认为诗歌应该涵纳历史的、文化的成分，并参与人类精神的建构。这种"大诗歌"观念正是《壮烈风景》首先要重点讨论的内容。在该著第一章里，西渡从多个层面详细缕理了骆一禾诗观在20世纪80年代诗歌情境中的卓异之处。仅以骆一禾对诗歌语言的认识为例：在西渡看来，"不同于非非和'他们'从语言怀疑出发的破坏诗学，骆一禾的诗歌语言观是从对语言的信任出发，而试图建立一种创造的、建设的诗学"，因此"骆一禾对语言的思考是20世纪80年代语言觉醒更为坚实深邃的成果……随着时间的推移，随着人们对20世纪80年代'语言觉醒'的偏见和局限有更加清醒的认识，骆一禾诗歌语言观的重要性日益显露，其远见卓识必将给予后来者长久的启示"（第28页，重点为原文所有）。这样的论断是中肯而富有见地的。

从诗学来源来说，骆一禾的"大诗歌"观的形成有着特别的理论依据。同样是身处重新"睁眼看世界"的20世纪80年代，骆一禾与那些趋附于新潮学说的人有所不同，他将择取外来资源的目光投向了一度引起关注又很快被冷落的两位西方哲人——斯宾格勒和汤因比，并从二者的文化形态学和历史哲学中获得了巨大的理论动力。骆一禾服膺于斯宾格勒的文化周期论（"三阶段论"），及斯氏将20世纪指认为世界文化生命周期末端即没落、解体阶段的说法。按照西渡的分析，"骆一禾的历史意识、时间意识及由此而来的批判意识，他的反线性的时间观和反进化的文学史观，他的诗歌多元性的观念，他的血作为世界运行的内在动力的观念和对于行动力的推崇，乃至于作为其诗论基础的生命哲学……以至他渴望无限空间的浮士德式的心灵倾向，都可以在斯宾格勒著作中找到其原型"（第7页）。不过，西渡认为，骆一禾并不认同斯氏充满悲观的"文明终结论"，而是倾向于接受汤因比的承继但改造了斯宾格勒理论的"文明再生"理论，该理论"确立了骆一禾对华夏文明的新生信仰和对'第四代文明'的向往"，"促动了骆一禾对价值构建的关注和探索"，"激励了骆一禾关于个体生命的自强之道"（第8页）。能够体现斯宾格勒和汤因比的影响的，是骆一禾诗歌中较密集的对"黄昏"的书写。在骆一禾那里，"黄昏"具有十分特殊的意义，它既象征文化、生命的衰退与消逝，同时又喻示着文化、生命的孕育与苏生，用他自己的话说就是："我们处于第三代文明末端：挽歌，诸神的黄昏，死亡的时间里。也处于第四代文明的起始：新生、朝霞和生机的时间里。"在西渡看来,这正是骆一禾对现时代之"文明黄昏"性质的敏锐洞察(第104页),赋予了骆一禾诗歌与诗学的非同寻常的视野与胸怀,成为他勾画自身发展路向的一个基石,使得他最终从20世纪80年代诗歌的格局中挣脱而出。

在分析骆一禾诗观及其来源的基础上,西渡提炼出了作为骆一禾诗歌与诗学之"灵魂",也是"动力源泉和核心主题"的"博大生命",对其丰富的内涵及其派生的主题系列(时间、道路、行动、牺牲、爱)进行了剖解。通过解读骆一禾的诗歌文本,西渡不仅彰显了骆一禾的"垂直向上"的诗歌道路及其表征的神性维度,而且详细缕理了骆一禾诗歌中的"青草"("植物")、"水"(及所衍生的"泪""汗"和"血")等"心象"谱系及其内在关联与诗性意涵:

> 从水的滋润、繁育、生长到泪的柔情、善良、赠予,到汗的劳作、付出、创造,再到血的奉献、牺牲、承担,这是一条从大地到人,再到天空的垂直线路,也是骆一禾植物性生命的不断上行之路,也是博大生命的动词过程。(第66页)

从而令人信服地揭示了骆一禾诗歌主题与生命品质的共通性:"正是水的温润、植物的柔弱与火的激情、太阳的光明和能量一起塑造了骆一禾生命的型态。"(第56页)西渡深入骆一禾那些"触及肝脏的诗句"内部,寻索"世界的血"的印迹,追问"道路"之"修远"的真谛,提出:"血、道路、修远在'血做的诗人'那里构成了骆一禾所梦想的'博大生命'本质的三位一体。"(第65页)这确乎是骆一禾诗歌与诗学的特质,其中,"修远"像一条线连接着"血"与"道路"。在骆一禾那里,"修远"不仅意味着对精深诗艺的孜孜以求,而且更多是一种持续的担当——对生命、文化的担当。

值得注意的是,早在20世纪90年代后期,西渡就意识到了"重提修远"的重要性和必要性,并以此作为反思20世纪90年代诗歌的基点,倡导一种保持耐心和韧性的写作①。这显然是对接续骆一禾诗歌精神的渴望。实际上，在西渡的《壮烈风景》中，不时可看到他借助于对骆一禾诗歌的阐述，同当下的社会现实和诗歌创作进行着对话。一方面，这与骆一禾诗歌自身的批判性有关。西渡发现，"骆一禾从来不是一个不关心现实的、高蹈的诗人。相反，他是一个具有深刻的现实感和深沉的历史意识的诗人"；骆一禾从所感知的"文明的黄昏"出发，"对当代社会种种生命堕落现象进行了尖锐的批判。基于其大历史视野的方法论，骆一禾的批判具有极强的历史穿透力：他的诗不仅对当代经验有准确的观察和描绘，而且能够洞察种种光怪陆离的当代现象和历史上类似现象的内在联系，并据此对其未来趋势做出准确预言"（第142、143页）。通过追溯这种批判性的根由及其在骆一禾诗作中的体现，西渡试图改变人们心目中关于骆一禾的浮泛印象（所谓"抽象""超历史""纯诗"等）。

另一方面，正是骆一禾的诗歌意识和诗学见解反衬了当代汉语诗歌的某些局限。诚如有论者指出的：骆一禾"提出'伟大诗歌共时体'的范畴，则直接针对了现代原子式的个人主义、狭隘的审美主义、文人趣味，以及一般线性的文学史观念；而他有关'心象'或'原型'的看法，也明确将意象拼贴的现代主义原则，设立为自身的对立面。在骆一禾看来，现代的个人主义、矫饰的文学风格，以及对线性历史观的迷信，都导致了当代精神生活的封闭和僵化，这构成了种种有形或无形的'围栏'。在某种意义上，精神的'围栏化'不是一种局部的现象，骆一禾触及的是与文化现代性相伴生的一系列结构性问题，诗歌的局促只是整体文化困境的显现"②。从切近的写作景观来说，当代汉语诗歌确实陷入了精神和认识的种种"围栏"中："当代诗歌的诸多虚假的艺术问题——骆一禾谓之'艺术思维中的惯性'，都是由虚荣所造就的大大小小的自我围栏。抛弃了虚荣，真正的艺术问题，作为创造和灵魂的问题，才会浮现出来。这种虚

---

① 西渡：《重提"修远"》，见西渡：《守望与倾听》，中央编译出版社2000年版，第144—146页。

② 姜涛：《在山巅上万物尽收眼底——重读骆一禾的诗论》，《新诗评论》2009年第2辑。

荣实际上也源于历史感的阙如,把自我的一点利益相关的表象——甚至不能提升到经验的层面,当作了诗歌的出发点和归宿。"(第90—91页)不仅如此,当前诗歌还显现出与当前文化极为相似的破碎趋势,缺乏骆一禾诗歌的那种"整体性"——可以看到,在骆一禾的全部创作中,"无论是其长诗还是短诗,都为一种强大热烈的精神氛围所统摄,缭绕着一种深厚的主体力量"(第143页),而这种主体力量也为时下多数诗歌所缺失。西渡无疑领悟了骆一禾冲破精神"围栏"、构建汉语诗歌发展道路的紧迫感与预见性,并对当前诗歌状态同样有一种紧迫感,故而重提骆一禾的"修远",这既是对"文明的黄昏"中生命活力的呼唤,又包含了对新的诗歌创造力的期待。

《壮烈风景》一书在诠释骆一禾的诗学见解和解读骆一禾的诗歌文本方面,有很多精彩之处,某些论析尤显西渡作为诗人和诗评家的匠心和洞见。譬如他在分析骆一禾的长诗(第四章)时,独辟一节讨论骆一禾长诗的音乐性,在描述骆一禾毕生创作中诗歌音乐性"不断加强而深化"的过程的同时,也对其诗歌音乐性的丰富表现及限度进行了剖解,这可说是此部分论述的点睛之笔。西渡之所以对骆一禾诗歌的音乐性十分看重,一方面缘于他本人一贯的对诗歌格律的敏感和倾力探求[①],另一方面则是由骆一禾诗歌音乐性理论与实践之于当代汉语诗歌的重要性所促动的。在西渡看来,对于骆一禾而言,诗歌音乐性的问题"必须从精神层面去把握和认识……在写作活动中,它体现为'一个语言的算度与内心世界的时空感,怎样在共振中构成语言节奏的问题,这个构造给纷纷迭出的意象带来秩序,使每个意象得以发挥最大的势能又在音乐节奏中互相嬗递,给全诗带来完美'。……(因此)要从整体生命的律动理解诗歌的音乐性,正是生命律动本身赋予诗歌音乐性,给意象带来动态和秩序,赋予意象以生命……'在写一首诗的活动中,诗化的首先是精神本身。'这个诗化的过程,同时也就是语言音乐化的过程,就是语言和精神相互侵入、结合的过

[①] 参阅西渡的《林庚新诗格律理论批评》《孙大雨新诗格律理论探析》《徘徊在明亮与灰暗之间……——弗罗斯特论》《"汹涌不已,永远升腾又降落……"——试论惠特曼诗歌中的节奏与韵律》等文。

程。精神活动的吹息迸射把语言卷入到它的运动中,而成为音乐的"(第180—181页)。骆一禾对诗歌音乐性的富于创见的理解与践行,在当代汉语诗歌进程中有着独特的贡献:"骆一禾、海子1986年前后相继从朦胧诗意象方式的挣脱是当代诗歌值得大书的事件,它是当代诗歌的写作方法论由匠气的制作转为创造的标志——这一转变同时把自由赋予了语言和主体。"(第182页)对骆一禾这一贡献的认定,或许有助于重新勾画当代诗歌发展的脉络,厘清其间真正有价值、有潜力的"传统",并进一步思考汉语诗歌的现代性与汉语性等议题。

此外,西渡有感于现有海子研究中"一般性的、重复性的论述多,确有价值的独立意见不多,细致深入的批评分析则相当少",某些研究"有脱离文本的抽象化趋势,试图以各种当代流行理论阐释海子的文本,把鲜活的诗玄学化并附属于理论"(第382—383页),因此《壮烈风景》还用很大篇幅对骆一禾、海子这对"孪生的麦地之子"进行了比较研究,详述了两人在写作个性、方法及诗歌主体形象、主题、意象等方面的同与异,澄清了两位诗人(特别是海子)研究中的种种偏差与误区,从而在体现对骆一禾研究的拓荒之功的同时,也有力地推进了海子研究。

在很大程度上,西渡关于骆一禾的研究开启了新诗个案研究的新路径,对当下乃至未来诗歌研究和创作都具有启示意义。毋庸讳言,在近些年来的汉语诗歌界,由于个人化写作的不断扩张和诗歌技艺的表面进展,不少人产生了今人胜于前代的进化论幻觉。他们没有意识到当下诗歌所面临的困境和危机,没有看到与十多年前相比,诗歌研究及创作其实已置身于一种更为艰难、错杂的处境中,诗歌研究和创作不再仅是诗体、形式等内部问题,而变成了与社会生活、时代遭际等诸种因素的多方位的摩擦。纵观一百年的汉语诗歌历程,不难发现诗歌的文化活力和创造力呈逐渐衰退的趋势,诗歌与社会文化的互动关系日趋松散,诗歌对社会文化的参与意识和能力也渐渐丧失,诗歌的格局、空间趋于萎缩和窄小。在如此情境下,骆一禾的具有宏阔视野和高远志向的诗歌与诗学便显得弥足珍贵,实乃一笔不可多得的遗产。为呈现骆一禾之于当代汉语诗歌的重要性,西渡的《壮烈风景》注重对骆一禾诗歌及其精神同时代境遇之间关联的探掘,着力探讨骆一禾的人格气质与其诗歌、诗学的相互生发的关系。西渡认为,"在现代性和中国近代历史进行反思的基础上,兼容儒家的历史承担意识和基督教的博爱思想,形成了自己独特的生命诗学观"(第142—143页)。诗评家陈超也说:"这个平展着红布的目光清澈的诗人,是谦和的仁义之士。"① 在此笔者愿意更进一步,将骆一禾不甚恰当地确认为一位"新儒学"诗人,这主要是就其具有共通性的内在气质和诗学理想而言。比如他的"修远",就跨过了汉语诗歌的"千山万水",把自己的气息直接通向了屈原那一脉。在现当代汉语诗歌中,或许仅有冯至、昌耀这样的诗人与之声息相投——事实上,他们正是骆一禾诗歌与诗学形成过程中,堪与斯宾格勒、汤因比等西方资源构成互补的本土资源②。汉语诗歌中这一脉富于构建性的谱系,还有待细细地梳理与阐发。在20世纪90年代以后的复杂语境里,那些显得阔大、经过骆一禾大力倡行的诗学理想,遭遇了不无"尴尬"的命运。但愿这部《壮烈风景》能够唤醒某种诗学觉识,并激起一定的回应。

---

① 陈超:《生命诗学论稿》,河北教育出版社1994年版,第262页。
② 在《苏格拉底最后的日子——给大诗人昌耀先生》一诗中,骆一禾写道:"而先生,在狱中,是你使我们失掉墙壁/并看见岩石和橡树的人。"在一篇评论中,他更是称颂昌耀"以他的创造力,介入了当今之世的精神氛围,呈现、影响乃至促成了本土的精神觉醒"(骆一禾、张玞:《太阳说:来,朝前走》,《西藏文学》1988年第5期)。

当代诗歌的微观历史[①]
——与《抒情的盆地》相关的话题

如何描述中国当代诗歌最近三十年风云变幻的历程,仍然是一个难题。一种较为常见的做法是,从这些年诗潮涌动的景观中,抽绎出从"朦胧诗"到"后朦胧诗"的嬗递轨迹,并阐释各自的诗学分野及其动因,试图寻索历史背后的某种"规律"。譬如,20 世纪80 年代诗歌是抒情的而 90 年代诗歌走向了叙事,便是人们获取的重要"规律"之一。这样的判断或许在一定范围内是有效的,可是这一"规律"的真正含义究竟是怎样的,并不被多数赞同者或反对者了然于心。正如一位论者提醒说:"其实,叙事性……与其说它是一种手法,对写作前景的一种预设,毋宁说是一次对困境的发现。"[②] 由此表明了任何以总结姿态进行历史描述的可疑之处。

历史是否必然会产生某种"规律"?历史的不同阶段之间是否必须具有某种连续性?就中国当代诗歌最近三十年的发展过程而言,人们所期待的"规律"和连续性实际上并不存在,恰恰相反,枝蔓丛生和回旋往复构成了这一时期诗歌的总体趋向,它的进展更像是一次次作"离心"运动的"播撒"(Dissémination,借用德里达的词汇),所留下的更多是一些零散的活动、主张和文本的"踪迹",其间充满了混杂、颠覆与暗合。我以为,寻求"规律"与否,是区分两种看待历史方式的"试纸"之一:一种是,秉持着某种整体的观念对历史进行追溯,结果历史的某一阶段的特性被本

[①] 刊于《读书》2007 年第 6 期。
[②] 姜涛:《叙述中的当代诗歌》,《诗探索》1998 年第 2 辑。

质化了，而成为放之四海皆准的定律；另一种是，由具体的细节、微小的场景出发，勘探那些散落在历史罅隙的少为人知，甚至被遗忘的残存物，通过细细打磨而使之重放光彩。

从这一角度来看，敬文东的诗学专著《抒情的盆地》（湖南文艺出版社2006年6月版）无疑属于后者。这部论著脱胎于敬文东的博士学位论文，可谓实现了一次关于中国当代诗歌历史的局部的、微型的观察，或用敬文东本人的话说是"对一个小时代的记录"[①]。在此，学院的规范与观察对象的"非规范"之间形成了微妙的"反讽"，诗歌写作和学术研究所共有的正统与异端、宏大与弱小、中心与边缘的对立得以凸显，这两股势力开始了一场压抑与反压抑、消解与反消解的较量。最终，"大"让位于"小"，一些"被压制、被监视、被忽略的小东西"占据了该著关注的"核心"位置，而火锅、茶馆、晚报、银行等一些"不起眼"的词汇也纷纷被拈出，为"小东西"们提供了栖身和展示风采的场所。当然，敬文东并没有让自己的论述陷入"二元"对峙的泥沼，虽然其间也包含了大时代与小时代、普通话与方言、高调与低语的冲突，但这些冲突的发生仅仅被设置为一种背景，直接出场的是那些"充满了雄辩与绝对化的肉感气势"、从时代的一侧呼啸而过的语词激流：

> 永远不要从少数中的少数
> 朝向那个围绕着空洞组织起来的
> 摸不着的整体迈出哪怕一小步。永远不
> ——欧阳江河《咖啡馆》

诚然，在相当长一段时间里，对抗或叛逆确实是中国当代诗歌完成自我蜕变的法则之一。以真实取代虚假，以个人反抗群体，以感性抵制理性，以平面消除深度，中国当代诗歌正是在这种不断的反叛中实行着某种更迭。持续反叛带来了诗歌创造上的双重后果：一方面，对"新异"和可能

[①] 敬文东：《对一个小时代的记录》，《山花》2000年第1期。

性的迷恋,成为一茬茬新人进行探索的动力;另一方面,由于总是面临着"另起炉灶"、重新开始,当代诗歌所应有的储备、累积机制并未真正建立起来。反叛背后隐藏的"陌生化"律令,即"重新命名"的渴望,使得中国当代诗歌一度滑向了美学的"空转"。事实上,不管在20世纪80年代还是90年代,倘若可以概括的话,诗歌中一个十分重要的观念就是"偏移",具体而言体现为诗人的一种"剥离"或"缩减"行为:对政治、文化、价值乃至语言的剥离。当然,"剥离"或"缩减"并不是简约的代名词——一种形体和面积上的去除冗赘,而是从表层方式到内部肌理的置换,虽然有时置换本身没能发挥积极的效力。比如,当人们说20世纪80年代诗歌是抒情的而20世纪90年代诗歌是叙事的,我想这一判断本不应该包含对立或递进的意味,其实所谓叙事不是别的什么,恰恰是抒情的方式发生了改变,在它周围环绕着诸多问题的关联域,如经验、及物、诗体等等。正是在此意义上,敬文东认定:"叙述(即叙事)的九十年代并不是对抒情的八十年代的彻底背离,而是有礼貌、有风度的继承。"①

在中国当代诗歌版图上,四川是作为"外省似的反叛"(钟鸣语)之"策源地"而引起关注的。在那片"渗透了神秘巫术的地貌""痉挛向上的断壁"及"匪徒般劫掠空峡的棕云,归真返璞的水与城与人"②的盆地,各种诗歌力量交织的情状堪称当代诗歌迁变的缩影,其诗学症候的典型性为世人所公认。不过,已有的谈论大多仅限于一种充满猎奇眼光却不免浮泛的扫描,目的在于巴蜀地域奇异的风俗、人文、性格所激起的惊诧与艳羡,然而地域与诗歌之间繁复的互渗关系、地域因素导致的诗歌观念的"偏移"及其技艺表现,并未得到很好的辨析。洪子诚、刘登翰的《中国当代新诗史》指出:"诗歌的'地域'问题,不仅是为诗歌批评增添一个分析的维度,而且是'地域'的因素在80年代以来诗歌状貌的构成中是难以忽略不计的因素。在诗歌偏离意志、情感的'集体性'表达,更多关注个体的情感、经验、意识的情况下,'地域因素'对写作,对诗歌活

---

① 敬文东:《诗歌中的八十年代和九十年代》,见《抒情的盆地》第一章第2节,湖南文艺出版社2006年6月版。

② 巴铁:《"巴蜀诗页"·"编后语"》,《诗歌报》1986年7月21日。

动的影响就更明显。偏于高亢、理性、急促的朦胧诗之后，诗歌革新的推进需要来自另外的因素作为动力：比如世俗美学的传统，现代都市中人的生存境遇，对'感性'的更为细致的感受力等等。'南方'提供了这样的可能性。"① 这里所提到的"个体"对"集体性"的"偏离"、"南方"与"北方"的相异，将"地域"的意义凸显出来。

　　毫无疑问，"地域"提供了一个切入当代诗歌的微观视角。当然，在不同的观察者那里，"地域"会得到不同的诠释。在生于重庆的诗人柏桦看来，"地域"是一种激发，他眼里的那座山城"在热中拼出性命，腾空而起，重叠、挤压、喘着粗气。它的惊心动魄激发了我们的视线，也抹杀了我们的视线。在那些错综复杂的黑暗小巷和险要的石砌阶梯的曲折里，这城市塞满了咳嗽的空气、抽筋的金属、喧嚣的潮湿……重庆的本质就是赤裸！诗歌也赤裸着它那密密麻麻的神经和无比尖锐的触觉。诗歌之针一刻不停，刺穿灰雾紧锁的窗户，直刺进我们的居室、办公室、脸或眼角"；诗歌的力量的确在这样的地方找到了不同凡响的聚合和发酵之处，"美学'反动'或美学'颠覆'也尽情在此厮杀、朗诵、哭泣"②。有意思的是，评论家李陀从柏桦的追述里，体味的是某种缘于"地域"的诗歌情谊："如果没有朋友，没有那种和高扬的诗情融在一起的温暖的友情，那就不可能有四川诗人群体的崛起。"③ 对于生长在四川的诗人钟鸣来说，"地域"的因素是深入骨髓的，当他谈及南方时心中想到的是自己的家乡："谁真正认识过南方呢？它的人民热血好动，喜欢精致的事物，热衷于神秘主义和革命，好私蓄，却重义气，不惜一夜千金撒尽。固执冥顽，又多愁善感，实际而好幻想……"④ 而同为川籍诗人的萧开愚大概也是如此："南方雾岚萦绕的丘陵地区，江河纵横、沟渠密布的水乡，和野兽出没的热带与亚热带丛林，都是滋生幻想、刺激想象力的

---

　　① 洪子诚、刘登翰：《中国当代新诗史》（修订版），北京大学出版社2005年4月版，第211页。
　　② 柏桦：《左边：毛泽东时代的抒情诗人》（第三卷），《西藏文学》1996年第3期。
　　③ 查建英：《八十年代：访谈录》，北京三联书店2006年5月版，第250页。
　　④ 钟鸣：《旁观者》（第2册），海南出版社1998年11月版，第807页。

强制性地貌……南方诗人在陈述现实的时候，很少提供开阔的视野，浮想联翩多于观察，比喻多于比较。"①这与长期生活在成都的诗人翟永明所说的"一个闲散、爱侈谈的常年处于阴郁天气的地区，最容易滋生诗歌的魂灵"②如出一辙。这些充满诗意的想象、散发着浓烈地域气息的絮语本身，构成了可予以分析的生动的素材。

在敬文东这里，所谓"地域"是非常具体的。当初，敬文东那篇学位论文有一个奇怪的标题：《指引与注视》。于是，四川诗歌的20世纪80年代和90年代就被具体的"火锅与茶馆的指引"和"晚报与银行的注视"区分开来。不过，火锅（"四川盆地崇山峻岭与密布的河流按'比例'制成的微缩品"）、茶馆（汇集了"四川人的懒散、闲适、饶舌"）这些极富地域色彩的"道具"，还只是敬文东展开论述的引子，它们共同指向了一个更为根本的地域元素——"方言"。"方言"是各种地域因素向诗歌写作渗透的介质，是"地域"参与并导致诗学"偏移"的终极武器："四川'方言'在把自己的本有特质使用到诗歌写作中并处理事境时，构成了一种探测灵魂状态的方式，它是有关灵魂的现象学。"③"方言"无疑是一枚灵敏的感受器，在诗歌中它对应着肉身、此在、当下、具象、细碎——

> 正是因为生活在当下，四川"方言"诗歌写作始终在火锅与茶馆的指引下，把更多的笔触放在了当下现实生活的描述上，它抓住一切可以被诗歌写作抓住的当下时间片段，这里面包孕着具体的、充满细节性的生活段落，它富有"诗意"；也正是对当下瞬间的重视，留存在、凝固在这些瞬间的生活细节被语言激活、解放并呈现在我们眼前，让我们大吃一惊。而被激活、被解放出来的生活片段意味着，它有可能使诗人与当下生活在同一个时间

---

① 萧开愚：《南方诗》，《花城》1997年第5期。
② 见《完成之后又怎样——翟永明访谈录》，《标准》1996年创刊号。
③ 敬文东：《抒情的盆地》，湖南文艺出版社2006年6月版，第89页。以下所引该著只注明页码。

段里，对它做第二度的重逢、重访。（第 112 页）

在中国诗歌急剧变化的 20 世纪 80 年代，"方言"恰如其分地充任了富于喜剧色彩的美学革命的催化剂，而不仅仅是"调味品"。至少在风起云涌的四川盆地是如此："方言"（及其衍化的姿态、语调、词汇）成为"非非""莽汉""整体主义"诗歌群落集聚的重要据点；正是基于"方言"，这些流派（自我赋予了概括功能很强的名称）的理论主张与写作实践才可被还原为一个个诗学个体和问题，即更为内在的诗歌技艺的"细节"。从声音来说，在"方言"浸润下的四川诗歌偏于洪亮的音色，当然这只是就音色（更多地表现为一种"大嗓门"导致的激烈气势）而言，与此前诗歌中过于坚硬、高亢的音调大为不同，因为四川诗歌在质地上是软性的；从时间的形式来说，由于"方言"的羼入，四川诗歌显示出"把一切正经严肃的、庄重的巨大时间转换为渺小、世俗，但又绝不是可有可无的自身的时间，以及这种时间中的事件"的能力，更易于处理戏谑的、滑稽的、平凡的、琐屑的题材，这"天然地带出了本己的、当下的、现在而今眼目下的空间段落"；从词汇的构成来说，随变幻多端的"方言"而来的，是四川诗歌"对词汇是发现式的，是在看似没有诗意的词汇中寻找式的"，并倾向于直接使用"小词"，"直接使用小词意味着直接深入事境，直接接受了小词中卑污甚至淫亵的成分"（从而抵制了"大词"写作中的洁癖行为）。最终，受"方言"激励的四川诗歌弥漫着一种"语言的形式主义的狂欢化"："无论是充满暴力的平凡特征，还是充满笑声的喜剧效应，无论是胎记样的内在时间，还是从火锅厅与茶馆中感染来的高亢有力、雄辩、绝对的音势，都无处不充斥着这种语言天然就带出的愉悦。"（第 118—119 页）

从新诗的历史来看，"方言"入诗几乎形成了一个小小的传统，像徐志摩的著名的硖石方言诗系列、蹇先艾早期的带着浓重贵州方言的诗作、闻一多的夹杂着鄂东方言（口语）的部分诗作，从一个侧面补充了当时新月诗人关于新诗格律（特别是语调）的讨论和实践，并开启了其后诸如卞之琳的"戏拟"（parody）等技法。不过，对于中国当代诗歌而言，并不存在能够成为普遍法则的"方言"写作（其实直接用方言写作的局限很大），"方言"更多是作为一种实现变化（缩减、削弱或重组）的资源被征用，潜在地形成了诗歌风格、音调的一道底色。很多时候，"方言"是在隐喻的意义上受到诗人们的青睐的，因为它首先意味着颠覆——对于以普通话为根底的诗学体系的颠覆。敬文东注意到，与四川"方言"相适应的思维方式是一种"谓语思维"，其"核心是：我……'在做'……什么，重心落在怎么做上。它代表的是人在事境中天然就展开的行动"；而"普通话的庄重、严肃、通常情况下的低嗓音，使它更注重对寂静事物的看重。在更多的情况下，寂静意味着肃穆、庄严，它更代表着一种情景。情景是一种完成了的状态，是比事境更高的一种纯意义的东西……用普通话写作的诗人，即使把笔触深入到事件之中，也主要是想从中发现比事件更高的情景"。这样，"由于各自强大传统的隐在作用，四川'方言'诗歌写作的重点基本都放在灵魂对事境反应的原生状态上，普通话诗歌写作的重点，却放在了灵魂原生状态之上的另一种状态之上——前者是说，灵魂对事境的反应'是怎样'，后者是说，这种反应'该怎样'"（第 88 页）。

依照敬文东的观察，"方言"之于当代诗歌的效用，在 20 世纪 80 年代和 90 年代大不相同。倘若说，"方言"在 20 世纪 80 年代的四川诗歌中是借助于火锅、茶馆等场域或氛围而得以现身的，那么，到了 20 世纪 90 年代，随着以晚报、银行等为重要标志的"强人时代"的来临，"方言"的敏感、戏谑、直接、凡俗等特性开始发挥了新的效力。20 世纪 90 年代社会文化的反乌托邦性质，恰好契合了"方言"的习性。在此，"地域"因素、年代的迁移与诗艺的转变纠结在一起："四川'方言'本有的内在时间形式（即将一个大时代、显在时代处理为小时代的能力）在这里起了极大作用。""那些营造小时代并在新一轮的趣味性中打滚的人们，抛弃了长胖的欲望，阉割了词语的纵欲术（即杜撰过高的乌托邦），最大限度地剿掉了数学的运转节奏，只把目光射向被宏大叙事遗忘了的、孤单的、古怪的小脑袋，因为那里边装有对一个时代的真正悲悯，预言，痛苦。"（第 244—245 页）于是，诗歌出现了新的命名法则：

　　我们能把一首诗写得无味吗？
　　你也许会说：不行。我却说：

可以。现在，我认定歌唱是不必要的。

——孙文波《一致》

    在新的命名法则的驱使下，中国当代诗歌逐渐放弃对时代的"方言"式的反抗，而倡导一种介入和修正的姿势。保持着"决不站在天使一边"（臧棣语）的态度，诗人们在写作中开始由不及物转向及物，并进一步消弭了诗与非诗（从题材到词汇）的界限。正是在此背景下，"九十年代是诗歌中的叙述（叙事）时代"这一论断才得到了合理的解释："当诗人们发现四川'方言'并不能完全适应强人时代对诗歌书写的要求时，他们并没有回到普通话上去，而是通过所谓的'双向否认'，更重要的是，通过对自身的修改'回到'了新的位置，叙述（叙事）的生发和大面积使用就是这新位置的表征。"（第255页）

    中国诗歌的20世纪80年代向90年代转换的态势表明，一定程度上，"方言"从极其微观的角度，暗暗地改写了中国当代诗歌的进程。不过，毋庸置疑，诗歌写作中并不存在"地域"或"方言"的决定论，"方言"的效力和活力终究不是无边无涯的。由此敬文东断言，"单纯依靠四川'方言'，过分信任四川'方言'是危险的"，因为"四川'方言'尽管已经具备了书写这个时代的先天基础，但它的不足是显而易见的，这表现在它的分析性、历史感和对话素质的严重缺乏上"（第312页）。尤其值得警惕的是，"方言"的过度和滥用，同任何事物的过度和滥用一样，未免会在诗歌写作中引起另一种霸权主义。

通往一种开放的社会 – 文本诗学[①]
——姜涛诗歌批评的创造性贡献

姜涛兼有诗人、学者、批评家三种身份。我读他的诗歌和研究、批评文字多年，总想就他的诗歌或者批评写点东西，但一直没有找到合适的契机，也没有想好如何"下手"、从什么角度切入。回想起来，最早读到姜涛的文章还是我读研究生的时候，是他大概也正读研时写的一篇关于冯至、穆旦诗歌中人称分析的论文，很是赞赏，印象极深。前些年我们几个青年学人组织过一系列的讨论会，其中两次的主题就是姜涛：一次是关于他的《"新诗集"与中国新诗的发生》，一次是围绕他的论文《巴枯宁的手》展开的。这次的研讨会恰好是一个契机。本次学术活动以对姜涛诗歌批评的讨论为起点，是有一定象征意味的。我觉得这个起点就像是要树立起一个标杆，一个当代诗歌批评的标杆。这个标杆在某种程度上也是一种尺度，以之去衡量当下诗歌创作和批评，厘定诗歌批评在当代社会文化中的位置。

关于姜涛的诗歌批评，这里我先斗胆做出一个论断：他的诗歌批评是我们这一代批评者中最好的（没有之一）。更进一步地说，我认为综合地看待姜涛的诗歌批评（还有他的其他学术研究），它们是没有明显瑕疵或缺陷的。没有瑕疵是什么意思呢？这并不是说它们表现得天衣无缝、无懈可击，而是指它们在一些关键命题的把握上、在一些重要的评判和分析上

[①] 本文为2020年12月在福建师范大学举行的"诗歌批评的当代面相与思想品格"研讨会上的发言整理稿。

甚至在行文上，基本上没有闪失，经得住时间的检验，是令人信服和值得信赖的，也会不断给人启发（相比之下，我们在当下的诗歌批评里看到了太多经不住推敲、不值得信任的东西）。也许，姜涛的诗歌批评里的确隐含着一些可以延伸的问题，但这些问题恰好是他诗歌批评的活力所在，能够激发后来者沿着其问题的线索继续思考和探究。

我想举出两位十分优秀的诗歌批评家，与姜涛稍微做一番比较，以凸显姜涛诗歌批评的特点。一位是上一辈的陈超，一位是同辈的敬文东。这两位的诗歌批评都产生了广泛影响，他们的成就有目共睹。诚然，姜涛的诗歌批评里有一些议题是从陈超诗歌批评的相关论述中生发出来的，是在后者基础上的推进。不过，我注意到陈超诗歌批评里的一些核心概念，比如诗歌本体、个人化（或个人主义），以及"历史想象力"等，他的某些阐释中包含了一种本质化、静态化的趋向，这是毋庸讳言的。我曾在一篇关于陈超的评论中指出过。虽然陈超试图显出某种历史的眼光（如《先锋诗歌20年：想象力方式的转换》等），在批评中引入文化、生命、精神等因素，以反对单纯的修辞学，但最终呈现的文本面貌仍然显得相对封闭、自足，特别是他偏好从普遍的视角和观念出发谈论问题，容易与具体的批评实践脱节，造成错位。正是在陈超诗歌批评的薄弱处，姜涛将其关键概念的讨论导向了一种更开阔的视域，针对陈超的"历史想象力"发出了强有力的追问："'历史想象力'有否存在内在的限制，又该怎样突破限制？这一突破又将伴随了怎样的困境？"[1]这一带有自我反思性质的追问显然有助于去除这一概念的本质化趋向。而把敬文东和姜涛进行比较也是很有意味的，敬文东诗歌批评的特点是内容博杂、思路灵活，并且善于运用历史文献，不过他对历史文献的处理方式是"为我所用"，将材料纳入自己的论述框架或理路中，不太考虑和遵循所用材料自身的逻辑。在这一点上，姜涛的做法几乎是相反的，他对材料的使用首先是基于材料本身蕴含的问题，同时重视材料得以生成的历史语境，充分意识到历史与文本之间的张力并呈现出来。前一阵敬文东分别谈论欧阳江河和西川的两篇长文引起了

---

[1] 姜涛：《"历史想象力"如何可能：几部长诗的阅读札记》，《文艺研究》2013年第4期。

反响，这两篇长文的分量确实很重，不仅切中欧阳江河和西川诗歌之弊端的要害，而且以他们为例指出了当代诗歌的一些缺陷和问题。不过从我的阅读体会来说仍有一种不满足感，主要是两篇文章对两位诗人和当代诗歌的反思虽然有其深刻甚至锐利之处，但基本上还是在一个比较单线的维度上，缺乏必要的历史纵深感，因此很容易执于一端而不顾及其他，未能全面剖析这两位诗人和当代诗歌写作面临的真正困境。这样的"偏至"，在姜涛的诗歌批评中是被避免了的。

可以看到，从较早的《叙述中的当代诗歌》《"混杂"的语言：诗歌批评的社会学可能》，到后来的《"全装修"时代的"元诗"意识》《巴枯宁的手》等，姜涛的诗歌批评敏锐地捕捉到了当代诗歌的潜在流向和重要议题，在批评视野和方式上做了很大的拓展与更新，它们所显现的总体启示是：在诗学自律性瓦解的情形下，如何通过批评重建诗歌与社会文化之间的关联，将诗歌周边的一些被剥离的因素恢复并带入变动的批评实践及对当代诗歌的反思中，重塑诗歌及批评的主体。前些年看到姜涛的文章《巴枯宁的手》后，我们几个朋友都很兴奋，认为文中论及的话题值得关注，于是对这篇文章进行了讨论，后来为整理的讨论稿取标题时选用了文章里面的一个关键词"不告别"。这个"不告别"是针对该文分析的《下雨》一诗写作之际（20世纪90年代）弥漫的"告别"氛围（向革命时代的历史和观念告别）而言的，这首诗显示的"不告别"姿态十分醒目。姜涛在文中写道："这种'不告别'多少有点怀旧色彩，但绝不是感伤兮兮的，而是暴露了某种挥之不去的记忆的在场，它不仅在场，而且仍潜在地支配了自我的意识。巴枯宁与克鲁泡特金两个名字的前后对峙，就像一柄铁钳，紧紧地夹住了这首诗，也强化了意识深处的结构：不是从他人那里赎回自我（当代诗歌的基本主题之一），而恰恰是在一种'加入'意识中获得自我更生的勇气。在这个意义上，'不告别'恰恰不是怀旧的，而是指向了一种挣脱当下的可能，一种重建主体的可能，无政府主义的记忆提供了这种结构，它唤醒了诗歌语言内部沉睡的政治性。"① 这篇文章以剖析《下雨》这首诗切入，层层推进的同时反复宕开，将当代诗歌的处

---

① 姜涛：《巴枯宁的手》，《新诗评论》2010年第1辑。

境置于20世纪繁复而阔大的现代性历史背景中,引入了众多思想文化资源,探讨在"一个文化公共性全面萎缩的年代"重建"文本与行动""知识与实践"之间关联的可能性。这样,姜涛的诗歌批评兼具开阔的视野和丰富的洞见,往返于历史与文本之间激发读者不断警醒自己重设提问的角度、探寻立论的前提。这远非当下那些就事论事的诗歌批评所能相比的(那些批评要么拘泥于局部或眼前的近处,要么止步于某个对象、文本或问题本身)。也许,人们从姜涛的上述文章里,看到他较多地处理了诗歌的外部因素,或采用了社会学、政治学的视角,会将他的批评方法简单地归结为对本体的超越、从所谓内部研究向外部研究的转换,视之为诗学社会学或政治学诗学之一种。其实不完全如此,我觉得他的诗歌批评里包含了一种深刻的人文立场。

我注意到,姜涛近几年的诗歌批评较为集中地探讨了"当代诗"的问题。其近著《从催眠的世界中不断醒来》的副标题是"当代诗的限度及可能",此前他自编了一本论文集,题目则是《当代诗的"笼子"内外》,着眼点都是"当代诗"。两本集子里的一些文章从标题看,就鲜明地指向了"当代诗"的议题,如《当代诗中的"维米尔"》《当代诗的"笼子"与友人近作》《"混搭"现场与当代诗的文化公共性》《从"蝴蝶"、"天狗"说到当代诗的"笼子"》等,除"当代诗"这个概念外,还有一个使用频率较高的词"笼子"。"当代诗"是近些年来一些诗人和批评家提出并着力讨论、赋予了某种特定含义的一个概念,据说与"现代诗"相对,与"当代艺术"(相对于"现代艺术")的概念有一定的相通性。实际上,不同的诗人和批评家对"当代诗"的理解和阐释是有差异的,其间包含了如何看待"当代诗"中的"当代"或"当代性"的问题。在姜涛的阐述里,"当代诗"这个概念首先体现的是新诗面临的一种困境和对这种困境的反思,他借用张枣的诗句和钟鸣阐释张枣的论文《笼子里的鸟儿和外面的俄耳甫斯》,将这种困境及反思比喻为"笼子"和对"笼子"的突围:"不言而喻,'笼子'象征了某种无法挣脱的系统,它既是写作发生的语言环境,又指向更为总体性的社会控制、文化控制。"在此基础上,姜涛揭示了根深蒂固于新诗写作中的某种浑然不觉的"意识形态"性,尤其是20世纪80年代以后诗歌"向内转"之后:一方面,"形式的有机、经验的整全、想象力的尊严、人性之谐和，凡此种种，似乎赢得了越来越多的赞同"；另一方面，"新的'同质性'本身已采用相对化形式……'一眨眼'就关联了一切、支配了一切，造就了'怪异铰合'的本地现实"。因此，他提出："当笼子的版本不断升级，已成无边蒸腾之势，要在笼中保持持续的警觉。"①

姜涛关于"当代诗"的反思，为我们重新理解新诗历史、性质和前景提供了一种开阔的视野，或者说设置了一种上面我所讲到的人文框架。这一框架包纳了当代乃至整个20世纪中国社会进程中的政治、经济、文化等诸种因素。在他看来，"扬弃了修齐治平的传统以后，如何在启蒙、自由、革命一类抽象系统的作用之外，将被发现的'脱域'个体，重新安置于历史的、现实的、伦理的、感觉的脉络中，在生机活络的在地联动中激发活力，本身是20世纪一个未竟的课题"。他借此考量的是诗歌的活力、可能与限度，有明确的针对当前诗歌写作的指向性，并且力图推进诗歌的更为"内在""微妙"的"公共性"："在社会性的衔接或卷入中，同时指向了一种联动的'场域'。在这样的'场域'中，一个议题不简单被提出、被附议或被否决，而是能被不断调整、深化，并且结合于实践的进程。"②我对"当代诗"的问题有自己的看法，认为"当代诗"虽然发展了现代诗歌的部分路向，但在开辟当代的诸多命题、凸显其"当代性"的过程中，抽空了问题得以生发、延展的路径，过于强化某些单一的层面，从而窄化了自身的可能性的向度，因此难掩其局限与危机。这个判断与姜涛的分析有相呼应的地方。

正是基于宏阔的社会史视野和对各种问题背后的背景的洞察，姜涛对诗歌文本的解读便有着更为深透的路径。《巴枯宁的手》对《下雨》一诗的剖析、《"全装修"时代的"元诗"意识》对《全装修》一诗的剖析，都是很好的例子。而较早在《"混杂"的语言：诗歌批评的社会学可能》

---

① 姜涛：《由当代诗的"笼子"说到友人近作》，见哑石主编：《诗蜀志》，成都时代出版社2016年版。

② 姜涛：《由当代诗的"笼子"说到友人近作》，见哑石主编：《诗蜀志》，成都时代出版社2016年版。

一文里,他就借助对西川《致敬》一诗的分析,提出了"诗歌批评的社会学可能":《致敬》作为对"情绪、词语的释放""意味着泥沙俱下的词语、经验,但当箴言语体遏制住释放,形式的不连续性,在更高意义上就服务于作品有机性的完成:将历史的压力、社会性的困惑,转变为风格之间的张力,而最终化解、释放于箴言语体空洞的回声里。这意味着讨论命运、黑暗、悖论的《致敬》,不只是一首有关诗歌的'元诗',它的写作本身就是一种身份矛盾、社会压力的象征性解决。"[①] 以上诸篇表明,姜涛所践行的正是一种将社会与文本互相打开的开放的诗歌批评。

此外,我还想指出一点:姜涛诗歌批评的文字也是令人赞叹的。他善于从现象和文本中提炼问题,将各种相关材料编织进来,穿梭于其间而不显累赘,开阖自如,给人以一种举重若轻的轻盈感——当然轻盈不是轻飘,而是卡尔维诺意义上的"轻逸"。现在人们对诗歌批评的文体也很关注,其中有一种意见很强烈,就是认为一段时间以来诗歌批评过于学院化了;因为从事诗歌批评的大多是学院培养出来的硕士博士,他们的论文似乎是按相同的套路写的,行文方式、论述角度等都模式化了,缺少与写作现场和实践的互动,因而显得有些"隔"、不新鲜。应该说,这种情况或者说学院体制下批评的弊端是存在的,不过也不能一概而论。姜涛也是从学院里出来的,却全然没有这些毛病。学院的专业训练是一把双刃剑,做得不好的就不用说了(生搬硬套、削足适履、保守与固化等等不一而足),但它最大的好处是能够增强批评的历史意识和方位感,一定程度上可以避免不着边际的信口开河。另一方面,出于对学院化批评的抵制,有人倡导一种貌似轻松活泼的文风。不能不说,很多所谓轻松活泼的文风,实则是轻飘的甚至轻佻的做派,里面夹杂了太多自以为高明的我行我素和自说自话。奇怪的是,往往是这种批评激起了一片喝彩声,殊不知它们的问题多多:要么是趣味性太重,让趣味混淆甚至淹没了应有的审美判断、价值判断;要么是以辞害意,看起来写得摇曳多姿,读起来也很流畅,但不少论述缺乏依据和学理性,甚至是段子、八卦的拼凑。所以,我特别希望树立起姜涛的诗歌批评这座标杆,以其严肃性、示范性匡正当下批评的乱象。

---

① 姜涛:《"混杂"的语言:诗歌批评的社会学可能》,《上海文学》2004年第5期。

思想的形式：断片书写的可能[1]
——兼论李心释的诗歌批评

一

没有人会否认书写形式、言说方式的重要性。一种观念或想法、情感或思绪，以什么样的面貌呈现出来，绝非无关紧要的。人们已经注意到，在中西文明的早期阶段，两个具有标志性的人物——孔子和柏拉图，他们思想的展示不约而同地采用了对话形式。对话在思想传播、交流过程中，自有其独特的形式价值，两位先哲之后以这种方式著书立说者不乏其人。当然，在当时及后来数千年的文明传承进程中，人类思想的表达还有其他多种形式。其中，"断片"（Fragment）是格外值得关注的一种。

作为一种书写形式，断片有着十分古老的渊源。古希腊前苏格拉底时期的赫拉克利特等哲学家，即用断片形式表述其思想；女诗人萨福流传下来的诗作，呈现的基本上是片段残篇的形态。虽然有可能是天灾人祸造成的残篇样貌，但人们倾向于认为，正是那些远古时代的哲人和诗人开创了断片书写形式。[2] 而按照美国学者宇文所安的说法，记录孔子及弟子言论的《论语》其实也是一些断片的集合："《论语》里贮藏的满是断片，这是最值得注意的，这些断片就是孔夫子的弟子们碰巧听到、记得和保存下

---

[1] 本文部分内容刊于《文艺争鸣》2022年第4期。

[2] Camelia Elias. *The Fragment: Towards a History and Poetics of a Performative Genre* [M]. New York：Peter Lang Publishing, 2004.

来的他的一些话。"他进而提出了自己的主张:"中国文学作为一门艺术,它最为独特的属性之一就是断片形态。"① 不过,宇文所安所指认的断片主要是针对中国古典文学作品中的回忆特性而言的,作品与其作者所处的时代和世界构成了部分—整体的关系,引导读者进行修复和拓展,探入"那个已经一去不复返的生活世界"。

在西方人文领域,从文学创作(主要是诗歌、小说)、文艺评论到哲学阐述、伦理论辩,聚集了一个庞大的断片书写的作者群:蒙田的随笔、帕斯卡尔的《思想录》、拉罗什福科的《道德箴言录》、儒贝尔的《沉思录》、弗·施莱格尔的《雅典娜神殿断片集》、诺瓦利斯的《花粉》、利希滕贝格的《格言集》、尼采的著作、维特根斯坦的《哲学研究》、罗扎诺夫的《落叶集》、里尔克的《马尔特手记》、本雅明的《单行道》、卡尔·克劳斯的《格言与反驳》、瓦雷里的多卷本笔记、纪德的《安德烈·瓦尔特笔记》、巴塔耶的《内在体验》、布朗肖的《灾异的书写》及其诸多文论和小说、薇依的《重负与神恩》、埃德蒙·雅贝斯的《问题之书》、勒内·夏尔的《伊普诺斯的书页》、罗兰·巴特的《文之悦》《恋人絮语》、卡内蒂的《钟表的秘密心脏》《人的疆域》、齐奥朗的《解体概要》《在绝望之巅》、朱利安·格拉克的《首字花饰》……不胜枚举。就连以博大、严密著称的海德格尔,也写出了《哲学论稿(从本有而来)》这样由281节断片式文字组成的巨著(其重要性堪比海氏的《存在与时间》),以及多部名为《思索》的笔记。这些断片书写,无不寄寓着思想和文化的创新。

众所周知,以弗·施莱格尔、诺瓦利斯为代表的德国早期浪漫派文人,率先将断片确立为一种理论书写文体。虽然宇文所安从自己的断片观出发否认浪漫派的断片写作是"真正的断片",并且弗·施莱格尔所说的断片比较宽泛(把随笔、对话、演讲甚至书信也包括在内),但浪漫派极力倡导并践行的断片写作背后所隐含的一系列观念,促使人们不仅从形态角度,而且从性质、功能、价值等方面,重新思考文学及理论与人的关系,

---

① 宇文所安:《追忆:中国文学中的往事再现》,郑学勤译,三联书店2004年版,第80、88页。

重塑一种新的世界观和认知方式。诚如菲利普·拉库－拉巴尔特和让－吕克·南希所说："断片的形式本身就是一种理论表征,体现了浪漫派的精神追求,也充分反映了浪漫派第一代人的气质、特征和心态。"① 显然,断片并非仅仅是书写形式,更是一种思维方式。

与直接启发了弗·施莱格尔断片写作的法国作家尚福尔相比,德国早期浪漫派对于断片形式本身显示出更为明确的文体意识。弗·施莱格尔在谈到断片写作产生的契机或动因时提出："诗意(Poesie)是这样丰富,然而最难得的却莫过于一首诗(Poem)!这种状况造成了大量饶有诗意的随笔、草稿、断片、倾向、残篇和素材的产生。""警句之所以成为警句,乃是借助于它们生成时令人惊诧的偶然性,得益于思想的聚合力和匆匆道出的表达的巴罗克韵味。"他还在外部形态和内在质地上对断片写作做出了说明："一个断片必须像一部小型艺术作品一样与周围的世界隔绝,必须像刺猬一样自身内部完善。"② 诺瓦利斯则认为："断片是文学家播下的种子。"③ 他的《花粉》这一标题就包含了如此意蕴。对此宇文所安评述道："种子把整体作为未来的可能性包藏在自己体内。它是处于胚芽状态的神性的逻各斯,盼望播到读者的心里时完满地实现它的未来的可能性。"④

二

毫无疑问,德国早期浪漫派的断片书写与他们对历史、哲学、政治、

---

① 菲利普·拉库－拉巴尔特、让－吕克·南希:《文学的绝对——德国浪漫派文学理论》,张小鲁等译,译林出版社 2012 年版,第 7 页。

② 施勒格尔:《雅典娜神殿断片集》,李伯杰译,三联书店 1996 年版,第 15、89—90、86 页。

③ 诺瓦利斯:《花粉》,见《夜颂中的革命和宗教——诺瓦利斯选集卷一》,林克等译,华夏出版社 2007 年版,第 102 页。

④ 宇文所安:《追忆:中国文学中的往事再现》,郑学勤译,三联书店 2004 年版,第 79 页。

宗教等领域的认知和思考是联系在一起的，他们要倡导一种与其思想观念、美学主张相适应的书写方法。断片，就其名称（特别是与关联称呼——笔记、札记、日志、箴言、格言、警句——相比）和给人的直观印象而言，不仅包含了文本的局部、片段、截断等表面样态以及残缺、零碎、不完整、未完成等特性，而且暗示着写作思路的断裂、中止、跳跃、省略、不连贯等情形，它总不免被视为与"定稿"相对的毛坯或草图。① 然而，在德国早期浪漫派那里，断片显然不是残缺、未完成等的代名词，他们对断片书写的刻意推举隐含着某种强烈而决绝的意愿——对"概念"的警惕和对某种"大写系统"及其背后的体系化思维方式的反对与摒弃："在这些断片集中所否定的是系统性连贯，或黑格尔的信条：'真相即整体。'"② 比如弗·施莱格尔就指出，"每一个概念刚一形成，还未及出口便失去了真理的内涵"③，而"科学要昌明，就必须用剑与火消灭掉许多异类，系统就是其中之一"④。后来的尼采、维特根斯坦、本雅明、罗兰·巴特等的断片书写，其目的莫不如此。

尼采声称："我的全部创作和努力，便是组合碎片、谜和可怕的偶然，使之成为'一'。"⑤ 他的"著作"几乎全部是断片。布朗肖在论及尼采的断片书写时认为，"尼采自己不满足于这样的一种连续性。即便这些断片有一部分能被带回到这种整体的话语，但这样一种话语——哲学本身——显然总已经被尼采超越了；他假定这种话语，而不给它一种陈述，这是为了进一步根据一种完全不同的语言来言说：不再是整体的语言，而

---

① Shalom Lappin & Elabbas Benmamoun（eds.）. *The Fragment: Studies in Ellipsis and Gapping*［M］. New York: Oxford University Press, 1999.
② 恩斯特·贝勒尔：《德国浪漫主义文学理论》，李棠佳、穆雷译，南京大学出版社2017年版，第141页。
③ 施勒格尔：《雅典娜神殿断片集》，李伯杰译，三联书店1996年版，第4页。
④ 施莱格尔语，转引自李伯杰：《"断片"不断——德国早期浪漫派的断片形式评析》，《外国文学评论》1997年第1期。
⑤ 尼采：《扎拉图斯特拉如是说》，黄明嘉、娄林译，华东师范大学出版社2009年版，第240页。

是断片的语言，复多的语言，分散的语言"，"无疑，这样一种形式标志着他对体系的拒绝，标志着他对未完结之物的激情，以及他对一种思想的归属，那种思想就是尝试（Versuch）或尝试者（Versucher）的思想"①。不消说，尝试者即为探索者——思想和形式的探索者。

维特根斯坦曾经为他的《哲学研究》的书写形式颇费踌躇："对这本书的形式我在不同的时候有不同的设想"，"我数次尝试把我的成果熔铸为这样一个整体，然而都失败了……我看出我能够写出的最好的东西也不过始终是些哲学札记；当我违背它们的自然趋向而试图进一步强迫它们进入单一方向的时候，我的思想马上变成了跛子"②。对于维氏来说，恰恰是某种整一的体系阻碍了他思想的展开和呈现。乔治·斯坦纳评价说："这种书（《哲学研究》）是精神形式和精神运动之书。它由格言警句和数字构成，似乎是从另一类型的确定书写中借用的。它使怀疑和严格评估成为自己的句法、风格和对象。维特根斯坦具有诗人的才能，使每个语词看起来是新的，充满有待利用但可能毁灭的活力。"③《哲学研究》所讨论的议题与它的书写形式可谓互为表里、相得益彰。

丹麦哲学家克尔凯郭尔将自己的一部著作取名为《哲学片断》，此标题原文 Philosophiske Smuler 在英译本里译作 Philosophical Fragments，丹麦语 Smuler 被译成拉丁语源的 Fragments，遭到一些丹麦学者诟病，理由是 Smule 除指"从某物分离出来的极小的，甚至是贫乏的部分"之外，本身还有"面包渣"的意思，而这与《圣经·新约》"马太福音"中饼的"碎渣儿"有关联，"碎渣儿"在丹麦语《马太福音》里用的便是 de smuler；不过，Smule(r) 的主要含义还是 Fragment，中文"片断"的意思也与之相契合，都有"不管分离出来的部分有多小、多微不足道，它们仍具有与其所出之物相同的本质"的意思，且"片断"与《哲学片断》被作

---

① 布朗肖：《无尽的谈话》，尉光吉译，南京大学出版社2016年版，第298页。
② 维特根斯坦：《哲学研究》，陈嘉映译，商务印书馆2016年版，"序"第1页。
③ 乔治·斯坦纳：《语言与沉默》，李小均译，上海人民出版社2013年版，第104页。

者称为"小册子"(Piece)的旨趣相吻合。①这既表明了克氏的反系统姿态,又为断片这一书写形式敞开了更为细密、幽微的意义指向。

虽然断片书写在形态上显得"零碎",具有弗·施莱格尔所说的"偶然性",但它绝不是故作惊人之语或俏皮话的集合,更非"段子"、八卦的堆砌。作为反体系批评家的本雅明非常珍视自己的断片作品《单行道》,这部篇幅不大的著作犹如琳琅满目的"哲学集市",适于跟他本人一样的波德莱尔笔下的"游荡者"在其中漫步。他的友人恩斯特·布洛赫称该书为"哲学里的谐歌剧",强调了它"拒绝'体系'的细节与碎片的形式",认为"它是深思熟虑后的即兴创作,是跳跃性关系下产生的垃圾碎屑,是一系列最多只可能有横向的亲和关系存在其间的幻梦、箴言和口号"②。本雅明的另一位友人齐·克拉考尔指出:"《单行道》里若干极端化的箴言表现出本雅明想把世界从睡梦中唤醒的希望。这部由有些过分诡谲的智慧写成的小书……集中了来自最为迥异的个人和公共生活空间的随想。"③

而恩斯特·布洛赫本人则因其卓越的著述而被乔治·斯坦纳赞为"以毕达哥拉斯文体写作的最好在世作家"。布洛赫的皇皇巨著《希望的原理》(全三卷)和一部小型著作《踪迹》都采用了断片形式,它们融哲学、音乐乃至数学于一炉,宛若一曲曲蕴含哲思的华美乐章。必须指出的是,布洛赫的断片书写是他应对和克服语言困境的途径,也是其沉郁的思想或精神危机下的产物。理解这一点格外重要,正由于此,他才运用了臻于极致的书写形式,"只要走向表现形式的极限,文学就来到沉默的海岸……只有赋予语言极度的精确性和透辟,诗人和哲人才能意识到,才能使读者也意识到,其他不能用语词包围的维度"④。他的断片书写寻索着语言的边

---

① 参阅克尔凯郭尔:《哲学片断》,王齐译,中国社会科学出版社2013年版,"题解"第4页。

② 恩斯特·布洛赫:《哲学里的谐歌剧》,见本雅明:《单行道》,姜雪译,北京师范大学出版社2019年版,第150页。

③ 齐·克拉考尔:《评瓦尔特·本雅明的著作》,见本雅明:《单行道》,姜雪译,北京师范大学出版社2019年版,第145页。

④ 乔治·斯坦纳:《语言与沉默》,李小均译,上海人民出版社2013年版,第104页。

界,也竭力探询着沉默的界线。

布洛赫的断片书写亦揭示出,思想者的书写语言与其所置身的时代的语言保持着密切的联系。人们注意到,布洛赫的哲学语言植根于他那个时代的表现主义文学语言之中,"其中还掺杂着辩证法语言、无神论语言、唯物论语言和弥赛亚理想主义语言等。事实上,这种动态的、未完结的多维语言与他的哲学的基本特征(反体系性、实验性、开放性、未来性、创造性等)是完全吻合的。因此,在他的语言表达中,到处回响着暴风雨般的怒吼声、诗一般的抑扬顿挫、半笑话和欢呼声;到处充满着对人的未来的暗示的、启示的、格言的、隐喻的象征表达;到处充溢着对未来宗教的可传达的、可讨论的、现象学的独特表达"[①]。他所用的语言一方面得益于它们与他所处时代的嘈杂而急速变化的语言的互动,另一方面(反过来)又增益了他那个时代语言的表现力,加大了其思考的强度。

三

依宇文所安之见,"一块断片是某件东西的一部分,但不是整体的某一成分或某一器官……它是某个已经瓦解的整体残留下的部分:我们从它上面可以看出分崩离析的过程来,它把我们的注意力吸引到它那犬牙交错的边缘四周原来并不空的空间上。它是一块'碎片':它同整体处于一种单向的、非对换的关系中","一片断片可能是美的,但是,这种美只能是作为断片而具有的独特的美。它的意义、魅力和价值都不包含在它自身之中:这块断片所以打动我们,是因为它起了'方向标'的作用,起了把我们引向失去的东西所造成的空间的那种引路人的作用"[②]。在书页的旷野里,断片文字孤立地躺着,中断、省略在它们周边划开了一道道沟壑,也留下了大量空白,期待着激起悠长的回声。

---

① 梦海:《一个更美好生活的梦——恩斯特·布洛赫〈希望的原理〉》,见恩斯特·布洛赫:《希望的原理》(第一卷),梦海译,上海译文出版社2012年版,第9页。
② 宇文所安:《追忆:中国文学中的往事再现》,郑学勤译,三联书店2004年版,第76、77页。

在中国古代，断片写作包含了很多种类型，既有数量众多、鲁迅谓之"断片的谈柄"的志怪、志人、传奇、杂录等笔记体小说，又有极为丰富的诗话、词话、序跋、书信、札记、评点等形式的诗学、文论作品。相较于断片在西方思想文化史上显出的新异、"另类"面目，中国古代诗论著作的主要样态则是断片（像《文心雕龙》那样具有系统性的著作实属罕见）。这大概与古典汉语的简约特性不无关系，而从创作角度来看则勾连着"不涉理路、不落言筌"（严羽《沧浪诗话》）的理念与方式，其文本效应体现在从有形通往无形以及对弦外之音、韵外之致的追求，在接受方面暗合了只求会意、不求甚解的心理需求。断片本身是自足的，使得中国古代诗论的文本及其意蕴处于引而不发的开放状态，吸引着创作者和阅读者的深入探究。断片文字周边的空白，指向中国古代诗论中的一个重要范畴——"虚"。众所周知，它与其说是一种文本构造方法或技法，不如说是一种深刻的美学。对于中国古代诗论而言，断片不仅表现为一种外在形式，而且潜在地构成了其内部属性的一部分。

近代以降，由于受西方文论的影响，一方面产生了将西方理论融入对中国古典诗歌的阐释中，同时因袭了传统诗话样式的王国维《人间词话》，另一方面出现了富于开拓性、体系性的鲁迅《摩罗诗力说》。此二著，堪称中国诗歌理论走向现代性的重要基石。中国新诗诞生之后，诗论的写作在总体上以断片形式为主（或许由于承续了古代诗论的习性），譬如产生了广泛影响的郭沫若《论诗三札》、废名《谈新诗》、戴望舒《诗论零札》、任钧《新诗话》、艾青的《诗论》、朱自清的《新诗杂话》、阿垅《诗与现实》、袁可嘉《论新诗现代化》（后二者虽各有系统的理论构想，但所呈现的面貌仍然是分散的单篇文章）等；当然，也有为数不多、显示较宏大抱负和较开阔视野的综论性著述，如孙俍工《新诗作法讲义》、田汉《诗人与劳动问题》等。断片写作似乎有效地保存了现代诗论的活力和问题的生长性。不过，进入当代特别是20世纪80年代以来，中国新诗理论开始沿着两个向度走向体系化：一是对诗歌原理和美学的探讨，另一是诗歌潮流的梳理和新诗史的建构。相形之下，诗论的断片书写却趋于萎缩，虽然20世纪80年代浓郁的诗歌氛围激发了诗人、批评家力图表达理论创见的热情①，但其风尚逐渐让位于系统的诗歌美学论著和新诗史著的撰写。

事实上，断片并非一蹴而就、随意涂抹而成。由前述德国早期浪漫派的例子可知：诗论写作选择断片形式，除需要与之相应的独特诗歌观念的支撑外，还有赖于敏锐的感知能力和强劲的书写能力。值得注意的是，在20世纪90年代中国诗歌情境里，与诗论中的断片书写日渐稀少相对照②，诗歌创作中却令人瞩目地涌现出较多断片文本，如昌耀《91年残稿》《我见一空心人在风暴中扭打》、梁小斌《独自成俑》、王家新《词语》、西川《致敬》等。这固然与20世纪90年代社会文化的碎片化趋向有一定关联，同时也受到卡内蒂等的影响，但更内在的动力来自诗歌变革的愿景和诗人个体的诉求。例如，昌耀自述其断片写作源于鲁迅的《野草》，认为"诗的视野不仅在题材内容上也需在形式上给予拓展"③，从而将原有诗歌中绵长舒缓的散文化句式，变换为"不分行"形式下的诗性熔铸；对于梁小斌来说，他之所以写作大量类于笔记的文字，是为了打破已经空洞、板结的优雅与诗意的幻象："大师们为了追求和谐，从一切恐惧和震撼心灵的真实世界中挣脱出来，把白昼之光描画成零星的散落，把一声轰响，描画成悄然无声，把歌声埋葬，把一切苦难的姿态描画成美学符号，把阻挡变为流畅。我在这流畅的波光中，脊背朝向天空，悄然流走。"④断片书写在文体上的含混或混杂性，为中国当代诗歌寻求可能的突破提供了某种契机。

近年来，出于对被认为已然模式化的所谓学院批评（及论著写作）的

---

① 比如老木编选的《青年诗人谈诗》（北京大学五四文学社1985年）和三联书店推出的"今诗话"丛书。

② 在20世纪90年代之后渐趋高涨的体系化诗学论著写作浪潮中，钟鸣的三卷本《旁观者》显得颇为特别。该书包含了大量庞杂的断片式回忆材料，以个人化视角展现了当代诗歌史中不少令人触动的细节与图景，并对一些诗人及诗歌文本进行了充满感性的评析，实乃一部独特的诗歌批评著作。

③ 昌耀：《致黎焕颐》，见《昌耀诗文总集》，青海人民出版社2000年版，第890页。

④ 梁小斌：《诗是反驳》，见《独自成俑》，天津社会科学院出版社2001年版，第259页。

反拨，一种轻松活泼的"随笔体"（包括断片）写作慢慢流行开来。不过，遗憾的是，大多数"随笔体"论著有形无神，松散的内质、轻飘的文字、不着边际的自说自话，离预期相去甚远；很多倡行者误解和滥用了尼采的格言体，以为那不过是一些灵光乍现的机警语句的连缀，殊不知尼采的诸多断片式著作均浸透着其深厚的古典学、语文学素养；还有人浮浅地将福柯、德里达指认为反学院书写的旗手，却在皮相的效仿之中让"随笔体"写作滑入了"任性妄为"的泥沼。实际上，"随笔体"论著写作并非基于对谨严的学术标准的降低或稀释，它仍然须葆有经过学院训练后的历史意识和方位感，以及一般研究所应具有的问题洞察力与文字穿透力。如此期许之下，中国当代诗论中的少许断片书写显示了可延展的活力，如"当代新诗话"丛书里的耿占春《退藏于密》、陈超《诗野游牧》、臧棣《诗道鳟燕》等，它们贡献了一些关于诗歌的洞见。其中，陈超《诗野游牧》中的"游牧"显然来自法国哲学家德勒兹，后者以《游牧思想》为题谈及尼采的格言体特征时认为："一个格言不指意、不表意，它既非所指，亦非能指。倘非如此，文本的内在连贯性仍未被扰乱。一个格言是诸力之嬉戏。"① 陈超将之理解为："寻求差异性、局部性、偶然性、无政府状态的表意策略，像是一场自由的'游牧'，开阔、流荡、丰富、散逸而鲜润。"在他看来，"'游牧'式言说，既是一种特殊的创造性写作，其实也是一种特殊的认知世界的'思想方法'"②。这亦可看作当代诗歌批评转换话语方式的尝试。

四

无论如何，理论的断片书写不应被视为一种轻佻、率性的行为，也绝非对思想和观念的"偷工减料"式压缩和折损。事实上，很多时候它产生于个体或群体的"危机时刻"（如布洛赫面对的那样），探索着德勒兹"游

---

① 德勒兹：《游牧思想》，见汪民安、陈永国编：《尼采的幽灵——西方后现代语境中的尼采》，社会科学文献出版社2001年版，第162页。

② 陈超：《诗野游牧》，陕西人民教育出版社2015年版，第217页。

牧"式的表达,以期更直接地抵达存在。耿占春谈到他另一部断片著作《沙上的卜辞》的写作动机时坦陈:"每个片段是思想或感觉的一个瞬间形态。一般而言,我不再从逻辑和知识上铺展它们,就让它们停留在思想与感知的瞬间形态上。一个片段有自身的结构,这是片段的秘密。它包含着自己的瞬时性,显露着自己出现时的感性机缘。这些片段如果有一些意味的话,就在于不隔断与逐渐变暗的语境之间的微弱联系。"①的确,严肃的断片书写更像是思想长期酝酿后的猝然而收束的表达,尽管展现的只是去除繁缛枝蔓后的骨架,但连接着漫长蓄积中形成的巨大底座,犹如划过夜空的一丝灿烂的火光,不能脱离其周围广袤的暗区。

李心释于近期完成、由《路边口袋》《以花为镜》等构成的诗学著作《无边的诗学》,在上述背景下的诗论断片书写中显得颇为别致。此著虽然冠以"诗学"之名,按一般路数似乎要论及关乎诗歌的一些基本问题,如诗的属性、功能、创作、接受等,但该书的断片形式和极富个性的见解与行文,决定了它不会是一部面面俱到、四平八稳的诗学原理著作。"路边口袋"这一怪异题目标识了其文字得以生成的特别的空间与状态——"路边"开敞、空阔(我愿意在海德格尔"林中路"的意义上理解此处的"路"),"口袋"随性、自如(包括柔韧度和收纳能力)。"以花为镜"这一标题则大约提示了其文字展开的方法与向度:"花",正如该标题下各篇所阐述的,从中可以抽绎出非常丰富的自然、历史、文化意涵;"镜",所衍生的镜鉴、镜照、镜像等语词,其包括宗教在内的意蕴指向十分驳杂;作为方法论的"以花为镜"令人想到"镜花水月",或许勾连着某种诗思、解诗路径。

尽管此著并不矻孳于一般"诗学"的议题,却也没有回避对"何为诗歌"这类根本问题的探询。书中有一句论断:"诗歌是说话之上沉默的音乐,是没有镣铐的说话之舞蹈。"这里虽借用音乐、舞蹈表述诗歌的特性,但其重心在于指明诗歌与"说话"的关系(诗歌是超越或偏移于"说话"

---

① 耿占春:《自序:关于我的小书"沙上的卜辞"》,见《沙上的卜辞》,北京航空航天大学出版社2008年版,第2页。

的），音乐、舞蹈不过是诗歌之声、形的外壳，"沉默的音乐"这一悖论性短语彰显了诗歌的终极型态，将与"说话"相对的"沉默"确认为诗歌的基石或内核。的确，沉默是表达的极致形式，"诗从沉默之中产生"[①]，是沉默的发声。该书另一处提出：

> 一首诗之所以成立必有语言空余（过去讲留白），这空余就是诗，就是语言的风景，像草原、雪山、大海、戈壁上的空余，上面的空旷远大于下边的实在事物，但必须有下边的事物来成就它。
>
> 节奏、停顿、韵律、语调、词语的色彩等，会生出空余。诗不是在语言之中创造新的概念。诗呈现了语言的空余之本相，是语言的音乐。

诗歌何以成为"语言的音乐"，正离不开语言本身的"空余"或空白，这空白即沉默："不与沉默与未知相连的语言，那不是语言，而是语言的尸骨。""思的语言的任务是将已说的、可说的语言贡回沉默，诗的语言从沉默中再次迸发。""诗人置身沉默，做它的喉咙。一说即走出牢笼，说完即走进牢笼。"倘若我们仍将诗歌视为一种命名的艺术，那么写诗就是要在词与物的联结、磨合中，把握"空余"与事体——虚与实——之间的分寸感，让"空余"或"虚"呈现出来，"懂得让'有'返回到'无'的人，才是真的诗人"；诗歌的技艺或有助于"生出空余"，但不是诗歌自身。

"诗不是在语言之中创造新的概念。"在上述"诗观"基础上，贯穿于此著的中心线索之一便是对"概念"的反抗。在李心释看来，"概念是语言中的专制力量，自赋予肢解整体的权力和合法性"，写作者"苦于概念语言的专制"；"迫不得已去做反抗日常语言及概念的活儿"；"概念"

[①] 马克斯·皮卡德：《沉默的世界》，李毅强译，上海书店出版社2013年版，第129页。

意味着语言的凝定与禁锢，会引发"理解是概念性的理解，对生活的体验也可能是概念性的体验"，也会让人落入概念化"熟悉"带来的惯性窠臼，由此他主张"语言大于概念"，"拒绝对一个词的熟悉，拒绝对环境的熟悉，拒绝对感知方式的熟悉，没有熟悉不是概念的，没有熟悉不是自动的、粗略的、麻木的"；对于写作者来说，"概念"究其实质是一种僵硬的"符号化"（命名），故而他建议"诗人得信任未被符号化的不知名植物，它们是我们内心温柔的来源，包括无法被符号化的日光的温润"。他还进一步提议说："写诗实在不能太紧迫，没有感受到任何回声时就下笔是不对的。回声就是已经走出'概念'时传过来的消息。"对"概念"的抵制一定程度上呼应了前述德国早期浪漫派的观点，只不过李心释反对的是诗歌创作中概念化导致的语言板结，弗·施莱格尔等人反对的是诗学理论书写中的概念化思维及表述。

而拒斥"概念"的一个重要利器，是保持语言和写作的"自然"状态。李心释反复强调："语言的'自然'不可破坏。""不自然的语言里没有'语言'，而只有造作感。""不言而言，意味自然而然溢出字面的语言才叫语言。""不落俗套，不受管制，却又自然，这就是诗性。"那么，何为"自然"，又如何回到"自然"呢？他认为，"自然"即"放弃对语言的掌控"，"可以把'自然'理解为一种关联，何去何从的关联"。"何去何从"是一个关乎写作意识的根本问题，它决定了一个写作者的着力点。他指出，"当代艺术/诗歌的最大问题恐怕在于不自然"，那些所谓创造者"种种离谱的做法层出不穷，却从不想着内在的自然机理，从不曾将'自然'当回事"；所致的后果是"一首诗可圈可点的地方很多，同时又到处散布着刻意、空洞"，甚至沦为"纯粹的修辞游戏"。有时他把写作中的不自然称为"姿态"，就是受"把自己装进去的下意识的形象、知识、观念、禁忌"束缚而形成的架势乃至腔调，"下笔一旦出现姿态，就一定写不出有灵性的语言"。故此，他强烈要求在写作过程中把所有这些"下意识"的"先见""倒空"。

不仅如此，李心释还提出要在写作中"丧我"——舍弃或"交出一个死顽固的'我'"，认为"不丧'我'，就没法写诗"，"好的写者都尽量少表达自己"。他视利用灾难事件"写起自我的哀伤来"的行径为"可耻"；

他设问:"在'自己'的密林里荡秋千,哪里还有'自己'?总有一无端的无我之我。"只有"丧我"之后,才能够"达到是'我'所写却又不是'我'所写的地步"。不过,他又指出:

> "非自我中心"或说"丧我",不是说自我没有了,相反这个自我起先应该是笃定的。关键在于……"我"如何与存在之万物彼此信任与交托,生死不惊。也就是"我"将走向何种地步,在这个走向过程中,自我就不是消解而是融入。
>
> 语言已然决定自我不会消失,就看一个自我兼容他者的程度与能力如何。在审美里,自我"与天地合一","丧我",却有了怀抱他者的"吾"。

"丧我"并非失去自我,而是通过腾挪而获得容纳他者和更多事物的能力,并析分出另一个"我",成为自我的审视者:"我是我的旁观者,旁观者的旁观者,我是一个'我'的过程。"其实,无论"倒空"种种"先见",抑或"丧我"以至"无我",都是为了在写作中心无旁骛,练就一双回到原初状态、充满童真的发现之眼。这需要写作者像画家塞尚那样谋求"眼睛的改善",塞尚"在圣维克多山前,眼睛长时间地固定于一点,可怕地一动不动……这种凝视使语言化的视觉所排除了的东西从边上靠过来";与此类似,"凝视一个事物,包括词语,是产生诗歌的前提,而一首诗的形成正在于凝视中的离开——相对于凝视物是离开,相对于凝视却正是聚拢","凝视,是为了停止识别,在停止眼睛运动的同时,却保持视觉的巨大开放性"。对于诗歌写作而言,这不只是一种技巧,更是心智的注入与运用。

五

作为语言学者,李心释在此著中谈论的核心当然是诗歌的语言。他对索绪尔之后的西方现代语言学理论熟稔于心,同时对包括《庄子》在内的中国古代经典所涉及的语言论题多有思考,更重要的是,他是深入语言内部（语言的"骨髓"里）进行探究的，所以他关于语言本身和诗歌语言的谈论，远较当前诗界很多热衷于谈论语言的写作者发出的泛泛之论更为"内行"和透彻。

李心释将卡尔纳普、塔斯基、雅柯布森等提出并阐述的"元语言"，作为全书谈论语言及诗歌语言的基础。所谓"元语言"，简单地说就是分析语言的语言，有别于分析具体事物的"对象语言"。"元语言"一方面赋予语言及诗歌语言"根性上的特征"，另一方面提供了衡量一般语言使用及成效乃至人类生存境况的标尺。书中散落着如许观点："我们都是碎片，靠元语言形成整体，以消失在整体中换取存在。""无差别的'道'是元语言层面的'知'。""诗歌与绘画在现代走向新的联通之地正是功能性的元语言，即均以自身构成成分或语言或图形要素为对象。""入乎其中，又出乎其外……入乎其中是欲，出乎其外，是理，表征是元语言。""诗句断无不可解（说）之理，因为理本来就是语言，具体的语种与词语乃一种翻译，意义散落在各种元语言里。这些元语言若散失与元（原）初的联结，意义便像空洞的眼睛映照事物。""元语言"包含了鲜明的自反性和不竭的意义供给源，以此为据，李心释将《庄子》看作诗歌的元语言并以专章进行论述。

由"元语言"衍生出了"反语言"的话题，李心释提出："诗的语言是对语言的否定，以语言反语言。""反语言"的"反"即"否定"，是与诗歌的"否定"特性联系在一起的，"反语言"与"元语言"相通："假设我们还拥有原初语言的能力，这语言一定是双面的：不产生语言（即反语言）的行动都是无效的行动，不产生行动的语言都不是反语言。"很大程度上，"反语言"是诗歌创新的动力。那么，"怎么反语言？一个是顺着反，就是在概念里辨析到极致，显示所有观念体系的种种矛盾与悖论；一个是逆着反，让先前的语言失效，但又是可理解的，会是怎样的语言？……聆听语言边上的沉默，也是反语言"。对于"思"与"诗"的关系，也可以从"反语言"的角度予以理解："思的语言追求脉络清晰，追根究底；诗的语言追求脉络中的缝隙，从缝隙中逃脱，来引诱脉络的追捕。""有时在思的语言边上伴有诗，有时在思的语言结束的地方，诗继续开道。""澄清、取消是思的反语言，言之失效、不能言而言是诗的反语言。"正是在此意义上,李心释将《庄子》、禅宗语言视为"反语言"的典型。

尽管李心释断言:"语言若真实,则越来越独立、平行于现实。"并且他有时谈"元语言"和"反语言"时带一点形而上色彩,但他不能被称作语言至上论者,因为他意识到:"语言是唯一可信的,却终不可信,语言进出虚无,带点虚无之气还好,有时若只为无语而写,就处于险境了。"这并非出于中庸的辩证考量,而是对语言的万般"风景"及可能的"险境"的洞悉。万花筒般的语言"风景"遍布于中国古典与现代、西方现代及后现代的创作和理论中,李心释辨察后加以融会贯通,逐步形成自己关于语言及诗歌语言的见解,其观念与表达方式有着多重来源。譬如,"丧我"、放弃"我执"、"'诚'也是幻,一切无明"等显然来自佛教;"语言即痕迹",分明对接着法国哲学家德里达的关键词"踪迹";《路边口袋》《以花为镜》的断片形式本身,特别是其中如"若不能以眼之所不能见为见,又何以为诗"等词句互驳、颇为"烧脑"的论断,则相仿于追求"羚羊挂角,无迹可寻"效果的禅语,但与时下某些故弄玄虚的箴言体大相径庭。

诚然,该著对于语言及诗歌语言的论析,大多着眼于语言自身和语言的普遍性,给人的印象是其抽离一定的历史文化和写作语境,勾画了显得静态的语言理论与景观。然而,细细品味后不难体察到渗透在字里行间的焦灼感和问题意识——可以说,这部著作产生于李心释本人的或我们的"危机时刻",是为应对一段时间以来我们的语言和诗歌所面临的"险境"。这样,在探寻语言"根性上的特征"与跟踪变动的所谓语言"现场"之间,构成了某种张力。不能不说,此书浸润着李心释的生命体验及其对历史、现实、人性的思索,同时不忘回应或指出当今诗界的一些问题,比如:"诗的对象不是'永恒',是不断发现的与'永恒'的关联。诗歌变成哲学的婢女或脚注的症候是,诗歌总是语涉永恒的内容,充斥着二手哲学的语汇。现代诗的这条歧路,当代诗人大都没有警觉。"

我们是否处在汉语和汉语诗歌的"危机时刻"?十多年前,小说家韩少功就感慨"优质的汉语正离我们远去":"各种语言载体都在实现爆炸式的规模扩张,使人们的语言活动空前频繁和猛烈。""有人说这是一个语言狂欢的时代。其实在我看来也是一个语言危机的时代,是语言垃圾到处泛滥的时代。"①而十多年后的今天,"语言垃圾到处泛滥"的景象不但没有改观,反而愈演愈烈,语言被各种器声严重污染了,到处漂浮着语言的泡沫,"语言早已经不是作为精神存在的东西了,从声音学角度来说,仅仅作为噪音而存在","噪音语末端所有的只是一种真空的边缘,一无所有的空无"②。随着语言腐败的加剧,诗歌从创作到理论的书写能力开始现出退化的迹象。

　　断片书写会是改善或挽救诗歌颓势的良策么?不管怎样,它或许能成为撬动固化的写作观念和方式的一根杠杆。这部著作的《以花为镜》部分,李心释采用断片形式重写了他以往的文字,他由此感到了书写的"自由"。书中不时闪现的精警与机敏令人佩服,我相信不同读者将从中获得不同启示。末了,套用一句俗气的说法:真希望书中的文字是我写的!

---

　　① 韩少功:《现代汉语再认识》,《天涯》2005年第2期。
　　② 马克斯·皮卡德:《沉默的世界》,李毅强译,上海书店出版社2013年版,第158、159页。

思想的形式

第三辑

批评中的现象

如何讲述百年新诗的故事①

早在二十多年前,由谢冕、钱理群先生担任主编的"百年中国文学经典"(八卷本,北京大学出版社1996年版),就显示出明确的"百年中国文学"意识。这套书以多卷本形式选录一百年来的文学经典,将"百年中国文学"的起点确定为1895年前后,以存目方式选入了《官场现形记》《二十年目睹之怪现状》《老残游记》等作品,一定程度上与同期刘纳在《嬗变——辛亥革命时期至五四时期的中国文学》②中表述的见解③和稍后传到国内学界的王德威的"被压抑的现代性""没有晚清,何来'五四'"④的观点,形成彼此呼应的关系。

"百年中国文学经典"出版两年后的1998年,谢冕先生又主编了一套规模更大的"百年中国文学总系"(十二册,山东教育出版社1998年版),这是一套试图全面扫描百年中国文学的研究论著,显然承续了谢冕本人先前的"百年中国文学"视野,不过这套书只是选取了百年间主编和研究者认为重要的十二个年份(1898、1903、1921、1928、1942、1948、1956、1962、1967、1978、1985、1993),以之作为切入点进行探究,"通过一

---

① 刊于《文艺争鸣》2020年第1期。

② 刘纳此书虽然出版于1998年,但据该书"后记"介绍,该书的写作在1984年即已开始,于1993年完成。

③ 该书认为,1912—1919年这一"没有名目的历史时期成为了文学历史上不应被忽视的阶段"。见《嬗变——辛亥革命时期至五四时期的中国文学》,中国社会科学出版社1998年版,第15页。

④ 王德威:《想像中国的方法:历史·小说·叙事》,三联书店1998年版。

个人物、一个事件、一个时段的透视,来把握一个时代的整体精神"①。这的确可以被视为另一种意义上的"重写文学史",其别致之处在于探索新的叙述文学历史的方式:"关注'一个年代'就更集中,更具有历史的具体性与可操作性,可以把容易为'大文学史'所忽略(或省略)的历史细节(包括人们的日常生活等原生形态的细节)纳入视野,但研究眼光却要透过'一个年代'看'一个时代',不但要对'一个年代'的历史事件、人物的来龙去脉、前因后果,了然于胸,善于作时、空的思维扩展,而且要具有思想史的穿透力。"②这种通过"细节"建构文学历史的方式,一方面加入学界反思"宏大叙事"的潮流中,另一方面符合研究者对"回到历史本身"的期待。

谢冕先生还将他的"百年中国文学"意识,倾注于他担任总主编的两套中国新诗选本——《中国新诗总系》(十卷本,人民文学出版社2010年版)和《中国新诗总论》(六卷本,宁夏人民教育出版社2019年版)③——以及其积多年之功而完成的《中国新诗史略》(北京大学出版社2018年版)中。这两套容量庞大的选本特别是纵论百年新诗发展的《中国新诗史略》所体现出的"'世纪'眼光"④,是值得探讨的。有必要指出,较早将"百年"概念引入新诗研究并进行诗史叙述的,应该是王光明的皇皇五十余万字的论著《现代汉诗的百年演变》(河北人民出版社2003年版),该著论述了现代汉诗自晚清至20世纪末的历程,其中贯穿着作者的史述目标:"不是要'锁定'历史,把'尝试'的文本正典化,堵塞继续探索的可能,而是想开放探求的过程,观察解构与建构的矛盾,梳理凝聚的素质,反思存在的问题,呼唤艺术的自觉。"⑤虽然都是以"百年"为叙述框架,但《现

---

① 孟繁华:《百年中国文学总系·总序二》,山东教育出版社1998年版。
② 钱理群:《1948:天地玄黄》"代后记",山东教育出版社1998年。
③ 《中国新诗总系》收录1917—2000年间中国新诗重要作品、理论及史料,由八卷作品、一卷理论、一卷史料构成,每一卷前有长篇导言;《中国新诗总论》遴选1891—2015年间的重要诗歌理论文章,其中最后一卷为诗歌翻译理论文章。
④ 姜涛:《谢冕:百年新诗与"世纪"眼光》,《新京报》2018年11月17日。
⑤ 王光明:《现代汉诗的百年演变》,河北人民出版社2003年版,第20页。

代汉诗的百年演变》与《中国新诗史略》存在着不小的差别。

谢冕先生领衔主编的两套大型新诗选本，可算是对诗歌界热闹非凡的"百年新诗"议题的一种回应。不难看到，处在"百年"关口，本来已聚讼纷纭的新诗更是成为近几年话题的焦点，各种冠以"百年新诗"之名的研讨会和纪念活动此起彼伏，回顾历史、总结成就、反思不足等等是这些会议和活动的主旨。相较于这些嘈杂的活动，那些意在展示百年新诗实绩的选本实在是一道别样的风景，它们同样参与了对百年新诗的叙述[①]。而在众多的选本中，洪子诚先生等编选的《百年新诗选》（上卷"时间和旗"，下卷"为美而想"，三联书店2015年版）有着鲜明的特色和独特的价值，值得关注。这部诗选以诗人生年为序，共收入108位诗人的570余首作品，涵盖了各个时期的重要诗人及其代表诗作，堪称对百年新诗的全方位鸟瞰。

一般说来，不同的诗选担负着不同的任务、功能或使命：要么为了展示一定时间或地域范围的诗歌成就（面貌），要么为了彰显某种诗学观念或者诗史觉识，要么是针对特定诗学主张进行辩解或反思。《百年新诗选》的思路十分明确，其"编选说明"说："它是面向诗歌爱好者的、普及性的，但又为想了解新诗历史和现状的读者提供进一步深入的空间……能显示新诗历史和重要诗人的基本风貌……也可以为学校的诗歌教育提供基本的参考资料。"（见该书第2页）这表明，该选本侧重于从历史的角度梳理新诗发展状貌，如是定位就使之具有了诗歌史的性质，由此提出了自己讲述百年新诗故事的角度和方式。

实际上，任何诗歌选本或多或少都会体现出诗歌史的效力，编选者往往通过遴选作品，实现对经典的认定和对诗歌历史脉络的把握，选入的作品总是经过了历史的沉淀、符合较为严格的诗学标准的——诗选的编纂同诗歌史的写作一样，需要遵循历史和审美相结合的原则。正如评论家陈超所言："只要我们深入细辨，'诗选'一词的动词性质就严肃或严重得多：

[①] 如《中国百年新诗选》（周良沛主编，崇文书局2017年版）、《中国新诗百年精选》（徐正华主编，百花洲文艺出版社2019年版）等，以及《江苏百年新诗选》（江苏凤凰文艺出版社2017年版）等多种地方诗歌选本。

它是一种特殊的精神方式,是坚持诗歌的本体依据,而对过往年代的诗歌文本进行严苛的评估、沥汰。它是'诗'选,而不是其他。"① 美国学者克鲁帕特(A. Krupat)也认为:"经典,一如所有的文化产物,从不是一种对被认为或据称是最好的作品的单纯选择;更确切地说,它是那些看上去能最好地传达与维系占主导地位的社会秩序的特定的语言产品的体制化。"② 之所以说这部厚达千余页的《百年新诗选》具有诗歌史性质,不仅在于其为每位诗人所撰的数百字的小传和诗歌特点介绍,显示出历史评定的精准与透彻,还在于它对诗人、诗作的选择,表现出变革切入问题方式、重构历史叙述的勇气和能力。具体而言,体现在如下几个方面。

其一,百年新诗的整体观。洪子诚先生在与刘登翰先生合作完成《中国当代新诗史》后,曾不无遗憾地表示:"毫无疑问的是,中国大陆诗歌和港台等地的诗歌应该看作是一个'整体'。不过,1949年以后政权的更迭和变迁,社会政治、经济、文化发展上存在的重要差异,又使不同地域的诗歌呈现出有所分别的形态和进程。这为'整合'不同地域诗歌的当代诗歌史写作带来困难。'整合'的可能性相信已经存在,只是本书作者目前眼界、能力有限,尚未获得有效的'整合'内在线索。"③ 他一度感到"困难"的对中国大陆、台湾、香港等地诗歌历史的"整合",已然在这部诗选里得以完成。这其实也是利用了诗歌选本的特殊形态,以及诗选所独有、一般诗歌史不具备的便利之处。该选本以相当大篇幅,选入了不同历史阶段台港等地重要诗人的作品,并按时序穿插编排,展现了百年历史长河中海峡两岸暨香港、澳门诗歌互补与共生的情景。

其二,宏阔的观念与开放的视野。这部诗选在诗人诗作的遴选上,能够突破关于新诗的固有观念和新诗历史的既定格局,拓宽对新诗这种文体

---

① 陈超:《中国当代诗选·序》,河北教育出版社1999年版,第7页。

② 引自余宝琳:《诗歌的定位——早期中国文学的选集与经典》,见乐黛云、陈珏编:《北美中国古典文学研究名家十年文选》,江苏人民出版社1996年版,第276页。

③ 洪子诚、刘登翰:《中国当代新诗史(修订版)·引言》,北京大学出版社2005年版。

以及超越文体之外的见识。例如，作为中国现代文学奠基人的鲁迅，一般不会被视为新诗作者，但该选本将鲁迅放在了首位，固然由于鲁迅的生年最早，却也有着某种象征意味，旨在突出鲁迅《野草》的开拓性贡献，正如选本编者所说："有关《野草》的思想和艺术，后人的解读已非常充分，但很少作为新诗来讨论，现在将其中部分作品选入诗选，在某种意义上，也代表了编者对新诗史的一种特定理解。"（见该书第1页）又如，周作人的选入也许会引起疑虑，通常认为他的诗歌拙朴迂讷、审美价值不高，但值得留意的是，在新诗的早期，诗人们并非以孤立的身份进行创作，他们大多有着多重社会角色和思想文化背景，因而在进行诗歌创作时难免将其思想和文化旨趣带进作品里，周作人的被称为新诗"第一首杰作"的《小河》显然与他的"人的文学"思想不无关系。该选本对这一现象的重视和有意凸显，想必将有助于在更丰富的层次上，理解新诗生成的历史过程与特性。

其三，独到的见解与别致的眼光。这部诗选在对一些诗人进行评析和对某些诗人的作品进行择取时，能够"另辟蹊径"，不时提出富于启发性的洞见，给人以发现的惊喜。比如，长期以来，对于徐志摩的评价可谓已经根深蒂固，其形象也基本定型，可是该选本通过介绍和分析徐的诗歌，勾画了一个不一样的徐志摩："在后人的印象中，徐志摩似乎只是一个浪漫的布尔乔亚诗人，用轻盈、柔美的语言书写爱情和理想……但事实上，徐志摩的诗'泥沙俱下'，还有多种类型，如暴烈、粗伧的社会批判之作，如充满宗教虔诚的人生玄思等。""另外，在诗体的借鉴与创制方面，他也有相当多的尝试。"（见该书第35页）这就修正了关于徐志摩的单一刻板的论说，无疑会增进对其诗歌复杂性的认识。再如，对台湾诗人余光中诗歌作品的了解，多数读者大概仅止于那些耳熟能详的"乡愁"之作，而该选本选入了余光中写于20世纪60年代的几首"反战诗"（《如果远方有战争》等），这几首诗把时代场景融入个人体验中，语词和句式都颇具现代感，一改人们"成见"中的"古雅"风格，应该能够更新对余光中诗歌的了解。

此外，从诗歌史的角度来说，这部诗选不仅以坚实的作品实绩，呈现了新诗如何从旧的框架中挣脱而出，渐渐获得自身合法性，最终拓展为一个"新的审美空间"（臧棣语）的曲折过程，昭示了新诗在不同历史时期、不同诗人个体身上葆有的"现代性"乃至"当代性"；而且透过"百年"（20世纪）的视野，标划出新诗这一充满紧张感的文体，在语言、形式、修辞、表达方式等方面不断探索、调整及迁变的情形，同时也展现了新诗与中国百年历史进程中各种因素（政治、经济、文化、教育、宗教等）相互融合或排斥的错杂关系。正是在自身不断演化并与时代语境反复摩擦的过程中，新诗才获得了延展的动力与活力。当然，这个过程不是线性的、"进化论"式的，而是充满了繁复、交错甚至断裂，这构成了百年新诗历史的基本特征。这部诗选则通过作品的历时性和共时性陈列，让人们更为直观、明晰地理解这一特征。

今天怎样研究穆旦？[1]

一

20世纪80年代以降，经由《九叶集》（江苏人民出版社1981年版）引起的反响的推动，随着《穆旦诗选》（人民文学出版社1986年版）和《一个民族已经起来——怀念诗人翻译家穆旦》（江苏人民出版社1987年版）的出版以及"穆旦学术讨论会"（1988年5月，北京）的召开，穆旦研究呈现复苏并渐渐升温的趋势，涌现了一批重要成果，甚至汇聚成了一股不小的热潮。这股热潮在1994年，因张同道、戴定南主编的《二十世纪中国文学大师文库·诗歌卷》（海南出版社1994年版）把穆旦放在20世纪中国诗人的首位而达到了一个"高峰"。这个诗人"排行榜"毫无疑问引起了争议，但却从一个侧面反映了20世纪80年代之后穆旦研究的某种趋向，并在一定程度上推进了20世纪90年代穆旦研究的拓展和深入，作为这时期突出成果的《穆旦诗全集》（中国文学出版社1996年版）、穆旦诗文集《蛇的诱惑》（珠海出版社1997年版）以及《丰富和丰富的痛苦——穆旦逝世20周年纪念文集》（北京师范大学出版社1997年版）相继出版。进入21世纪后，一方面穆旦的资料和文献整理工作取得了重大进展，陆续推出了《穆旦诗文集》（两卷本，人民文学出版社2006年版）、《穆旦译文集》（八卷本，人民文学出版社2005年版）、《穆旦年谱》（易彬著，中国社会科学出版社2010年版）、《穆旦评传》（易彬著，南京大学出版社2012年版）、《穆旦研究资料》（两卷本，知识产权出版社

---

[1] 刊于《文艺争鸣》2018年第11期。

2013年版）等成果；另一方面，相关研究逐步走向纵深，在开展了多场较大规模的专题研讨会的同时，穆旦研究进入硕、博士论文选题等层面。

纵观20世纪80年代以来近四十年的穆旦研究，较之于20世纪40年代关于穆旦的评说和论述，显然已经发生了巨大的变化，主要体现在如下几个方面：其一，不同于20世纪40年代的穆旦研究主要出自其同学和同道王佐良、袁可嘉、周珏良、唐湜等，且多以"同情"态度或"知人论世"方式进行阐述，20世纪80年代之后的穆旦研究在经过"发现"般"惊喜"的阶段后，开始以一种学术的眼光中性地评价和梳理穆旦诗歌及翻译的总体成就、形式特点和创作主题等诸多方面；其二，从20世纪40年代相对孤立的个案论析和"内部"研究，转变到既有诗歌史定位和综合性论述又有文本分析和比较研究的全方位探讨；其三，在资料搜集和文献整理上取得的成果可谓十分丰富，包括穆旦的生平史料、作品材料和研究文献，以及其所置身的群体流派与历史时代的资料等，均有颇为详备的勾勒和整理。所有的成果表明：一个渐趋成熟的穆旦研究领域已然形成。

可是，穆旦研究的步入成熟也带来了一些困扰和问题。在20世纪40年代的穆旦研究中，有几篇文章曾产生持续的辐射力，其中影响最大、在后来研究中激起反响最多的，莫过于王佐良《一个中国诗人》（1946年）一文，该文中的著名论断"穆旦的真正的谜却是：他一方面最善于表达中国知识分子的受折磨而又折磨人的心情，另一方面他的最好的品质却全然是非中国的"，令人困惑却又需要深究；此外，袁可嘉《新诗现代化——新传统的寻求》（1947年）一文里的部分论析和唐湜《穆旦论》（1948年）进行的综论，所提出的某些议题和分析问题的角度，也不时在后来研究中得到回应。由此，这几篇文章（连同20世纪80年代之后数篇"盖棺定论"式的论文）一方面显示了穆旦研究的独具特色之处，另一方面却也给后来的研究标划了论题的边界，让其在思路和方法上似乎很难超越。可以毫不夸张地说，经过数十年的累积，各代研究者在成型的资料、文献之外，已经"清晰"地确定了穆旦研究中的一些重要议题（或"关键词"），如"受难的形象""被围者""自我的分裂""丰富的痛苦""新的抒情""非中国性""肉感""用身体思想"等，贯穿其间的一条主线则是"现代主义"。令人不免产生疑虑的是，这些研究议题要么过于"清晰"和明确，要么在反复讨论中已渐趋板结,而这恰好造成了当前和今后穆旦研究的困境。

在很大程度上,当前穆旦研究面临的困境是整个新诗研究困境的缩影。实际上,20世纪80年代以来穆旦研究的迅速推进,几乎与新诗研究的展开同步,或者说穆旦研究本身是以新诗研究的总体气候为背景,在嬗变中的新诗研究带动下形成自身的向度的。众所周知,20世纪80年代之后新诗研究在呼唤"本体"、强调"自律"等观念的促动下,其逐渐显得强势的话语是"现代主义"①。于是,在多种新诗史著(尤其是冠以"中国现代主义诗歌史"之名的著作)的叙述中,因《九叶集》而得名的"九叶派",便被视为"中国现代主义诗歌"发展中的重要节点而得到论述,而"九叶派"之一的穆旦,其诗歌无疑也被做出了"现代主义"的认定。在相当长一段时期内,这一认定就成为进行穆旦研究的"先入之见",无论一度众口一词的称赞还是后来关于"伪奥登风"的指责,其基本视点都是"现代主义",即便是"赞美之后的失望"(黄灿然),也仍缘于论者认为穆旦20世纪50年代的诗歌偏离了他早期的"现代主义"取向。不难发现,从20世纪90年代中后期起,"现代主义"话语就陷入了"能量""耗尽"的危机:一方面,它作为研究视角已经慢慢趋于本质化和僵化;另一方面,在具体的研究实践中,它已由最初的属性辨析转变为价值判定,直至蜕变为无谓的立场之争。

不过,值得注意的是,在20世纪80年代至90年代处于拓展期的众多研究成果中,也有诸如郑敏《诗人与矛盾》、梁秉钧《穆旦与现代的"我"》、李怡《论穆旦与中国新诗的现代特征》、王毅《细读穆旦〈诗八首〉》等论文,力图摆脱惯常的"主义"(特别是"现代主义")观念和话语的束缚。作为穆旦的同代诗人,郑敏在论析中显出对穆旦诗歌语言的敏锐觉识和准确把握,为一般研究者所不及:"穆旦的语言只能是诗人界临疯狂边缘的强烈的痛苦、热情的化身。它扭曲、多节,内涵几乎要突破文字,满

---

① 正如温儒敏等《中国现当代文学学科概要》总结的:"以流派为基础,以现代主义诗潮为中心,以传统与现代融合为理想,集中于审美、观念层面的研究,已经成为新诗研究一个主要'范式'。"见温儒敏、李宪瑜、贺桂梅、姜涛等:《中国现当代文学学科概要》,北京大学出版社2005年版,第267页。

载到几乎超载,然而这正是艺术的协调。"①梁秉钧围绕着穆旦诗歌中的"我",透辟地分析了其所表现出的现代自我的不确定性和内在矛盾与分裂,以及关于时间的主观意识;李怡在讨论穆旦的独异性时,巧妙地避开"现代主义"的术语陷阱,而采用"现代特征"这一宽泛的表述,更便于贴切地勾画穆旦诗歌的特性:"穆旦的诗歌全面清除了那些古色古香的诗歌语汇,换之以充满现代生活气息的现代语言……它们就是普普通通的口耳相传的日常用语,正是这些日常用语为我们编织起了一处处崭新的现代生活场景,迅捷而有效地捕捉了生存变迁的真切感受。"②王毅关于穆旦《诗八首》的细读,没有落入既有概念和思维的窠臼,而是充分发挥"新批评"细读法之长,并引入了中西文化资源(如《老子》《圣经》),甚至"套用叶嘉莹对杜甫《秋兴八首》的章法大旨的评法",对《诗八首》进行了细致而合理的诠释。这些论文即便今天看来,仍然对穆旦研究乃至新诗研究具有启发性。

二

那么,如何看待穆旦研究面临的困境,又怎样化解这种困境呢?如前所述,一段时间以来的穆旦研究,最致命的缺陷就是诗学观念的板结和思维方式的简化。消除这一症结的有效途径,或许仍应建基于段从学十多年前提出的"回到穆旦的丰富性和复杂性",而实现"回到"的前提之一,是要重新认识这个"丰富性和复杂性"本身,也就是要对穆旦诗歌生成过程(包括其诗学来源)的内在肌理及其具有的驳杂层次,进行透彻辨析和更为细致的谱系建构。在谈及穆旦诗歌受到的外来影响时,段从学提醒说:"穆旦接受和借鉴的西方诗歌文化资源其实相当丰富。除了我们所熟悉的爱略特和奥登等现代主义诗人之外,邓恩、马韦尔等玄学派诗人,拜伦、雪莱、惠特曼、彭斯等浪漫主义诗人,都在穆旦的诗歌中留下了自己的回

---

① 郑敏:《诗人与矛盾》,见杜运燮等编:《一个民族已经起来:怀念诗人、翻译家穆旦》,江苏人民出版社1987年版,第33页。

② 李怡:《论穆旦与中国新诗的现代特征》,《文学评论》1997年第5期。

声。"① 诚然如此！事实上，如果不是简单而笼统地将穆旦诗歌归结或判定为"现代主义"，而是从其与浪漫主义之间细微而隐秘的联系、从浪漫主义和现代主义内在的错杂纠缠入手，深入文本内部进行剖析，那么穆旦诗歌的来源及特质的多重性就可以呈现出来。同样，对穆旦诗歌与中国古典诗学的关系也应作如是观。例如，针对穆旦诗歌的所谓"非中国性"，易彬在其论著中通过追溯穆旦人生体验中的《赠卫八处士》和《归田园居》情结，考辨了古典诗学之作用于穆旦诗歌的隐秘路径（即"内心精神机制"），认为："穆旦的写作可谓既接洽了中国古典诗歌传统，更是着意丰富了这一传统——所谓'非中国化'或'背离传统'，看起来是一种姿态，实际上也意味着某种'模仿'。"② 这样的评述，就有别于那种武断的非此即彼或似是而非的结论性判定。

"回到穆旦的丰富性和复杂性"的另一关键点，是重视穆旦创作在不同时期发生的变化以及某些诗歌作品出现的历史语境。比如，胡续冬在回应黄灿然的"赞美之后的失望"时，通过对穆旦20世纪50年代的诗作"发表背景、作品意蕴和接受反应等方面的分析"，指出："虽然穆旦在1957年发表的作品在现代诗艺的探索上不如四十年代作品那样深入，在精神气质上不如七十年代作品那样具有震撼人心的'一代知识分子的命运寓言'的意味，但它们也不是简单的应景诗、口号诗，在其混杂了深信与怀疑的书写中，在语言、形式的褶皱里，依然保留着另一种谨慎的探索——在规范的边缘上对规范本身进行质疑。"并认为："只有深入到当时的文本/现实语境中我们才能感受到文字背后复杂、微妙的情感张力。"③ 这显然远较那种以单一的审美化的"现代主义"角度对穆旦20世纪50年代诗歌进行非议乃至"贬斥"的态度要审慎得多。而需要留意和体察的，正是隐含在其作品"褶皱"间的复杂情境。

对作品之历史语境的重视，其重心在于剖解穆旦诗歌创造与意义得以

---

① 段从学：《回到穆旦的丰富性和复杂性》，《新诗评论》2006年第1辑。
② 易彬：《穆旦与中国新诗的历史建构》，中国社会科学出版社2010年版，第193页。
③ 胡续冬：《1957年穆旦的短暂"重现"》，《新诗评论》2006年第1辑。

延展的具体性。此一"具体性"昭示了诗人进入创作（甚至完成某一诗作）的特定时空中的"此情此景"，凝结着其身份、处境和意绪等诸多切近的因素。在近期一篇论文中，姜涛通过分析穆旦1947年—1948年间的诗作，注意到穆旦的"报人"身份与诗人意志的交织，其感受及言述与同期"内战"话语的共振，指出那些诗作所抒发的"内战""时感"，与彼时的政治格局、社会氛围以及诗人的个人遭际和思想状态密切相关，可以说它们是多重因素作用下的产物，也是诗人对其身处的复杂境遇的反应及表达；他认为上述关联重塑了那些诗作中频繁出现的"我们"这一人称的内蕴，使得"'我们'的人称设置，不只是穆旦诗中的形式因素，它本身就包含了社会历史认识的方法论意涵"①。如此，就将穆旦那一时期的生存体验、政治意识和审美选择融汇在一起，并将三者的交错关系置于更阔大的时代语境中，对之做出了恰当的论析。与此相呼应，徐钺也在两篇专论中详细考察了穆旦1945年—1948年间诗歌创作的情形，辨析了其字里行间所渗透的"焦虑和质疑：历史是否在循环？对历史的态度和诗歌的伦理之间究竟存在着怎样的关系，诗人的个体声音和命运在什么位置？"。他将穆旦此期间的书写看作介于"'希望'与'控诉'之间"的表达，认为"诗人这一阶段的'时感'，是一种相对游离于时代'合唱'的、源于深刻的个体经验认知和历史思考的声音"，"构成了战时中国新诗作者一种非常具体的声音"②。他的分析较多着眼于穆旦在时代漩涡中的个人处境的具体性，透视诗人在停笔与续写过程中充满犹疑、期冀与愤懑的心理状态，及其诗歌与时局变化之间的互动关系。

　　姜、徐二人的论文都论及了穆旦诗歌的政治意识，这是一个值得拓展的议题，其触发点是姜涛文中提到的王佐良《一个中国诗人》里"没有引起多少关注"的判断："穆旦并不依附任何政治意识。一开始，自然，人家把他当作左派，正同每一个有为的中国作家多少总是一个左派。但他已

---

① 姜涛：《一个诗人的内战"时感"》，《读书》2014年第9期。
② 徐钺：《历史"时感"中的"希望"与"控诉"——论1945—1948年间穆旦诗歌创作的精神指向与矛盾》，《江汉学术》2015年第6期；另参阅徐钺：《抗日战争的终结与穆旦的诗歌转变》，《新诗评论》2014年总第18辑。

经超越过这个阶段,而看出来所有口头式的政治的庸俗。"姜涛认为,探究诗人的政治意识"不仅涉及诗人的个体评价,更是关联对其代表的写作及文化方式之可能性和限度的省察",而由穆旦写于1947年—1948年间"一批政治意识相当饱满、甚至尖锐的作品",可以察探当时特殊历史情境下其诗歌发生转变的动因与路向①。后来王东东的分析也认为:"在穆旦1940年代最为重要的战争主题背后存在着更为宏大的政治理想,一种借以克服和'消化'残酷战争经验的现代政治意识。"在他看来,穆旦这时期的《蛇的诱惑》《隐现》等重要诗作里的宗教书写指向了一种"超验正义","对于穆旦来说,超验正义的诗学功能就是达到一种诗性正义(poetic justice),而这一种诗性正义又显然高过了历史正义",穆旦的诗歌是"用一种诗性正义联系起来了超验正义与历史正义"②。他以此表明,穆旦诗歌的政治意识一方面显现为对历史、现实的强烈关切和积极介入,另一方面又借助于宗教等元素而生发出一种超验的维度(后者至少包括了穆旦晚年所说的那种"逃过了题材的时间局限性"的"深一层的内容"③,虽然宗教在穆旦诗歌中还充任了批判现实的资源和手段)——二者的牵扯构成了一种张力,也成为穆旦诗歌力量的来源。这就很好地解释了变动历史情境中的穆旦诗歌的非单面价值。

有必要指明的是,探讨战争环境里的穆旦诗歌的政治意识,并非跟以往某些研究一样对其进行主题式的挖掘和总结,而是旨在构筑某种更为宏阔的研究视野,彰显穆旦诗歌在与时代语境的紧张对峙中所表现出的能动性和穿透力。这实际上体现了研究方式的极大转变。这一转变不仅打开了穆旦研究的新的视角,而且把"穆旦的丰富性和复杂性"落实到个体遭遇历史裹挟时的生存体验、诗学抉择等具体而微的层面。

---

① 姜涛:《一个诗人的内战"时感"》,《读书》2014年第9期。
② 王东东:《穆旦诗歌:宗教意识与民主意识》,《江汉学术》2017年第6期。
③ 穆旦晚年在给一位年轻诗友的信中写道:"奥登写的中国抗战时期的某些诗(如《一个士兵的死》),也是有时间性的,但由于除了表面一层意思外,还有深一层的内容,这深一层的内容至今还能感动我们,所以逃过了题材的时间局限性。"见穆旦:《蛇的诱惑》,珠海出版社1997年版,第223页。

三

毋庸讳言，作为一个相对成熟的研究领域，穆旦研究已有的许多成果抹杀或掩盖了穆旦诗歌的异质性和内在锋芒，令人产生重复之后难以突破的"倦怠"感。在此状态下，需要重新寻找穆旦研究的活力和动力。

几年前，姜涛提出"对穆旦'再问题化'与'再历史化'"的设想："所谓'再问题化'，意味着绕开一般固化的文学史框架，在得失毁誉的评断之外，更多关注穆旦写作中的困境、挫败，乃至无法突破的限制，并尝试在文学、思想、政治的重叠'场域'去理解这些难题；所谓'再历史化'，则意味着打破整体化、静态化的分析方法，将穆旦的写作当作一个充满差异的动态过程，在具体变动的现实关联中去揭示其面对的压力和选择的姿态"[①]。这一设想，悬置了关于穆旦诗歌的种种"主义"判断和一般性的风格、特色论析，代之以"症候"式的角度重设提问的方式，非静止、非孤立地将其置于各种"场域"和关联之中予以探究，想必能够激发出更大的研究活力，提炼出更多有分量的论题。顺便说一句，不惟穆旦研究，整个新诗研究要是也进行"'再问题化'与'再历史化'"的话，相信同样会焕发令人期待的活力[②]。

另一方面，在笔者看来，重获穆旦研究动力的关键，则在于理解这一研究以及穆旦本人所蕴含的当下性。诚如王璞所言："虽然时空发生了巨大改变，但穆旦的'生活世界/诗歌世界'与我们的处境在一个更高的层

[①] 引自姜涛为段从学的论著《穆旦的精神结构与现代性问题》所作的序《"大诗学"与现代性困境中的穆旦问题》，见段从学：《穆旦的精神结构与现代性问题》，人民出版社2014年版，第2页。

[②] 近年来，转换方式后的新诗研究给人印象深刻的成果有：冷霜《建国前后废名思想的转变》（《文学评论》2016年第1期）、赖彧煌《在难以祛魅的世界理解经验、语言和现实》（《中国诗歌研究》2016年总第12辑）、余旸《"可能性"诗学及其限度——"九十年代诗歌"现象再检讨》（《文艺争鸣》2017年第9期）、王璞《郭沫若与古诗今译的革命系谱》（《文学评论》2016年第3期）、范雪《卞之琳的"延安"："文章"与"我"与"国家"》（《新诗评论》2015年总第19辑）等。

次上是血肉相连的,我们也能从穆旦诗歌的那种力量中读出我们的当代经验和内心焦虑。我们可以将我们今天所置身其中的重重危机,带入到穆旦诗歌的深广的焦灼之中,从而获得更开阔的文学和历史视野;也可以将穆旦的张力带入我们的当代历史之中,从而强化我们的自我意识和批判性反思。"① 段从学也认为:"穆旦诗歌的魅力更多地来自那种与我们当下的生存体验密不可分的复杂性,而不是在审美关照中呈现出来的永恒性和经典性。"② 这意味着,理解穆旦(研究)的当下性,就是要从当下研究的问题取向与内在需求出发,寻求自身体验、思考与穆旦(研究)的契合点,同时摒弃那种以审美为唯一乃至终极目标和标准的态度。可以想见,今后的穆旦研究倘若仍然沿着孤立甚至抽象的审美维度前行,就不会走出固化、僵化的泥沼。在这方面,徐志摩及其得到的品评和研究,可谓提供了一个堪与穆旦(及研究)相对照的案例。长期以来,包括普通读者和研究者在内的受众对于徐志摩诗歌的"好感"和"恶感"(甚至明显的轻慢),实则都源自某些根深蒂固的印象式评判,而那些评判又是经过单一审美维度简化后的结果,这种情形亟待改观:"在后人的印象中,徐志摩似乎只是一个浪漫的布尔乔亚诗人,用轻盈、柔美的语言书写爱情和理想……但事实上,徐志摩的诗'泥沙俱下',还有多种类型,如暴烈、粗伧的社会批判之作,如充满宗教虔诚的人生玄思等。"③ 可喜的是,近年来徐志摩(诗歌和其他各类写作)的"丰富性和复杂性"逐渐为研究者所探掘和认知,未来的相关研究同穆旦研究一样值得期许。

总之,面对穆旦这样的独特诗人个体,"我们现在需要的,是在新的语境中读出穆旦在今天可能具有的强度,读出他的诗歌同我们的现实的关切。只有通过重读而重新获得或建立起(绝不是恢复)穆旦的强度和关切性,我们才能回答这样的问题,即,为什么对于今天的我们,讲述穆旦是有意义的,甚至是迫切的"。这样的"关切"意识,正是今后穆旦研究获得持续更新之动力的基石。

---

① 王璞:《重读、重述抑或"重估"——关于穆旦和穆旦研究的札记》,《新诗评论》2006 年第 1 辑。

② 段从学:《回到穆旦的丰富性和复杂性》,《新诗评论》2006 年第 1 辑。

③ 洪子诚等编选:《百年新诗选》(上卷),三联书店 2015 年版,第 35 页。

论郑敏在中国新诗史上的位置[①]

1949年4月,郑敏的《诗集:一九四二——一九四七》作为巴金主编的"文学丛刊"之一种,由上海的文化生活出版社出版。彼时,她已经远赴美国,进入布朗大学攻读英国文学硕士学位,很久后才收到寄自国内的诗集样书。这部收录了郑敏发表在《明日文艺》《大公报·星期文艺》《中国新诗》等报刊上62首诗作的诗集,是她漫长诗歌生涯的起点,看起来不过一薄薄的小册,却奠定了她在中国新诗史上的地位。

早在1947年,李瑛就对崭露头角的郑敏的诗作进行评述:"从她所刊登的这些作品里,我们可以说她是一个极富热情的人,而又极富理智的人,因富于热情始有人道的浪漫的神秘倾向,因重于理智与现实,始产生了自然主义的作品……从诗里我们可以知道郑敏是一个年轻人,而且在她自己的智慧的世界中,到处都充满了赤裸的童真与高贵的热情。"[②]随后,陈敬容在谈及西南联大三位青年诗人时,指出郑敏的诗"叫人看出一个丰盈的生命里所积蓄的智慧,人间极平常的现象,到她的笔下就翻出了明暗,呈露了底蕴"[③];袁可嘉在《诗的新方向》一文中指出:"郑敏诗中的力不是通常意义为重量级拳击手所代表的力,却来自沉潜,明澈的流水的柔和,在在使人心折。"[④]首篇对郑敏诗歌进行综论的文章,是唐湜于《诗集:

[①] 刊于《文艺争鸣》2022年第3期。

[②] 李瑛:《读郑敏的诗》,1947年3月22日《益世报·文学周刊》第33期。

[③] 默弓(陈敬容):《真诚的声音——略论郑敏、穆旦、杜运燮》,1948年6月《诗创造》第12期。

[④] 袁可嘉:《诗的新方向》,1948年9月4日《新路(周刊)》第1卷第17期。

一九四二——一九四七》出版后次月（1949年5月）所写的长文《郑敏静夜里的祈祷》。在该文中，他以诗意的笔触描述道："她仿佛是朵开放在暴风雨前历史性的宁静里的时间之花，时时在微笑里倾听那在她心头流过的思想的音乐，时时任自己的生命化入一幅画面，一个雕像，或一个意象，让思想之流里涌现出一个个图案，一种默思的象征，一种观念的辩证法，丰富、跳荡，却又显现了一种玄秘的凝静。"①这些最初的评论十分敏锐而准确地把握到了郑敏早期诗歌的气质与特点（如"沉潜""宁静""默思"等），也勾画了理解郑敏诗歌的基本向度。

一

郑敏的诗歌创作开始于她就读西南联大哲学系期间，由于受所学课程内容和读到的新诗作品的激发，她开始尝试诗歌创作。她选修了诗人冯至讲授的德文课及关于歌德的课程，在一次课后把自己的习作呈给冯至指点。多年以后，郑敏回忆了当年的情景："当时风吹着他的衣裳，我第一次听一位诗人说：这是一条很寂寞的路。"②这一看似普通的开端对于郑敏有着非同寻常的意义，因为两方面资源构成了她诗歌创作的重要基础：一方面是她修读的哲学系课程给她带来的深层影响（她自陈"冯友兰先生的人生哲学，汤用彤先生的魏晋玄学，郑昕先生的康德和冯文潜先生的西洋哲学史。这些课给予我的东西方智慧深入我的潜意识，成为我一生中创作与思考的泉源"③），另一方面是她所喜爱的冯至诗歌和冯至译介的里

---

① 此文收入唐湜《意度集》（北京平原社1950年版）。引自唐湜：《新意度集》，生活·读书·新知三联书店1990年版，第143页。

② 郑敏：《我的爱丽丝》，《联合文学》1993年第17期。郑敏后来数次描述那一让她印象深刻的场景，用语有所差异却同样令人动容："片刻后先生站在微风中，衣襟飘飘，一手扶着手杖，一手将我的诗稿小册递还给我，用先生特有的和蔼而真诚的声音说：'这里面有诗，可以写下去，但这却是一条充满坎坷的道路。'"（郑敏：《忆冯至吾师——重读〈十四行集〉》，《当代作家评论》2002年第3期）

③ 郑敏：《诗歌与哲学是近邻——关于我自己》，见《诗歌与哲学是近邻：结构—解构诗论》，北京大学出版社1999年版，第473页。

尔克诗文对她的熏染。前一方面为她提供了"思"的底蕴和骨架，后一方面引导她朝"诗"的"寂寞"之路行进，它们很大程度上形塑了其诗歌质地与风格。

郑敏认为自己从冯至那里得到诸多启示，"包括他诗歌中所具有的文化层次，哲学深度，以及他的情操"[1]。关于里尔克，郑敏说："当我第一次读到里尔克给青年诗人的信时，我就常常在苦恼时听到召唤。以后经过很多次的文化冲击，他仍然是我心灵接近的一位诗人。""里尔克的诗传给我星空外的召唤。"[2]她反复申明"里尔克的诗是我最喜欢读的一种"，在她看来，里尔克的诗敞开了生命的内在状态："他敏感地领略到生命的崇高和寂寞，深沉的寂寞，使他转向自然……寂寞会使诗人突然面对赤裸的世界，惊讶地发现每一件平凡的事物忽然都充满了异常的意义，寂寞打开心灵深处的眼睛，一些平日视而不见的东西好像放射出神秘的光，和诗人的生命对话。"[3]正是在里尔克诗歌的启发和冯至的指点下，郑敏领悟到生命的"寂寞"并将之作为一个重要主题写入自己的诗中：

> 在我的心里有许多
> 星光和影子，
> 这是任何人都看不见的，
> 当我和我的爱人散步的时候，
> 我看见许多魔鬼和神使，
> 我嗅见了最早的春天的气息，
> 我看见一块飞来的雨云；
> ……
> 他们永远使我想起
> 一块块的岩石，
> 一棵棵的大树，

---

[1] 郑敏：《恩师冯至》，《光明日报》2014年7月16日。
[2] 郑敏：《天外的召唤和深渊的探险》，《世界文学》1989年第4期。
[3] 郑敏：《诗和生命》，《香港文学》1991年第6期。

>一个不能参与的梦。
>
>——郑敏《寂寞》

这是《诗集：一九四二——一九四七》里郑敏本人较为看重的诗作，诗中将寂寞比作一条蛇并视为"最忠实的伴侣"，显然是对冯至诗作《蛇》的回响；诗的接近末尾处提出"我也将在'寂寞'的咬啮里／寻得'生命'最严肃的意义"，也不难看到对冯至《十四行集》的呼应。作为一个具有本体价值的论题，"寂寞"是郑敏诗歌中的贯穿性主题。四十年后，郑敏写出了算是《寂寞》续篇的《成熟的寂寞》，显出心智成熟后的从容："只有寂寞是存在着的不存在／或者，不存在的真正存在／它弥漫在风和翻动的云中／追寻着未发生的／而人们的足迹只留在／没有风的月尘中，死亡中。"由此，"寂寞"衍化为"存在着的不存在"或"不存在的真正存在"。郑敏解释说："在40年代所写的《寂寞》中我也有过和生命突然面对面相遇之感，世界鲁莽地走进我的心里展开一幕幕的人生的幻景，让我理解寂寞的真谛。80年代我又写了《成熟的寂寞》，在经过近半个世纪的历史风暴，我重新找到了诗和寂寞，感觉到它对一个人心灵的重要，它是心灵深处的圣殿。"[①]《成熟的寂寞》是其组诗《不再存在的存在》里的一首，该组诗各个标题中的"不在了""空了""无头"等词语，将诗的主旨聚焦于"不存在的存在"，这较之早年的"寂寞"书写更为深邃。

不妨说，郑敏追随里尔克和冯至的诗境，遵循里尔克为克服其早期创作及西方浪漫主义以降诗歌"主情"趋向而提出的"诗是经验"这一主张，通过书写生命、存在主题，重塑了现代诗人作为写者的形象，重设了诗歌中自我的呈现方式，重构了自我与他者、自我与万物的关系。这可谓郑敏诗歌的突出成就。从中国新诗历史来看，无论郭沫若的"天狗"式直抒，还是徐志摩的"雪花"般轻吟，抑或戴望舒笔下"寻梦者"的低语和何其芳的清脆"预言"，都隐现着或强烈或温和的主体意识，以及鲜明的情感色彩；艾青的诗歌也是如此，其所抒写的土地、太阳等物象，寄寓着浓郁

---

① 郑敏：《诗和生命》，《香港文学》1991年第6期。

的主体意绪，"我"被塑造为歌咏者（《我爱这土地》）或对话者（《雪落在中国的土地上》）。只有到了卞之琳那里，诗歌中的"非个人化"（从艾略特借鉴而来）因素才开始显露，其《断章》蕴含着"世间人物、事物的息息相关，相互依存，相互作用"①的"相对"观念，《距离的组织》将主观感受消弭在交错的时空、虚实、宏观与微观的架构中；穆旦借助戏剧化手段（《防空洞里的抒情诗》）和戏剧形式（《森林之魅——祭胡康河上的白骨》），试图在诗歌中展示主体的多重性，或呈现主体的"破碎"状态（《我》）——卞、穆二人以各自方式，开辟了20世纪30年代至40年代新诗的两种"新的抒情"（虽然穆旦在此命题下对卞之琳的诗歌持保留态度）。

　　郑敏的诗歌延续和推进了冯至《十四行集》的"沉思的诗"（李广田语）的品质。按照朱自清的说法，《十四行集》值得注意的是"诗里耐人沉思的理，和情景融成一片的理"②。当然，《十四行集》的魅力和重要性并非全然源于哲理或哲学的渗透，而是更多地关乎冯至本人的生命"经验"。同样，哲学系出身的郑敏在写作中也许不自觉地动用了其所受的专业课程的滋养，如《读Seligs Sehnsucht后》："在看得见的现在里包含着／每一个看不见了的过去。／从所有的'过去'里才／蜕化出最高的超越。"哲学的根底给予郑敏在诗歌中思辨的习惯和对语词的收束："在林外，离我很远的世界上／这时是那比死更／静止的虚空在统治着。"（《Fantasia》）正如她在晚年做出的辨析："在诗中哲学是不能脱离美学而存在的，它永远只是一种来去不定的微光，闪烁在美学所建构成的文字中。哲学在诗中只能是一种不存在的存在，无形的存在。"③她的诗句总显得内敛、凝练，给人雕塑般的静穆感，这固然与哲学因素的羼入具有一定关联，但究其缘由，则主要得自里尔克"咏物诗"的潜移默化，后者启示她以一种新的眼光打量"物"、重新思考"物"之于生命的意义。

---

　　①卞之琳：《关于〈鱼目集〉——致刘西渭先生》，《大公报·文艺》1936年5月10日。

　　②朱自清：《诗与哲理》，见《新诗杂话》，作家书屋1947年版，第35页。

　　③郑敏：《诗人必须自救》，《诗刊》1996年第2期。

冯至留意到里尔克中期以后，自其《新诗集》起"多是咏物诗。其中再也看不见诗人在叙说他自己，抒写个人的哀愁；只见万物各自有他自己的世界，共同组成一个真实，严肃，生存着的共和国"①。他翻译的里尔克《论"山水"》一文中有如此断言："他有如一个物置身于万物之中，无限地单独，一切物与人的结合都退至共同的深处，那里浸润着一切生长者的根。"②郑敏深切地领会到里尔克"咏物诗"的真谛，不仅写了较多以"物"为标题和主题的诗作（如《马》《鹰》《池塘》《树》《兽》《金黄的稻束》等），而且她的诗中处处闪现着"物"的身形（意象）；显然，她的书写已经调整了"我"与"物"的关系："我从来没有真正感觉过宁静／像我从树的姿态里／所感受到的那样深。"（《树》）郑敏后来坦陈："我希望能进入物的世界，静观其所含的深意……物的雕塑中静的姿态出现在我们的眼前，但它的静中是包含着生命的动的，透视过它的静的外衣，找到它动的核心，就能理解客观世界的真义。"③她所要进行的是剥离了"物"的表象的"直观"，以发现静止之"物"里流淌的生命感觉，并实现"物"对自我的置换直至"物""我"合一。对于作为写者的诗人而言，这是一种特殊的"观（看）物"和写物的能力。这样，她的诗歌就不止于将个人情思注入"物"，而是以"物"感知"我"，敞开"我"与"物"平等交融的情景，如此显然有别于以往新诗中"我"的过于显明的预言家或代言人姿态。

二

"不存在的存在"实际上是郑敏晚年常常谈及的话题，也是她后期诗歌中的核心主题。这一表述令人想到海德格尔的追问："究竟为什么在者

---

① 冯至：《里尔克——为十周年祭日作》，1936年12月《新诗》第1卷第3期。
② 里尔克：《给一个青年诗人的十封信》，冯至译，商务印书馆1938年版，第57页。
③ 郑敏致袁可嘉的信，引自袁可嘉：《西方现代派与九叶诗人》，《文艺研究》1983年4期。

在而无反倒不在？"① 在郑敏这里，"不存在的存在"至少具有三个层面的意涵：其一，对"寂寞"等生命"经验"的拓展与深化；其二，"物"呈现的形态及方式中存在与非存在、有形与无形、隐与显的辩证；其三，思维层次的繁复性——与此相关，她多次提到弗洛伊德的无意识或潜意识。它是诗人"内心的庇护所，在那里他和历史、自然、人群自由地对话"，"这种不存在的存在是诗人的眼睛、耳朵、皮肤及超官能的想象所能感觉到的"②；它出没于郑敏诗歌中，就像章鱼的"无形的，轻轻漂游的触脚"（《章鱼》），或者如"存在于虚无中／那可能是任何一个地方"的门（《"门"》），以及"光和引力是一张／看不见的网"的时间（《当你看到和想到》），把她的笔触带向"沉默中的矿苗"（《生命之赐》）底下的汉语之根。

据郑敏自述，"1986年我的宇宙观与诗歌观都经历了一次挑战和开拓。首先震动我的是美国当代诗所代表的二战后西方对历史、人的突破40年代现代主义的新动向。简言之，就是从真理、道德的绝对标准走向更开放的宇宙观，从而进入给万物万事一次重新思考、重新感受的探险活动中"，"美国当代诗的变异使我于1986年后很自然地从后现代诗学走向后现代的理论核心：解构主义"③。的确是在此际，她也接触到德里达的理论，让她"对'不在'（The Absence）和'在'（The Presence）之间的何重何轻"④ 有了新的认识，她将这种认识转化为一种诗学与诗歌创作资源，创作了组诗《不再存在的存在》，并写了多篇介绍德里达的专论，如《自由与深渊：德里达的两难》《知其不可而为之：德里达寻找自由》《"迪菲昂斯"（Differance）——解构理论冰山之一角》等。更为重要的是，她持续地运用解构理论，对中国文化、语言（汉语）和诗歌进行了重新阐释，发表了大量犀利的见解。可以说，郑敏是较早引入德里达及其解构理论，

---

① 海德格尔：《形而上学导论》，熊伟、王庆节译，商务印书馆1996年版，第3页。
② 郑敏：《诗和生命》，《香港文学》1991年第6期。
③ 郑敏：《郑敏诗集（1979—1999）·序》，人民文学出版社2000年版，第13、14页。
④ 郑敏：《诗和生命》，《香港文学》1991年第6期。

并将之应用于本土理论话题特别是诗歌理论及创作的先行者，其贡献并非仅仅局限在诗歌和文论领域，而是"越界"参与和推动了中国当代思想文化的讨论。总体而言，她的相关理论工作主要包括以下三个方面。

首先，认同并坚持"差异"，破除思维和认知的樊篱。郑敏认为德里达"最核心的理论是两个：一个是非中心论，一个是否认二元对抗"①，后者秉持"多元、歧异、常变和运动"乃是宇宙万物"规律"的解构理论，将"对西方形而上学的逻格斯中心主义与二元对立思维模式的批判"②视为己任。在郑敏看来，"解构是真正的新的结构的催化剂……当结构不再是一种功能，而成为一种'主义'，对文化进行专政时，我们需要解构意识的涂抹（erasure）运动"③；与结构相对的解构，其效能也是全方位的，比如在文本阅读上，"解构阅读"能够瓦解"能指与所指之间单一的僵死的结构，及主题对阅读的支配关系"④。那么，施行解构的前提和机制何在？德里达生造了 Différance（差异，或译为"延异"）这个词，作为其解构理论的基础与动力。郑敏注意到，"'差异'这个词在德里达那里指的不是一般的差异，不是仅指具体的差异，而是指解构的'差异'，也就是他所说的'trace'（'踪迹'），指的是一种创造的能力，是在不断运动的，本身无形，但能创造一切的能力……这种运动就是他所谓的心灵的书写"⑤。"差异"消解了逻格斯中心主义及其稳固的结构观念，成为事物发展变化和意义不断衍生的"动能"。

其次，探入幽深的"无意识"，发现诗与思的"踪迹"。依照郑敏的解释，德里达所说的"心灵的书写（psychic writing）"是一种"看不

---

① 郑敏：《遮蔽与差异——答王伟明先生十二问》，见《诗歌与哲学是近邻：结构－解构诗论》，北京大学出版社1999年版，第462页。

② 郑敏：《解构思维与文化传统》，《文学评论》1997年第2期。

③ 郑敏：《评论之评论——谈朱大可的"迷津"》，《二十一世纪》1993年6月号总第17期。

④ 郑敏：《汉字与解构阅读》，《文艺争鸣》1992年第4期。

⑤ 郑敏：《遮蔽与差异——答王伟明先生十二问》，见《诗歌与哲学是近邻：结构－解构诗论》，北京大学出版社1999年版，第464页。

见"的能量,"扎根在无意识中",而"这个无意识之中,是浑沌一片,没有逻辑性的,用诗的语言来说,又是一种不存在的存在。它是无形的,而且是不固定的,但它里边却积累了许多我们的祖先和我们自身的文化积淀、欲望沉淀,任何不属于我们的逻辑范围,逻辑所不能包括的东西,都在这里面。因此它可称得上一个地下宝藏"——据此她把"无意识"称为"灵感之源"和"语言的故乡"①。"无意识"的提出者弗洛伊德的理论是郑敏主张的另一个来源,她曾在《早晨,我在雨里采花》一诗的标题下引用了弗洛依德的一句话:"在梦中字被当成物:words are often treated as things in dreams."并在诗的末尾注明:"1990年8月于清华园,时正在读着德里达的《书写与歧异》,遇到弗洛依德的话,有所触动,写此诗。"弗洛伊德的"无意识"的幽暗、深邃,被她改造成德里达的"踪迹"的无形、浑然。郑敏指出,"无意识"对于诗歌创作发挥着极大的作用,她以美国诗人布莱为例,呼唤一个诗歌的"无意识的开拓时代"的到来:"作家纷纷将他的敏感的触须调向这个心灵黑洞,它时时爆发它的黑子,它是人们心灵中的太阳,包含着极大的原始能量,诗人们实验着在诗里捕捉它的辐射,揭开尚未开发的人的深层意识。"②她建议诗人们从那里获得"悟性",由此"听见诗行,发现诗的踪迹"③。

再次,透过"无意识"和解构之光,开掘汉语的诗性魅力。基于郑敏所理解的弗洛伊德理论,她认为"无意识"这"不可测的深渊"是语言得以产生的"神秘之渊":"语言的基地是无意识,不是阳光闪耀的意识之国,而是月光朦胧、云露弥漫的无意识之野。"④语言是一种植根于"无意识之中"的"不在了的存在","语言在形成'可见的语言'之前是运动于无意识中的无数无形的踪迹(一种能)","有声的语言来自'无声'","寂然无语才是真正的语言。语言的实质不是它的喧嚣的表层,而是那深处的无声,这深处在……混沌的无意识中,在'前语言'阶段,在'无'(absence)

---

① 郑敏:《诗歌与文化》(上、下),《诗探索》1995年第1辑、第2辑。
② 郑敏:《天外的召唤和深渊的探险》,《世界文学》1989年第4期。
③ 郑敏:《我们的新诗遇到了什么问题?》,《诗探索》1994年第1辑。
④ 郑敏:《评论之评论——谈朱大可的"迷津"》,《文艺争鸣》1993年第1期。

中"①；换言之，"语言是无限的、无形的踪迹转换而成，每个字词都在使用过程中带上前一位作者的笔痕，如同指纹，它们当进入新的言语中就会将这些积累下的踪迹带入新的结构中，这些无形的变幻的'踪迹'……如同一种'能'，辐射在文本中，它们如光影游戏于文本间"②。

具体到汉语本身，郑敏提出汉语的特点是通过"表层"（可见部分）与"深处"（不可见部分）的差异体现出来的，其中不可见部分蕴含着深厚的文化底蕴，同时又夹杂着各种流动的变幻的互动的深层历史因素——那正是汉语的"无意识"。她认为，"汉语在信息的多元、丰富、立体方面，具有先天的优势"③，因此她呼吁"诗人们在下一个世纪需要做的是如何从几千年的母语中寻求现代汉语的生长素，促使我们早日有一种当代汉语诗歌语言，它必须能够承受高度浓缩和高强度的诗歌内容"④。她从解构的视角，对汉语的特性及其影响下的中国古典诗歌的各种优势与魅力，进行了系统阐述。她将"暗喻"看作汉语的最具本质意义的特性，指出汉语作为语言的"全部细微的实质都建立在暗喻的潜层中"，她引用美国学者费诺罗萨的话——汉语的暗喻能力使它"如一粒橡树的果实，其中潜存着一棵橡树枝桠如何伸展的力量"⑤——说明汉语所积聚的强大原生"动能"；正是汉语的简约（内敛）而富弹性（外扩）的张力结构，提供了中国古典诗歌诗意盎然、平添审美魅力（象外之意、弦外之音）的质地基础，汉语的"暗喻"性构成了古典诗歌的本质因素。

"境界"是郑敏从汉语和古典诗歌中提炼出的一个关键范畴。虽然它是很多先代文论家讨论过的"陈旧"概念，但郑敏结合解构理论对之做出了全新的阐发，并将此作为未来新诗创作的根本准则。郑敏认为，"境界"

---

① 郑敏：《世纪末的回顾：汉语语言变革与中国新诗创作》，《文学评论》1993年第3期。

② 郑敏：《世纪末的回顾：汉语语言变革与中国新诗创作》，《文学评论》1993年第3期。

③ 郑敏：《汉字与解构阅读》，《文艺争鸣》1992年第4期。

④ 郑敏：《试论汉诗的传统艺术特点》，《文艺研究》1998年第4期。

⑤ 郑敏：《语言观念必须革新》，《文学评论》1996年第4期。

是"中国几千年文化的一种渗透入文史哲的精神追求，它是伦理、美学、知识混合成的对生命的体验与评价"①，"境界"如同德里达所说的"踪迹"：它既是"诗的魂魄，决定诗的精神高度；它本身是非具象的，是一种无形的力量，一种能量，影响着诗篇"；又是"一种无形无声充满了变的活力的精神状态和心态。它并不'在场'于每首诗中，而是时时存在于诗人的心灵中，因此只是隐现于作品中"②。她强调，"诗在脱去逻辑的硬壳之后，需要的是新鲜的语言和它所呈现的极富内涵的心灵……'境界'就是心灵的状态"，"是沙漠里的绿洲，它出现在沙漠的侵略和压抑中，但却代表沙漠的灵魂中暗存的力量与追求"，因为"诗的境界代表诗人超常的悟性，穿透了可见、可数的事物的表面存在，悟到那潜在的生命的力量，和自然的深邃不可测，与人的相对渺小"③；她期待"人在境界中进入完全的'无待'的'自在'状态……完全的'自在'意味着超我，超物，超神，也即完全超'有'；与'无'同在。或说：无在无不在"④。

从上述可以看出，对于郑敏来说，解构理论恰是一把锐利的思想武器。她所领悟的解构理论的"无中心论，非整体论，无永恒论，反二元对抗，都是体现后现代主义艺术所要反映的新的宇宙观，新的哲学思维"⑤，为她打开了重新认识中国文化、语言（汉语）和诗歌的宽阔的路径。她就此做出的许多论断，至今仍然是富于启示性的。

三

创作于20世纪90年代初的组诗《诗人与死》（共十九首），堪称郑敏诗歌的一座高峰。这组诗由个别的死亡事件（"九叶"诗友唐祈去世）

---

① 郑敏：《中国诗歌的古典与现代》，《文学评论》1995年第6期。
② 郑敏：《试论汉诗的传统艺术特点》，《文艺研究》1998年第4期。
③ 郑敏：《探索当代诗风——我心目中的好诗》，《诗探索》1996年第2辑。
④ 郑敏：《试论汉诗的传统艺术特点》，《文艺研究》1998年第4期。
⑤ 郑敏：《遮蔽与差异——答王伟明先生十二问》，见《诗歌与哲学是近邻：结构-解构诗论》，北京大学出版社1999年版，第467页。

所触发，将现代主义与后现代主义诗艺相融合，基于她本人的结构－解构诗论①，对时间、生与死、个体命运等展开了深入思考，发出了"你的最后沉寂／你无声的极光／比我们更自由地嬉戏"这一混合着愤懑与诅咒的叹咏。该诗与郑敏同期的《生命之赐》等组诗一起，显示了其诗思和诗艺探索所达到的深度与高度，表明她是中国新诗史上不多的越写越好的诗人之一。

耐人寻味的是，几乎与此同时，郑敏发表了论文《世纪末的回顾：汉语语言变革与中国新诗创作》，这篇措辞严厉的长文在梳理近百年汉语发展历史的基础上，反思了五四白话文运动造成的语言"断裂"及其对新诗创作产生的"消极"影响，并借鉴海德格尔、德里达等的理论提出了一种新的语言观。在此前后，她相继发表了《中国诗歌的古典与现代》《语言观念必须革新：重新认识汉语的审美功能与诗意价值》《汉字与解构阅读》《解构思维与文化传统》《中华文化传统的继承：一个老问题的新状况》《试论汉诗的传统艺术特点》等论文，对中国古典诗歌和文化传统的特点及价值进行重新解析与评估，认为它们虽然已经退隐，但其"踪迹"总是无形地作用于当下、支配着当下，成为一种"不在了的存在"。进入21世纪之后，她陆续写出了《新诗与传统》《关于中国新诗能向古典诗歌学些什么》《全球化与文化传统的复兴》等文，进一步阐明古典诗歌和文化传统的优越性，提出新诗必须向古典和传统学习，其言辞更为急切："要在吸收世界一切最新的诗歌理论发现后，站在先锋的位势，重新解读中华诗歌遗产，从中获得当代与未来的汉语诗歌创新的灵感。"②这些，无不显出她要回归古典和传统的迹象。

《世纪末的回顾》发表后立即引起了不小的争议。有论者批评她对胡适、陈独秀的指责有失偏颇："《回顾》过分注重了胡陈个人在一场文白之争中的作用，把一场白话文对文言的替代运动说成是出自少数人的主观

---

① 参阅刘燕、周安鑫：《结构－解构视角：〈诗人与死〉的时空意象与拓扑思维》，《江汉学术》2022年第2期。

② 郑敏：《中国诗歌的古典与现代》，《文学评论》1995年第6期。

意志，而忽视了从本质上讲这是时代的需要与语言自身发展的趋势。"①有论者把她归于 1990 年代大陆"新保守主义"之列，困惑于其保守主义言论何以"令人奇怪"地出自对一种崭新的"后学"理论（解构主义）的借用②；还有论者认为《世纪末的回顾》凸现了"如何看待中国现代文化史上出现的而且发生了深远影响的'文化激进主义'"这一问题，郑文对这种"文化激进主义"的批判态度并不公允，因为五四文化激进主义具有某种特殊性："五四以来的文化激进主义思潮是推进中国现代化进程的强有力的思想杠杆，它的历史合理性是不能否定的。只有历史条件发生了变化的时候，一种社会思潮的原先的合法性才会发生变化。"③……在各种思潮的"碰撞"越来越繁复、激进与保守的"对峙"趋于极端的今天，应该如何看待郑敏一系列看似激烈的论说及其引发的论争？

可以看到，一方面，郑敏从语言出发，探掘古典诗歌与汉语的特点所隐含的"汉语性"议题，虽然产生了一定的反响，但主要是文化层面的争论，在喧哗的 20 世纪 90 年代诗界回应者寥寥，由于缺乏与 20 世纪 90 年代诗歌氛围的"共振"（当时诗人和理论家的重心在别处），所以并没有对写作实践产生实质性影响——只是后来，诗人钟鸣、宋琳、张枣、萧开愚等的创作和言述方始涉及。另一方面，回到郑敏发声的语境和其论说本身，需要辨察的是，她的观点并非对彼时所谓"传统热""国学热"的呼应，其基本言路与各种保守主义迥乎不同——她借用解构理论切入汉语和文化传统，最终落脚点是在未来的文化建设和诗歌创造上。她指出："当一个古老的民族摇摆在迷信与砸烂传统之间时，解构思维或可使人们清醒地走出困境。"④她以德里达为榜样，因为后者"绝对不把传统与创新放

---

① 范钦林：《如何评价"五四"白话文运动——与郑敏先生商榷》，《文学评论》1994 年第 2 期。

② 赵毅衡：《"后学"与中国新保守主义》，《二十一世纪》1995 年 2 月号总第 27 期。

③ 许明：《文化激进主义历史维度——从郑敏、范钦林的争论说开去》，《文学评论》1994 年第 4 期。

④ 郑敏：《解构思维与文化传统》，《文学评论》1997 年第 2 期。

在彼此对抗的位置上,他说:'创新是走出传统的阴影,但是在你走出以后,你立即就感觉到,在不同的阶段,你必须再回到传统里去把死亡的传统激活,去找到原来传统的源头。如果源头已经干涸的话,那么你的责任就是带新的东西进去使源头复活。'"①她还提出:"我们研究解构思维并非要摧毁'理想',自甘堕落,而是要走出虚幻的'理想主义',不哀叹地走出现代主义的'荒原',面对那既非乐园也非沙漠的真实世界与宇宙,在不断地创造中生存下去。"②由此看来,这样的评价或许是中肯的:郑敏"专心致志于汉语特性之于中国古典诗学的根基性意义的思考,目的只是想为中国的现代诗清理出一块安身立命的居所"③。

正如郑敏反复追问"解构之后怎样",她引入解构理论的着眼点则是破坏之后的建构。比如,她非常看重新诗"音调的设计":"在走出律诗后,中国新诗再也没有能拿出任何音调的设计。"④这是令人思索的。新诗音乐性的实际情形是:"当诗歌与音乐分离后,格律成为音乐在诗歌中最好的替身;现代自由体诗彻底放逐了音乐形式,但并没有放逐诗歌的声音和韵律……格律解除之后的诗歌释放了声音的潜能,每首诗都可能有自己独特的声音形式。"⑤据郑敏观察,新诗历史上有过构建音律的良性经验:"将诗行的节奏(即停顿次数)建立在意群与呼吸上,这种想法使汉语的白话自由体诗在形式上与美国威廉·卡洛斯·威廉斯的可变的诗步及黑山派、垮派(BEAT)关于呼吸的理论相接近。"⑥可惜后来中断了,因此她提

---

① 郑敏:《遮蔽与差异——答王伟明先生十二问》,见《诗歌与哲学是近邻:结构-解构诗论》,北京大学出版社1999年版,第458—459页。
② 郑敏:《何谓"大陆新保守主义"》,《文艺争鸣》1995年第5期。
③ 李振声:《近年文学批评之平议》,《复旦学报》1998年第3期。
④ 郑敏:《试论汉诗的传统艺术特点》,《文艺研究》1998年第4期。
⑤ 李心释:《诗歌语言中"声、音、律"关系的符号学考辨》,《江汉学术》2019年第5期。
⑥ 郑敏:《探索当代诗风——我心目中的好诗》,《诗探索》1996年第2辑。

出:"白话诗的语言音乐性必须成为今后诗学探讨的一个课题。"① 此外,新诗的视觉性("应当成为突出视觉美的诗歌,在诗行的排列、字词的选择都加强对视觉艺术审美的敏感"②)、"诗与历史"、"诗与悟性"、诗的"艺术转换"等,她都以专题形式进行阐述。这些,其实也是当前和今后新诗创作绕不开的议题。

---

① 郑敏:《语言观念必须革新:重新认识汉语的审美功能与诗意价值》,《文学评论》1996 年第 4 期。

② 郑敏:《语言观念必须革新:重新认识汉语的审美功能与诗意价值》,《文学评论》1996 年第 4 期。

日常生活的沉思

——《菠菜》的内蕴及指向

臧棣的《菠菜》写于20世纪90年代后期,是一首看起来简单平淡的短诗。因为,这首诗写了生活中一种极为普通的事物——菠菜:

> 美丽的菠菜不曾把你
> 藏在它们的绿衬衣里。
> 你甚至没有穿过
> 任何一种绿颜色的衬衣,
> 你回避了这样的形象;
> 而我能更清楚地记得
> 你沉默的肉体就像
> 一粒极端的种子。
> 为什么菠菜看起来
> 是美丽的?为什么
> 我知道你会想到
> 但不会提出这样的问题?
> 我冲洗菠菜时感到
> 它们碧绿的质量摸上去
> 就像是我和植物的孩子。

---

① 刊于《广西师范学院学报(哲学社会科学版)》2015年第6期。

> 如此，菠菜回答了
> 我们怎样才能在我们的生活中
> 看见对他们来说似乎并不存在的天使的问题。
> 菠菜的美丽是脆弱的
> 当我们面对一个只有50平方米的
> 标准的空间时，鲜明的菠菜
> 是最脆弱的政治。表面上，
> 它们有些零乱，不易清理；
> 它们的美丽也可以说
> 是由烦琐的力量来维持的；
> 而它们的营养纠正了
> 它们的价格，不左也不右。

为什么选择菠菜这样一种十分常见的事物作为书写的对象，这也许是首先引起的疑问。当然，菠菜之类普通事物进入诗写的范围并非始自此诗，在20世纪90年代诗歌里也不是孤立的个案。不过，这类写寻常之物的诗歌在20世纪90年代较为密集地出现，体现了这一时期诗歌的某种变化，表明诗歌开始放弃关于超拔、伟岸和庄严事物的宏大叙事，转向对身边的切近的琐屑事物的书写。这是一种具有重要的诗学意义的转变，虽然其中不乏为写俗物而写俗物以至于泛滥无边的伪劣之作。值得注意的是，《菠菜》虽然可算作一首写物的诗，却不同于以往（古典时期和新诗早期）的"咏物诗"，它对菠菜这一"物"的书写没有采取歌咏或称颂的态度，而是以一种非抒情的方式进行了书写，其间甚至包含了强烈的论辩的成分。如果要考察20世纪90年代的非抒情趋向，《菠菜》也许是个较好的切入点。

与臧棣的其他许多诗一样，《菠菜》采用了不分节的样式，全诗27行[1]浑然一体、非常紧凑。这是它在外形上的一个特点。不过，尽管没有

---

[1] 有的版本是28行，即"看见对他们来说似乎并不存在的天使的问题"被分成了两行："看见对他们来说／似乎并不存在的天使的问题。"

分节，但随着平缓节奏的推进和语风的转换，整首诗还是显得颇有层次感的。如果一定要划分层节，这首诗大致可以分为三节：从开头到"一粒极端的种子"为一节，从"为什么……"到"……天使的问题"为另一节，从"菠菜的美丽……"到末尾为最后一节。

"美丽的菠菜不曾把你／藏在它们的绿衬衣里。"诗的开头两行用否定的句式（"不曾"）给出了菠菜和"你"（这个"你"是谁呢？下文将有分析）的关系。一个"藏"字道出了菠菜形象的特点之一：宽大。加上前句中的修饰语"美丽"和本句中的"绿衬衣"，令菠菜的形象得到了初步敞露。有必要指出，作为全诗的起首，"美丽"（一个抽象的词）显得波澜不惊，似乎毫无独异之处，但在诗中多次出现，几乎成了专门形容菠菜状貌的语词。这两行诗有两点格外值得留意：其一，此诗一开始就用复数人称"它们"来指代菠菜，较符合菠菜有着鲜明群体性的宽大形象；其二，在描述菠菜与"你"的关系时，菠菜占据主导位置，是动作的发出者，而"你"是受动者，仿佛菠菜是能够庇护"你"的强大之物。

还有一点要特别提出：开头这两行所突出的菠菜的"绿"，实际上是呈现菠菜形象和理解全诗意旨的关键之一。紧接着的三行诗陈述"你"对"绿颜色的衬衣"的态度，在语感上显然是顺承第二句而来。这三行也用了否定的表述（"没有穿过"），显示"你"对"绿衬衣"形象的回避，并且将菠菜与"你"的主动、受动位置进行了颠倒。从属性和外观来说，菠菜所具有的"绿"是一种相当单纯的颜色。一方面，绿色赋予菠菜"碧绿的质量"（第14行），其纯粹、柔和的色泽和质感让人不免生出怜爱之情（"像是我和植物的孩子"），而"绿衬衣"这一喻象也给人某种温暖的感觉；另一方面，正是这种绿色的过于单纯，却让"你"对之产生了怀疑乃至抵制的意绪，故而"回避了这样的形象"，第6—8行中"我"所记得的"你沉默的肉体"，并将之比喻为"一粒极端的种子"的说法，无不可视为对这种"回避"态度的强调。与其说此处的"种子"与后面的"我和植物的孩子"之间可能存在着隐秘的联系，毋宁说，这折射的是由菠菜的单纯之"绿"引发的"你"和"我"之间复杂而矛盾的心态。

那么，菠菜的"绿"为何会引起"你"的抵制和"回避"呢？这一点后面将会有所揭示。

如果说诗的前八行（作为相对独立的一部分）是基于"你"的角度或立场看待菠菜，那么从"为什么……"到"……天使的问题"这部分，则是以"我"的眼光和感受来评价菠菜在"我们"生活中的意义——对，的确是一种评判。"为什么菠菜看起来／是美丽的？为什么／我知道你会想到／但不会提出这样的问题？"这两个缠绕在一起、具有相互抵消意味的连续发问，体现了臧棣式诗思和句法的狡黠。但不能说这样的发问毫无价值。前一个"为什么"既可以是充满疑惑的提问，也可以是设问（无须回答），关键是谁发出来的；从后一个"为什么"的字面来看，该问题应由"你"发出，但根据后一个发问暗含的意思，"你"只是"想到"，实际却并未（"不会"）提出该问题。这让前一个"为什么"的设问成分占了上风，由此菠菜的"美丽"变得不容置疑。"想到／但不会提出"——这一通过发问而展现的微妙心理，再次确认和强调了菠菜的"美丽"。

在随后的三行诗里，"我"因与菠菜直接接触而产生的喜悦之情溢于言表。请注意其中的两个动词："冲洗"和"摸"。它们都是非常生活化的动作，"冲洗"似可见出"我"对菠菜的细心与珍惜，"摸"更显"我"与菠菜关系的亲密。这样的喜悦之情在一个关于菠菜的新奇譬喻中达到极致："像是我和植物的孩子。"无疑，这个譬喻会带来令人愉悦的奇幻效果，它勾连着诸如图尔尼埃的《礼拜五，或太平洋上的灵薄狱》①之类的现代寓言文学传统。

不过，此处在用"孩子"这一譬喻表达怜爱之意的同时，字里行间也掠过一丝须细细体察的隐忧。这种隐忧与菠菜引出的话题有关："菠菜回答了／我们怎样才能在我们的生活中／看见对他们来说似乎并不存在的天使的问题。"在此，菠菜无疑为"我们"洞察（"看见"）生活的奥秘提供了一次契机，"看见"犹如经过生活化语汇转化的浪漫主义的"灵视"，体现了一种先知般的对于生活的领悟与处理能力。这里出现了仅此一次、

---

① 这部小说颠覆性地改写了名著《鲁滨逊漂流记》，讲述鲁滨逊未能驯服野人礼拜五，反遭其同化的故事，其中有人与神秘植物做爱的情景。关于《菠菜》中这一诗句与图尔尼埃小说关联的论述，参阅胡续冬：《诗歌让'不存在的天使'显现》，见洪子诚主编：《在北大课堂读诗》，长江文艺出版社2002年版，第58页。

显然与"我们"相对的复数人称"他们",应该指有别于"我们"、处在全然隔绝状态的人们;借用布尔迪厄的术语来说,"我们"和"他们"是被"区隔"(distinction)的两类人。而这三行中更为引人瞩目的是"天使"一词,这是理解全诗意旨的另一关键语词。正是经由菠菜,"天使的问题"才得以彰显出来,而"天使的问题"早就存在于"我们的生活"中(这是诗中直接提及"生活")。那么,何为"天使的问题"?怎样理解此处所说的"天使"?

根据上下文推断可知,这里所说的"天使"并不具有其在宗教中的原初含义及引申义,也不同于里尔克诗歌里的"可怕的天使"[①],而只是被还原为一种非人间的、高踞于现实生活之上的飞翔物。联系诗中前面所述的菠菜之"绿",可以说那种如"天使"一般的生活"形象"与生活方式的单纯性、抽象性,正是菠菜之"绿"的单纯性的极致,这种过于单纯的生活"形象"和生活方式,势必会引起警惕和"回避"。臧棣后来写过一首《天使政治学丛书》(2011年),其中写道:"没有一座天堂能经得起我们的怀疑。"而另一首《必要的天使丛书》(2013年),虽然借用了美国诗人史蒂文斯文集的标题,但呈现的是十分具体的现实生活场景,包含了痛彻心腑的个体性体验。臧棣还有一篇题为《绝不站在天使一边》的短文,是讨论诗歌中的所谓边缘与中心问题的,他赞成南非诗人布雷腾巴赫提出的"要保持批评的态度,绝不能站在天使一边",认为"边缘离天使太近,离历史太远",因而"必须取消边缘",回到对历史现实的关注[②]。

自这三行以下,《菠菜》的主题逐渐显露。接下来的一行诗非常重要,是一个判断句:"菠菜的美丽是脆弱的。"何以做出了这样的判断?显然,这种"脆弱"性部分地来自菠菜之"绿"的单纯性,它虽然"美丽",但却是"脆弱"的;更重要的原因则在于:"当我们面对一个只有50平方米的/标准的空间时,鲜明的菠菜/是最脆弱的政治。"这三行诗是全诗

[①] 参阅瓜尔蒂尼:《〈杜伊诺哀歌〉中的天使概念》,见《〈杜伊诺哀歌〉与现代基督教思想》,林克译,上海三联书店1997年版。

[②] 臧棣:《绝不站在天使一边》,《为您服务报》1995年8月31日。

用力的着眼点，也是彰显全诗主旨的最核心的句子。如果说在"菠菜的美丽是脆弱的"这句之前，都还是对菠菜及"你""我"与菠菜关系的直观描述，那么从该句起，诗人将目光聚集在切近的与自己息息相关的生存处境，深入其内在进行思索和剖析。可以看到，相对于生存处境的窘迫和严峻而言，有着单纯绿色外表的菠菜的"美丽"无疑是"脆弱"的，其"脆弱"性与生存处境的巨大压力之间形成强烈反差，从而成为一种"政治"。这里所说的政治是一种泛化的政治，指盘踞在人们观念里、支配其言语行为的某种意识形态或心理机制。"50平方米的/标准的空间"对于某一个体而言是具体而微的生活境遇，它直陈了20世纪90年代以来的现实状况和社会生态——包括那种"标准"化指令对人们思维与生活的制约。按照法国学者列斐伏尔的看法，"空间是政治的。空间并不是某种与意识形态和政治保持着遥远距离的科学对象（scientific objects）。相反地，它永远是政治性的和策略性的"①。因此，在20世纪90年代以后社会文化潮流的冲击下，"50平方米的/标准的空间"已不再具有私密性和稳固性，而是因挤压、剥蚀而暴露无遗且无处躲藏，"脆弱"得不堪一击。这构成了日常生活的政治。

对"空间"的观察和书写是一项重要的诗学命题。法国哲学家巴什拉在其著名的《空间的诗学》一书中认为："被想象力所把握的空间不再是那个在测量工作和几何学思维支配下的冷漠无情的空间。它是被人所体验的空间。它不是从实证的角度被体验，而是在想象力的全部特殊性中被体验。"②这正是诗歌的独特魅力所在，也是这首以反思"空间"为主题的诗的价值。

究竟应该怎样应对那种"脆弱的政治"导致的后果呢？在诗的结尾部分，诗人的目光重新投向了菠菜："表面上，/它们有些零乱，不易清理；/它们的美丽也可以说/是由烦琐的力量来维持的。"也就是，返

---

① 列斐伏尔：《空间政治学的反思》，见包亚明主编：《现代性与空间的生产》，上海教育出版社2002年版，第62页。

② 加斯东·巴什拉：《空间的诗学》，张逸婧译，上海译文出版社2009年版，第23页。

回到如"零乱""不易清理"的菠菜一样的日常生活当中,担负起它的无尽的"烦琐"、枯燥和平淡。因为,日常生活中的甜蜜与幸福如同菠菜的"美丽","是由琐碎的力量来维持的",这无疑是一种富于辩证意味的生活哲学。在此,"烦琐"不只是风格意义的,而更是现代社会日常生活的形态及其美学特征。显然,对菠菜的重新审视引起了诗人对日常生活的深层反思,这一反思在诗的最后两行戛然而止:

> 而它们的营养纠正了
> 它们的价格,不左也不右。

"营养"与"价格"巧妙地指向了一种内与外的关系,"纠正"以及"不左也不右"中的"左"和"右"这对往往与特定历史语境联系在一起的范畴,在此显然被讽喻性地借用了,恰切地回应了上述"政治"题旨。

现在,可以对《菠菜》中的几种人称略做探究了。这首诗的人称转换十分频繁,除明确指代菠菜的"它们"外,还有"你""我""我们"三类人称在交错使用。那么,这几种人称分别指代什么?其在诗中的关系如何?"我"的指代可能好理解,应当指言述者或观察菠菜的诗人本身;而"你"所指的对象却要模糊许多,可以指诗人的一个亲密的对话者,可以明确为他生活中的伴侣——即与"我"组成"我们"、共同居于"50平方米的标准的空间"的那个人,要是这样解释行得通的话,那么全诗的语气就是一种倾诉的语气,但这种倾诉并不是单向的,还须有一个倾听者或对话者,双方能够构成一种言述-倾听的关系。同时,"你"也可指"我"的替身,即另一个"我",这个"你"可被看作是从"我"中分裂出去的,倘若如此的话,这首诗就成了一种充满自审、反思的独白或絮语,所有与"你"展开的对话、问询最终都指向了"我"自身:"为什么菠菜看起来/是美丽的?为什么/我知道你会想到/但不会提出这样的问题?"——这样的提问便成了一种无对象的自我提问。当然,还可以极端地认为"你"一无所指,或者只是一个缀词或语气词,如此阅读起来也许别有一番滋味。

《菠菜》是一首典型的20世纪90年代诗歌,它的主题和表达方式显示了20世纪90年代诗歌的某些新的趋势。由于普通之物的进入和对日常性的关注，这首诗透露出这样的信息：20世纪90年代诗人已经不再像20世纪80年代中期的诗人那样，拘泥于一种所谓的"不及物"写作，而是将诗歌的笔触指向了平凡、琐屑的现实生活。"不及物"写作由于过分强调诗歌的纯粹性与自我指涉而放弃了直面现实、介入现实的责任，因而丧失了应有的向现实生活发言的能力。

在《菠菜》一诗中，菠菜其实仅是一扇窗口或一个媒介。它朴素得只给人留下纯然绿色的印象，它是"美丽的"，同时这种"美丽"又是"脆弱的"，正是它单纯的绿色把诗人引向了对日常生活的观察。菠菜是人们每天遭遇的食物（蔬菜）中的一种，据说含有丰富的维生素和人体所需的微量元素（即"营养"），人们从市场上购买它，与商贩讨价还价，然后把它带回家中。在这样的过程中，菠菜充当了一个中介，使人们所居留的相对独立的"空间"与外界广阔的现实生活发生了关联。不仅如此，菠菜被带回家后，在成为桌上的一道菜、一种食品之前，它还要经过精心的清洗、烹饪，但"它们有些零乱，不易清理"，因此"它们的美丽也可以说 / 是由烦琐的力量来维持的"。也就是在"冲洗"菠菜等一系列"烦琐"行为中，居家之内的所有成员在已有的关系之外，平添了一种新的关联。由于菠菜是人们每天都面对的现实，所以每天人们都要在"冲洗"菠菜之类的行为中，进行这种新的关联的情绪操练。因而在诗中，菠菜既是把个人（比如说书斋里的某个人）与现实生活连接起来的通道，又是诗人观察和思索这种生活哲学的窗口。

"以千万道闪电在一个词语上纵深"①
——朱朱诗歌的多重向度

2020年5月的某一天,我收到朱朱通过电子邮箱发来的他刚刚定稿的《清河县》第三部,此时距离《清河县》第一部的完成时间(2000年)正好二十年。在这中间,他的《清河县》第二部于2012年完成,当时有一个标题"小布袋"。那是此起彼伏的新冠疫情稍稍有所缓和之际,我凝神将第三部读了两遍,并重新翻出前面两部(分别收入他的诗集《皮箱》和《五大道的冬天》),放在一起连缀起来阅读。

现在,《清河县》三部曲全部收录在新出的《我身上的海》(北京联合出版公司2021年版)了。这是朱朱三十余年诗歌精选集,采用国外通行的"New and Selected Poems"(新诗与诗选)编排方式,由从他不同时期的诗集和最新诗作里分别挑选出的作品构成,除了《清河县》三部曲,还有写作多年、去年定稿的长诗《流水账》。至于选诗的原则,朱朱在诗集末尾的"编选说明"中做了简要解释:"这是一部有明显主观倾向的选本,以现在的理解对待了各时段作品本身的完成度,避免个人怀旧、写作动机的特殊性,以及被评论征引过的影响,早期诗也没有作为单独的部分收录。"不难发现,他在选诗过程中注入了当下的眼光,并将作品展示的重心放在了后面阶段,特别是《故事》之后的十年。

---

① 刊于《新京报·书评周刊》2021年12月18日。

一

《清河县》三部曲堪称朱朱三十余年诗歌创作的一个轴心,在纵、横的向度上对接着他诗歌朝丰沛、开阔之境的逐渐展开。这三部曲的写作过程,也一定程度上映现了他诗歌风格发生转变的轨迹。

《清河县》第一部,完成于确立朱朱早期个人风格,同时奠定他诗歌声誉的诗集《枯草上的盐》出版的那一年(人民文学出版社2000年)。他曾提到,那部诗集让他感到"和过去的写作有了一次近乎生理上的割断",显然是对其早年写作的一次小结。对应于他当时决绝、"孤高"姿态的,是《枯草上的盐》里诸多诗作所显示出的冷峭、锐利而不失收束的气质:

上楼,黑暗中已有肖邦。
下楼,在人群中孤寂地死亡。
——《楼梯上》

诗集中四处散落着精警的譬喻:"这漫天的雪是我的奇痒。"(《我是弗朗索瓦·维庸》)"屋脊像一块锈蚀的钟摆跟着晃动。"(《厨房之歌》)行句间不时冒出轻盈而出人意表的语词组合:"南方被经过了,/太阳将它留在自己的眼中。"(《为一颗心祈祷》)"蝴蝶,/展翅在最小的损失中。"(《煽动》)此外,诗集中不乏精致的所谓江南之景:"有一道光线沿着起伏的屋顶铺展,/雨丝落向孩子和狗。/树叶和墙壁上的灯无声地点燃。"(《小镇的萨克斯》)这些,都为他的语词装上了一副"淬炼的铠甲"。

当然,《枯草上的盐》的文字也隐隐散发着某种Eros(爱欲)的暧昧气息:"染上了石灰的树叶/发出一个女人的/绸衣的呢喃。"(《海边的你》)那或许与朱朱所在的风光旖旎的地域有关,或许缘于他对某类艺术的偏爱。这些气息同细密的文字相糅合,令人产生微微战栗的奇妙感觉:

> 强大的风掀开了暗橱，
> 又把围裙吹倒在脚边。
>
> 刮除灶台边的污垢，
> 盒子被秋天打开的情欲也更亮了。

实际上，这种气息同样萦绕于《清河县》第一部："现在她的目光 / 开始移过来在我的脖颈里轻呷了。"（《顽童》）"她继续洗着而且我们晕眩着，俯视和仰视紧紧地牵扯在一起。"（《洗窗》）"她的身体就是一锅甜蜜的汁液 / 金属丝般扭动，/ 要把我吞咽。"（《武都头》）"他更像一艘端午节的龙舟 / 衔来波浪，// 激荡着我们朽坏的航道。"（《百宝箱》）《清河县》所依据的小说作品《金瓶梅》本身充满了Eros（爱欲）情节和对之的审视与反思，这使得其中的Eros（爱欲）意味难以避免。不过，每一首诗在处理人物之间的Eros（爱欲）关系时保持了很好的分寸感，显得微妙而富于层次。《清河县》第一部的主角是潘金莲（第二部也是），她是众人瞩目的中心，但在全诗中却没有以一个人物正面出场，而是作为与其关系密切的数位人物眼中的"他者"，在他们的陈述中得以现身——这些人物均采用了第一人称"我"进行叙述，他们的陈述犹如映照潘金莲的多面镜子，从不同视角令她的面目更为清晰。到了《清河县》第二部，视角则颠倒过来，"我"所指称的唯一角色是潘金莲，经由她的陈述将那些人物的形象及她与他们的关系、她对他们的态度，一一勾画出来。

需要进一步指出的是，Eros（爱欲）并未赋予《清河县》第一部（及其后两部）以浮靡的色调，同时Eros（爱欲）也并非该诗的主题，整部诗表现的是人性的角力。朱朱在一次访谈中谈道："清河县的世界并没有消失，那些人也正走动在我的窗外，虽然他们都已经更名换姓，并且在喝着可口可乐。我尤其要将王婆这样的人称之为我们民族的原型之一，迄今为止，我的感觉是，每一条街上都住着一个王婆。我记得金克木先生在一则短文里提及，有两个人，王婆和薛婆，是我国历史上最邪恶的两位老太婆。是的，的确邪恶，但她们所意味的比这多得多——文明的黑盒子，活化石，社会结构最诡异的一环,乃至于你可以说她们所居的是一个隐性的中心。我欲完成在诗中的,并非对那种邪恶感的刻意描绘,而是要还原一个完整而真实的形象。"这也是姜涛在一篇评论中指出的:"(《清河县》)有意挑起一盏灯,让读者窥见历史幽微的曲线、裂口。"(《当代诗中的"维米尔"》)而朱朱另一些表面上具有"怀旧"色彩的诗作,包括后来的《青烟》《江南共和国——柳如是墓前》等,其中的人物身上无不寄寓着某种以柔克刚的韧性,抵消甚至抵制了可能的"颓废"趋向。

二

《枯草上的盐》的出版呈示了朱朱告别"第一阶段"写作、进入写作中"黑暗的墓道"之际的状态。"黑暗的墓道"的说法出自朱朱完成于2000年的诗作《灯蛾》,该诗首句中的"墓道"本来是一种实写,却被他塑造为关于写作及写作者处境的一种隐喻。在一次闲聊中,朱朱提到"黑暗的墓道"是一个写作趋于稳定的诗人必经的阶段,在此期间写作者的心智和耐力都备受考验,以寻求自我更新与蜕变之途。《灯蛾》中"一只灯蛾//趋向于地下的光辉,/他的死历数了/同伴的邪恶/和地上的日全蚀",寓言般地揭示了写作者左冲右突于"黑暗的墓道"的情境。

朱朱曾自言《灯蛾》"意味着我近年写作中一次很不寻常的结晶"。那么,这首诗的"不寻常"之处在哪里?可以看到,《灯蛾》最显著的一点是,诗中由那个遭到同伙遗弃,最终"成为一个人形的拓片"的盗墓贼,以第一人称口吻自述被密封在墓道里的所观所感——那虽然是诗人想象和虚拟的,但由于采用了"我"的视角,故能够令读者有一种身临其境般的真切感。并不奇怪的是,稍后于《灯蛾》陆续完稿的《清河县》第一部各篇,全部采用了第一人称(如前所述)。而同期的《斜坡》《合葬》《在沙洲》《鲁滨逊》等,也是如此(这些诗作均收录在诗集《皮箱》里)。无疑,这是朱朱解除早年写作中语词的"淬炼的铠甲",进而从"黑暗的墓道"走出的有效方法。

这一方法,正是朱朱本人多次提及、一些论者也有所阐述的"成为他人"。他在一首诗里明确提出:"路过我,成为他人。"(《夜访》)所谓"成为他人"，简要地说就是将自我分解或转化为无数个他者，或者反过来，将形形色色的他者集结于自我之内；以己度人、以人测己，通过自我的角色化，凸显自我及自我与他者关系的多重性和繁复性。在一次访谈中，朱朱解释说："以'我'结构全局，作为形式而言实在是文学上的一种俗套而已——我不知道是否更加便利？也许你戴上他人的面具时，反而要多出一重困难，那就是你在语调上必须成为他人，你的理解力、想象力和情感必须与之交融，而非简单地折射你自己。成为他者，无疑是我们永生的渴求之一，文学中'我'的使用即一种出自单方意愿的双向运动，在他者的面孔上激起一个属于我的涟漪，自我的意识因而得以净化。"这确实可以生发出很多值得深入探讨的议题。统领诗篇的"我"，作为对他者的想象性替代，需要揣摩不同角色的性格、神情和习惯，由此拿捏语气、调配词汇、锻造句式。诚然，在朱朱的上述诗作中，"我"的运用加强了其独白或对话的意味，增添了诸多饱含细节的叙述或刻画，但这并非延续了20世纪90年代诗歌中所谓"叙事的转变"。他的"成为他人"，增益了语词表达的能力，扩大了其诗歌表现的视域，使之更富于层次感。

朱朱的这一方法，较早体现在《我是弗朗索瓦·维庸》（1998年）一诗中，该诗的主角是一位有着传奇经历的法国诗人，全诗以充满自嘲的语调对其生平与写作进行了淋漓尽致的戏仿，言辞俏皮而灵动。同时，该诗与同期的《瘟疫》一诗，在句法上显出了"成为他人"所具有的戏剧性张力：

> 人们要一种装饰的、啃啮的被允诺的
> 具体胜过要一首抽象之诗的
> 不移动的深色底座：
> 死亡。

而更早一些时候的1992年，朱朱在一首仅有四行的短诗《一个为经验所限制的观察者》里写道：

> 除非此刻，我是船上的渔民

> 看自己正在幽暗的塔楼里
> 凝视船舷上的一片云彩
> 放射我微小的头和双目

确如周瓒所分析的，这首诗"可以被视为诗人对自己的分身能力的一次小小的沉思：'我'（是）—'船上的渔民'（看）—塔楼里的渔民自己，三个空间，三个人物是同一个人。除非我能够做到这样从自身中分身出一个'我'，并使这个'我'有能力去观察另一个从'我'中分离出的'我'，否则，'我'就是被限制的。诗人承认自己是受到限制的。作为观察者，他受到经验的限制，但是，他可以借助'凝视''一片云彩'，通过'放射我微小的头和双目'，来实现一种超越性的努力，即扩大自己的生命，突入他人的生命之中。"（《观察者和他的分身术》）可见，"成为他人"早已潜伏于朱朱的写作意念中。

三

朱朱的"成为他人"抒写，以各类历史人物和小说作品里的人物为主。这方面最重要的作品自然是《清河县》三部曲：《金瓶梅》中的潘金莲及其关联人物，成为《清河县》第一、二部的核心，相较于原作，诗中这些人物的形象不同程度地得到了改造甚至"扭转"，全诗围绕潘金莲展开了一个幽暗而深沉的人性世界；《清河县》第三部则将焦点聚集于《金瓶梅》的作者——一个具有半匿名性质、其身份显得扑朔迷离的文士，在追踪其坎坷经历的同时，也透视了古代文士所共有的悲剧命运。另一部分量很重的作品，是长达近四百行的《流水账》，以世人既熟悉又陌生的李煜为书写对象，重塑其作为个体的多重形象，展现了他受困于家国、身世、情感及写作相互纠缠的处境。

这些人物书写都可谓对人物的再"发明"。显然，它们并非蜻蜓点水或浮光掠影地触及人物的生平、事迹和交游等，而是基于一种"感同身受"对人物进行全新的构拟，其中格外值得留意的有如下几个方面：

重视人物的时代背景及其对于人物性格和诗作主题的作用。在备受瞩目的《江南共和国——柳如是墓前》中,开头段落中显得阴晦的"此刻城中寂寂地,所有的城门紧闭,/ 只听见江潮在涌动中播放对岸的马蹄"和结尾处趋于明媚柔和的"还将是一枝桃花摇曳在晴朗的半空,/ 潭水倒映苍天,琵琶声传自深巷"形成了鲜明对照,喻示着"弱小"女性与强权更迭之间的对峙。

对与人物相关的一些事件的独特处理。比如写廖仲恺和何香凝的《合葬》,诗的两节分别是两人的自白和向对方倾诉,"合成"了一种对话的格局(呼应标题"合葬")——奇妙的是,廖仲恺的自白以细腻的笔触详述了自己遭受暗杀的过程和感受,并设想了他死后的种种情景;作为应和与补充,何香凝的自白集中于她在廖仲恺逝世后的行与思。这样的处理消除了人们对这两位历史人物的刻板印象,突出了其个性化的人格特征。《清河县》第一部里的《武都头》也是如此,该诗通过弱化武松的打虎壮举而颠覆了其高大的英雄形象,却着力刻画他内心里面对情欲与人伦的犹豫不决,以至他对人生意义表示了质疑:"我被软禁在 / 一件昨日神话的囚服中。""人们喜爱谎言,/ 而我只搏杀过一头老虎的投影。"

剖析人物精神层面的困境。在写鲁迅的《伤感的提问》一诗中,对生命的内省式回顾变成了持续的自我追问。每次读这首诗,我便会想起极富才情的已故批评家赖彧煌博士化身为鲁迅,以第一人称对《伤感的提问》的跨时空的读解和回应,"朱朱的诗用反问句式而非'人们可以学鲁迅''人们应该学鲁迅'的祈使句,他大约洞察到了时过境迁八十年的惰性如磐石般顽固,而我如履薄冰地努力写过、'刻'过,他道白着今人如我那般之刻写不再成为可能";他所论及的鲁迅重新定义文学的尝试,"我迎着时势而上,时势压迫我把完整变成片段,把奇崛变成唐突,把幽深变成尖亮,把温暖变成冷漠,此中我和文学的冲突,到了只为有效地说出而不是有趣地说出的程度"(《"我会劝他们告别文学旅途"——拟八十年后鲁迅可能的一种回答》),则暗含着对再造新诗的期许。

事实上,对历史中人物的书写,不仅要求对人物的各个方面进行深入了解和理解,而且需要对人物所处的历史本身有着非凡的洞察与认知。正如姜涛曾在某个场合下所说的,诗歌写历史如果仅仅是历史材料的罗列和堆积,那远远不够,还应该吃透、消化那些材料,形成自己对历史的见解,这样才能写得透彻。给人印象深刻的是，朱朱总是以克制而舒展自如的笔法，平衡着个人与历史之间的张力，他诗中的人物及历史拒绝了某种道德优先的论调，也摒弃了那种情不自禁扑向历史的冲动。倘若把朱朱写鲁迅的两首诗（《伤感的提问》《多伦路》）与当下其他写鲁迅的诗作稍做对比，就会发现朱朱书写人物的别致之处：两首诗在探入鲁迅内心深处不易觉察的褶皱和波动、观照和诠释其精神世界的同时，亦显出对历史复杂性的把握；没有像某些写鲁迅的作品那样，把鲁迅（及其置身的民国历史）过于浪漫化，洋溢着很煽情的调子，或走一种主题升华的老路。

《我身上的海》几乎囊括了朱朱三十余年诗歌写作的精华。在这三十余年间，汉语诗歌潮流此消彼长，社会文化语境的迁变和各种新媒体的兴起，令当代诗语变得纷繁错杂。但朱朱不为所动，潜心于生命体验的不断扩展和诗艺的不懈探索；他力求兼容乔姆斯基的"自我组成的系统"（晶体）原则和皮亚杰的"噪音中的秩序"（火焰）原则，"以千万道闪电在一个词语上纵深"，为"身上的海"探寻出路……

新世纪诗歌的变与不变
——以冯晏、哑石、臧棣为例

进入21世纪以来,中国诗歌的面貌相较于20世纪80年代、90年代发生了一定的变化,却也并不是人们预期的那种"跨越"式的巨变。一方面,20世纪80年代以来诗歌自身在观念、实践上的分歧,经由"盘峰论争"的激辩而变得愈发明显;另一方面,新世纪历史语境的迁变使得诗歌的主题、写作趋向等,呈现出某种微妙的含混性。曾经风格化、辨识度较高的写者慢慢趋于平实、稳健,不经意间令人惊讶地滑入了"语词惯性"乃至"同质化"的泥潭。于是,对那些写作多年的诗人而言,所面临的严峻挑战就不仅是怎样保持继续写下去的动力,更有如何寻求新变的困境。本文以写作时间超过三十年、如今仍十分活跃的三位"老"诗人冯晏、哑石、臧棣为例,通过探讨他们写作中的变与不变,彰显21世纪以来中国诗歌的某些症候。

一

出生于20世纪60年代初的冯晏确实是当代诗坛的一位"老人"。某天,当我翻看她的诗选集时蓦然想到,冯晏从20世纪80年代初期开始诗歌写作到现在,也快四十年了,一想到这点就不免产生惊诧之感。时间的脚步真是可怕地无声而仓促,一转眼三四十年过去了,冯晏就那么安静地写着,心无旁骛,不声也不响。这样累积起来确实构成了一种现象,一种很奇特的现象。这就是,一个诗人写作的持续性。一个人坚持多年做一件事是很不容易的,尤其是写诗。说到冯晏的安静,我记得她有一首诗的题目就叫《安静的内涵》,那是一首剖析"安静"的"内涵"的诗。这种安静,那种解剖、分析的方式,正是她的写作状态的一种写照。这个安静,既指明她的不事张扬的性格特点,也揭示了她对写作的某种持守,她似乎没有参加过什么派别,也不隶属任何团体。可以看到,她的写作起点几乎与朦胧诗的发生同步,一路下来直至今日,这四十年中国诗坛或诗歌界经历了很多变化,各种潮流风起云涌,但她一直坚持自己的写作,既可以说在这个潮流里面(因为她的诗歌在不断变化),也可以说是在潮流外面,从各种运动、主义、口号的嚣攘旁默默经过,冷眼旁观。这真的构成了一种值得琢磨的现象,甚至可以说她近四十年的持续写作宛如一个神话,让人觉得有点不可思议;这种持续性似乎预示着,一个人就这么写下去,一直写一直写,直到手不能动、不能握笔了,不能使用电脑了,写作就停止了、终结了。这里面包含了一种写作的纯粹性。

以上所述是冯晏的诗歌写作给我的一种直观印象。我想这也是她的写作状态留给许多人的印象:不疾不徐,没有大起大落,一切显得波澜不惊。当然,从她诗歌发展的内在线索来说,变化肯定是有的,并且应该是以一种潜在的、不经意的方式发生着的。这种波澜不惊,让我很长时间处在一种困惑中,就是总想为她的诗歌写点什么,却又不知从什么地方入手来写。这的确也是一种很可玩味的事:单独读她的一两首诗,甚或集中读了她的多种诗集后,似乎并不能立即把握住她诗歌的重心所在,因为她的一批诗或者一个阶段的诗似乎没有那么明晰的、突出的主题,她就像用一些词语建立了一个相对封闭的城堡,让人一时找不到入口、一条进入的路径。不过,倘若细致地梳理还是会发现一些端倪,比如我注意到冯晏的诗歌跟她的阅读及旅行、游历有很密切的关系。冯晏平时的阅读类别非常驳杂,量也不小,她似乎什么题材的书和文章都在读,哲学、历史、心理学、天文、地理、考古学、经济学甚至物理、生物等自然科学的文章也读,她保持着一种探究的心态,对潜意识、未知、神秘的事物有着莫大的兴趣;当然这其中,哲学大概是她读得最多的,还有很多艰深的理论著作,也都在她的视野之内。另一方面,她的游历非常丰富,走南闯北,穿行于世界各地和国内的各个城市之中,很多游历都被写入她的诗中,不过那不是那种一般意义的旅行诗。我在想,阅读与旅行应该是她诗歌写作的十分重要的来源,它们至少构成了她诗歌经验的对应物，甚至成为她认识事物和世界的某种装置，被她整合进自己的写作中。她近些年的诗歌尤其如此，占了她最新几部诗集的很大份额。

就阅读对冯晏诗歌写作的作用而言，我认为主要在思维层面，不光是哲学，还有其他学科的书籍、文章，都塑造着她的诗思方式，成为她写作的触发点或进入她诗歌内部的元素。她的诗歌有很强的思辨性，这不仅来自她对哲学书籍、文章的阅读，其实也与她对心理学、天文、物理等的广泛涉猎有关。她的很多诗呈现的是一种思维探究的过程，比如前面提到的《安静的内涵》，在这首诗里她好像把"安静"作为一个事物在剖析，由外到内，从状态到纹理，剖析得非常细密。在她较近期的作品里，有一首题为《边界线》的诗，似乎写一种"边界"意识，诗中的"我"犹如处在"冥想"状态，不断裂变、衍化、试探"边界线"，这是"无法控制"的，"我无法控制孤独通过意念伸到边界以外的银针，／去缝合纰漏、裂痕"。这也令她的不少诗具有鲜明的理性色彩，比如《复杂的风景——致维特根斯坦》《敏感的陷入——致荷尔德林》《围绕"轻"所想》《围绕"恐惧"所想》等，从标题即可看出它们包含相当的哲理成分。当然它们并不是所谓的"哲理诗"，因为不同于一般哲理诗的干涩、枯燥的说理，她的诗里还有微妙的情绪的流动。

冯晏还有一首诗令人印象深刻，题目是《粉末的变化》，这首诗包含了通常意义的情与理的交织，这种交织构成了该诗的基本结构——两个诗节的并峙与融合：该诗的前一节从颇具形象感的"粉末"写起，展开透迤的理性思辨，充满了精微的细节，后一节转入现实场景，个人情绪的线索依稀可见，前一节仿佛是后一节的铺垫；及至"碎成／一种极限"，情与理便汇聚在一起，隐忍于其中的痛楚既是该诗的核心情愫，又为理智所捕捉和咀嚼；该诗题目"粉末的变化"的"粉末"勾连着情理交融的细致入微，"变化"则是由十分精细的充满细节的刻绘呈现出来。由《粉末的变化》这首诗，我们似乎可以窥见冯晏诗歌写作的某种诀窍或者进入她诗歌内部的路径，即：以一种柏拉图式的"意念"为原点和动力，在思绪的扩散铺衍过程中，逐步加入现实的场景（细节）以及即兴唤起的一些感受与情愫。这让人想到她最新的诗集标题《意念蝴蝶》，她诗思的生发一如"意念蝴蝶"的颤动，不断"裂变"、分离、弥散……倘若把握到诗中这种"意念蝴蝶"颤动后的运行轨迹，也许就找到了通往她诗歌的入口。

正是由于前面所说的理性气质、探究姿态，冯晏诗歌展现出来的整体面目是超越性别的或者说是"非女性化"的，没有一般女性诗人刻意显露的女性身份或印迹，尽管她诗歌的细密、精微有那么一点女性色彩，但总体上女性特征不明显。"超越性别"这个说法可能会引起争议。实际上，冯晏本人曾在一次发言中说："当写作者已经自觉地进入到对社会、对人深度的探索中的时候，性别上的差异已经不明显了。"[①] 我个人认为，消除或跨越（超越）性别标记，是20世纪90年代以来女性诗歌的一个醒目趋向，具有从20世纪80年代向90年代诗歌转变的方向性意义；我坚持这样一种观点：女性诗歌应该涵纳更高的人性关怀，如何从女性自身的独特经验出发在诗歌中提出具有普遍价值的人性命题，应该成为女性诗歌关注的焦点之一。从这一点来看，冯晏的诗歌提供了中国当代女性诗歌实行这种转变的一个范例。当代女性诗歌的转变朝两个向度展开：一个是对超越性别之上的人类共性问题的观照，另一个是她诗里表现较多的，对人性深度的探索与开掘。后者，与冯晏对未知世界的探究联系在一起，一定程度上造成了她诗歌的隐晦与封闭。

这就是说，冯晏的诗歌不是外张的，而是内敛的，具有一种内省的姿态。她的一些诗歌无疑也有着明确的现实针对性，但不是那种直接指向现实的、带有强烈控诉倾向或激烈抗辩色彩的写作。她甚至抑制了一般意义的抒情，摒弃了情感的张扬与恣意抒写，而更多进行的是一种柔和的、显得平淡的叙说。比如她有一首名为《祈祷词：心随我愿》的诗，虽然在语感上显得随意、轻柔（其中有这样的句子："黄土落下，轻盈得如同梦幻。"），但它并没有常见于一些女性诗人作品中的自白或怨诉的语调，而是给人一种举重若轻的轻盈感，却又不乏内在的锋芒。

---

① 冯晏《女性写作的现状和前景》，《文艺评论》2004年第3期。

二

  我大概跟很多人一样，是读《青城诗章》进入哑石的诗歌的。多年前读到这一大型组诗，便产生了十分深刻的印象，这种印象一直萦绕于脑海里，以至很长一段时间，哑石和这组诗就紧密地联系在一起（如果当代诗人像古人那样也有个雅号，他应该可被称为"哑石青城"或"青城教主"）。评论家一行曾对这组诗进行过精细的解读，提到"哑石本人很早就充分意识到了《青城诗章》的局限性……并不认为《青城诗章》是他的'代表作'"①。但无论如何，《青城诗章》算得上是哑石早期的巅峰之作，说这组诗把中国当代"自然诗"写到了极致，也许并不为过。

  这组诗清晰地勾画了哑石早期创作的一条界线。哑石早年参加过几个诗歌团体，参与过几份诗歌刊物的创办，如《锋刃》《诗镜》等。我对这些诗歌团体和刊物里几位诗人的写作取向、风格有一定了解，印象中他们有着某些共性，较为看重诗歌的精神性、超越性，以至有点玄学的意味，注重语词的锤炼，词汇偏于抽象、纯净，诗风也显得隽永、高迈甚至高蹈。这些也是《青城诗章》的某些特征，它的第一首《进山》的头一句"请相信黄昏的光线有着湿润的/触须"，就以一种强烈而特别的自然气息，将读者带入了一种氤氲袅袅的氛围中。哑石早年在与诗人刘洁岷的对谈中提出："我个人倾向于认为诗是一种与灵魂密切相关的艰辛而幸福的劳作，是一种向'光'之物；一个诗人只能通过自身言说的秘密来承担时代和诗本体的真实压力。"②他这时期的诗歌，显示出探求未知事物和语言可能性的浓厚兴趣，除《青城诗章》外，还有《奇迹》《经验》《诗的限度》《星空之门》《黑夜及其相关形体》等诗作，先看一眼这些标题，就初步能够预期它们的指向了。

  确如一行所说，《青城诗章》之后，哑石的诗歌写作发生了很大变化。

---

① 一行：《同构异质，或知觉的修辞学——读哑石〈青城诗章〉札记》，见远人主编：《重回生命之树》，花城出版社2016年版。

②《刘洁岷访谈哑石》，《声样》1998年创刊号。

组诗《十首诗及其副本》或许是一个转折点，显示了寻求突破的某种迹象；这组诗，将中国古代、古希腊罗马神话与驳杂的当下场景进行对接和相互参照，形成了一种复调的效果，有着十分鲜活的现实指涉。哑石本人曾自陈，这组诗"包涵了一个企图，那就是我所置身的文化/地理精神图像"。笼统地说，这种变化可以描述为：取材上从神圣到世俗，表达上从抒情到叙事、议论，慢慢出现了杂文一般的格调。当然，这样的描述并非一般谈论20世纪90年代诗歌时所说的那个"从抒情到叙事"趋势，而是有他自己的写作理路和文本个性。哑石早年非常强调诗歌中的抒情，他认为"抒情能力的发达与否牵涉到诗歌的再繁殖力问题……抒情能力的丧失必然导致文本中真实人性的部分流亡，导致语言灵魂或多或少的自我衰闭"[①]。到了后来，抒情的底色仍在，但文本内外掺入了各种各样的"杂音"。譬如，颇受瞩目的《曲苑杂谈》这组诗，就借用"曲"之名集合了形形色色的世相和林林总总的语声，恰如其标题所示，将尖刻辛辣的嘲弄与插科打诨的调笑杂糅在一起，戏谑的讽喻与严肃的启示并存："月亮形象，由万川江山负责运送。/我和乌有暗中干仗的手段，//也由液压感应装置，传递到你比月饼/更浑圆的脸。"（《曲苑杂谈》之《中秋意度曲》）

在我看来，哑石后来直至近期的很多诗作也许可称为"时事诗"，带有很强的介入意识，他试图赋予文本与生活相对称的力量，既然他"相信生活的动力和形态是与诗歌文本的书写格局有着潜在联系的"。不过，哑石的"时事诗"有别于当代不同时期都存在的那种直接的、控诉性或批判性的诗歌，正如姜涛指出过的，"在诗中批判、嘲骂、屈从、对抗，这些热闹而枯燥的东西太多了"[②]，渐渐地会滑入姿态性和表演性，其价值和有效性值得怀疑。哑石的"时事诗"有着隐秘的触手，嵌入了时代的方方面面，它们不是一种漫无边际的时事议论，也不是一种流行的泛"底层"写作。我很认同姜涛在分析哑石的这些诗作时提到的一个词：社区性。那就是它们给出了基于人与事之具体语境关系的"实地"感，对所写的人和

[①]《刘洁岷访谈哑石》，《声样》1998年创刊号。

[②] 姜涛：《由当代诗的"笼子"说到友人近作》，见《诗蜀志》，成都时代出版社2016年版。

事有一种感同身受的"体贴"之情。

从"自然诗"到"时事诗",哑石的诗歌写作从主题到形式实现了一层层的蜕变。可是,在这巨变中也有某些一以贯之的东西,除去在他自己提出的"语言的良知"警醒下一直坚持的"诗歌精神"外,便是他诗歌的句法,即词语和行句构成方式:从早年的"错置"到后来的"混搭",他始终没有抛弃钟鸣在谈论张枣诗歌时所说的"跳来跳去"的写法。这是一种句群式的写法,不能靠局部或片段,而是需要整体性阅读才能把握一首诗的内蕴。这种写法有其可圈可点之处,把握不好的话易于陷入泥鳅一般的顺溜乃至耍贫似的油滑,但处理得当则可以"在混搭、穿越、周旋中,去追踪、辨认那泥鳅一般的相对性(总体性),去构架那内陷于时代的觉知"①,从而给予诗歌以一种内在的凝定。

此外,哑石从一开始到后来的诗歌写作中,总会不时冒出一丝"元诗"的苗头,即使在《曲苑杂谈》这样满是"咙咚咙咚呛"的喧闹声里,也夹杂着诚恳的"谈诗"絮语:"星空。簇簇明亮、温热的松针,/幽微处,光影有紧密的质地,/我有卷刃、融化的偏好。/别的事物,才是渗出白色雾气的缝隙。/多少次,哦,多少次,我们/谈诗,在金沙茶府,在清明的地下/当铺和昏暗历史感面前,/我们谈诗——隔着一地贞定的/鸡毛,朝对方,投掷翻涌蓝色轻烟的、/微型月亮!"更不消说他近期的《诗论》《诗简》各一百首了。"丝绒地道",是哑石早年一首诗的标题,也是他最新诗集《日落之前》第四辑的总题目,还是他的公众号的名称,这个短语在型构和意蕴上似乎对应着他早已洞察的"诗之为诗"的秘密:"是的你熟悉黑暗音域的/全部记忆!当轻风打开内心的秘道/我说:罂粟花缓慢开放了——"(《丝绒地道》)

三

诗作产量极大的臧棣堪称当代诗歌的一个标志性人物,十分引人瞩目。

---

① 姜涛:《由当代诗的"笼子"说到友人近作》,见《诗蜀志》,成都时代出版社2016年版。

他的诗歌构成了一个强悍的、具有极大吸附力的现象，他的诗歌包含着诸多向度的话题，总是引发很多人去关注和探究他。

近几年，臧棣的诗歌引起了较大的争议，大声叫好者有之，强烈批评者有之。喜欢臧棣诗歌的读者都会非常着迷于他每一首诗的细节。他诗歌的细节的确实有其迷人之处，精到，准确，这包括了其用词和句式。而最终每首诗成篇之后，完成度都非常高。这个完成度是指一首诗本身是自洽的，无论它的形式感，还是它的主题意蕴，以及诗歌建构起来的那些与自我、与他者、与世界的关系，具有充分的自足性。有人认为臧棣的诗歌像迷宫一样，在读的过程中很容易陷在这个迷宫里面，找不到出去的路。不过，有些读者也许愿意待在这个迷宫里面，为什么要出去呢？为什么要找到那个逃离的通道呢？待在他的词语迷宫里多享受啊，徘徊着，品味着，或者完全迷失在里面不知所踪，又有何妨呢？

臧棣新近出版的诗集《世界太古老，眼泪太年轻》（长江文艺出版社2021年版），甫一面世就引起了读者关注和议论，可能不完全是由于诗集的标题。这是臧棣三十多年诗歌写作的一部精选集，给我的直观印象是，他就像一个精雕细刻的织网者，运用词语织就了一张非常大的网，把读者、评论者包括别的诗人给网罗进来了。有人说一个诗人的一生，其全部的写作就是为了完成一首诗，这用在这本诗集上真有点道理，虽然对于臧棣的写作而言还有别的意味。这部诗集犹如一个"透镜"，从中似乎可以勘察臧棣诗歌的奥秘。

当我们说臧棣的写作也是为了完成一首诗，指的是臧棣这三十多年的写作尽管力图变化、不断地寻求突破（确如他本人所说，变化、突破无疑是有的），但也可以发现他的诗歌写作有一个基本的、他身为写作者的基本构架，这个构架包括写诗的切入点和词句构造、延展的向度。有论者提出臧棣的诗歌有一种独特的语调，使其具有极强的辨识度，这一点我很同意，不过从我阅读的感受来说，我认为臧棣诗歌最能显出独异之处的是其句法（造句方式与构词方法）。我们从这部诗集的第一卷读到最后一卷，再从最后一卷读到第一卷，就会产生这样强烈的印象：里面的句法是稳定的，他的诗歌从一开始（如收录在第四、第五卷的作品）就有一个非常稳定的、基本的句法（包括句式和词法）。

可以举一些例子来说明上述判断，比如这部诗集里的《诗歌附体学》这首诗，它其实带有一种对诗歌本身进行反思的"元诗"性质。这种"元诗"式的写法在臧棣诗歌中是普遍的，成为他遣词造句、运思行文的基本方式。《诗歌附体学》算是臧棣早期的一首诗，由此表明这种意识和句法在他比较早的时候就确定了，后来以此为基准，不断地拓展、衍生、腾挪、丰富，等等，给人万变不离其宗的感觉。与《诗歌附体学》类似，在收录他早期诗作的第四、第五卷里，有多首诗作冠以"××学"之题，譬如《陡峭学》《岑寂学》《旖旎学》《轻舟学》等，而到了第一卷（即最近几年写的），从中又可见到《徜徉学简史》《浩瀚学简史》《辉煌学简史》《迷宫学简史》等标题，只不过加了"简史"二字，其内核仍在于"××学"，这个带有"元诗"性质的"学"字，标识着臧棣诗歌句法的持续性和稳定性。从这种"元诗"意识和方式出发，臧棣的写作就像西渡说的，可以随时打开水龙头，让词语、句子哗哗哗地溢出。这是他的过人之处。

也就是说，臧棣在确立一个基本的句法之后，将所见所感的各种事物——动物、植物、风景、世界乃至情绪、感受等等，纳入诗的抒写中。他总能从这些不同的事物中找到一个触发点，然后运用胡续冬所说的"拉伸术"，不断地进行生发、转化和变换，从而衍生出不同的诗歌图景。他的诗里所写的物件真是丰富，这种所谓"博物学"的写作确实令人惊叹，再加上他诗里不时闪现的精妙譬喻、出人意表的想象力以及保持平衡的词句架构，实在是不断更新我们对词与物关系的认识。

这部诗集里写到的很多事物令人读过之后，马上会受到激发，沿着他语词的路径联想到其他诗人的一些诗篇。他对那些事物的抒写产生了一种强大的触发机制。比如他有一首写蝴蝶的诗，诗里暗含了一个明确的致意对象，就是著名的蝴蝶收集者纳博科夫。而我读着读着，思绪会散漫开去，想到其他一些与蝴蝶相关、写过蝴蝶的诗人，如布罗茨基，甚至胡适等。还有一首诗写丁香，我们立即会想到戴望舒以及他的《雨巷》，同时会想到很多与丁香有关的古诗及其包含的意蕴与形象。其他还有不少生活中并不常见，甚至闻所未闻的事物，出现在他的诗里。还有第一卷的最后一首诗《跨年之诗》，是这一卷里唯一没有冠以"简史"这样的标题的一首诗。读到这首诗时，我马上想到前一阵看到的新西兰诗人巴克斯特的一首诗

《年终之诗》，也是写年末之际的情形和感受。实际上臧棣这首诗里的时间也是马上要跨年了，也是一年的最后一天，他个人的一些感想。稍稍比较一下会发现，这两个诗人写岁末的个人感受，差别还是很明显的。臧棣的《跨年之诗》里，诗意的指向是指向了自我，指向了更内在、更隐秘的一种思绪和主题；但是巴克斯特的目光是朝外的，他朝向他周边的人和事、周边的风景，看到了所谓的世间的某些方面。当然，我也注意到在"简史"这一卷里，臧棣试图加入一些所谓的非个体、非自我的东西，因为"简史"本身尽管是一个后缀，但毕竟是一个能够带来历史联想或有历史指向的词，所以它是"史"的向度的拓展。臧棣的诗歌在这方面还是非常令人期待的。

臧棣的早期作品里，最具有代表性的是《咏荆轲》，洪子诚先生曾在一个场合里说过《咏荆轲》是臧棣最好的、最有代表性的诗，并且半开玩笑地说了一句"从未被超越"，似乎是说这首诗是臧棣写得最好的，后面没有超过它的诗作。我反复琢磨洪先生这个半认真半开玩笑的评判，在想《咏荆轲》的魅力在什么地方？或者说它吸引人的地方在哪里？无疑我本人也非常喜欢这首诗，或者说非常认可这首诗，重新阅读的时候忽然领悟到：其独特之处缘于这首诗采用了一种面具式的、成为他者式的写法。这种写法在早期的臧棣那里还是不太多见的，而后来臧棣这种面具式的写法也慢慢地消退了，变成了一个更加自我的、更内向的、更内敛的一种向度。

我也在想这种慢慢消退的变化，对于臧棣来说，究竟它的正面影响多呢，还是负面影响多？我还在斟酌，我还在判断。不过我接着洪先生的那个说法，认为"从未被超越"的论断也许有一点言过其实，因为臧棣其实从20世纪90年代的后期开始就寻求着突破，比如写于1997年的《菠菜》这首诗，就是非常有厚度、有穿透力和冲击力的作品。这首诗不是一首简单的咏物诗，即所谓借物抒情或者借物写事的诗作，而是包含了十分丰富、复杂的思绪和意蕴，需要我们反复地去品味。那么像《菠菜》这样的作品，包括再往后一点的如《新鲜的荆棘》等诗作，在我看来都体现了臧棣试图开拓新的写作方向的努力，里面包含人们所称赞的一种诗的锋芒，一种介入性的写作。

臧棣曾解释自己的诗歌写作，认为其中有不变的地方，也有变化的地方。不过整体来看似乎不变的成分更多，譬如他对诗歌现代性的一种极致追求，对于诗歌与自我，诗歌语言，诗歌高于世界、高于自我等观念的一贯坚持。而变化的是什么呢？他的自我解释里语焉不详，而变化正是读者对臧棣的一个期待。在臧棣身上集聚了人们的各种各样的预期，他的写作中也蕴含多种变化的可能。我想简单粗暴地做出一个论断：臧棣如果通过各种尝试，寻求突破这些变化的可能性，然后这种变化实现了，也就是说臧棣的诗在后面不断地突破中，发生了某种"质"的变化以后，我们的新诗也发生了变化——这就是作为读者的我们对臧棣本人、对他诗歌的未来的期许。实际上，他的诗歌也凝聚着我们对整个新诗的未来期许：臧棣变了，我们未来的新诗也会变。

　　以上通过综合考察三位实力诗人的诗歌面貌，将他们近年来和早些时候的诗歌进行比照，或可管中窥豹看出新世纪诗歌面临的变与不变的"悖论"。冯晏的写作似乎以某种"不变"应对着诗歌界的风云变幻，又以其潜在的持续性推动着写作风尚的改变（比如对女性诗歌）；哑石的写作有一种自觉的求变意识，他近期的左冲右突、令人眩目的诗歌还有待沉淀；臧棣兼具"顽固"的追新冲动和他本人也许未察觉的"顽固"的"不变"惰性，他如何冲破自己设置的阈限是值得期待的。实际上，对于诗歌来说，可以进一步追问：变化在何种程度上是一种必需？一个诗人的写作是否非得有随时可见的变化？诗歌中有加速度的"日新月异"这回事吗？不得不说，一个时代的诗歌在某个阶段的变化只能是相对的、渐进的甚至隐形的，"变"作为一种驱动力，它大概渗入了诗人们的不懈探索中，经过长时段的积聚后或许会迎来真正的"质变"。

诗意潮汐的宽阔与美丽

——第八届鲁迅文学奖诗歌作品述评

随着第八届鲁迅文学奖的评选工作落下帷幕，各个门类的获奖作品一并浮出水面。五部诗集获得了本届鲁迅文学奖诗歌奖，它们是：刘笑伟《岁月青铜》、陈人杰《山海间》、韩东《奇迹》、路也《天空下》、臧棣《诗歌植物学》。它们从219部参评诗集中脱颖而出，展现了各具特色的主题趋向和艺术成就，引领了刚刚过去的四年乃至更长一段时间中国诗歌的潮流。这五部诗集同这时期出版的其他众多诗集一道，汇聚成一股股涌动的诗意的潮汐，显得宽阔而美丽。

韩东的诗歌在最近四十年的中国诗歌版图上，占据了一个特殊的位置。他是"第三代诗"的重要诗人，其诗歌创作和诗学主张均产生过较大影响，已经得到较为深入的探讨，四十余年来他笔耕不辍，不断寻求创新。他认为"作品不在于大，而在于要有足够的时间、足够的反复，把你的生命力灌注进去"，其集结了125首新作的获奖诗集《奇迹》正体现了这一点。这部诗集可谓他诗歌创作的延续和深化，在保持以往诗歌中的简洁笔触和冷峻风格的同时，又在字里行间增添了一种令人动容的温情，比如《我们不能不爱母亲》一诗中写道："爱得这样洁净，甚至一无所有。/ 当她活着，充斥各种问题。/ 我们对她的爱一无所有 / 或者隐藏着。// 把那张脆薄的照片点燃 / 制造一点焰火。/ 我们以为我们可以爱一个活着的母亲 / 其实是她活着时爱过我们。"这部诗集，在对亲人、朋友、动物、自然的叙写，对生与死、爱与痛、现实与未知的观察和沉思之中，显示了看待自我与他者、个体与世界的宽远而平和的眼光，以及关于生命意义的透彻领悟。韩东的诗歌语言质朴而精细，感受绵密而幽微，以充满耐心的写作，向读者提示了凝视和感知日常生活中"奇迹"的特别视角。

作为有三届援藏经历,之后留在西藏工作,曾获得"2014年度中国全面小康十大杰出贡献人物"称号的诗人,陈人杰在创作上的引人瞩目之处,不在于其诗歌的题材和语言本身,而是他以诗意之眼对那片辽阔的雪域高原的领略与抒写中,融入了他的生命感悟和现实情怀。他的获奖诗集《山海间》被称作一部"走遍西藏山山水水写下的心灵之书,是雪域悟道的灵魂之诗、生命之思,也是高原诗歌向着诗歌高原迈进的愿望之书";他本人也说这部诗集"是我用渗血的脚趾踩出的五线谱,是边走边'唱',将他乡走成故乡"。他扎根于基层十余年,这些诗歌仿佛是从他跋涉过的土地中自然生长出来的,尤其是该诗集第一卷《世界屋脊的瓦片下》中的诸篇,如《卓玛拉山》《岗巴》《陈塘沟》《吉隆沟》《嘎玛沟》《雍则绿措》《扎曲河》《麦地卡》《卓玛朗措》《康庆拉山》《曲登尼玛》等,所写到的山川无不经过了他双脚的丈量,也经受了他诗与思的触摸。陈人杰的诗歌再一次说明,现实是创作的真正源泉,而生命体验是艺术升华的动力。

臧棣的获奖诗集《诗歌植物学》堪称中国当代诗歌的一个奇观,这部诗集以六百余页的大容量,抒写了人们生活中的近三百种植物,试图构建一种别具一格的"植物诗学"。这些形态各异的植物诗,并非一般意义的咏物之作,而是借助于对植物的抒写,一方面表达他对生命、自然、万物的重新打量与反思(其中包含对与植物密切关联的人类境遇的反思),另一方面呈示他深入词语或语言内部,对其进行反复打磨的过程。由此在该诗集中会读到这样的句子:"柠檬的手感太特别了,/它好像能瞒过医院的逻辑,/给你带去一种隐秘的生活的形状。/至少,你的眼珠会转动得像/两尾贴近水面的小鱼。"(《柠檬入门》)或者:"我用芹菜做了/一把琴,它也许是世界上/最瘦的琴。看上去同样很新鲜。/碧绿的琴弦,镇静如/你遇到了宇宙中最难的事情/但并不缺少线索。"(《芹菜的琴丛书》)在前一例子中,植物身上浸润着隐忍的情愫;在后一例子中,植物则成了通往语言和诗艺的秘道。很多时候,臧棣的确是把植物的身形与语言的暗影叠合在一起,通过处理人与植物、植物的"物性",重置词与物的关系,在植物的千姿百态中辨认或创造与之相应的语言,因为他所坚持的诗观是:"诗歌在本质上总想着要重新发明语言。""诗歌的特性也是由在使用语言的过程中所触及的某种特殊的行为来完成的。"这部诗集即是对此的一个印证。

路也属于那种越写越好的诗人,她的获奖诗集《天空下》给人的强烈印象,借用诗集中第一首诗的标题进行概括就是:辽阔。辽远而开阔。这是一种仰望"天空"后产生的辽阔,也是一种基于"天空"视野观看事物和生活的辽阔。"天空"确实是这部诗集的关键词之一:"天空已经蓝到举目无亲了。"(《辽阔》)"天空为大地上每个人分配着光阴。"(《尽头》)"在天空之路,以云彩作里程碑。"(《天空的记忆》)"天空是巨大的平静。"(《秋天的栗树林》)"抬头望见天空卸下／云朵和深渊。"(《峪谷》)……"天空"不仅是她日常生活、旅行、交往中无处不在的背景,而且寄寓着她对人生的感怀和对世界的思考。这部诗集中,路也的目光既是向上的(追寻天空的玄深),又是向下的(面对大地的浑沉);既是向外的(朝万物敞开),又是向内的(探入心智内部);因此,她的诗歌中既有琐屑的日常,又有形而上的意绪;其诗歌的语调既包含了宣叙的絮语,又不乏内省式的沉思。路也说:"我想在表达人的局限的同时,朝向无限和永恒……生命变得辽阔,诗就辽阔。"诚哉斯言!

刘笑伟是中国新一代军旅诗人中的佼佼者,他的获奖诗集《岁月青铜》收录了其近两年的作品,是一部全景式扫描新时代中国军旅生活、展示新时代中国军人风采的力作,诗篇中兼有铁血军人的家国情怀和侠骨柔肠。当然,贯穿这部诗集的还是强军兴军的主题,整体上显得硬朗、刚健,正如谢冕先生在为该诗集所做的序中写到的:"军旅诗,绝不可少的是诗中应有风云之气。军人的诗可以有柔情,但不可没有钢铁的音响和节奏。""那些诗句都是钢铁的韵律。犹如夏日的篝火,暴雨般锤击,金属浸透迷彩,在晃动的灯光下,响彻我们灵魂的四壁。"这部诗集的标题由"岁月"和"青铜"两个词语构成,让人油然生出一种沧桑之感,喻示着经过"岁月"磨砺之后的"青铜",既可以指具有钢铁般意志的军人形象,又可以指军旅生涯淘洗出来的诗篇,还可以指向一个战士对和平生活和美好未来的祈盼:"当有一天,所有的枪／在沉寂中长满青苔,或者生根、发芽／它所吐露的花朵／是人间最美的春天。"(《枪族》)而这,也应成为军旅诗的主旋律之一。

　　以上五位获奖诗人及其作品，在本届的参评诗集以及近年来的中国诗歌中，具有很大的代表性：韩东的诗歌传递了中国当代诗歌于平凡中发现"不凡"的书写传统，陈人杰的诗歌表现了新时代重大现实主题和中华民族共同体意识，臧棣的诗歌彰显了语言的多种可能性与技艺的探索性，路也的诗歌拓展了中国当代女性诗人的视域，刘笑伟的诗歌展示了新的历史时期我国军人的崭新风貌。同时，这五位诗人有一个醒目的共通点，就是他们从事诗歌创作的时间均在二十年以上，都是有着长期积累和丰富经验的写作者，他们怀抱虔敬之心，执着凝聚着诗意、锤炼着诗艺，其纯正的创作品格势必会推动诗坛的正向风气。

　　总体而言，包括五位获奖诗人及其诗集在内的本届所有参评诗人和诗集，还呈现出如下特点。

　　其一，参评诗人的年龄、职业等的涵盖面比较广。本届参评诗人中年龄最长的是九十六岁的耿林莽先生，作为中国当代散文诗的重要开拓者，他在该领域所取得的成就有目共睹，他的参评诗集《落日也辉煌》包括从他以前的1700章作品中挑选的73章和新作72章，实乃其毕生创作之精华的展示，令人感佩的是他在耄耋之年完成的部分新作，仍然蕴含着饱满的对新事物的热情、充满锐气的诗思锋芒以及结实而张弛有度的词句。令人感佩的还有近年来涌现出来的一些诗坛"新人"，其中格外值得一提的有伽蓝、榆木等。伽蓝是一位来自北京门头沟深山里的小学教师，他在工作之余的最大爱好就是写诗，这样默默地坚持了近二十年，却很少在公开刊物上发表作品，他的参评诗集《磨镜记》质量很高，其诗作显出一种可贵的朴直和厚实，且不乏力度和深度，诗集中有专门一辑文字是他关于诗歌的见解，诸如"伟大的诗人必须是诗与人的高度统一，不断统一，用尽整个生命与宇宙去统一"等表述，于积极的洞见中隐隐透出一种沉潜的气质。而来自山西晋城的年轻诗人榆木，他的诗歌表现出的是另一种沉潜，身为一名煤矿工人，他善于从自己的工作中获取灵感，将身边的普通的人和事转化为创作的资源，他的参评诗集《余生清白》里的一首首诗，犹如幽暗地层的一束束亮光："在坪上的每一棵草都毫无怨言／把体内的青，一点一点地交还给秋天／就好像每一个矿工，把身体里的光明／一寸一寸地交还给向前延伸的巷道。"(《在坪上》)给他身边的人和他自己带来了温暖与希望。

其二,参评诗集的题材和主题十分丰富。同样写西部风景,倘若说陈人杰的诗歌描摹了雪域高原的壮丽,那么阿信的诗笔勾画出的则是一种苍凉,他的参评诗集《裸原:阿信诗选(1988—2021)》聚焦于他所生活的甘南草原,写活了那里的自然风物,有人说他的创作"是在抢救性、保护性地为我们保存着草原上日渐消失的文学图景和诗歌经验";而马行的笔下又是另一番情形,他的参评诗集《无人区的卡车》里出现的场景大多是沙漠、戈壁、盆地、油田……这个勘探队队员在勘探石油的同时,也在勘探词语和句子。在题材和主题的开拓方面,王学芯敏锐地注意到了转型期社会的一个突出现象,他的参评诗集《老人院》是在实地走访二十多家老人院之后,对老龄化问题的一次集中审视;池凌云关注的是生活中一些不起眼的微小事物,她的参评诗集《永恒之物的小与轻》以沉静而谦恭的态度,寻索着那些"小与轻"的"永恒之物";剑男的参评诗集《星空和青瓦》把目光投向了那些凡俗之人:村庄里最后一个拖拉机手、卖鸡仔的小女孩、河边的洗衣人、剥笋的人、挖藕的人、烧炭人……在他们身上看到了人世的悲伤与坚韧;韩文戈的参评诗集《开花的地方》处处隐现着一种纵贯古今的时间意识和历史感:"一万年前跑过去的松鼠,已化成了石头/安静地等待松子落下。"将远古与现时、记忆与真实交织在一起。

其三,参评诗集显出多样化的风格。除五部获奖诗集各自独特的风格外,其他参评诗集的风格亦可圈可点。其中,现实主义风格的作品所占比例很大,比如另一位军旅诗人陈灿在与他参评诗集《窗口》同名的长诗中,以写实的笔法展现透过"窗口"所见到的高山、大地、江河与人群,表达了对历史建造者和现实建设者的讴歌,气势颇为宏大。同样是温婉、细腻的风格,三位女性诗人张烨、张战和叶丽隽的诗歌就有差异,张烨的诗歌冷峻而饱含深情,张战的诗歌富有机巧而活泼,叶丽隽的诗歌柔和而率性;另一位女性诗人李轻松的诗歌则有"打铁"般的豪气(她的参评诗集《铁水与花枝》第一辑的标题即为"爱上打铁这门手艺"),并掺杂着较多的戏剧化风格;向以鲜的参评诗集《生命四重奏》以严整的四个章节唱出了对生命、"物性"的礼赞,宛如糅合了庄重风格与戏谑风格的奏鸣曲;周所同的参评诗集《我的民谣——小曲一唱解心宽》如其标题所示，是化用了地方民间资源的再创作，有一种鲜明的"民谣"风格。

上述特点，实际上也对应着当前中国诗歌创作的基本生态与发展趋势。可以相信，借由本届鲁迅文学奖诗歌奖的评出，中国现代诗歌将会得到更为广泛的认同，会有更多新生力量汇入这片诗意的潮汐中，把中国诗歌创作推向一个新的高度。

轻盈的形象和声音
——新锐诗人三题

一、黑暗中的舞者
——周瓒诗印象

一位诗人兼具批评家的身份,不是这个年代所独有的现象:从早期的胡适、郭沫若、朱自清,到后来的唐湜、袁可嘉乃至当代的一些诗人,这几乎构成了中国新诗的一个"传统"。在我的阅读中,周瓒最初是以一位批评家的身份进入我的视野的,她关于中国当代先锋诗歌的精当的梳理和颇有见地的辨析,让人们领略了新一代批评家的锋芒。一次偶然机会我读到她的诗篇《黑暗中的舞者》,由此见识了她作为诗人的一面。在一定程度上,这首诗显示了具有双重身份的周瓒诗歌写作的某些品质。

《黑暗中的舞者》实在是周瓒诗作中给我印象极深的一首。它似乎来自一部同名电影,但毫无疑问,这首诗和她的同样与电影有关的组诗《影片精读》一样,并非简单地对影片的摹写、呈现、呼应或重新诠释,而是通过对画面的再度塑造,展现了她心目中的生命和人性场景,更重要的是她以此确立了属于自己的语言:

> 她的发触到自己的肩,细微的痒
> 撩起她的自爱:是的,她也愿
> 唤醒她自身,那被生活的壳
> 紧裹住的部分;不,她并不是在享用
> 禁果,她只是在揭开她自己

这里的确涉及语言的"唤醒":语言为"黑暗中的舞者"所激发,反过来,语言照亮了黑暗中的形体、动作和黑暗本身。"黑暗"在此不仅是一道弥散的背景、一层幽深的底色,而且在与"舞者"的纠缠、叠合或分离中,被赋予了一种灵动的品性,令人想到布罗茨基《黑马》里不能将黑马溶入的黑暗。实际上,周瓒在诗的外围设置了双重的观看:对影片的观看和对舞者的观看。然而,对黑暗中事物的观看或面向黑暗观看,这本身构成了一种悖论;另一方面,随着"舞的眩目浇灌着/黑暗",全神贯注的舞者逃逸了观看的捕捉。因为,就像叶芝一首著名诗篇所描述的那样,舞和舞者已变得难以区分:

> 舞如何支配舞者,他因为耗尽而更生
> 黑暗是否孕育过擦亮,她发光
> 并归于圆润:那时,他们更像两株
> 鲜亮的植物,经受热力的雨,速度的风
> 在午睡的太阳里,月亮般轻轻摇晃

我以为,由对这首诗的阅读,或许可以修正两种关于周瓒诗歌的充满偏误的判断:"女性主义"和"学院化"。诚然,这首诗的细密语感所透露出的女性气息以及鲜明的思辨色彩,让人不免会用这两个词来概括它。可是,一旦进入诗歌文本的肌理进行分析,标签的功用便捉襟见肘。以上的文本分析已经告诉我们,任何概念对于理解诗歌而言,仅仅是散布着迷障的起点而不是归宿。

尽管周瓒曾在多个场合下谈及"女性诗歌",并一再强调"女性主义诗歌写作是存在的,也是具有无限的可能性的",但我更乐于提请留意她提出这一命题的意图:"在诗歌写作中,理解女性身份……肯定女性的创造力,为女性从事诗歌写作创造尽可能自由和敞开的空间。""真正地发现和公平地评价女性创作的诗歌所具有的独特品质,理解她们独有的生活经验、集体记忆和对现实的批评精神。"(《从身份"主义"到性别"书写"》)这番陈述表明,作为一名积极的"女性诗歌"倡导者,周瓒其实超越了狭隘的流俗意义的"女性主义",即那种被纳入极端的文化对抗或反叛模式的"女性主义";她只是相当理性地吁求着女性诗歌写作的权利——一种与男性平等对话的权利。她不是激烈的,而是温和的,很显然,她不会成为一个行为主义者。在她自己的诗歌写作中,她更是如此:

> 这是我对你最后的记忆
> 最后的,所以,纪念这个词来了,我无法拒绝,我必须承受
> ——《在人群中》

虽然这里仍然暗含着女性特殊的视角和特有的语气,但不难看出,先天的女性气质只是诗句展开的起点,在其中一种更高的人性关怀溢出了性别的限囿。在我看来,如何从女性自身的独特经验出发提出具有普遍意义的人性命题,应该成为女性诗歌关注的焦点之一,而周瓒的写作恰如其分地实现了这一点。

另一个关涉周瓒诗歌的所谓"学院化"的说法,大概源于她的学院背景和诗人兼批评家(还有翻译)的双重身份。暂且不论这一说法的含糊不清,仅就这一概念包裹的诸多潜台词来说,其间事实上充满了对诗歌写作的误解。不可否认,批评的思维习性潜在地影响了周瓒的诗歌写作,比如调遣语词的准确(如《轻逸者》:"她编织着词语/和遥远的元素,使它们绵密结实/好让那金色的织物配得上她的一头乌发/和她过于细腻的、沉思中的宽阔额角。")语调的分寸感(如前引《在人群中》中的诗句)、分析性的元诗倾向(如《形式》:"戴着这副引号的/镣铐,闪着金属光泽,一个人跌下楼梯/而众人立即布满了楼梯的每一级。")以及复调(如《春天》《散步》)等技法的运用,但同样无法否认的是,这些因素的大部分恰好是诗歌写作所必需的。倘若说,阅读周瓒的诗歌确实常常会联想到她的学院背景,那么这一背景为她的写作提供的不仅是词汇、"知识"或技术,而且更是心理、诗思和写作基调的蓄积。进一步说,这一背景使得周瓒的诗歌写作,为20世纪90年代以后女性诗歌带来了某些新的可能性(尽管我并不赞同通过性别区分来看待她的诗歌)。

无疑,周瓒不是一个技术至上者,相反,她是一名对技巧保持审慎的

克制的诗人。技巧在她那里已转化为一种对个人语感的追求：

> 阳光的暖意，抚慰着梦的双颊
> 而梦的心，你能想见，却不合拍地暴走在
> 飘雪的节奏里：她需要，她渴望
> 梦的时速，快似最新型的火箭
> ——《白日梦》

借助于一个窄小的角度和一层薄薄的剖面，周瓒的笔触探入了自我隐秘的深处，捕捉到内心的极其细微的颤动："而几乎和蝴蝶一样，那灵敏而闪忽的心灵/回旋着落入你的手掌，被你握住/又瞬息间消融在你的掌心。"可以看到，这种对于日常经验开掘的重视，正是周瓒诗歌的一个显著特征。在她的诗作中，没有密集的宣泄和抽象的玄想，更多的只是日常生活场景的呈现，诸如地铁、花园、湖泊、积雪、合影、农庄、塔楼、海滩、工地、犬吠等等。这些大量出没于她笔下的公共场景，交织着她对世界的洞察和对自我的反观：

> 是的，我知道，鸟儿在飞翔
> 但它有一种美姿，是宁静
> ——《滑翔中》

"滑翔中"的"宁静"，我想这可能正是诗人从事写作的一种状态。因为，其实她就是"黑暗中的舞者"——

> ……舞才是她的灵魂
> 那一个个白天只是些空壳！

二、"造梦"的"真相"
——杜绿绿诗歌的一种读法

对于初读者,杜绿绿的一些诗作带来的直接感受,也许是一种寓言般的恍惚感。其寓言的特征表现为:它们似乎在讲一个情节简单、场景不令人陌生的故事,却又呈现出扑朔迷离的状貌,最后"故事"不知所终,读者发现自己仿佛进入了一座小型的词语迷宫。

比如《女演员来到夏季》的标题显出"叙事"意图,但诗中并无故事,这首短诗唯一有"叙事"苗头的是第二节:"女演员,/正剥开这颗心。/它们嘤嘤地求饶。"这几句就将诗的主题引向了"心",使之处于全诗的焦点位置,并在结尾不算意外地发出了关于"残缺的心"的疑问。在《造梦师的预感》一诗中,故事的线索似乎是清晰的,遵循着"造梦师"("她")"造梦"的过程和景象:前面的几节描绘了"她"在梦中的种种场景,直至"下雨后一切都变了",出现了另一个人物("他"),场景转换为"她"受"他"声音的吸引而"去向他"。当然故事在诗中只是外壳,其主旨在于寻索意识的边界,"造梦师"进入梦里却又试图从梦中折返,或者在梦中保持自我审视的姿态:"略微清醒地想:/这不过是另一个梦",这既是意识在"梦"与"清醒"之间来回穿梭的结果,又好似意识在梦中辟出的一块单独的领地,用于放置监测梦的套盒——它催生了造梦师的"预感",即在梦中对"这不过是另一个梦"的觉识,所有的感觉(包括"爱")在梦中变得如真似幻。

这种意识往返于"梦"与"清醒"之间的情形,在《天真记》一诗中转化为"我"对"她"的"窥探"。按照杜绿绿诗歌的惯常作法,《天真记》中的"我"与"她"可看作自我的一种分离样态。"我"(一部分自我)看着"她"(另一部分自我)进入睡眠,"灰沼泽""淤泥"均暗示了意识的混沌;但"正在坠落"的"她"知晓"我的窥探"却"不睁眼",由此展现"天真"之态。"天真"源自全然放松和无所顾忌,不过即便在睡眠中意识仍处于活动状态,因此"天真临世"不过是转瞬即逝的幻景;终于,知觉占据了上风,潜意识受到抑制,"在永恒中失去最后一点踪迹"。

这首诗作中将自我分裂为人格化的"我"与"她"的情景，宛如一则童话，寓示着"天真"失去后的不可复得。

《造梦师的预感》中"梦"与"清醒"的纠缠，令人想到心理学家荣格（C.G.Jung）在某处所说的："向外看的是梦中人，向内看的是清醒者。""一个人能够察看自己的内心深处时，他的视野才会变得清晰起来。""造梦师"有时被作为诗人身份的比喻性说法，而"造梦"也曾被用来指认杜绿绿诗歌的性质。不过，她辩解说："我不是在造梦……我想在诗里建造一个世界，这个世界是独立的又和我们紧密相连，这里的一草一木，所有的事情、人物、动物、植物、语词秩序都是由我去构想、添加，每一样东西都是由我来塑造。"（摘自其在参加清华大学工作坊时的发言）《造梦师的预感》的元诗指向是明显的，"造梦师"在梦中能够建造万事万物，尤其对一幅画卷"美得严苛"，这样的能力和"权力"显然也属于诗人，并体现在诗人的字里行间。在这方面诗人又类似于画家，那些"画中人"在被创生、不断变化的同时，也面临着即生即灭的命运："他们正在人群中奔跑着形成。流水般的墨汁。""旋转的笔尖让他们迷失。""他们流淌进夜，/ 永不归来。"（《画中人》）在杜绿绿的笔下，虚拟的世界和真实的世界既对称又相异（前者对后者进行了变形），二者的关系如同前述"梦"与"清醒"的临界状态，在彼此渗透的过程中随时可以相互转化。当然，促成这一切的无疑是书写、冥思和想象所共有的构拟能力。

从上述意义来说，杜绿绿的诗歌多少都带有一点元诗的性质，作者"建造世界"的意图和诗中人物的种种行止常常交织在一起，难辨彼此。这一点在《真相》一诗中尤为明显，第一节中"你"的作为既是某个人的日常举动，又可指写作者的书写行为本身："你折叠流逝的时间，/ 塑造一个影子。/ 你写下无数寓言，/ 每一个都是谎言。"诗中呈现的"你"的心理同时也是作者想要表达的，末尾一节"你不得不用 / 徘徊的语词去写下一个"，道出的就是作者自己的无奈与处境。而那正是写作的"真相"。在《时间的真相》一诗中，写作的困惑与对时间的困惑相叠合，"前一秒和后一秒的女人 / 是否都是她"之类的追问，实际上同样是写作过程中需要不断提出的；在写作中，这些问题大抵是：什么是真实？什么是虚构？这一刻与上一刻写下的文字之间是接续还是断裂？"写作是对时间的征服"在何种程度上是有效的？在作者看来，写作的过程是一个反复"怀疑、遗忘"甚至颠覆线性时间的过程，既可让时间逆转（"正被重视的仙人掌，/将死的枯刺/扎进虚构的时间"），又重置了时间的现实秩序（"任何一片/湖水边的静谧树林/都是一样的"）。末句里的"蝴蝶之翼"显然与"庄生梦蝶"的典故相勾连，借此消解了时间维度上的物我关系。

在其近作《城邦之谜》中，杜绿绿用一个城邦与木匠的寓言故事，径直探询了"手艺"（其实也是诗艺）的可能性，"城邦之谜"隐含了有关"手艺"的秘密：虽然"关于新手艺的想象""侵占"了木匠的眼睛、大脑，但他深知恰是在"井井有条"的"规则"中，"一门独特的手艺正在形成"。杜绿绿本人大概也深知，诗人在面对每一次写作时都犹如"新来的旅客"，她需要"反复清洗双手，制止它们/琐碎的话语"，并且要"在虚脱中，聚集残存的言辞"，此外还需"独自处理混沌的紫/与其他美，断绝关联"（《新来的旅客》）。不过，这"新来的旅客"所苛求的"洁净如新"，是生活和写作中都难以企及的目标，最终"缜密的安排"令"她逐渐失去控制"。该诗中"这个憔悴的人"的形象，是否昭示着写作者另外的困境？

很大程度上，"造梦"也是杜绿绿诗歌中诗思延展的一种方式：通过词语的不断裂变、衍生而凝结成句子的晶体，最后构筑为"梦"一般的迷宫。其词语的虚拟性与梦的虚拟性相一致。不过，她似乎在努力修正或打破这种一致性。正如她在《新来的旅客》中所述："她迫切需要干燥的手。"她本人在写作中需要的可能是一些干燥的词。比如，她有时故意使用"陈词滥调"（《女演员来到夏季》中的"显赫堂皇"、《画中人》中的"夜枭抖落褐羽若干"、《赞美夏季》中的"劳动艰辛""繁华盛景""瘦骨伶仃""壮美山河"、《物化》中的"此等软弱之事"等），这些陈旧的套语在诗里不免"扎眼"甚至"有碍观瞻"，但它们嵌在上下文中，同时借助某些看似强制的跨行和断句，以偏离阅读预期的节奏或语气，形成了一种特别的句法和别样的语感。那种别样的语感也许正是她着力寻求的，因为它强化了其诗歌的寓言特性和梦幻气质。

三、互联网与城市
——唐不遇诗歌的两个侧面

作为"80后"诗人,唐不遇出道很早,至今已出版《魔鬼的美德》等多部诗集。数年前有一个"诗建设"诗歌奖的新锐奖,唐不遇就名列其中,我当时被指派为他写授奖词,这个授奖词包含了我对唐不遇一部分诗歌的观感:

> 在生于20世纪80年代的诗人中,唐不遇显得颇为早熟,他的笔端不时流露出同代人少有的沉痛之感。这种沉痛之感并非矫饰的温情或怨诉,也与伪装的苦难感无关,而是直面生存的切肤之痛。当他有志于诗歌创作之际,就意识到"艺术是思考所赐的豆芽""思考却是生活的奴仆"(引自其诗作)。他的诗歌源于对生活细节的敏感与洞察,他力图捕捉和叙写生活中不易察觉的微小事物,来展现这个变动不居、充满悖谬的时代的复杂性,揭示虚浮现实表象的内在实质。他注重词语的拣选与锤炼,一如他对自我感受的收束,这使得他的诗歌在沉思、克制的语调中暗含锐利的锋芒,其日趋稳健的写作显示了值得期待的潜力。

坦率地说,这个授奖词的某些表述也许有点不太准确了,因为他的诗歌写作还在发展、变化。当然,他的诗中也有一些动人的气息生出持续的吸引力。比如唐不遇第一部诗集《魔鬼的美德》里就有些诗作和句子仍然令人生出喜爱之情:"月亮,这个美丽的护士,/用泉水清洗你布满阴影的眼睛。"(《搓衣板上的黑夜》)"此刻,天上静静地站着/蓝色的风,地上猛烈地吹出/一个怒气冲冲的男人。"(《魔鬼的美德》)"到处是陌生的情人/所带来的冷漠的恨。"(《爱的教育》)"这不是进入词语的一条密道,/这是迷惘、喧嚣和下雨,/灰蒙蒙的天空下/窃听的小手。"(《秘密》)"风也骑着光线/拨开窗帘:它的谎言细小,如虫吟。"(《愚人节》)等等。同时我在网上搜出了他的一些近作,读过之后感觉到了他这几年写作上的某种变化。

我认为要理解唐不遇的诗歌写作，离不开两个具体的语境。一个是，他们这一代即20世纪80年代出生的诗人所共有的一个环境——互联网的普及，当然随后还有微博、微信等新型媒体、媒介的出现。这一点对于理解他们的诗歌是非常重要的。我注意到，唐不遇是2000年以后开始写诗的，那个时候互联网已经比较发达了，这代诗人绝大部分是离不开互联网的，他们的成长与互联网这种载体密不可分。对于他们而言，互联网不仅仅是交往、传播的工具，也意味着某种生存的状态或方式，这势必会影响到他们的诗歌写作。

不过我发现，唐不遇的诗歌与同样在互联网兴起背景下开始写作的诗人的作品有所不同。他早年的诗带着青春期特有的恣肆、粗粝，甚至破碎，却没有过多泛滥的口语化的芜杂，而是十分迅捷有力。另一方面，他的诗里确实散发出强烈的"荷尔蒙"气息，但与那种所谓"下半身"写作又很不一样，并无后者那种夸饰的渲染和无的放矢的"裸露癖"，而是显出很强的批评意识。他的这类诗我印象深刻的有《肉体之歌》《洞》《隔壁》《最后的劳作》《淋浴》《毁灭的……》《写给一个性无能的世界》等。

另一个值得留意的语境就是唐不遇自己生活的环境，具体来说就是他目前所居住的珠海这样一个都市——他从大学毕业起就在那里工作、生活了。当然，对都市的敏感是现代诗的一个传统。珠海这座广东沿海城市，无疑是当前中国城市化进程的一个标本。对于置身于都市的诗人来说，他无法避开他生活的都市中的种种现实，而城市化过程本身是一个很大的背景。广东是中国经济的前沿阵地，也是中国城市化进程的风向标，当今居住在广东不同城市的诗人们，以不同方式处理了他们所见所思的都市生活，呈现了城市化进程带来的社会文化变迁，各有特色。而年轻的唐不遇，他的诗歌里的都市场景有着颇为特别的面貌。比如他的《苍蝇》一诗，将阔大、喧嚣的街景与细小的苍蝇联结在一起；《吸尘器》寓言似的在吸尘器充满细节的劳动和生活、写作之间发生了关联；《魔鬼的美德》和《厕所窗口一瞥》均截取了都市生活中的几个片段，揭示了生存的某种悖谬处境，言辞间隐含着尖利的讽喻语调。

我最感兴趣的是唐不遇在其诗歌中对"我"的处置，他诗中的"我"

在发声方式和位置设定上，不同于新诗历史上那些不同情态的"我"——郭沫若的"天狗"式的狂放之"我"、卞之琳和废名的旁观或冥思之"我"，以及穆旦的破碎、分裂之"我"，还有当代诗人的形形色色的充当代言人之"我"。他诗中的"我"很有意思，"我"对于现实生活一方面保持着一种近乎冷酷的静观态度，另一方面又试图介入其中，而在介入中又似乎随时打算抽身。他在诗歌中把自我卷入其所书写的对象中，与现实场景发生了某种互渗得不可开交的缠绕和纠葛，借以展现内心复杂而剧烈的冲突。比如《我的铲子》："黄昏时刻，看看我的铲子吧：/我是夕阳的故土，/而它像锐利的浮根。//我的铲子，它插入我，/铲开土的表层。"《万籁俱寂时》："夜并不深，仅能容我一人/……我梦见一支裹着毛发的骨匕，/既非穿过历史，如同时间，/也非刺破地面，有如木鞭——/这样隐入我的身体。"《十四行诗》："'求求你，让我自己来吧。'/我对我的诗说；因为她要帮我刷洗生活。/我不让她去碰他。"等等。这大概与上面提到的两个语境不无联系吧。

唐不遇的近作，我在网上粗略地读到了一些。我发现可能是随着年龄的增长，或写作的逐渐成熟，他似乎有意识把早期的那些"荷尔蒙"书写进行清除，把诗中那些活力四射的尖锐的东西消掉了，从而变得审慎甚至拘谨。我不知道这是好事还是别的什么。

极限中的迂缓[1]
——"70后"诗人长诗写作一瞥

一

作为一种命名,"70后"有着代际(generation)与流派[2]的双重指认。其实,这一名号下的诗人进入人们的视野已经很久。虽然这批诗人"正处在日新月异的成长期,是正在进行时态的……绝大多数随时都处在变动、调整之中"[3],但他们为时不短的诗歌写作(他们中部分诗人的写作始于20世纪90年代初甚至更早)已经显出了某些值得关注的趋向。

一方面,受前代诗人写作的滋养,"70后"诗人承续了前代诗人探索诗歌语言可能性的热忱。另一方面,如何从前代诗人的"影响的焦虑"中走出,则更为"70后"诗人所看重,于是"偏移"成为他们写作的美学基石:"从一开始大家都在明里暗里关注着自身与他人在精神境遇、文本记忆和写作趣味等方面的诸多差别,有所不同的是,他们相信这些差别只有在诗歌写作的艰苦掘进和对当代诗歌内在线索的反复辨析中才能被贯彻为一种'偏移'。"在他们的写作里,"任何一种写作策略都没有被绝对化,他们的写作始终是阶段性的,每一时期的写作都力图刷新以往诗

---

[1] 刊于《文学与文化》2012年第2期。

[2] 将"70后"指认为流派的说法,可参见黄礼孩为《70后诗集》(两卷本,海风出版社2004年版)所写的序言《70后:一个年轻的诗歌流派》。

[3] 敬文东:《"没有终点的旅行"》,见《被委以重任的方言》,中国人民大学出版社2003年版,第201页。

艺内存，构成对既定写作成规的接续和'偏移'……'偏移'的立场，即是不断重设与自身及他人之间的'修正比'"①。此外，"70后"诗人在文本上也已初步形成了自己的特点。

那么，如何看待"70后"诗人在中国当代特别是20世纪80年代以来的诗歌中的位置？如何确认他们的写作在诗学、文本上的价值？这里，或许可从长诗入手进行一番探讨，既然长诗"更能完整地揭示诗自成一个世界的独立本性，更能充分地发挥诗歌语言的种种可能，更能综合地体现诗歌写作作为一种创造性精神劳动所具有的难度和价值"②。虽然"70后"诗人人数众多、风格各异，虽然他们中不少人如黄礼孩、冷霜、泉子、刘春、宋尾等以短诗写作见长，但由长诗入手进行考察，确实可从多个重要方面了解这一诗人群体的写作面貌、成就和走向，并领悟中国当代诗歌代际更替与层次分布的特征。

在中国新诗历史上，一直不乏长诗写作的积极参与者。不过在台湾诗人痖弦看来，早期新诗中的长诗不甚成功，而究其原因就在于，诗人们"仅仅理解到长诗的量的扩张，而没有理解到长诗的质的探索，误以为长诗只是在叙述一个事件的发展，而忽略了长诗精神层面的表达，也就是他们未能注意诗质的把握"；他进一步认为，"一首现代的长诗，与其说是记录事件，毋宁说是记录人性的历史和现代人心灵遨游的历程"③。尽管痖弦所述并不符合新诗历史的实际情形，但也触及了长诗的某些实质性要件。正如诗人骆一禾所言："长诗于人间并不亲切，却是/精神所有、命运所

---

① 姜涛：《偏移：一种实践的诗学》，《北京文学（精彩阅读）》1998年第1期。

② 唐晓渡：《编选者序：从死亡的方向看》，见《与死亡对称——长诗、组诗卷》，北京师范大学出版社1993年版。"70后"诗人梦亦非对长诗的意义也有相似表述："长诗是强旺的生命力、敏锐的洞察力、巨大的创造力所凝集而成的结晶。""它可以全面地表现诗人的才华高低、技艺的生熟、胸襟的大小、情感的浓淡、境界的深浅、经验的多少。"（《艾丽丝漫游70后：返真的一代》，《零点·70后诗歌专号》，广州2010年）

③ 痖弦：《现代诗的省思》，见痖弦：《中国新诗研究》，洪范书店1981年版，第19页。

占据。"(《光明》)诗评家唐晓渡则指出,"长诗是诗人不会轻易动用的体式……一旦诗人决定诉诸长诗,就立即表明了某种严重性"[1],他所说的"严重性"主要是指潜隐在一首诗的发生与完成之中的深刻动机。

20世纪80年代是长诗写作较兴盛的时期,出现了至少四股引人注目的长诗写作潮流:其一,朦胧诗人群中的杨炼、江河等及其后继者"整体主义"(宋炜、宋渠等)、"新传统主义"(廖亦武等)的现代史诗;其二,"第三代诗"中具有实验色彩的长诗写作,如周伦佑的《自由方块》等;其三,女性诗歌中的长诗写作,代表性作品有翟永明的《女人》、伊蕾的《独身女人的卧室》、唐亚平的《黑色沙漠》等;其四,骆一禾、海子等颇显理想主义色彩的长诗主张和实践,譬如海子声称:"我的诗歌理想是在中国成就一种伟大的集体的诗。……我只想融合中国的行动成就一种民族和人类结合、诗歌和真理合一的大诗。""我写长诗总是迫不得已,出于某种巨大的元素对我的召唤,也是因为我有太多的话要说,这些元素和伟大材料的东西总会涨破我的诗歌外壳。"[2] 其突出成果包括骆一禾的《世界的血》、海子的《土地》等。20世纪90年代以后,长诗写作的取向受时代气候和整个诗歌风尚的影响而发生了很大变化,此际从事长诗写作的以转型后的"第三代"诗人和一批20世纪60年代出生的诗人为主,对历史、现实元素的重视和力求"最大限度地包容日常生活经验"(张曙光语)成为20世纪90年代长诗的基本特征,这为当代长诗写作注入了某些新的质素,重要作品有王小妮《会见一个没有了眼睛的歌手》、张曙光《小丑的花格外衣》、于坚《0档案》、萧开愚《向杜甫致敬》、王家新《回答》、西川《鹰的话语》、钟鸣《中国杂技:硬椅子》、孙文波《祖国之书,或其他》、陈东东《喜剧》、张枣《跟茨维塔伊娃的对话》、臧棣《新鲜的荆棘》、西渡《一个钟表匠人的记忆》、莫非《词与物》、潞潞《无题》、朱朱《清河县》、庞培《少女像》、宇龙《机场十四行》、刘洁岷《桥》、

---

[1] 唐晓渡:《编选者序:从死亡的方向看》,见《与死亡对称——长诗、组诗卷》,北京师范大学出版社1993年版。

[2] 海子:《诗学:一份提纲》,见《海子诗全编》,上海三联书店1997年版,第889页。

哑石《青城诗章》、周瓒《黑暗中的舞者》等。

在很大程度上，20世纪80年代包括现代史诗、"非非主义"实验、海子"大诗"理想在内的长诗写作，大抵属于向极限冲刺的写作：无论杨炼的"高原如猛虎，焚烧于激流暴跳的万物的海滨"（《诺日朗》）表现出的强悍，还是周伦佑的果决的"拒绝之盐"（《自由方块》），抑或海子的皇皇《太阳·七部书》，在语词与意识的强度、密度方面无不追求极致，这与那个激情主义的时代氛围是相应和的。而20世纪90年代的长诗写作者逐渐改变了策略，某种高蹈的姿态性写作被一种平易、舒缓的书写所替代，引发争议的"叙事"因素的渗入使此际的长诗在节奏、体式等方面趋于松弛，诗歌与时代的紧张关系也变得隐蔽。显然，在此背景下成长起来的"70后"诗人，其长诗写作必须另辟蹊径，但也不全然是另起炉灶。

二

作为经受了20世纪80年代理想主义余韵熏染、90年代商业化浪潮洗礼的一代人，"70后"诗人在精神气质上无法不同时打上两个时代的烙印。因此，他们的长诗写作在文本上可以说兼有冲击极限的痕迹（如蒋浩的几部颇具宗教感的组诗、梦亦非的基于地域文化建构起来的巨型史诗）和在平缓中追求精细的趋势（如姜涛、韩博、孙磊、阎逸等的长诗写作）；同时，在此基础上他们开始探求能标识自己一代的诗学特征。总的来说，"70后"诗人的长诗写作首先从诗艺与精神两方面寻求拓展，并已形成了可予把握的趋向。

一方面，"70后"长诗写作专注于诗歌语言、技艺的持续探索与提升。

比如，既有良好的诗评才能又有敏锐的诗写感觉、虽身在学院但突破学院化写作的姜涛，在其较早的写作阶段就写出了《厢白营》《毕业歌》《京津高速公路上的陈述与转述》等长诗。他的诗歌掺杂了繁复的巴洛克和明晰的写实风格，能够将抽象的譬喻与细微的暗讽糅合在一起：

　　八月已经过去，更换的稿纸上
　　依旧是渺无人迹的热带

> 精确的描写带来幻觉
> 无边的现实有了边缘
> 那曾经在笔尖下渗出的院落
> 而今,是否已租给了别人
> ——《秋天日记——仿路易斯·麦克尼斯》

在语词语义的转移上常常给人惊异之感。

另一位出道甚早的诗人韩博一开始写诗就显出令人注目的技艺上的成熟,他写于20世纪90年代初的短诗《植物赝品》《永远离去》《太阳穿过树间》等,即便在今天读来也不失新鲜之气息。他的诗歌富于奇异的寓言性,曲折、变幻的语词间蕴含着精确的细节,其长诗尤其如此:"拉着一只液态的手,游荡。/海水不知道我也是海水/……我从一个自己/游荡向另一个,我拉着/自己的手。我没有忘记液态的路/绕过暗礁,从上海,去内蒙古。"(《未成年人禁止入内》)他的长诗《献给猫的挽歌》在戏谑的口吻中渗透着不易察觉的忧悒与悲悯,语调流畅自如而充满克制。他的同窗马骅也写出了《秋兴八首》《迈克的雾月十八》等变换着技法、跨度较大的长诗。

同样值得留意的是阎逸的长诗写作,他早在1997年就完成了长诗《秋天:镜中的谈话或开场白》,其娴熟地将机智的内在思辨与从容的独白语式结合起来的技法,并不逊于前代诗人欧阳江河的同类长诗《咖啡馆》《关于市场经济的虚构笔记》等;他的长诗《猫眼睛里的时辰》深得现代诗的变形之法,错落绵密的语词之流中映照着世界万物的光线与阴影:"对于一颗苍蝇脑袋,用显微镜/显示其中隐藏的、米诺托的/迷宫(门:七十二扇。/台阶:三十九级。岔路口:/无数个。)比思考它/如何成型更为重要……如果/灵魂是小孩子,那么黑暗呢/顺着绳子滑过来的风呢。"王炜在他的诗歌中也尝试着技艺的更新,他的长诗《普陀山》呈现了这样的情景——在深入风景的途中交织着对诗艺本身的沉思:"一首诗写完,一个句子远去,留下来的身体将更空虚。""在我与一首诗无法测量的距离之间,句子的/进行在不断叛变它的结局。"他善于把哲学元素渗入写作的过程之中,其长诗《中亚的格列佛》出于情境营造的需要而采用了"对话体",其行文虽然稍显生硬,但这种寻求突破所付出的努力是可贵的。沈木槿的包括六首短诗的组诗《多棱玻璃球的游戏》(《与一棵树的距离》《阶石》《进入》《攀登》《离开》《越界》)有着冷峭的笔锋,就仿佛一粒多棱玻璃球展现了诗艺的多面性。

近年来悄然进入读者视野的路云,长诗是他诗歌写作的重要部分,他的《偷看自己》《我如此浑浊》《今天,我好新鲜》等长篇诗作,以奇崛的词语、略显激越的语调,密度、强度与速度均高的句法,以及充满思辨、追问的语势,表达了对于个体处境的审视与反思;他是"自然论"的信奉者,他坚信诗人是"采声者",认为写作就是对自然与生命的译解过程,是从天地之间的各种元素、生命中提炼诗意和诗性:"一个真正的写作者诚如一个窃贼,他深入垃圾化的内部,清理出人类的筋骨、热血和路径,呼应着宇宙的清新意志,发出不绝的嘀嘀之声:她是一个信息而且仅仅是一个信息,把我转述为另一个信息。"(《唯有凉风不被删除》)从而建立了一种以"凉风"为基座和源头的自然生命诗学。他的近作《翠翠》有着更为驳杂的生命体验:"突然抖出的落叶,在你我之间,/记忆与遗忘之间,划出一根辅助线,/证明今夜是完整的。"体现了一种特别的感受力和想象力。

不可否认,很多"70后"诗人在探索诗艺过程中表现出相当浓重的游戏色彩,但也有另一些诗人能够穿透游戏的表面,发掘诗艺的真谛。女诗人燕窝的《三部诗经》(《恋爱中的诗经》《时光河流中的诗经》《最后一部诗经》)及带着网络时代印迹的长诗《爱情就像一条狗》《十封情书》《非非日记》《鼠疫》《欢乐颂》《吃鱼记》等,或轻逸地调用古典资源,或从嬉戏的言辞片段中提取这个时代特有的主题,显示了自如的语言驾驭能力。强调写作的"即兴"性、诗歌实现了"彻底的审美上的松弛"(臧棣语)的王敖,重视语词间相互推衍的力量,其长诗《鼹鼠日记》带有明显的"童话"语调和情境:"对面走来的好人,我给他/这腼腆的骷髅,戴上红领带,我说/我们要找的宝藏,就在他的脑袋里。"力图体现语词自身及语词间关系的原初、直接、新鲜的感觉。

另一方面,"70后"在长诗写作中致力于神性价值与超验之维的探寻和建构。这一取向,在蒋浩、孙磊、梦亦非等的长诗中格外突出。

蒋浩有一阵似乎迷恋长诗写作，自20世纪90年代中期起陆续写出的长诗《罪中之书》《纪念》《说》等，渗透着强烈的宗教意识和形而上之思；随后的《一座城市的虚构之旅》《说吧，成都》等长诗，增加了些许现实的景象；及至后来的断片式长诗《诗》，则从对自然的冥思中抽绎出了"诗"的超验之维。他早年的诗歌擅用长句，能够于驳杂的铺叙中保持古典的整饬："我们曾从同一条街上不断往回走 / '有时看见穹庐和拱顶'，才突然发现 / 自身的不完整，以至于 / 那'双重幻象'的出现。"（《陷落》）近年来在遣词造句上趋于古雅，却也免不了偏枯与干涩。

孙磊在20世纪90年代初写作伊始就似乎显出不凡的志趣，短诗《那光必使你抬头》中的"那光"、《那人是一团漆黑》中的"漆黑"，为他的诗歌标划了一个特定的题旨：对光芒的赞颂。与此同时完成的长诗《演奏》强化了这一题旨，其起句有如绷紧的弓弦：

深夜遇到光芒，一下子我感到众多的星辰里
我不是一个生人。但该怎样应付那些经过我的人
那些在我体内将我踩响的人，纯正、细腻、睿智。

至20世纪90年代末，他先后完成了《演奏》《朗诵》《旅行》《准备》《剥夺》等长诗。他的诗歌十分注重诗思的动作性（从那些长诗的标题即可看出）与语词的节奏，在题旨上表现出对超验的尊崇，具有俄罗斯文学的凛冽的底色；他后来的长诗《处境》《脆弱，我顺从》等，逐渐转入对日常事物的审视。

与孙磊志趣相似的"70后"诗人还有远人、刘泽球、宇向等。远人的长诗《微暗的火》使用第二人称，全篇充满了"祷告"般的絮语："你就在那里居住，/ 像一粒种子，/ 坚硬，有着 / 清凉的棱角。/ 时间的粉末，/ 掩住你的手，/ 一起一落的手。"刘泽球的《汹涌的广场》《桐梓坝》等长诗虽然隐约折射着现实的场景与指向，但其最终面对的是关乎生存与信仰的焦灼："即使知觉精确的仪器 / 也无法从溶化进虚无的渊薮中 / 提炼任何微小的质料 / 或许，存在始终不被感知 / 而实存之物 / 既不是期望中的钥匙 / 也不通往未被洞察的另一方向。"（《桐梓坝》）宇向的长诗《给

今夜写诗的人》极具爆发力,"给"的句式(也是姿势)贯穿其中,在虚拟的对话中展示了一种心智的博弈。

这里值得一提的是梦亦非的"史诗"写作,他的几部长诗《苍凉归途》《空:时间与神》《素颜歌》《咏怀诗》等都有着宏富的篇幅,在立意、构架、炼句等方面下力很深。比如《空:时间与神》这部包括十二个诗组(即十二章,每章又包括十二首诗)的长诗,试图用"时间"和"神"来诠释"空"的理念,其间穿插了多条或隐或显的与地域文化相关的神话线索,并涉及《圣经》《奥义书》《老子》《列子》《金刚经》《诗经》等古代典籍,这样的安排使全诗在哲理、叙事与抒情的多重张力中生成意蕴。不过,这部长诗得以成形的重要根基之一,则是"都柳江流域这块狭小的水族文化繁衍的神巫之地",占据这片神奇土地的主要是一种水族文化,兼有苗、布依等文化的融会,而这一地域上的语言即水语,"是一种诗化的语言,其命名的直接性、巫性,其词序与汉语的区别性,带来原生的陌生化",基于此衍生的诗歌难免与这种文化和语言建立一种同构关系:"水族文化,即巫文化,而诗歌亦是一种巫术的遗迹,一种很难再发生效力的巫术记录、语言巫术,但依然保留着巫术的语言外形。"[①]从地域文化出发进行长诗写作,也许有其难以避免的局限性,这是需要详加辨析的议题。类似的作品或可举出李郁葱的组诗《地名:南方偏东》等。

三

20世纪90年代以降,中国诗歌倍受指责的原因之一据说是远离现实。事实上,细心的人们不难发现,"在90年代的汉语诗歌中,'介入性'因素及其强度都在不断地增加"[②]。在那些突出"介入性"因素的诗作里,"现实"及"诗与现实"的"关系"得到了新的诠释:"先锋诗一直在'疏

[①] 梦亦非:《地域文化·写作资源·史诗》,见《苍凉归途》,花城出版社2010年版,第142页。

[②] 张闳:《介入的诗歌》,见张闳:《声音的诗学》,中国人民大学出版社2003年版,第140页。

离'那种既在、了然、自明的'现实',这不是什么秘密;某种程度上尚属秘密的是它所'追寻'的现实。进入90年代以来,先锋诗在这方面最重要的动向,就是致力强化文本现实与文本外或'泛文本'意义上的现实的相互指涉性。"[1]那些先锋诗"所指涉的现实是文本意义上的现实,也就是说,不是事态的自然进程,而是写作者所理解的现实,包含了知识、激情、经验、观察和想象"[2]。

秉承这一诗学路向,"70后"诗人也写出了体悟现实的"介入性"诗作,像前述的姜涛、韩博、阎逸、蒋浩等诗人,其诗歌写作的重心看似放在诗艺的推进上,实则他们的不少作品以隐喻的笔法切入当下的现实生活。如诗人西渡就将韩博的长诗《未成年人禁止入内》视为"'当代评论'的代表作",认为该诗的"好处在于诗人对于现实的变形处理,因而增加了对现实的概括力和针对性,不仅让我们看到现实和诗人对现实的态度,而且让我们看到了诗的艺术"[3]。这无疑是一种稳健的现实观和成熟的诗艺的结合。

对世俗生活的关注,成为这一代诗人写作中无可回避的主题。相较于每一时期都有诗歌采取过于直接的态度处理社会现实,朵渔的诗歌对现实的关切十分巧妙(尽管笔者对他那首得到广泛赞誉的"地震诗"持保留意见),他的短诗给人印象深刻,如《七里海》只有短短五行,但颇显力度:"当狮子抖动全身的月光,漫步在/黄叶枯草间,我的泪流下来。并不是感动,/而是一种深深的惊恐/来自那个高度,那辉煌的色彩,忧郁的眼神/和孤傲的心。"他的诗歌注重对细小事物的描写,某种"虚弱"语气为其偏于口语的写作加入了朴质的元素,这一点也体现在他新近发表的长诗《高启武传》之中。这部长诗试图以个人的微观历史呈现乃至穿越时代的宏大历史,此一方式(或手法),在其他"70后"诗人的长诗如凌越《虚

---

[1] 唐晓渡:《90年代先锋诗的几个问题》,《山花》1998年第8期。

[2] 欧阳江河:《89后国内诗歌写作:本土气质、中年特征与知识分子身份》,见《谁去谁留》,湖南文艺出版社1997年版,第247页。

[3] 西渡:《普罗透斯,或骰子的六面——读〈汉花园青年诗丛札记〉》,《新诗评论》2008年第2辑。

妄的传记》、张永伟《雪:为村后的小山哀悼》《再悼村后的小山》、赵卫峰《断章:九十年代》、木朵《名优之死》、江非《一只蚂蚁上路了》等中可以见到。

张伟栋的诗善于表达个体在当下急速变化时代里的痛彻之感,他的笔触冷峭,字里行间散发着源自他出生地的凛冽与尖利:"你在失去雪的词语 / 爱,是离弦之箭 / 射向每一个破冰的方向。"(《热带片断》)他寻求着诗歌与历史的"对位",同时以写作平抑内心的风暴,但他不是试图消除或治愈痛苦,而是将它们收束在充满想象与复调的吟咏中:"白昼的铭文是 / ——请歌颂无词的荆棘 / 这暴风雨的无形。"(《海口的下午》)他对写作葆有稳健的觉识和朴直的信赖,认为"诗歌是在总体性中实现存在、语言、主体和我们自身历史之间的循环流通……是一种发明,是一种使得当下与过去、即将来临的当下循环流通的通道"[①]。他的长诗《我所是的动物》并非对德里达那篇著名同题论文的简单回应,而是显示出强烈的现实感,变形的描摹中伴随着不难体察的讽喻语调:"它在你的身体里比饥饿埋得深 / 像亡友的叫声,忽地使你裁剪红黑两色羽毛。"(《我所是的动物·地沟鹦鹉》)

吕约的长诗《四个婚礼三个葬礼》同样展现了一个时代的悲喜剧,却有意将当下与过往、爱与死、灵与肉、冥想与忧患嫁接在一起,因而视野更加开阔,也更有力度,堪称破碎世界的挽歌:"身体微微离地 / 在风的脚下卷来卷去 / 一闭上眼睛就看见自己 / 街头 / 泡沫码头 / 灌木丛 工地 / 剧院 雕像的阴影下 / 风口 / 到处站立 / 同一时刻出现在两个方向。"她还在其文论中对"破碎世界中的完全诗歌"进行了有力思考,提出了"诗歌以语调重建精神秩序""'我们'对'我'的限制与补充""'惊奇'通往世界的无限性和多样性"等命题[②]。另一位出生"南方"(吕约的《四个婚礼三个葬礼》有一节涉及此题)的"70后"诗人王艾,在长诗《南方》

[①] 张伟栋:《诗歌的政治性:总体性状态中的主权问题》,《新诗评论》2011年第2辑。

[②] 吕约:《破碎世界中的完全诗歌》,见《破坏仪式的女人》,天津社会科学院出版社2009年版,第245页。

中以凝练的笔力，扫描了时代洪流裹挟下"南方"的精神与物质发生变迁的历程，他眼里的"南方"幻化为一个香消玉殒的女子，曾经的优雅气质在历史的滚滚红尘中已经荡然无存：

> 多年前我触摸星辰，
> 透过她粉色牙床构成的时间地平线，
> 看到记忆的稀释剂，
> 向那巨大黄昏的怀抱中推出。
>
> 多年前它穿过我的骨骼，
> 留下一排牙印、一绺青丝、一颗皮肤上的黑痣，
> 但灵魂盛装，精神假面，
> 在一列三流时代开去的列车上飞舞。

这部长诗包含了丰沛的诗情，堪与"南方"相称的华美语词、张弛有度的句式显得摇曳多姿，实乃"70后"长诗中不可多得之作。

王艾的《南方》隐含着不难辨察的反省意识，这种反省意识在另一些"70后"诗人的长诗中则演化为一种激烈的批判，像冯永锋（站在环保主义立场）的《非分之想》、谢湘南（作为媒体工作者）的《过敏史》、魔头贝贝（做过多种职业）的《起诉书》等，对现实的观照与书写中充满了尖利的控诉色彩。相比之下，宋烈毅的《下午时光》《变化》、黄金明的《洞穴》等长诗，更愿意将目光投向那些日常的景致，洞察世俗生活中的卑微力量，语势变得舒缓，语气也柔和了许多："一只黄鼠狼在和他对视／这一瞬间／照亮他们／／阴暗的时刻来临／一些东西转瞬即逝／只能坐在房间里回忆。"（宋烈毅《下午时光》）这是"介入"现实的另一种路径。

不管怎样，撇开那些过于急切的对现实的表达，对现实的关注和有效"介入"，不仅为"70后"长诗写作增添了厚重感，同时也使长诗作为一种文体在现时代获得了一定的意义依据。这意味着，通过长诗写作，"70后"诗人能够在加速度的时代列车旁放慢步伐、驻足观视，保持一份从容的心境应对纷乱与喧嚣。多年以前，"70后"安石榴曾坦然自陈："70

年代出生诗人的群体意义和创作本身尚缺乏理论的阐释和支撑,并没有完成写作的自我阐述和整体阐述。"[1]迄今为止这一"阐述"仍然未能完成。毋庸讳言,当前中国诗歌处于较为普遍的涣散、乏力的状态,已经或即将步入不惑之年的"70后"诗人面临着精神与诗艺的双重转型。他们能否成为未来诗歌的中坚?能否摧毁一种腐朽的代际等级制和有关"进步"的意识形态幻象,而将诗歌写作带入一种宽阔之境?以上谈及的部分长诗,或许让人有理由拭目以待。

---

[1] 安石榴:《七十年代:诗人身份的隐退和诗歌的出场》,《外遇》总第四期,1999年5月(深圳)。

思想的形式：
当代诗歌批评的意义与位置

附 录

拆解与还原：从隐喻后退[①]
——苏珊·桑塔格的方法

"从隐喻后退。"诗人于坚在一则札记中写道。其实他应当十分清楚，这个世界上隐喻是无处不在的，尤其在语言运用中，到处是隐喻布置的陷阱：词不达意、由此及彼、半遮半掩、故弄玄虚、偷梁换柱，如此等等，不一而足。隐喻在本质上是一种隐藏、掩饰的方式，不管出于何种动机，当隐喻出现之际，某种削删或铺衍的行为就发生了——隐喻总是透过言词在挤压、缩减事物的一些方面的同时，凸显、强化事物的另一些方面。以至于有人用一个隐喻句表述它："隐喻是一种日食。"值得注意的是，隐喻不仅较多地体现在语用上，而且也是一种思维甚至一种制度，无形或有意地规约着人们的思与行（当然，言与思不可须臾分离，因此毋宁说隐喻的这些功能是合为一体的）。可以想见，一旦隐喻进入文化、社会层面，会带来什么样的后果……

2003年4月间，针对当时SARS席卷南北的情境，《书城》杂志做出及时反应而推出的专题，采用了一个富于深意的标题："疾病的隐喻。"不难发现，这一标题实际上出自桑塔格（Susan Sontag）的论著，该专题下就有两篇文章不约而同地提到了她的《作为隐喻的疾病》（*Illness as*

[①] 刊于《书城》2004年第8期。

Metaphor）一书。此际桑塔格的这部著作并没有被译成中文，但人们已经从日本学者柄谷行人的名作《日本现代文学的起源》中译本，窥见了个中消息。人们已经了解到，在该著中桑塔格提出了一个著名的观点："疾病本身一直被当作死亡、人类的软弱和脆弱的一个隐喻。"这是她要极力予以揭示和打破的幻象。柄谷行人为桑塔格指陈的一个现象——18世纪中叶至19世纪西欧文学中普遍存在着结核引起的浪漫主义联想——提供了日本文学的例证。他更进一步，借助于对疾病隐喻的透视，发现了现代知识制度建构过程中被遮蔽的一面："问题不在于如桑塔格所言病被用于隐喻，问题在于把疾病当做纯粹的病而对象化的现代医学知识制度。只要不对这种知识制度提出质疑，现代医学越发展，人们就只能越感到难以从疾病，因此也难以从病的隐喻用法中解放出来。"

　　疾病本来只是身体的一种异常状态，但隐喻通过某种文学化的想象，为疾病铺衍了许多附加的意义。譬如高雅、纤细、贵族气质等正是19世纪的文学化想象赋予结核的附加意义，确如柄谷行人所说，"结核不是因为现实中患此病的人之多，而是由于'文学'而神话化了的。与实际上的结核病之蔓延无关，这里所蔓延的乃是结核这一意义"。在隐喻的作用之下，疾病的本性消失了，被掩埋在厚厚的悬浮物内，代替疾病出场和引起注意的只是文学化想象堆砌的意义外壳，对此福柯（Michel Foucault）解释道："这就是为什么胸部疾病与相思病具有完全相同的性质的原因：它们都是'因情而受苦'（passion），是一种生命，死亡给予这种生命一副不可交换的面孔。死亡离开了古老的悲剧天堂，变成了人类抒情的核心：他的不可见的真理，他的可见的秘密。"（《临床医学的诞生》）

　　因此，疾病的隐喻显示出双重特征和效应：一方面，隐喻（在言词的文学化或美化中）掩盖了疾病的本相，致使患者无法及时了解自己的病情和接受治疗，最终只能在幻觉的笼罩下，唱着凄美的挽歌走向死亡，这就是桑塔格指责"隐喻和神话能置人于死地"的意涵之一；另一方面，隐喻对疾病（特别是传染病）的过分渲染，导致社会加强了对身体乃至心理的控制，"很久以来，以健康的名义或以塑造理想身体外观的名义，人们对某些过度的欲望施加了种种限制——是自愿的限制，是自由的实践"（比如，"艾滋病灾难暗示出节制以及对身体和医师进行控制的迫在眉睫的必要性"），结果殊途同归,"当因疾病而引起的极度心理折磨蔓延到身体的每个部分时,本来有效的治疗也就变得不可能了"。对身体和心理的管束、切割以及重塑,正是隐喻以正当的名义施行的文化暴政(想一想福柯在《疯癫与文明》里描述的那些治疗疯癫的方法)。美国医学哲学家图姆斯(S. K. Toombs)写道:"生病造成了病人活生生空间感的缩小,于是,可能的活动范围受到严格限制,而身体空间也呈现出受限的特性。"(《病患的意义——医生和病人不同观点的现象学探讨》)

不仅如此,更值得警惕的是,当隐喻思维渗透到科学,科学也会被用来制造神话。隐喻造就了一种意识形态,或者一种如罗布-格里叶(Alain Robbe-Grillet)所说的"形而上学的体系"。一旦科学因隐喻而制度化,同样会泛起意义的沉渣,沦为流俗的大众宣传,而对公众造成一种胁迫,号称理性的医学尤其易于如此。柄谷行人曾提到结核菌的发现所引起的迷思。当一类疾病被"科学"地解释起因于一种病原体时,这一解释便很快流行开去,而被奉为真理。一直到今天,在一些偏远的山村,一种再简单不过的骗局仍在上演:由于医学的普及,人们已经相信身体某部分(比如牙齿)的疾痛乃是源于病菌,经过医学的描述,这种细菌在乡民的想象中则被幻化为肉眼看得见或看不见的"虫",因此他们总是十分信赖地让一些江湖游医(这些人也许是医盲)在自己口里捣鼓几下,游医掏出几粒"牙虫"(实则是游医偷偷置放的从树上采摘的果核)向他们示意,随后他们觉得牙痛缓解了。这是怎么回事呢?借用柄谷行人不无尖刻的说法:"科学的医学虽然除去了环绕着病的种种'意义',然而,医学本身则更为其性质恶劣的'意义'所支配着。"当医学的理性精神成为一种至高无上的权威,它的流布过程中就混合着迷信的气味。

桑塔格对疾病的隐喻的揭示,是一种反抗意义神话压迫、清除文化沉积的行为。她明确表示,写作《作为隐喻的疾病》的目的"是平息想象,而不是激发想象。不是去演绎意义……而是从意义中剥离出一些东西:这一次,我把那种具有堂吉诃德色彩和高度论辩性的'反对释义'策略运用到了真实世界,运用到了身体上。"这是她在写作另一部关于疾病的隐喻的著作(《艾滋病及其隐喻》)时,做出的自我陈述。这表明,桑塔格这一结合自身身体体验所进行的拆解疾病隐喻的工作,其实同她多年前在批评中进行的"反对阐释"(或"反对释义")的努力取得了某种关联。"反对阐释"实际上是将批评从隐喻的桎梏中解放出来,使之还原到一种自由、本然的状态。这就像她提及的卢克莱修(Lucretius)所做的那样,直截了当地把描述身体的隐喻性语词"和谐"挡了回去:"我说的是和谐。不管它是何物,/还是把它交还给乐师们吧。"在桑塔格看来,隐喻不免"使人误入歧途",因而,倡导一种"非隐喻的思维",并根除隐喻引起的意义幻觉,是从事批评和写作的前提。

"反对阐释"作为贯穿桑塔格批评文字(自20世纪60年代至今)的主线,不仅是一种个人风格和方法论趋向的体现,而且折射了20世纪下半叶西方艺术观念及社会本身发生的深刻变动。在桑塔格那里,"反对阐释"反对的是一种庸常的阐释,也就是那种由"内容说"引起的"对阐释的持续不断、永无止境的投入"(《反对阐释》)。庸常的阐释早先是被用来解决"那个困扰后神话意识的问题——即宗教象征的适宜性问题"而出现的,因此这种阐释与隐喻思维紧密地联系在一起,通过一面掩饰、一面凸显即"修补翻新"的方式,随意改变那些被阐释的文本。进入现代以后,艺术更是"被厚厚的阐释硬壳所包裹","通过把艺术作品能使削减为作品的内容,然后对内容予以阐释,人们就驯服了艺术作品。阐释使艺术变得可被控制,变得顺从",这无异于对艺术的扼杀。

现代阐释在很大程度上仍然受制于根深蒂固的"内容说":"尽管众多艺术门类中已发生的那些切切实实的变化,似乎已使我们远离了那种认为艺术作品首要地是其内容的观点,但该观点仍在起着非同小可的支配作用。……之所以这样,是因为该观点现已伪装成一种接触艺术作品的方式而被永恒化了,根深蒂固于大多数以严肃的态度来看待一切艺术的人们之中。"受这一"被永恒化"的观念支配的阐释者,成了地地道道的索引派,他们总是热衷于寻索一件艺术作品的微言大义,在不断的挖掘、攫取中抽空了艺术的血脉。所以桑塔格指责道:"建立在艺术作品是由诸项内容构成的这种极不可靠的理论基础上的阐释,是对艺术的冒犯。它把艺术变成了一个可用的、可被纳于心理范畴模式的物品。"为此,她提出了还原阐释的本性:"我们的任务是削弱内容,从而使我们能够看到作品本身。""削弱内容"就是清除隐喻思维构筑的阐释屏障,让批评的锋芒显露出来。

事实上，迄今为止，批评——对艺术的阐释——仍然是一个难题。因隐喻思维和偏重于内容而造成的阐释与艺术的隔膜，固然是批评的一个顽疾，可是那种随心所欲、信口开河的谩骂式批评，同样与真正的批评相距甚远。长期以来，人们对艺术的理解就被这两股主要的批评潮流左右着，是到了"为批评正名"的时候了。批评与艺术之间绝不是一种依附关系，真正的批评同样是一种独具匠心的创造，这正是桑塔格指出的，"批评的写作，业已证明是一个摆脱智力重荷的过程，也同样是一个智力自我表达的过程"。批评并非为某个具体问题的一次性解决而存在，而是为了呈现和"穷尽"所有问题，使之得到清晰的彰显，或者获得乔治·布莱（George Bly）所渴望的对艺术创作过程的再次体验："批评是一种思想行为的模仿性重复。它不依赖于一种心血来潮的冲动。在自我的内心深处重新开始一位作家或一位哲学家的我思，就是重新发现他的感觉和思维的方式，看一看这种方式如何产生、如何形成、碰到何种障碍。"（《批评意识》）而桑塔格本人的批评文字，可以说是这种创造性批评的一个范例，它们遵循了她极为推崇的本雅明（W. Benjamin）的批评准则："批评必须使用艺术语言，因为小圈子里的术语犹如口号，而口号只是在战场的厮杀中被听到。"（《单向街·批评家守则十三条》）

作为其自身理想的验证和实践，桑塔格的批评文字显示出一种剔除了隐喻的冗赘之后的简洁。这种简洁不仅仅是行文风格上的，而且与思维方式的直接和见解的鞭辟入里有关，亦即她自己所期待的一种"透明"："透明是艺术——也是批评中最高、最具解放性的价值。透明是指体验事物自身的那种明晰，或体验事物本来面目的那种明晰。"这有点类似于巴特（Roland Barthes）的"零度写作"，后者恰恰是反隐喻的。而简洁、"透明"、直接，往往是与超拔的感受力联系在一起的。难以想象，倘若缺乏必要的感受力，如何真正地接近或进入艺术。桑塔格之所以极为反感那些关于艺术的拙劣阐释，是因为它们的"散发物""在毒害我们的感受力"，钝化了人们的艺术感觉。为此，她试图重新唤醒人们的感受力，恢复批评对于艺术的敏感。如同她的先驱者巴特、本雅明、萨特（Jean Paul Sartre）一样，桑塔格的批评视野十分开阔，其论题所及涵盖了小说、诗歌、戏剧、电影、摄影、绘画、舞蹈、音乐等在内的各类艺术和宗教、哲学、政治等领域，极具包容性。与其说这些领域体现了她对于世界的丰厚、广泛的兴趣,不如说它们是为了磨砺她的洞察力而被纳入她的探究范围的,或者质言之,是为了培育一种敏锐的艺术感受力。无论谈论薇依(Simone weil)、扎加耶夫斯基(Adam Zagajewski)、博尔赫斯(Jorge Luis Borges)、布罗茨基(Joseph Brodsky),还是分析加缪(Albert Camus)的《日记》、韦斯科特(Glenway Wescott)的《游隼》、布朗(N. O. Brown)的《生与死的对抗》、卢卡奇(Gyorgy Lukacs)的论著,都体现了一种"直取核心"的犀利与准确。当然,借助于这些批评,桑塔格想要表述的是她本人对生存的质询和对艺术的沉思,其中既有强烈的"介入"意识,又包含一种新的艺术自律观念。在"艺术并不仅仅关于某物;它自身就是某物"(《论风格》)的见解的统摄下,她把上述的所有领域都看作可以被体验的广义的"艺术",而它们最终通向的是新的感受力的确立。

对于桑塔格而言,批评即是辩驳,它理应带来一种意外的惊异。她从先驱者们那里继承而来的不仅是开阔,而且还有批评的叛逆精神,即对常规、秩序的反叛和对体系框架的抵制。体系的大厦无疑是由隐喻思维构造的,它对应着整一、连续的历史观和世界观,要消除隐喻意味着同时要拆解隐喻构筑的体系大厦。桑塔格所勾画的叛逆者形象——"众多具有卓尔不群(其实是难以忍受的)优越感的人宣告了体系的荒诞性,其中包括克尔凯郭尔,尼采和维特根斯坦。对体系的蔑视,以其强大的现代形式,成为反对法律,反对强权自身的一个方面"(《写作本身:论罗兰·巴特》),实际上也是她自己的写照。与体系的关系也可以用来检验感受力:"任何一种可以被塞进某种体系框架中或可以被粗糙的验证工具加以操控的感受力,都根本不再是一种感受力。它已僵化成了一种思想。"(《关于"坎普"的札记》)这也是桑塔格的批评文字往往采用片段式札记的原因。

在桑塔格写成最初的批评文字(即《反对阐释》中收录的那些文章)的 20 世纪 60 年代,正是西方新的文化思潮、社会运动风起云涌之际,纷繁交错的景观预示了某种整一、连续的历史观念的不再可能,断裂、叠合、混杂现象充斥着各个领域,艺术已出现了从隐喻到换喻、即由纵深的意义探询向平面化的并置的重大转变。这些都需要理论和批评做出全新而有效的阐释。桑塔格的批评是对此进行回应的相当有力的一种声音,她对"内容说"

的极力排斥，与同一时期马尔库塞（Herbert Marcuse）的"形式的专制"有异曲同工之妙："形式的专制是指作品中压倒一切的必然趋势，它要求任何线条、任何音响都是不可替代的。"（马尔库塞《审美之维》）她提出的"新感受力"与马尔库塞倡导的"新感性"发生着共振：在桑塔格那里，"新感受力""把艺术理解为对生活的一种拓展"，"它反映了一种新的、更开放的看待我们这个世界以及世界中的万物的方式……有着一些新标准，关于美、风格和趣味的新标准"，同时它"是多元的；它既致力于一种令人苦恼的严肃性，又致力于乐趣、机智和怀旧"（《一种文化与新感受力》）；而马尔库塞的"新感性"鼓励艺术的崭新创造，"艺术的使命就是让人们去感受一个世界……就是在所有主体性和客体性的领域中，去重新解放感性、想象和理性"（马尔库塞《审美之维》）。由此反观现今中国艺术诸领域所发生的不算小的变化及其造成的种种困惑，可以说他们四十年前的说法并不过时。

文化研究的多重路径[①]
——凡勃伦的启示

当代英国学者克里斯·巴克在其概论性著作《文化研究：理论与实践》中，将文化研究的"场域"确定为"主体性与身份问题""民族、种族和国家""电视、文本和受众""数字媒体文化""文化空间和城市地方"等方面。按照普遍看法，这些场域是由文化研究的代表人物理查·霍加特、雷蒙·威廉斯、斯图亚特·霍尔等开辟的，相关理论家还有瓦尔特·本雅明、西奥多·阿多诺、尤尔根·哈贝马斯、罗兰·巴特等。不过，在笔者看来，美国经济学家托·本·凡勃伦（1857—1929）一定程度上可被视为文化研究的先驱。尽管在众多关于文化研究的脉络梳理与理论阐释中，鲜有将他与文化研究联系起来的视角，然而，在深入研读凡勃伦的著作后不难发现，他的理论逸出了经济学范畴，而具有把经济学与政治学、社会学、人类学等进行杂糅的综合素质，应该能够为当下渐渐陷入同质化、模式化困境的文化研究提供多个向度的启示和借镜。

凡勃伦的理论在20世纪20年代的西方学界曾经风靡一时，他的代表作《有闲阶级论》20世纪60年代被"批判性"地引进，但并未引起太多关注；近年来随着《有闲阶级论》再版及他的《企业论》《科学在现代文

[①] 本文以《凡勃伦的启示》为题，刊于《读书》2018年第5期。

明中的地位》等著作中译本的相继推出，国内研究界甚至普通读者对之产生了不小的兴趣。目前人们对凡勃伦的兴趣和讨论主要集中在两个方面：一是从纯然的经济学理论的角度，探讨凡勃伦作为制度经济学创始人的地位及其经济学理论的内涵与价值；二是参照所谓"凡勃伦效应"（即"商品价格定得越高，越能受到消费者的青睐"），着眼于现实生活中的各种大众消费现象，分析某种特定的商业心理、模式乃至营销策略。

倘若从更开阔的视野来看，显然还可以对凡勃伦的理论和著作进行更多层面的解读。他在一百多年前做出的很多描述和论断，仿佛就是针对今天的情形："所谓生活水准，本质上是一种习惯。它是对某些刺激发生反应时一种习以为常的标准和方式。从一个已经习以为常的水准退却时的困难，是打破一个已经形成的习惯时的困难。""如果经济方面的考虑参与了美感的构成，它是作为对于某一目的的适应性的暗示或表现，是作为对生活过程显然能有所帮助的东西而参与的。""作业本能的倾向，可能在很大程度上被向往光荣的有闲和避免粗鄙的劳动这些具有更加直接的拘束力的动机所掩盖，因此只能在一种伪装的形态下出现；例如'社交义务'，半艺术性或半学术性的研究……玩纸牌、划船、打高尔夫球以及其他种种娱乐的精通等等，都是这类表现。"[①]……这些论述揭示了现代人生活形态的隐秘而细微的层面，其讨论的范围和展开分析的"路数"，分明近乎如今已然占据学术主导地位的文化研究，当然并不仅仅限于消费文化。

那么，凡勃伦的理论对于当下文化研究的启示何在呢？笔者以为，主要体现在如下几个方面。

首先，凡勃伦不愧为制度经济学的创始人，其理论重心在于突出人类经济生活中的"制度"因素。这与某些文化研究的意识形态关切有着表面的相似。不过凡勃伦所谓的"制度"有别于一般意义上带有刚性色彩的外在的制度，他更留意制度的"内在"层面和非强制性的特点，他眼里的制度是人类在长期"无意识"作用下逐渐形成的某种思想、习惯，是诸多能够令人类进行自我规训、自发遵循的共同准则。与其说凡勃伦意在挖掘促

[①] 以上引文均出自《有闲阶级论》。

成人类行为的经济动因,不如说他更注重探究经济介入人类生活后的象征效应,这种效应或影响力往往是无形的,有点类似于布尔迪厄所说的"象征资本"。基于此,凡勃伦在其著作里考察了现代社会中因经济渗透而产生的某些根深蒂固的"积习"(Habitus),如何牢牢控制了人类的言行举止,确立了人类从事各类行业的规则,塑造了人与人的关系乃至社会的基本面貌。虽然凡勃伦过分强调人类本能在"制度"生成中的作用,不免有些偏颇,但他既能细致入微地洞悉现代经济生活的内面,又能够从宏观上把握人类生活的结构性变迁,因而他的理论与分析,比时下一些文化研究对身份、种族的泛泛讨论,显得更为深透。

其次,凡勃伦的理论表述大多围绕"人"来展开,处处可见"人"的踪影。它们关注经济制度变迁下人类的现代处境、人在社会生活中的位置以及不同阶层人群的生活方式、习性和态度。相较而言,当前的很多理论研究特别是文化研究,易于滑入抽象而枯燥的理论玄想,或悬空的理论推导与思辨,在那些布满格言、原理和数据的分析中,"人"被淹没了,当然也就看不出人的性情和对人的关怀。这正是当代学者渠敬东所抵制的"方法主义",在他看来,"方法主义没有独立的人生经验和认识观念",从而导致研究中"学问与生活的分离",而消除这一弊端的关键,在于研究者去理解"构建生活的结构机制",具备"感同身受的能力"[①]。从人的角度出发,凡勃伦批评了正统经济学所依赖的快乐主义心理学基础:"快乐主义关于人的观念是把他当作一个闪电般计算快乐与痛苦的计算器,他像一个追求快乐的同质小球一样摇摆着,外界的刺激使他摆动……快乐主义的个人不是精神上的一种原动力。"(《为什么经济学还不是一门进化科学?》)他入木三分地剖析了已成"制度"的种种习性(爱好或趣味),给人类自身带来的异化:"我们对一切社会革新会本能地抱着反感并加以排斥,这种观念当中含有的一个最初的、最轻率的因素,就是这类事物在本质上是庸俗的这一感觉。"(《有闲阶级论》)其间隐含的批判和反思意识,有别于

---

① 渠敬东:《破除"方法主义"迷信——中国学术自立的出路》,《文化纵横》2016年4月刊。

某些文化研究看似中性，实则趋于刻板的论述和判断。而凡勃伦理论对"人"的凸显，对抽空了人之血肉和感知的文化研究无疑是一种警醒。

再次，从理论切入点来说，凡勃伦重视人类生活的物化形态和物质属性，他善于透过器具、物品、场所等人类文化的载体，剖析其背后那些支配人类行为的微妙心理，解释寄寓其中的丰富内涵。比如，他的《有闲阶级论》在探讨"金钱的爱好准则"时，以汤匙为例，指出虽然手工银匙不及机制铝匙实用，但由于前者所用材料的价值高于后者，加上由此给人带来的"荣誉性"，所以二者获得了不一样的审美价值。这实则是"明显浪费"的心理使然。与此类似的还有家具、住宅的消费，草地、公园的布置以及一些"宠物"如鸟、猫、狗、马等的驯养。凡勃伦写道："鸟在驯化动物中是属于荣誉性一类的，它之所以能够在这一类占一席地，完全是由于它的非生产性质。"在这点上，凡勃伦的分析与海德格尔式的对"物"的形而上沉思不同，有着更具体的现实指向。

可以看到，近年来国内学界从物质文化角度研究文学、历史及社会文化现象，推出了一些值得瞩目的学术成果。如扬之水的《古诗文名物新证》《曾有西风半点香：敦煌艺术名物丛考》《明式家具之前》《奢华之色——宋元明金银器研究》等著作，由对"名物"的"考古"而进入中国古代文学、艺术、历史的细部，呈现了一番别样的物与人及文化的风貌，拓展了相关研究的视域和方法；汪民安的《论家用电器》以细腻的笔触勾画了使用数种家用电器的个体日常经验，并展开了对于"物""自身的特定命运"的思考，"试图通过记录这些电器经验来记录这个时代"（见该著"后记"）。此外，前几年论者针对酒吧、咖啡馆、服饰之类所做的"大众文化研究"，在思路上似与凡勃伦的理论有相通之处，但论述的深度和对问题关联域的把握，还有待加强。

学者的絮语

——《易堂寻踪》的意绪与笔致

"学者散文"是近年文坛一道颇为惹眼的风景线和一个热门话题。人们发现，曾经甘于寂寞的学者在苦心经营学术之余，不少人开始出版个人随笔集或散文集，有的甚至一本接一本地出，大有方兴未艾之势，还有些学者文名远远超过了他的学术之名。平心而论，在一个散文化的时代，要让那些一直处在"冷斋"的学者所写的散文成为热点，似乎并不困难。但问题在于，有多少人会抛开商业炒作的成分，瞥见热闹背后一些学者仍显寂寞的心境呢？

我宁愿把学者的散文或随笔看作他们在寂寞之余倾吐的絮语。可能多数人会同意，在某种程度上，那些信笔而写或刻意而作的絮语，更能够透露一个生命个体独特的内心消息，这一点恐怕也是越来越多的学者愿意写点零星文字的原因。对此需要略略思忖的是，在学者的学术研究和他们的絮语之间，在众多絮语和它们背后的学者面孔之间，形成了一种什么样的关系？虽说很多学者自称他们的涉足散文是"不务正业"，但毫无疑问，学者们的絮语对于他们自身并不是无足轻重的。例如刘小枫在他的随笔集《这一代人的怕和爱》"前言"里说，"这些不同风格和主题的小品文，

---

① 刊于《江汉学术》2009年第1期。

是我摸索小品性的学术文体和思想表达方式的初步成果。思想和学术经常是片段性的，小品文也许是捕捉这些片段的最佳文体"，便充分肯定其"小品性"写作的重要性。后来他在另一本随笔集《沉重的肉身》"前记"里，称其小品文是一种"纬语"，并自认为"写小品比写学术论著费精耗神得多"，也算是道出了其间的一些甘苦。这些甘苦，也只有学者们自己心知肚明。

另一个令人感兴趣的现象是，虽然同为不能纳入一般学术研究的"小品文"，但学者们的散文呈现出两种风格趋向：一则轻盈，一则涩重。当然，这种风格差异实际上是自古以来就有了的，且体现在各种类别的写作中。而在我看来，这种差异对于理解学者絮语背后的心境别有深意，它起码可以就学者们的絮语做出一种区分，一种超出一般风格意义的区分。轻盈自不待言，它仿佛是某些人与生俱来的行文风格，他们在絮语里显得飘逸、挥洒自如，给人以举重若轻之感，虽然有时也不免显出昆德拉所谓的"生命中不能承受之轻"。而涩重，则带有太多"不自然"的因素，它总是显得繁复、隐晦和坚硬，充满语词间的错动与紧张感，这些都似乎得自某种刻意的阻滞，有点类似于克尔凯戈尔所说的"不是使这个世界变得简单，而是使之更加困难"的做法。这显然是两种不同类型的写作，这两种类型都不乏代表作者。相比较而言，我爱涩重更甚于轻盈。

我注意到，在20世纪80年代以《艰难的选择》《论小说十家》等论著蜚声学界，到了20世纪90年代又转入"明清之际士大夫研究"的女学者赵园，她近来的散文写作呈现蔚然之势，这也许是她本人始料未及的。她在出版了《独语》（1996年）、《窗下》（1997年）两部散文集后，又于2001年接连出版了《红之羽》《易堂寻踪》这两部随笔集。在通读完赵园迄今为止的所有散文和随笔后，我毫不犹豫地将她的絮语归为"涩重"一类。这里，我感到格外重要的是《易堂寻踪》（江西教育出版社2001年12月版）这本书。之所以感到这本书重要，倒不在于它以"随笔"的形式进行着"关于明清之际一个士人群体的叙述"，在某种意义上延续了赵园近十年来执着于其间的"明清之际士大夫研究"。而是在读完之后我忽然觉得，正是有了这本书，赵园所有的随笔写作才获得了一个支撑，得以"立"起来而成一个整体；她所有的絮语才构成一种风格，并与她本人的学术研究产生对照，让人能够瞥见这些絮语背后的个体心境。

《易堂寻踪》在作者看来，或许竟是一本意料之外的书，因为它的完成得自一次"稿约"提供的机缘。但这一写作机缘对于赵园而言，至少具有两方面的意义：一方面，《易堂寻踪》实际上是对她在学术研究中舍弃的一些"生动的材料"的重新征用，她说，倘若没有这一机缘，那些生动的材料也就会一任其被舍弃。由此她悟察到了"出于特定目的的阅读会有何种取舍，在通常的论文、论著写作中，我所舍弃的是什么"。显然，被舍弃的往往是"'感性''个人''日常'，丰富的差异、多样"，而这正是"'学术方式'的代价"。如果说学术研究关注对象的"言论"，那么随笔写作则看重对象的"性情""行踪"及相互关系。另一方面，与从事学术研究的"论说"相对，赵园将自己对这些生动材料的重新征用定位为"叙述"，为此她必须寻找适于"叙述"的文体乃至笔调。终于，她发现"随笔"这一"较为自由的文体"，正"有助于缓解'做学术'的紧张，将被'学术文体'筛除的零碎印象、感触，搜罗拾掇起来"。这里，赵园充分地觉识到了"论说"与"叙述"之间的"文体"差异。

因此，指出《易堂寻踪》之于赵园随笔写作的重要性是有理由的：似乎通过这本书的写作，赵园自觉地将随笔写作与学术研究勾连起来，认识到各自的意向、言说及文体边界。虽说在此之前赵园对散文有如是认识："散文许诺了你以掺了水的'诗意'装点琐屑平庸，使日常性显出可爱，制造一点为生存所需的有关'美'的幻觉。"（《独语·后记》）她甚至认为散文的平民化、散文将"意义"零碎化、将"历史"个人化和片段化，具有特别的意义："经由这写作，放弃了为'严肃的学术刊物'写作时的自我意识，确认了你的边缘位置。"（《独语·自序》）她也曾意识到学术与随笔之间的区别："学术已扼杀了我们的有关能力——像张爱玲那样活跃的语言感觉，那样富于灵性的想象与联想……我们只会用常规的方式感觉与表达；我们的文字中缺少的，正是鲜活的生命味儿。"（《代价》）但是，《易堂寻踪》作为随笔却呈现出不一样的系统性，而恰好经由这种系统性，赵园本人获得了关于学术研究与随笔写作之间两组互补和互渗关系的独特见解：例如，在材料的取舍上，一个偏于理性、整体，一个偏于感性、零碎；在方式选择上，一个偏于规范、严密，一个偏于自由、宽泛。可以说，通过这一有意识的随笔写作，赵园才显示出强烈的文体意识，随笔作为一种絮语所应有的"气味""颜色"都在她的考虑之列——而这才是真正重要的。

也许正是这种自觉的文体意识，加深了赵园文字的涩重感：作者"叙述"时拣词造句时的犹豫、审慎，句与句之间的相互摩擦、印证，整个语气的舒缓、克制，作者对同一人物和事件从不同侧面进行描述所表现出的繁复等等，这些都使得赵园的絮语并不带有随笔所"应有"的轻松和悠然。这就是为什么我在读赵园的随笔时，仍然不能在心目中忽略她作为学者身份的原因。当然，这并不是说，赵园在写作随笔时非得表现出学者的姿态来。另一方面，尽管《易堂寻踪》给人的感觉似乎在做一种文化寻思，但这种文化寻思显然不是去进行某种简单的旧地踏勘，然后发一通轻描淡写的思古之幽情，而是通过"寻踪"，考察"在特定环境中人的生存方式与人生选择"即人的"心路历程"。或者确如作者所说，这种文化寻思的重点乃在于"读人"（这令人想起赵园本人的系列随笔《读人》）——蕴含于各种陈迹和典籍中的"人性内容"。这样就把《易堂寻踪》同时下一般的所谓"文化散文"区别开来。

文体和命意的相互牵扯，使得这部随笔集在结构上具有两个明显的特点。从表面上看，《易堂寻踪》有很清晰的时空线索，给人以一种沿着既定路线进行寻访的印象。细细读下去就会发现，所有的时空线索对于赵园而言，不过是一架空壳而已。所到之处，诸如"南昌—赣州"、"宁都"、"南丰—星子"等旧地，寻访者无不走马观花似的浏览一遍后，便一头扎进对于故纸堆的考究与内心思辨中。作者强调说："较之遗迹，我所要寻找的，毋宁说更是'气息'，是一些不赖有实物指证的东西。我来到这里或许竟不是为了寻找，而是指望一个尘埋已久的故事，借诸其发生地的潮湿空气，在我的笔下苏醒。"这和她在作《明清之际士大夫研究》时"分辨不同的声音，对语义做分类处理，以便发现、确认思想的线索"的做法是一致的。我几乎毫不怀疑，赵园是凭借了所谓"寻踪"，更好地去翻检史籍，更好地串联起那些风起云涌的时代变迁及身处时代风云中的士人命运。这样，全书就形成了地域与文献相互参照、以"叙述"穿梭于现实与历史的基本格局。同时，《易堂寻踪》有一个相当严整的学术论文构架：首章《南昌—赣州》类乎"引子"，《宁都》一章类乎"综论"，接下来的《宁都·翠微峰（一）》《宁都·翠微峰（二）》《宁都·冠石》这篇幅较大、叙述详备的三章类乎"分论"，及至《南丰—星子》末章，则类乎"总结"和"尾声"了。这恐怕是作者长期的学术研究训练和思维习性使然，也不知她在写作此书时是否察觉？

然而，这种结构特点丝毫无损于《易堂寻踪》葆有"随笔"的特色，只不过"随笔"的随意性即"叙述"性受到了作者意图的"勘定"。同赵园的"读人"一样，我对《易堂寻踪》感兴趣的也是其"叙述"的方式。这里如果把它与赵园关于同一议题的学术著作《明清之际士大夫研究》相互参照起来阅读，是有意思的。尽管由于议题相同而取舍不同，二者有各自的"论说"或"叙述"方式，并没有越过彼此的文体边界。但事实上，两著在写作上有一种"互倾"的趋向，也就是都向对方倾斜了一点。可以说，能够将二者勾连起来的因素，除了议题本身而外，便是这一不易察觉的"互倾"趋向了；而这一趋向得以呈现的显著标志之一则是两著中一个极具倾诉色彩的人称——"你"的大量出现。"你"的运用实际上在赵园的絮语里是一以贯之的，它表明了一种独白或无对象倾诉的姿态，显示了写作者与对象的"情性"、精神世界展开"对话"的潜在要求。赵园曾这样描述"对话"所留下的深刻记忆："有对话者，尤其是文人的幸运。这种幸运又鼓励了期待，鼓励了对交谈的依赖。正如酒徒的痛饮，一次通畅的倾谈之后，是反刍般的自语——耳际一派轰响，直炸到神经失去了控制。"（《夜话（之一）》）也许，"对话"中的言说和倾诉是一种无可避免的需要。可以看到，无论研究抑或随笔，赵园所进行的就是这样一种融入了个人吁求和内心体验的写作。她曾说，"学术有可能是一种积极的生活方式：经由学术读解世界，同时经由学术而自我完善。"正是这一信念支持了她在研究和写作中个人"心力"的倾注，进而通过"心力"的"体验"促动"直觉"，将她与研究对象的联系"个人化且内在化了"。

这种研究者与研究对象之间的"内在化"联系，在《易堂寻踪》里表现得格外明显。《易堂寻踪》的宗旨仍在于"读人"，它围绕一个特殊的文人群体的"情性"和他们的错综关系，对易代之际士人的生存境况和历史风云，展开了扇形的"叙述"。由于体验的介入，作者对他们的谈论方式、思维方式乃至生活方式显示出复杂的意绪。尽管赵园深知，"文人（以及准文人）的感于'表达'，迷恋文字或言谈，不只使自己的生命偏枯，而且损害了他们对于人的适应能力"（《夜话（之一）》），但正如易堂人士择取"翠微峰"作为其栖歇之地，"很可能也为了寻求象喻，关于自己的人格、襟抱的象喻，为此不惜忍受诸种不便，支付本可不必付出的代价"，赵园同样无法抑制对一种象喻式言说或"叙述"的渴望。为此，她甚至不惜耗费浓墨渲染易堂人士的个人魅力、交游过程等等。闪现于《易堂寻踪》的，更多是对于人物命运的深重感喟："在这小城中，甚至当年的废墟也片瓦无存，令你无从凭吊。血污，创伤，疤痕，丑陋、伤心惨目的一切，曾经刻画在砖石瓦砾上的，早已被岁月的潮水洗刷净尽。但赣州并不曾真的遗忘，它不过将'既往'包藏在了'当今'之中。"特别精彩的是关于死亡的沉思："易堂故事到了伯子之死，就有了一点柱促弦急，动力像是消耗殆尽，这期间即使另有波澜，也不免平缓……在我读来，愈趋平缓中，却渐渐有了悲凉意味，若有寒雾于水面上悄然升起。那是一种温柔而感伤的悲凉。""很少有人能像遗民那样，保持着对于岁月流逝的极度敏感，如此持久而紧张地体验着'时间'的。瓦解遗民群体，使这一族类最终消失的，确也是时间，是时间中无可避免的死亡。这是发生于天地间的大聚散。不止一'族类'，一种人文风貌、文化意境，不也系于一代人、几代人的存殁？"这些压得人喘不过气来的感喟，使得这部随笔集通篇笼罩在涩重的浓雾之中。

在阅读赵园絮语的过程中，我的头脑里总是萦绕着一个问题：为什么一定要涩重而不是轻盈？我想这恐怕与一个人的精神气质是分不开的。涩重已无可改变，你如何希图一个精神涩重的人轻盈得飞翔起来呢？赵园自己就说，"渐渐地，我发现自己永远地丧失了游戏态度，永远地丧失了悠然、怡然"（《代价》）。悠然、雍容的写作姿态或许是令人羡慕的，但我感到，正是在涩重的意义上，赵园属于那种把研究与写作同自己内在精神世界结合得很紧的人。

在根本上，这个时代的学者是无法摆脱寂寞的，只不过有些人用他们自己也没有意识到的喧哗掩饰了这种寂寞。生活对于每个人而言并非总是阳光明媚，人应该允许自己内心保留一些东西：对现实世界和未来世界的迟疑、恐慌乃至迷惘。这令我想起一位学者谈论的一个问题，即"在知识和价值、观念上,中国知识分子倡导和认肯了不少,但行动上把这些知识、观念、价值落实于自己的人生道路的人却太少,这必然使得中国知识分子将在很长一段时间内的正面精神和人格史上缺席"①。的确,不必讳言,学术研究与自身精神、人格建树的分离是当代学者的一个普遍问题,只有少数学者能够做到把自己的研究和写作作为其"躬身自问"的方式。在我看来,赵园无疑是这少数人中的一个。

---

① 贺照田:《制约中国大陆学术思想界的几个问题》,《开放时代》2002年第1期。

思想的形式：
当代诗歌批评的意义与位置

后　记

这本小书收录的三十篇长短不一的论文，基本上都与"当代诗歌批评"有关，算是比较集中地呈现了我从早些年直至近期对这一论题的思考。第一辑各篇，探讨我理解的种种关乎诗歌批评的议题，既有宏观的扫描与辨析，又有针对具体议题的剖解；第二辑各篇，以当代诗歌批评中具有代表性的批评家、著作入手，通过阐发、评述他们的见解与批评视角，力图勾画我本人置身其间的批评场景；第三辑各篇，运用我所秉持的批评理念和眼光，对近些年的诗歌现象和个案进行评析。附录的三篇文章，虽然不是讨论诗歌批评的，但也涉及一般的文学批评方法和表述方式，似可作为参照。

在我撰写这本小书里的若干篇章之际，学界出现过数次围绕文学批评、诗歌批评的讨论，它们多少显出回应当时讨论的意图。的确，诗歌批评本身是一个值得持续探究的论题：诗歌批评的性质、功能、意义及其在整个诗歌乃至文学、文化场域中的位置，还有不少需要深入探讨的议题；尤其是，在新的历史时期，诗歌批评如何在葆有"自立"（陈超语）性的同时趋向一种"及物"的实践，亟待包括我在内的批评者们的进一步努力。

这些论文大都在公开报刊上发表过，借此感谢为之提供版面的诸位编辑先生。特别感谢《文艺争鸣》及其编辑张涛先生，其中有三分之一的篇章刊载于这份充满活力的刊物；倘若没有张涛先生的敦促，有些论文恐怕仍然只是留存在我头脑中的零星想法。

感谢吴义勤教授慷慨地将这本小书纳入他主持的文丛，我乐于参与该文丛标题所提示的关于当前文学批评的探索和对话中。此外，感谢崔庆蕾先生和山东文艺出版社编辑在这本小书出版过程中付出的辛劳。

作者　壬寅，大寒